BASTEI
LÜBBE
TASCHENBUCH

Weitere Titel der Autorin:

Schattenfreundin
Phönixkinder
Tod nach Schulschluss
Denn mir entkommst du nicht
Killerjagd

Über die Autorin:

Christine Drews war schon lange als Drehbuchautorin erfolgreich, bevor sie sich an ihren ersten Roman wagte. Ihr Krimidebüt *Schattenfreundin* begeisterte zahlreiche Leser in ganz Europa. Nach einigen Stationen im Ausland – unter anderem mehreren Jahren in Großbritannien – lebt Christine Drews heute mit ihrer Familie in Köln.

Christine Drews

NACH DEM SCHWEIGEN

Thriller

BASTEI LÜBBE TASCHENBUCH

BASTEI LÜBBE TASCHENBUCH
Band 17 521

Dieser Titel ist auch als E-Book erschienen

MIX
Papier aus verantwortungsvollen Quellen
FSC
www.fsc.org
FSC® C083411

Originalausgabe

Lektorat: Bettina Steinhage und Lisa Bitzer
Titelillustration: Mediabureau Di Stefano, Berlin,
unter Verwendung eines Motives von © 123RF/Sean Nel
Umschlaggestaltung: U1berlin/Patrizia Di Stefano
Satz: Urban SatzKonzept, Düsseldorf
Gesetzt aus der Caslon
Druck und Verarbeitung: CPI books GmbH, Leck – Germany
Printed in Germany
ISBN 978-3-404-17521-5

5 4 3 2 1

Sie finden uns im Internet unter
www.luebbe.de
Bitte beachten Sie auch: www.lesejury.de

PROLOG

Der perfekte Tag zum Sterben ... Ist er eher dunkel und stürmisch, mit peitschendem Regen, der Blut und Tränen einfach fortspült? Oder scheint die Sonne vom Himmel und zaubert uns ein letztes Lächeln ins Gesicht?

Gibt es überhaupt den perfekten Todestag?

Heute scheint jedenfalls die Sonne.

Es ist warm, für die Jahreszeit ein bisschen zu warm, bestimmt über 20 Grad. Der Schweiß läuft mir den Rücken herunter, und ich merke, wie meine Oberschenkel zu brennen beginnen.

»Los, weiter! Jetzt stell dich nicht so an!«

Die Stimme klingt fremd in meinen Ohren, als gehöre sie zu einer unbekannten Person. Ich finde nichts Vertrautes in ihr, sie ist kalt, eiskalt entschlossen. Oder bilde ich mir das nur ein? Bin ich noch in der Lage, objektiv zu urteilen? Mein Magen fühlt sich an wie ein fest zusammengeschnürtes Paket, als hätte ich einen dicken Knoten in der Mitte meines Körpers. Ich befürchte, dass mir jetzt auch noch schlecht wird. Angst und Übelkeit gehören zusammen, das war bei mir schon immer so.

Endlich sind wir oben, und das Kinderlachen hinter mir ist verstummt. Ich schaue in den strahlend blauen Himmel, keine Wolke ist zu sehen, nicht mal ein winziger weißer Fleck. Ein Vogel kreuzt meinen Blick, er ist recht groß und segelt langsam von der einen Seite zur anderen. Ein Bussard? Oder ein Falke?

Ich glaube, es ist ein Bussard. Für einen Moment muss ich an unsere Peru-Reise denken.

»Weißt du noch, wie wir am Colca-Canyon waren?«

»Ja.«

»Die Kondore kreisten über der Schlucht. Und wenn man sie zu lange beobachtet hat, war man fast wie hypnotisiert. Kein Wunder, dass früher so viele Leute in den Canyon gestürzt sind.«

»Und der Kondor hat ihre Seelen geholt …«

Ich merke, dass meine Hände schweißnass sind. Die Angst wird immer stärker und nimmt mich ganz in ihren Bann. Ich kann sie kaum noch kontrollieren. Unsere Blicke treffen sich. Ein letztes Mal. Dann geht es ganz schnell. Ein Schritt, ein Stoß, ein Schrei.

Ich kann nicht aufhören, zu schreien.

Hektisch suchen meine Augen den Bussard.

Er ist verschwunden.

1

Saskia Flynt schlenderte die Delorme Street entlang und genoss den vollmundigen Schokoladengeschmack, der immer noch auf ihrer Zunge lag. Das Café *Bittersweet* in der Ellaline Road hatte die besten Muffins Londons, und Saskia hatte noch am Tresen einen von den leckeren Kuchen verspeist, die mit warmer Schokoladensauce gefüllt waren. Zwei weitere hatte sie sich einpacken lassen, vielleicht würde sie Max nachher einen vorbeibringen.

Erst vor zwei Tagen war sie mit Ellen in dem Café gewesen und hatte sich bei diesem Besuch vorgenommen, häufiger dort reinzuschauen und sich eine von den süßen Köstlichkeiten zu gönnen. Bei ihrer Figur konnte sie sich das leisten. Jetzt fühlte sie sich aber mehr als satt und beschloss, ein paar Meter zu Fuß zu gehen, bevor sie an einer der nächsten Stationen in den Bus nach Hause stieg. Die Bewegung würde ihr guttun. Außerdem war das Frühlingswetter so schön, für April fast schon ungewöhnlich warm, dass ein Spaziergang geradezu ein Muss war. Die Straßen waren noch nicht vom Feierabendverkehr verstopft, der in einer guten Stunde einsetzen würde und montags häufig besonders schlimm war. Für Londoner Verhältnisse war es jetzt noch angenehm leer. Saskia atmete die frische Luft tief ein und dachte lächelnd an ihre Verabredung mit Ellen vor zwei Tagen.

Es war so ein schöner Samstagnachmittag gewesen. Saskia genoss die regelmäßigen Treffen mit Ellen sehr. Sie war viel mehr als nur ihre Tante, das hatte sie am Samstag wieder deutlich gespürt. So eng ihr Verhältnis zu ihrem Bruder Max und zu ihrem Vater auch war, mit niemandem konnte sie so vertraut sprechen wie mit Ellen. Auch nicht mit ihren Freundinnen vom College, die vor allen Dingen dann wenig Verständnis zeigten, wenn das Thema auf Männer zu sprechen kam.

»Lass sie doch reden!« Saskia hatte Ellens Worte noch genau im Ohr. »Nur weil die von einem Kerl zum nächsten hüpfen, heißt das doch nicht, dass du es genauso machen musst, Sweetie.«

»Nein, natürlich nicht. Sie meinen halt, ich sollte mich einfach mal auf eine Beziehung einlassen. Der Rest würde sich schon von allein entwickeln«, antwortete Saskia. »Aber mir fällt das irgendwie total schwer. Ist ja nicht so, als wenn ich noch nie verknallt gewesen wäre. Trotzdem, eine Beziehung … Vielleicht habe ich auch einfach noch nicht den Richtigen getroffen.«

Ellen lächelte sie warm an. »Du hast doch noch alle Zeit der Welt! Mit zweiundzwanzig muss man noch nicht den perfekten Mann getroffen haben.«

»Aber du hattest ihn da schon, oder? Warst du in meinem Alter nicht schon mit Onkel George zusammen?«

Ellen drehte ihren perfekt frisierten Kopf zur Seite. Die blonden Locken waren inzwischen von einigen silbergrauen Fäden durchzogen, wodurch ihr Haar aber nur noch schöner wirkte. Saskia beneidete ihre Tante sehr um die wunderbaren Locken. Ihre eigenen hellen Haare waren glatt wie Stroh, weshalb sie sie auch meistens zu einem Zopf zusammenband.

Ellen nahm einen Schluck Espresso, wobei sie ein wenig davon verschüttete, als sie die Tasse wieder abstellte. Dann betrachtete sie ihre rotlackierten Fingernägel. »Stimmt. George und ich waren damals schon zusammen.«

Es schien ihr unangenehm zu sein, dass sie ihren Mann in einem Alter getroffen hatte, in dem Saskia fast noch ein jungfräuliches Mauerblümchen war – auch wenn das natürlich so nicht ganz stimmte.

»Ist doch schön«, sagte Saskia deshalb etwas übertrieben fröhlich.

Ellen hob den Blick und lächelte. »Klar.«

»Das ist kein Problem für mich«, betonte Saskia. »Im Gegensatz zu dir bin ich halt ein Spätzünder.«

Ihre Tante trank erneut von ihrem Espresso, wobei sie wieder etwas von der braunen Flüssigkeit verschüttete.

»Sag mal, zitterst du?«, fragte Saskia daraufhin und fügte schmunzelnd hinzu: »Gestern zu viel getrunken?« Ihr Blick fiel auf Ellens Oberarm, auf dem ein großer blauer Fleck prangte. »Und dann irgendwo die Kurve nicht gekriegt?«, sagte sie und zeigte auf den Fleck.

Ellen schüttelte lachend den Kopf. »Im Moment ist viel los, bisschen stressig gerade«, sagte sie. »Vielleicht hab ich deshalb fahrige Hände. Und an dem blauen Fleck ist meine Autotür schuld.« Dann redete sie von der Kreuzfahrt, die sie und Onkel George bald machen wollten und die ihr bei dem ganzen Stress gerade recht kam.

»War er eigentlich deine erste große Liebe? Also so mit allem Drum und Dran?«

Jetzt sah ihre Tante sie überrascht an. »Du meinst, ob ich vorher keinen Sex hatte?« Sie lachte laut auf. »Ich bin ein Kind der Achtziger, Sweetie! Natürlich hatte ich vorher andere.« Dann musterte sie Saskia prüfend.

»Ich auch«, sagte die deshalb schnell. »Das weißt du doch. Nach meinem ersten Mal hab ich dich schließlich angerufen.«

Ellen nickte. Ein feines Lächeln umspielte ihre Mundwinkel. »Ich weiß. Und wenn ich mich richtig erinnere, war es so lala.«

Saskia kommentierte lachend: »Ist es das beim ersten Mal nicht immer?«, und Ellen stimmte in ihr Lachen ein.

Für einen Moment überlegte Saskia, ob sie ihrer Tante wirklich die Frage stellen sollte, die ihr gerade durch den Kopf ging. Aber dann verwarf sie den Gedanken schnell wieder. Sie konnte Ellen alles fragen, da brauchte sie nicht lange zu überlegen.

»Wie viele Männer hattest du vor George, Ellen?«

Wieder betrachtete sie ihre Fingernägel, und Saskia dachte für einen Augenblick, dass ihr die Frage vielleicht doch unangenehm war.

»Einen«, antwortete Ellen schließlich.

Das überraschte Saskia. »Wow. Ich dachte, du bist ein Kind der Achtziger?«

Ellen verzog das Gesicht. »Ganz genau. Und nicht der Siebziger. Bei uns wurde Aids gerade zum großen Thema, da hüpfte man nicht mehr durch alle Betten.«

Sie unterhielten sich eine Weile darüber, wie das früher gewesen war, als Aids zu einer übermächtigen Angst geworden war, die die Clubszene in London mehr und mehr beherrscht hatte. Saskia hatte das überaus interessant gefunden. Für sie selbst war Safer Sex immer eine Selbstverständlichkeit gewesen. Umso ungewöhnlicher kam es ihr heute vor, dass ihn früher so viele Leute abgelehnt hatten, weil sie ihn für eine Einschränkung ihrer persönlichen Freiheit hielten.

Schön, dass Ellen so offen über alles sprach, dachte sie. Sie empfand es als großes Geschenk, dass es zwischen ihr und ihrer Tante keine Tabus gab. Verbunden mit der Liebe und

Wärme, die zwischen ihnen bestand, füllte Ellen die Lücke fast aus, die Mums Tod hinterlassen hatte.

Saskia hatte die Everington Street verlassen und inzwischen das Gefühl, als hätte sich der Muffin-Kloß in ihrem Magen einigermaßen aufgelöst. Sie ging zur nächsten Bushaltestelle und wartete dort auf den Bus, der sie nach Wandsworth bringen würde, wo ihr Apartment lag.

Gedankenverloren spielte sie mit den Fingern an dem Anhänger, der an einer silbernen Kette um ihren Hals hing.

»Für dich«, hatte Ellen vor zwei Tagen im Café gesagt und ihr die kleine Schatulle überreicht.

»Aber ich hab gar nicht Geburtstag!«, rief Saskia überrascht.

»Man kann auch mal was außer der Reihe schenken«, meinte Ellen lächelnd.

Saskia freute sich wie ein kleines Kind, als sie die Schatulle öffnete. »Wow«, sagte sie, als sie den großen Anhänger herausnahm. Es war ein außergewöhnliches Schmuckstück, gefertigt aus glänzendem Silber und schwarzem Onyx.

»Kennst du die Bedeutung des Zeichens?«, fragte Ellen.

Saskia nickte. »Yin und Yang. Steht das nicht für gemeinsame Kräfte?«

»So ungefähr. Es soll die entgegengesetzten, aber dennoch aufeinander bezogenen Kräfte symbolisieren. Ich will es dir schenken, weil ich finde, dass es so viel über uns beide aussagt. Über unsere Beziehung, die so eng ist, obwohl die Voraussetzungen dafür wahrlich nicht die besten waren.«

Saskia war gerührt. »Du meinst, weil Dad mit George verkracht ist? Ach, Ellen! Das ist so süß von dir!« Mit Tränen in den Augen hatte sie ihre Tante in den Arm genommen und innig an sich gedrückt.

Als der Bus vor ihrer Nase hielt, sprang Saskia beschwingt

die Stufen hoch und hielt kurz ihr Ticket vors Lesegerät. Ellen hatte recht. Dass es ihnen gelungen war, eine so enge Beziehung zueinander aufzubauen, war wirklich etwas Wunderbares. Trotz aller Familienstreitigkeiten um sie herum hatten sie es geschafft, zueinanderzufinden. Yin und Yang. Ellen und Saskia. Eine Symbiose, die kein Streit um Geld oder andere Nichtigkeiten zerstören konnte. Sie telefonierten mehrmals in der Woche und trafen sich normalerweise mindestens einmal am Wochenende zum Lunch, zum Spazieren oder einfach nur auf eine Tasse Tee. Oder auf einen leckeren Muffin, so wie am Samstag. Erst in letzter Zeit waren ihre Treffen etwas unregelmäßiger geworden, und sie hatten sich beide vorgenommen, in Zukunft wieder mehr Zeit füreinander freizuschaufeln. Manchmal hatte Saskia ihrem Dad gegenüber fast ein schlechtes Gewissen, weil sie sich mit Ellen so gut verstand, während er mit Onkel George kaum noch ein Wort wechselte und dadurch auch zu Ellen wenig Kontakt hatte. Erst recht, seitdem Dad aus der Firma ausgeschieden war. Aber dann sagte sie sich immer, dass das nicht ihr Problem war. Es war schließlich nicht ihre Fehde, die Dad und Onkel George seit Jahrzehnten austrugen.

Saskia schob sich durch den schmalen Gang des Busses, ließ sich auf eine Bank fallen und blickte lächelnd aus dem Fenster. Sie konnte sich wirklich glücklich schätzen, einen Menschen wie Ellen in ihrem Leben zu haben.

Noemi Redcliff schloss die Augen und gab sich dem Rausch hin. Sie hatte die Musik extra heruntergedreht, damit sich keiner der Nachbarn belästigt fühlte und womöglich auf die Idee kam, an der Wohnungstür zu klingeln. Mum und Dad würden erst morgen aus dem Urlaub zurückkommen, so lange konnte sie in aller Ruhe einen Stein nach dem anderen wegrauchen. Dann würde ihre Mutter sie vermutlich wieder rausschmeißen.

Scheiß drauf.

Sie strich sich eine pinke Haarsträhne aus dem Gesicht und dachte daran, wie einfach das Leben doch sein konnte, wenn man ein Dach über dem Kopf hatte. Schade, dass ihre Eltern nicht immer verreist waren. Dann könnte sie es sich hier gemütlich machen und bräuchte sich nicht durch Soho zu schlagen, immer auf der Suche nach frischer Ware.

»Du bist ein verdammter Junkie«, hatte ihre Mutter das letzte Mal zu ihr gesagt. So ein Schwachsinn. Junkies spritzten sich Heroin, und das Zeug rührte sie niemals an. Ja, sie rauchte Crystal – na und? Man lebte, um zu sterben. Was sprach dagegen, sich die Zeit bis zum Tod etwas zu benebeln? Breit ließ sich das Leben einfach viel besser ertragen. Und am Ende waren ja eh alle tot.

Fasziniert betrachtete sie ihren tätowierten linken Unterarm. Das Einhorn hatte sie sich als Erstes stechen lassen, da war sie gerade mal fünfzehn gewesen. Gott, hatte Mum sich aufgeregt! Danach war das bunte Blumenmeer gekommen, zwei oder drei Jahre später. Es hatte fast tausend Pfund gekostet, und sie erinnerte sich noch genau, wie sie die Kohle heimlich aus den diversen Portemonnaies ihrer Verwandtschaft zusammengeklaubt hatte. Wieso hatte sie bloß so viel Geld für Tätowierungen ausgegeben? Sie konnte doch auch gut zeichnen. Was sollte eigentlich so schwer daran sein, sich so'n Tattoo selbst zu stechen? Eine Spinne über dem Handgelenk würde gut aussehen. Spinnen waren einfach.

Noemi hatte etwas Mühe, vom Boden aufzustehen, und fragte sich für einen Moment, warum sie sich nicht aufs Sofa gesetzt hatte. Vermutlich hatte sie den Weg vom Klo nicht mehr zurückgeschafft, manchmal machte ihr Kreislauf schlapp, wenn sie drauf war. Die Steine waren wirklich von bester Qualität.

»I love it, I love it, I looove it!«, sang sie laut und bemerkte erst dann kichernd, dass ihr Gesang überhaupt nicht zum Song passte, der gerade lief.

Egal.

Langsam torkelte sie in die Küche. Das Brot, das seit fast zwei Wochen auf dem kleinen weißen Tisch lag, war inzwischen pelzig-blau verschimmelt. Seitdem sie Crystal rauchte, brauchte sie kaum noch etwas zu essen. Wenn sie sich überlegte, wie pummelig sie früher gewesen war! Würden alle Fetten dieser Welt Crystal rauchen, gäbe es ein Problem weniger.

Noemi öffnete die Schublade und suchte nach einem besonders spitzen und scharfen Messer. Ein gebogenes Schälmesserchen schien ihr am besten geeignet. Ja, damit müsste sie eine Spinne locker hinkriegen, dachte sie. Vielleicht hatte Dad irgendwo noch ein bisschen Wodka, dann könnte sie die Haut desinfizieren, bevor sie mit dem Ritzen anfangen würde.

Geistesabwesend sah sie aus dem Fenster. Der Blick aus dem sechzehnten Stock war immer wieder spektakulär. Besonders wenn man drauf war.

Es ging ganz schnell. Ein Schatten, ein Geräusch – dann schlug ein Arm gegen den Fenstersims, Blut spritzte an die Scheibe. Doch schon im nächsten Moment war alles wieder vorbei. Noemi hatte noch nicht einmal Zeit gehabt, zu schreien. Mit offenem Mund starrte sie auf das blutbespritzte Fenster.

»Was zur Hölle ...«

Ihr Herz begann zu rasen, innerhalb von Sekunden war sie schweißgebadet.

Ein Horrortrip, Scheiße, du bist auf einem Horrortrip, ging es ihr durch den Kopf. Der Albtraum aller Crystal-User. Der euphorische Rausch kippte zum panischen Angsttrip. Sie hatte das schon mal erlebt, vor ein paar Monaten, als sie bei Greg gewohnt hatte. Plötzlich war die Decke heruntergekommen, die Wände hatten sich auf sie herabgesenkt, und sie hatte sich für Stunden zitternd unterm Sofa versteckt, um nicht zerquetscht zu werden.

»Wenn du merkst, dass ein Horrortrip kommt«, hatte Greg damals gesagt, nachdem er sie unter dem Sofa hervorgezogen hatte, »dann musst du dir immer und immer wieder sagen: Das ist nichts weiter als ein Scheißtrip, entspann dich, komm runter. Bloß nicht in dem Trip aufgehen, bloß nicht denken, Scheiße, wo kann ich mich vor den Zombies verstecken oder so. Sondern sich immer wieder sagen: Ich bin auf'm Trip, das geht vorbei.«

Gregs Rat entpuppte sich als völlig wirkungslos. Noemi konnte einfach nicht dran glauben, dass das hier ein bloßer Horrortrip sein sollte. So oft sie sich sagte: Das ist ein schlechter Trip, so oft fiel ihr Blick auf das blutbesudelte Fenster. Das bildete sie sich bestimmt nicht nur ein.

Mit zittrigen Beinen ging sie zum Fenster und öffnete es. Vorsichtig berührte sie die rote Flüssigkeit, die an der Scheibe klebte, und verrieb sie zwischen Daumen und Zeigefinger. Sie fühlte sich dickflüssiger als Wasser an, das spürte sie sofort. Es konnte nur Blut sein!

Aber wo kam es her?

Noemi beugte sich aus dem Fenster, blickte nach oben – und zuckte sofort erschrocken zurück. Taumelnd fiel sie zu Boden und ließ das Messer fallen. Dann presste sie sich die Hand vor den Mund, um den entsetzten Schrei zu unterdrücken.

Wer war das gewesen? Oder vielmehr: *Was* war das gewesen? Das war doch kein Mensch, der da oben auf dem Dach stand! Ein Monster, mit verzerrten Gesichtszügen, ein Wesen aus einer anderen Welt! Oder hatte sie sich getäuscht? Nein, bestimmt nicht. Sie hatte die Fratze genau gesehen. Ihre Blicke hatten sich getroffen, für einen winzigen Moment. Auge in Auge.

Noemi stemmte sich vom Boden hoch, warf sich nach vorn und schloss das Fenster, ohne noch einmal nach oben zu blicken. Dann griff sie nach dem Messer und irrte wimmernd durch die Wohnung. Die Fratze. Was hatte sie mit dem Blut an der Scheibe zu tun? Und was hatte das alles mit ihr zu tun? Hatte es die Fratze auf sie abgesehen? Wo sollte sie hin? Hierbleiben oder verschwinden? Und wo waren die verdammten Steine?

Sie sah auf ihre Hände. Da war Blut. War das ihres? O Gott. Sie blutete. An ihrem Handgelenk prangte ein großer Schnitt, nicht tief, aber er blutete. Kam das Blut an ihren Händen von diesem Schnitt? Wann war das passiert? Und warum hatte sie das Messer in der Hand? Glaubte sie wirklich, sich mit einem Schälmesserchen verteidigen zu können? Und gegen wen?

Gleich ist er da und holt dich!

In diesem Moment klopfte es an der Tür. Dreimal und nicht besonders laut. Noemi zitterte vor Angst. Der Schweiß lief ihr inzwischen in Strömen den Rücken hinunter, und sie war so in Panik, dass sie keinen klaren Gedanken mehr fassen konnte. Mit weichen Knien eilte sie zur Wohnungstür. Die Sicherheitskette lag davor, sodass sie die Tür nur einen Spaltbreit öffnen konnte. Sie blickte durch den Spalt nach draußen … und erstarrte. Im Flur, nur wenige Meter von der Tür entfernt, stand jemand. Die tief ins Gesicht gezogene Kapuze verdeckte die Fratze bis zur Nase, aber sie erkannte trotzdem sofort, dass es das Monster vom Dach war. Ein Mensch, kein Tier, den Mund trotzdem wie Lefzen verzogen, die Haut von hektischen roten Flecken übersät.

»Bestie«, brachte sie krächzend über die Lippen.

Das Monster kam wie in einem dicken, roten Nebel auf sie zu. Noemi blinzelte, sah aber nur scharfe, weiße Zähne und Hände, die sich zu Krallen formten. Blitzschnell zog sie sich zurück in die Wohnung und knallte die Tür zu.

Kette, Riegel, abschließen. Schnell!

Das Monster hämmerte gegen die Tür, aber Noemi reagierte nicht. Zusammengekauert hockte sie im Flur und spürte die Präsenz des furchteinflößenden Wesens auf der anderen Seite. Sie zitterte am ganzen Leib. Es war auf sie zugekommen – was wollte es? Ihr Blut? Ihr Leben? Noemi spürte, dass die Bestie noch vor der Tür stand, hörte ihren rasselnden Atem.

Vielleicht ein irrer Psychopath, ein Terrorist, Zombie, es gab so viel Böses …

Das Heulen einer Polizeisirene war in der Ferne zu hören.

»Ich werde dich holen!«, drohte die Bestie in dem Moment. Dann nahm Noemi Schritte wahr, die sich schnell entfernten.

Für eine Weile lauschte sie angestrengt an der Tür. Sie dachte wieder an Greg und seine Worte. »Hier bist du sicher«, flüsterte sie und wippte dabei mit dem Oberkörper vor und zurück. Immer und immer wieder.

Eine gefühlte Ewigkeit starrte Noemi auf das blutverschmierte Messer in ihrer Hand. Ihr T-Shirt war klatschnass verschwitzt, sodass sie jetzt vor Kälte zitterte. Sie hatte keine Ahnung, wie lange sie hinter der Tür verharrt hatte. Minuten vielleicht, oder Stunden? Wie durch Watte nahm sie das Heulen von Sirenen wahr, das irgendwann abrupt abbrach. Plötzlich herrschte Totenstille. Und dann, ganz langsam, konnte sie ihre Gedanken wieder ordnen.

Gott sei Dank, es war vorbei. Verdammter Horrortrip. Nur gut, dass ihre Eltern sie so nicht gesehen haben, die hätten doch sofort in der Klapse angerufen. Wie viel Crystal hatte sie noch? Eine Entspannungspfeife war jetzt das einzig Wahre.

Was für ein furchtbares Geräusch. Das war das Erste, was Jack Bernard durch den Kopf ging, als der Körper vor seinem Fenster aufschlug. Das Geräusch des Aufpralls würde er niemals vergessen, es würde ihn für immer verfolgen, das wusste er sofort.

Er saß an seinem Schreibtisch und arbeitete an der Reinzeichnung für ein neues Bauprojekt, als er zunächst nur den Schrei hörte. Nicht spitz und kreischend, wie er es schon gewohnt war, wenn die junge Frau aus der Wohnung über ihm Besuch von ihrem Freund bekam, sondern irgendwie heiser, aber trotzdem brüllend, ein Schrei, der aus dem Innersten kam und voller Angst war. Nur einen Wimpernschlag später flog ein dunkler Schatten an seinem Fenster vorbei. Und dann kam der Aufprall. Dumpf, aber gleichzeitig auch irgendwie … platzend.

Ein Springer, dachte Jack sofort, das konnte nur ein Springer sein.

Wie versteinert blieb er an seinem Schreibtisch sitzen, unfähig, sich auch nur einen Zoll zu bewegen. Flach und schnell atmete er ein und aus, spürte sein rasendes Herz. Vor den Springern hatten ihn alle gewarnt, als er in das zwanzigstöckige Wohnhaus in Fulham gezogen war. »Die unterste Wohnung in so einem Haus, da landen die Selbstmörder bestimmt direkt vor deiner Tür«, hatte sein bester Kumpel Marc zu ihm gesagt, als er ihm beim Kistenschleppen geholfen hatte.

»Blödsinn«, hatte Jack geantwortet, »so was kann dir doch an jeder Autobahnbrücke passieren. Vor Selbstmördern ist schließlich keiner gewappnet.« Und wenn schon, sollte er deshalb die Wohnung nicht nehmen? Bezahlbare neunzig Quadratmeter in London-Fulham – da überlegt man nicht, da greift man zu.

Im Schnitt brachten sich jeden Tag zwei Menschen in der City um. Die meisten Suizide schafften es schon nicht mehr in die Tageszeitung, nur wenn sie die Tube oder den Verkehr lahmlegten, fanden sie in der Presse überhaupt Erwähnung. Jeden Tag setzten Menschen in London ihrem Leben gewaltsam ein Ende. Und jetzt war es direkt vor seinen Augen passiert.

Wieder hörte Jack einen Schrei, dann noch einen und noch einen. Die Nachbarn hatten es also auch mitbekommen und den logischen Schluss gezogen, dass der Springer nur vor der Parterrewohnung gelandet sein konnte. Es dauerte nicht lange, und an seiner Tür klingelte es Sturm, verbunden mit lautem Klopfen und Rufen.

»Mr Bernard! Mr Bernard! Sind Sie da? Um Himmelswillen, es ist etwas Schreckliches passiert! Machen Sie auf! Schnell!«

Das Klopfen und Klingeln wurde immer drängender. Aus der Ferne hörte er die heulenden Sirenen der Ambulanz näherkommen. Jack musste an die Zugführer denken, von denen so viele irgendwann Zeuge eines Selbstmordes wurden. Er hatte mal einen Artikel gelesen, in dem ein betroffener Zugführer seine Wut über solche Selbstmörder zum Ausdruck gebracht hatte.

»Diese Springer sind auf eine gewisse Weise rücksichtslos

und egoistisch. So schrecklich ein Selbstmord für die Betroffenen ist, was glauben Sie, wie es für jemanden wie mich ist? Wenn jemand einfach vor meinen Zug springt? Ich habe Kollegen, denen ist das nicht nur einmal passiert, die haben das zwei oder drei Mal miterleben müssen. Damit müssen Sie erst mal zurechtkommen. Ich frage mich, warum die Leute nicht dort aus dem Leben scheiden, wo sie nicht gleich so viele Zeugen haben.«

Daran musste Jack in diesem Moment denken. Dass er jetzt auch ein solcher Zeuge geworden war. Er versuchte, ruhig zu atmen, um so den Schock unter Kontrolle zu bekommen. Zögerlich stand er auf, langsam und unentschlossen, voller Angst vor dem, was sich vor seinem Fenster befand. Er wollte es nicht sehen. Es reichte ihm, dass das Geräusch des Aufpralls für immer in seinem Gehirn abgespeichert war, er wollte beim besten Willen nicht auch noch das passende Bild dazu haben. Aber obwohl er sich die Hand vors Gesicht hielt und sich selbst befahl, auf keinen Fall aus dem Fenster zu blicken, war es unausweichlich. Wie automatisch wurde sein Blick in den kleinen Hof gezogen, der direkt vor seinem Fenster lag und der damals einer der Gründe gewesen war, warum er sich für die Wohnung entschieden hatte. Nur er hatte Zugang zu dem Lichthof und konnte ihn wie eine Terrasse nutzen.

Das Erste, was ihm auffiel, waren die Unmengen von Blut. Die hellen Steine, die alten Gartenmöbel, die er in den Hof gestellt hatte, alles war mit Blut bespritzt. Der zerschmetterte Körper lag merkwürdig verbogen neben dem Tisch. Ein Bein stand in einem Winkel von fast 90 Grad seitlich vom Körper ab, das andere war halb vom Rumpf verdeckt. Darunter hatte sich eine rotschwarze Pfütze gebildet, die sich kontinuierlich vergrößerte. Der linke Arm der Person schien merkwürdigerweise fast unversehrt zu sein, während der rechte als solcher gar nicht mehr zu erkennen war. Vielleicht ist er beim Fall gegen die Balkone gekommen, dachte Jack, jedenfalls war er nicht mehr als ein blutiges Stück Fleisch, aus dem einige Knochenstücke herausragten. Dann sah Jack gräulichweißes, schleimiges Zeug, das am unteren Rand eines Liegestuhls klebte und auf den blutigen Steinen verteilt war. War das …?

»Fuck«, stöhnte Jack. Er musste sich an seinem Schreibtisch festhalten, so wackelig wurde er schlagartig auf den Beinen. Übelkeit stieg in ihm auf, und er presste sich eine Hand vor den Mund.

»Fuck. Fuck. Fuck.«

Er raufte sich die Haare und eilte benommen zur Tür, aus deren Richtung immer noch laute Rufe und intensives Klopfen drangen. Minuten später wimmelte es in seiner Wohnung von Polizisten, Notärzten und aufgeregten Nachbarn.

»Mein Gott, Mr Bernard, das ist ja furchtbar! Also, ich könnte hier nicht mehr wohnen. Nein, wenn das meine Wohnung wäre, ich würde sofort ausziehen.« Mrs Robert. Die einzige Person, die Jack im Haus mit Namen kannte. Mit dem vierten Stock wohnte sie an der Grenze zu den Leuten, die zu seinem Wiedererkennungsradius zählten. Die Nachbarn aus den höheren Stockwerken kannte Jack höchstens vom Sehen. Keine Namen.

»Haben Sie den Aufprall beobachtet?« Jetzt klang sie fast neugierig. »Ich habe nur den Schrei gehört, das war schon schrecklich genug. Haben Sie den Aufprall …?«

Er schüttelte den Kopf, worauf Mrs Robert ein unverhohlen enttäuschtes Gesicht machte. »Schrecklich. Die Verzweiflung, die diese Menschen haben müssen. Ich würde mich niemals so umbringen. Wenn es mir so dreckig ginge, dass ich nicht mehr leben wollte, also dann, dann würde ich lieber einen Haufen Pillen mit einer Flasche Guinness runterspülen. Aber so was, nein, so was könnte ich nicht. Sie etwa, Mr Bernard?«

Jack sah die Frau irritiert an. Er wusste nicht, was er auf diese merkwürdige Frage antworten sollte. »Nein«, war schließlich das Einzige, was er hervorbrachte, und er war froh, als ein uniformierter Sergeant auf ihn zukam und die offizielle Befragung begann.

Er schilderte dem Uniformierten, dass er zuerst den Schrei gehört hatte, wie dann der Schatten an seinem Fenster vorbeigeflogen war und es diesen furchtbaren Aufprall gegeben hatte. Er versuchte, es zeitlich so genau wie nur möglich einzugrenzen, und fragte sich dabei trotzdem, warum es so wichtig war, ob die Person vor zwanzig oder vor dreißig Minuten vor seinem Fenster aufgeschlagen war. Was spielte das für eine Rolle?

Es dauerte über zwei Stunden, bis es langsam wieder leerer in der Wohnung wurde. Niemals hätte Jack es für möglich gehalten, dass ein Selbstmord so dermaßen viele Menschen mobilisierte. Sanitäter, Polizisten, Fotografen ... Es ging zu wie im Taubenschlag. Der Leichenwagen kam und transportierte ab, was von dem Menschen, der vom Dach gesprungen war, übrig geblieben war. Sogar ein Notfallseelsorger war inzwischen eingetroffen und bot seine Hilfe an. Aber Jack schüttelte nur den Kopf.

»Danke. Ich komm schon klar.«

Der Mann drückte ihm seine Visitenkarte in die Hand. »Der Redebedarf kommt manchmal auch erst später. Es gibt Augenzeugen, die reißen sich wochenlang zusammen, bevor das Trauma richtig zuschlägt. Sie müssen wissen, dass so etwas passieren kann, und es ist kein Grund, sich zu schämen. Gut möglich, dass Sie es zu einem späteren Zeitpunkt nicht mehr aushalten. Melden Sie sich, okay? Sie können mich Tag und Nacht anrufen.«

»Danke.« Aber Jack wusste, dass er nicht anrufen würde. Er wusste, dass er es aushalten konnte. Das wusste er ganz genau.

»Es war eine Frau, oder?«, fragte er den Sergeant, der ihm ebenfalls eine Karte mit allen möglichen Telefonnummern in die Hand drückte. Jack war sich sicher, dass die Person, die vom Dach gesprungen war, eine Frau gewesen war. Er hatte die blonden Locken gesehen, die blutverschmiert an der aufgeplatzten Schädeldecke klebten.

»Ja, eine Frau«, bestätigte der Sergeant. »Was passiert ist, wissen wir noch nicht, auch nicht, wie sie aufs Dach gekommen ist.«

»Dafür braucht man einen Schlüssel«, sagte Jack. »Alle Hausbewohner haben einen. Das ist eine Spezialtür, die kriegt man sonst nicht auf. Und das bedeutet dann doch wohl, dass sie einen Schlüssel gehabt haben muss, oder?«

Der Sergeant nickte. »Das hat der Hausmeister bereits meinem Kollegen gesagt. Aber laut der gefundenen Ausweispapiere stammt die Frau nicht aus dem Haus. Es ist natürlich möglich, dass sie hier jemanden kannte und sich so Zugang zum Dach verschafft hat. Der Fahrstuhl ist kaputt, vielleicht hat sie ja jemand beim Hochgehen gesehen. Wir werden die Videoüberwachung im Treppenhaus auswerten, dann wissen wir vielleicht mehr. Laut Ausweis handelt es sich bei der Toten um eine gewisse Ellen Cramer. Sagt Ihnen der Name was?«

Die Gedanken rasten durch seinen Kopf. Cramer. Natürlich sagte der Name ihm etwas. Aber das konnte doch nicht sein ... Vielleicht täuschte er sich? Immerhin stand er unter Schock, da konnten einem die Gedanken schon mal einen Streich spielen. Mit einer *Ellen* Cramer hatte er auch nie was zu tun gehabt, da war er sich vollkommen sicher. Außerdem gab es sehr wahrscheinlich sowieso zahllose Cramers in London.

»Kennen Sie die Frau? Ellen Cramer?«, riss der Sergeant ihn aus seinen Gedanken.

»Nein«, sagte Jack wahrheitsgemäß. »Ich kenne sie nicht.« Und obwohl er wusste, dass das stimmte, blieb ein ungutes Gefühl zurück, wenn er an den Namen Cramer dachte.

2

Als ihr Vater anrief, war Saskia gerade auf dem Laufband. Obwohl sie das Handy immer griffbereit hatte, ging sie normalerweise nicht ran, wenn sie trainierte. Einzig bei ihrer Familie machte sie eine Ausnahme.

»Hi Dad«, keuchte sie atemlos und hüpfte vom Laufband, das surrend weiterlief. »Was gibt's?«

»Saskia, Darling«, meinte er langsam, und sie hörte, wie er an einer Zigarette zog. Er schien nach den richtigen Worten zu suchen. »Es ist … Es ist etwas passiert.«

Ihr Herz setzte für einen Moment aus. Dann raste es in doppelter Geschwindigkeit weiter, beinahe als wäre sie immer noch auf dem Laufband. Oh nein. Oh nein, bitte nicht …

»Ist etwas mit Max?«

»Nein, Max geht es gut. Es ist …« Sie hörte, wie er schluckte. Dann sagte er mit zitternder Stimme: »Ellen. Ihr ist etwas zugestoßen.«

Zuerst wusste Saskia nicht, was sie mit der Aussage anfangen sollte. Was sollte das heißen, ihr war etwas zugestoßen? Ein Unfall? Und warum klang Dad so fassungslos? Sie gab einen fragenden Laut von sich.

»Sie hat sich umgebracht, Schatz. Es tut mir so leid.«

Es dauerte einen weiteren Moment, bis Saskia begriffen hatte.

»Das ist doch Unsinn«, murmelte sie.

»Leider nein. Die Polizei hat eben bei mir angerufen. Sie haben sie eindeutig identifiziert.«

Saskia lachte auf. »Aber Dad. Ellen kann doch nicht tot sein. Ich habe sie vorgestern erst gesehen!«

Er seufzte tief. Schlagartig wusste Saskia, dass ein Irrtum ausgeschlossen war. Ihre Tante war tatsächlich tot.

»Selbstmord?« Sie spürte, wie ihr Körper von einer Gänsehaut überzogen wurde. »Ist das ... Bist du dir sicher?«

»Ja«, antwortete ihr Vater. »Die Polizei will sich zwar wie üblich noch nicht festlegen, aber alles deutet darauf hin. Offenbar hat sie sich vom Dach gestürzt. Irgendwo in Fulham.«

»Vom Dach? Mein Gott ...«, murmelte Saskia und wischte sich mit dem Handrücken über die Stirn. Ihr stiegen die Tränen in die Augen. Ein Sturz in die Tiefe ... Ausgerechnet ... Wie Mum damals ... Und jetzt Ellen ... Das konnte doch nicht wahr sein. Nicht sie. Nicht ihre geliebte Tante. »Warum sollte sie das getan haben?«, flüsterte Saskia.

»Ich weiß es nicht, mein Schatz. Vielleicht hat sie ja einen Abschiedsbrief hinterlassen. Das wird man in den nächsten Tagen bestimmt klären. Es tut mir so leid, Liebes. Ich weiß, wie sehr du an ihr gehangen hast.«

»Selbstmord ...« Saskia schüttelte fassungslos den Kopf. »Nein. Das glaube ich einfach nicht. Das hätte ich merken müssen. Und außerdem ist Ellen gar nicht der Typ für so was. Es geht ihr doch gut!«

»Mach dir keine Vorwürfe, Schatz. Man kann den Menschen nicht in den Kopf schauen. Wer weiß schon, welche Dämonen sie geplagt haben.«

Saskia sackte neben dem Laufband auf die Knie. Stumm liefen ihr die Tränen über das Gesicht, während die Bilder von ihrem letzten Treffen durch ihren Kopf rasten. Der Espresso, dachte sie. Beim Trinken hatte sie ihn ständig verschüttet. Ganz untypisch für sie.

»Ich kann das gar nicht glauben ... Wie geht es George?«

»Keine Ahnung.« Die Stimme ihres Vaters klang sofort um einige Grad kälter. Jeder in der Familie wusste, dass Saskias Vater seinen Schwager George, Tante Ellens Mann, auf den Tod nicht ausstehen konnte.

»Dad!« Konnte ihr Vater nicht wenigstens jetzt über seinen Schatten springen und den trauernden Witwer anrufen, um ihm sein Beileid auszusprechen? »Kannst du den Streit mit ihm nicht mal kurz vergessen?«

»Nein. Es gibt Dinge, die vergisst man nicht.«

»Aber es liegt so viele Jahre zurück ...«

»Das ist egal, Saskia. Manches steht für immer im Raum.«

Er schwieg, und Saskia dachte daran, was Ellen vor zwei Tagen noch zu ihr gesagt hatte. Trotz des Streits, der zwischen Dad und George seit Jahren herrschte, hatten Ellen und sie es geschafft, ein enges Verhältnis zueinander aufzubauen. Und das, obwohl die Voraussetzungen dafür wirklich nicht die besten gewesen waren, denn zwischen Ellen und Saskias verstorbener Mutter Caren hatte auch nicht immer eitel Sonnenschein geherrscht. Aber während der Streit um Geld und Firma die Männer so weit getrieben hatte, dass sie sich heute spinnefeind waren, waren Ellen und Saskia sich nach Carens Tod immer näher gekommen. Vielleicht auch, weil Ellen keine eigenen Kinder hatte und Saskia die eigene Mutter fehlte.

»Kommst du heute Abend vorbei?«, fragte ihr Dad nach einer Weile. »Max kommt auch. Ich finde, ihr solltet an so einem traurigen Tag nicht allein sein.«

Unaufhaltsam machte die schreckliche Erkenntnis sich in ihrem ganzen Körper breit, ließ sie unwillkürlich frösteln. Es war kein böser Traum. Ellen war tot. Nein, schlimmer als das, sie hatte sich das Leben genommen. Mums Tod war damals ein schrecklicher Unfall gewesen, aber Ellen hatte selbst … Saskia versuchte ein Schluchzen zu unterdrücken. »Ja. Natürlich komme ich.«

Sie verabschiedete sich von ihrem Vater, schaltete das Handy aus und starrte aus dem Fenster. Der Blick über die Dächer Londons, den sie hier vom sechsten Stock aus hatte, war atemberaubend. Die meisten Häuser in ihrer Straße im Stadtteil Wandsworth hatten drei bis vier Stockwerke, manche fünf. Der ausgebaute Dachstuhl, der ihr ein Wohnen im sechsten Stock ermöglichte, war eine echte Ausnahme in der Gegend. Dass das Gebäude aus dem späten 19. Jahrhundert keinen Fahrstuhl hatte, nahm Saskia dafür gerne in Kauf und verbuchte das tägliche Treppensteigen als zusätzliches Sportprogramm. Sie war sich sicher, dass sie auch deshalb so schlank und sportlich war.

Normalerweise konnte sie sich an der Aussicht nicht sattsehen. Manchmal kam ihr die Wohnung wie eine Oase der Ruhe vor, wenn sie von einem anstrengenden Uni-Tag aus ihrem Seminar für Wirtschaftswissenschaften kam, durch die laute Stadt nach Hause geeilt war und endlich die Tür hinter sich zuwerfen konnte. Von hier oben wirkte das hektische Treiben der Stadt viel ruhiger, der Straßenlärm verklang immer mehr, sodass sie ihn kaum noch wahrnahm, selbst wenn sie ein Fenster öffnete. Durch die Höhe hatte sie Ruhe.

Doch jetzt überkam sie ein ungutes Gefühl, als sie vom Fenster nach unten schaute. Warum hatte Ellen sich bloß so grausam das Leben genommen, war von einem Hochhaus in Fulham gesprungen? Warum ausgerechnet dort? Ihr Blick fiel auf die Autos und Fußgänger, die unten ihrem Alltag nachgingen, als sei nichts passiert. Sie ließen Saskia darüber nachdenken, was Ellen wohl als Letztes in ihrem Leben gesehen und gefühlt hatte. Was ging in einem Menschen vor, der sich aus großer Höhe in die Tiefe stürzte? Was nahm er noch wahr? Sah er die Straße und die Autos auf sich zukommen? Spürte er noch, wie sein ach so zerbrechlicher Körper auf den Boden aufprallte? Oder war die Zeit viel zu kurz dafür, löste sich die Welt in einem rasenden Wirbel von Farben und Klängen auf? Waren da noch Schmerzen, war da noch Angst?

Saskia band ihre langen blonden Haare zu einem neuen Zopf, stand auf und putzte sich die Nase. Ihre Tränen konnte sie dadurch nicht stoppen. Unwillkürlich musste sie daran denken, wie sie vor einigen Jahren in einem spanischen Freizeitpark Bungee Jumping gemacht hatte. Bis heute war es ihr ein Rätsel, wie sie das tun konnte, von einem fünfzig Meter hohen Kran zu springen, angebunden an ein Gummiseil. Ausgerechnet sie. Sie hatte keine Ahnung, was sie sich davon erhofft hatte. Der Adrenalin-Kick, von dem alle immer schwärmten, hatte sich bei ihr jedenfalls nur in purer Todesangst geäußert. Noch eine halbe Stunde nach dem Sprung hatte sie am ganzen Körper gezittert. Während ihr Verstand längst begriffen hatte, dass die vermeintlich spaßige Aktion vorbei war, hatten ihre Arme und Beine noch komplett unter dem Eindruck entsetzlicher Panik gestanden. Drei Gin Tonic hatte sie gebraucht, um sich wieder zu beruhigen.

Abgesehen von dem Gefühl der Angst erinnerte sie sich noch genau an das, was sie im freien Fall gesehen hatte. Es war ein heißer Sommertag gewesen, der Himmel strahlte im schönsten Blau, um sie herum war der bunte und laute Freizeitpark. Doch davon hatte sie während des Sprungs nichts wahrgenommen. Sie hatte nur die Rasenfläche unter sich gesehen, ein kleiner grüner Fleck, der unerbittlich auf sie zuraste. Und links und rechts neben ihr war alles nur schwarz gewesen, als fiele sie durch einen dunklen Tunnel.

Ob es für Ellen ähnlich gewesen war? War auch sie durch einen schwarzen Tunnel gerauscht, an dessen Ende ein heller Fleck leuchtete?

Selbstmord … eine schreckliche Art, aus dem Leben zu treten. Warum hatte sie das bloß getan?, überlegte Saskia. Und wie konnte es ihr nur entgangen sein, dass es Ellen so schlecht ging? Wieso hatte sie gestern nichts gemerkt, als sie gemeinsam im *Bittersweet* gesessen hatten? Ihre zittrigen Hände … Sie hätte intensiver nachfragen müssen, was mit Ellen los war! Wie hatte sie sich nur mit einem einfachen »zu viel Stress« abspeisen lassen können? Ellen hatte in der Firma immer viel Stress, aber noch nie hatten ihre Hände so gezittert. Warum hatte sie nicht bemerkt, wie schlecht es ihr ging?

Dann traf sie der Schock mit einer solchen Wucht, dass es sie fast von den Beinen holte. »Was soll ich ohne dich machen?«, schluchzte sie unwillkürlich auf.

Ellen hatte ihr immer beigestanden, in allen schwierigen Situationen. Das letzte Mal auf der Beerdigung ihrer Großmutter. Selbst da hatte Ellen ihren eigenen Schmerz unterdrückt, um Saskia beizustehen. Zwei Jahre lag das nun zurück. Granny war damals nur ein halbes Jahr nach Grandpa von der Welt gegangen, beide waren weit über achtzig gewesen und einen sanften Tod gestorben. Trotzdem hatte es Saskia tief getroffen, dass sie die beiden innerhalb so kurzer Zeit verloren hatte. Damals, als ihre Mutter verunglückt war, waren es vor allen Dingen ihre Großeltern und Tante Ellen gewesen, die sich um Max und sie gekümmert hatten. Bis Dad es wieder konnte.

Als ihre Großmutter starb, war Saskias älterer Bruder Max schon seit einigen Monaten im Familienbetrieb. Granny hatte noch dafür gesorgt, dass er dort nach seinem Studium eine Stelle als Controller antreten konnte, obwohl seine Noten alles andere als gut waren und er auch sonst keine unternehmerischen Qualitäten an den Tag legte. Aber das Kofferunternehmen, das inzwischen fast zweihundert Mitarbeiter hatte, lief so gut, dass sich eigentlich keiner in der Familie ernsthaft Sorgen ums Geld machen musste. Warum es trotzdem alle wieder und wieder taten, war Saskia immer ein Rätsel gewesen.

Über dreißig Jahre lag es jetzt zurück, dass aus der kleinen Gepäckmanufaktur ein angesehenes Unternehmen geworden war. Zunächst war das einzig und allein ihrer Großmutter zu verdanken, dann Tante Ellen, die sich als überaus talentierte Geschäftsfrau erweisen sollte. In einer Zeit, in der jeder Koffer im Königreich entweder grau, braun oder schwarz war, kam Saskias Großmutter Cilly Frost auf die brillante Idee, knallbunte Plastikkoffer auf den Markt zu bringen. Das traf Anfang der 1980er-Jahren so den Nerv der Zeit, dass das Unternehmen in wenigen Monaten seinen Umsatz verdoppeln konnte. Plastikkoffer in Pink, im Tiger- oder Zebralook, mit Punkten oder gar in Gold, es war fast so, als hätten die Leute nur darauf gewartet, endlich mit etwas anderem verreisen zu können als mit einem schwarzen Koffer. Und nichts passte besser zu Grandma Cilly als ihr schrilles Reisegepäck. Denn sie selbst war auch ein bisschen schrill gewesen. Ihr weißes Haar war nicht selten von einem leichten Blaustich durchdrungen und wurde jeden Morgen zu einer hochtoupierten Betonfrisur gestylt. Bis zur ihrem Tod trug sie dicke Schichten deckendes Make-up im Gesicht, was ihr selbst auf dem Sterbebett ein gepflegtes Äußeres gab. Keine Frage, Grandma war eine Frau, die auffiel. Ähnlich wie Tante Ellen, die das Temperament und den Unternehmergeist ihrer Mutter geerbt hatte. Für Ellen war das Glas immer halb voll, niemals halb leer.

Also warum? Warum hatte sie sich jetzt bloß umgebracht?

Saskia nahm ein Handtuch und wischte sich den Schweiß von der Stirn. Dann ging sie quer durch ihr großzügiges Apartment Richtung Bad, um heiß zu duschen. Vor einem halben Jahr hatte sie ihren Bachelor gemacht und mit dem Master begonnen. Theoretisch könnte sie in das Kofferimperium einsteigen, das nun ausschließlich ihrem Bruder Max und ihr gehörte. Aber wollte sie das überhaupt? Noch arbeitete Onkel George, Ellens Mann, als Geschäftsführer in dem Unternehmen, und sie fragte sich, ob er genauso ausscheiden würde, wie ihr Vater es damals vor ein paar Jahren getan hatte, nachdem ihre Mutter tödlich verunglückt war. Als angeheiratete Ehemänner hatten sie keinen Anspruch auf das Erbe.

Wie es Onkel George jetzt wohl ging? Sie musste ihn anrufen. Obwohl sie ihm nicht besonders nahestand, hatte sie das Gefühl, sich bei ihm melden zu wollen.

Nachdenklich blieb Saskia vor der Kommode aus glänzendem Nussbaumholz stehen und betrachtete das Foto, das in einem silbernen Rahmen zwischen zahlreichen anderen Bildern stand. Es zeigte ihre Mutter Caren gemeinsam mit deren Schwester Ellen. Zwei junge Mädchen in weißen Kleidern, Mum vielleicht zehn und Ellen vielleicht zwölf Jahre alt, die Hand in Hand über eine Blumenwiese liefen. Ihre langen blonden Haare wehten im Wind, und die beiden lachten so glücklich in die Kamera, dass es Saskia die Tränen in die Augen trieb.

Caren und Ellen.

»Jetzt seid ihr wieder vereint«, flüsterte sie und strich zärtlich über das Bild.

Sienna Johnstone räumte den Frühstückstisch ab und stellte die schmutzigen Teller in die Geschirrspülmaschine. Obwohl ihre Kinder inzwischen groß waren, hatte sich an dem morgendlichen Abläufen und dem damit verbundenen Chaos nicht viel verändert. Die Zwillinge Laura und Megan waren jetzt achtzehn, die Prüfungen für das A-Level standen vor der Tür, und die beiden befanden sich in der stressigsten Lernphase. Dementsprechend angespannt waren die Mädchen. Zu Siennas Erstaunen zeigten die beiden auch immer noch Anzeichen von pubertärer Zickigkeit. Müsste das nicht langsam vorbei sein?

Bei Leo war es zum Glück ausgestanden. Mit seinen einundzwanzig Jahren wäre es eigentlich an der Zeit, auszuziehen. Aber vom elterlichen Haus bis zur Uni waren es nur zehn Minuten mit dem Rad, und so zentral würde er in London kaum eine bezahlbare Wohnung finden. Seit einigen Jahren wohnte er im Keller und hatte sich da fast so etwas wie eine eigene Bude eingerichtet. Insofern sah er keinen Grund, von zu Hause auszuziehen.

»Will noch jemand Tee?«, fragte Sienna, und ein fast einstimmiges Ja ertönte.

Das Frühstück war die einzige Mahlzeit, zu der die ganze Familie zusammenkam. Seit Jahren herrschte müde Hektik in der großen Wohnküche, wenn sich zwischen sieben und halb acht alle Familienmitglieder am runden Esstisch versammelten.

»Shit. Wir haben heute bis um vier Schule«, stöhnte Laura. »Mittwoch ist echt der nervigste Tag.«

»Ich hab danach noch Hiphop«, meinte Megan.

»Wann schreibt ihr Mathe?«, fragte Christopher und schaute auf die Uhr. Siennas Mann musste als Erster das Haus verlassen. Sein Arbeitsweg zu der Kanzlei, in der er seit einigen Jahren als Wirtschaftsprüfer arbeitete, führte ihn einmal quer durch London. Nicht selten war er über eine Stunde und länger unterwegs. Meistens nahm er die Bahn, manchmal auch den Wagen.

»Nächste Woche.«

»Und?«

»Hör bloß auf, Daddy.«

Sienna lächelte ihre Mädchen an. Sie waren gute Schülerinnen und würden die Prüfungen mit links schaffen. Aber Mathe zählte nicht gerade zu ihren Lieblingsfächern. Schon immer waren sie dort eher Mittelmaß, während sie in den anderen Fächern zu den Besten zählten.

Fast zeitgleich strichen sich die beiden durch ihre dunklen Haare, die sie beide zu einem Bob geschnitten hatten. Ihre Ähnlichkeit und Vorliebe für dieselben Frisuren und Klamotten fand Sienna selbst heute noch manchmal faszinierend. Laura war zwar zwei Zentimeter größer als Megan und hatte an der rechten Wange einen Leberfleck, aber das waren auch die einzigen Unterschiede, die mehr oder weniger offensichtlich waren.

Wie immer drückte ihr Christopher einen klebrigen Marmeladenkuss auf die Wange und verließ zusammen mit Leo das Haus. Zehn Minuten später machten sich auch die Zwillinge auf den Weg. Sienna blieben jetzt noch zwei Stunden, bevor sie das kleine Geschäft in Notting Hill aufschließen musste. Bis fünfzehn Uhr arbeitete sie in dem Einrichtungsladen, der Wohnaccessoires jeder Art verkaufte.

Sie öffnete das Küchenfenster, um gründlich durchzulüften, und wischte über den Esstisch. Dann nahm sie den Besen und fegte die Krümel zusammen. Sie mochte das viktorianische Reihenhaus, das mit vier Schlafzimmern ausreichend Platz für die ganze Familie bot. Einzig die Tatsache, dass die Wohnküche im Erdgeschoss zur Straße hinauslag, hatte sie immer etwas gestört. Eine Küche zum Garten, am liebsten mit Terrasse, war schon immer Siennas Traum gewesen. Aber man konnte nicht alles haben. Bei den Londoner Immobilienpreisen erst recht nicht.

Ein merkwürdiger Geruch zog ihr in die Nase. War das Zigarettenqualm? Es roch so ähnlich, nur irgendwie parfümierter. Leo hatte früher mal Mentholzigaretten geraucht, die hatten ein ähnlich künstliches Aroma verbreitet. Rauchte da jemand direkt vor ihrem Fenster? Gott, wie rücksichtslos! Schließlich gab es dort keine Bushaltestelle und auch sonst nichts, weshalb Passanten einen Grund haben könnten, dort gemütlich eine Kippe zu rauchen. Genervt und betont laut knallte sie das Fenster zu.

Sienna hasste es, wenn sie fremde Menschen wahrnahm, ohne sie zu sehen. Das hatte ihr schon immer ein ungutes Gefühl vermittelt. Wenn sie sich auf eine Bank setzte, auf der noch die Wärme eines anderen zu spüren war, hatte sie sich immer suchend umgesehen und einen Schauder verspürt, wenn kein Mensch weit und breit zu sehen war. Und in den langen Unterführungen der Tube konnte man manchmal die hallenden Schritte anderer Passanten hören, ohne auch nur eine Menschenseele zu sehen. Vielleicht hatte sie zu viel Fantasie oder zu viele schlechte Filme gesehen, aber die Tatsache, dass ein Fremder für sie unsichtbar in ihrer Nähe war, gefiel ihr nicht.

Sienna machte die Betten, sammelte schmutzige Wäsche zusammen und bügelte rasch drei Hemden. Dann knotete sie sich ihre dunklen Haare zusammen, trug etwas Make-up auf und tuschte sich die Wimpern, was ihre blauen Augen noch mehr betonte. Als sie auf die Uhr schaute, war es schon nach neun. Mit der Tube bräuchte sie eine knappe halbe Stunde, mindestens eine Stunde, wenn sie laufen würde. Da die Sonne inzwischen hinter den Wolken hervorgekrochen war, entschied sich Sienna, zu Fuß zu gehen. Dann brauchte sie heute Abend keine weiteren Runden im Fitnessstudio mehr.

Der Vormittag verlief ereignislos. Sie verkaufte zwei Vasen und eine Etagere und fragte sich, wie ihr Chef den Laden bei den hohen Mieten überhaupt halten konnte.

Als sie gegen Mittag langsam hungrig wurde, war sie schon seit über einer Stunde vollkommen alleine in dem Geschäft gewesen. Da *Tonis Sandwich Bar* direkt nebenan lag, entschied Sienna, dass es auch heute zu verantworten war, sich dort kurz etwas zu essen zu holen, ohne den Laden großartig verschließen zu müssen. Toni hatte einen Straßenverkauf, sie würde ihre Ladentür praktisch keine Sekunde aus den Augen lassen und somit keinen potenziellen Kunden verpassen.

»Wie geht's der Familie, Sienna?« Sie kannte Toni schon seit acht Jahren, seit dem Tag, an dem sie in dem kleinen Geschäft als Aushilfe angefangen hatte.

»Alles bestens, Toni. Die Mädchen stecken mitten im Abschluss-Stress. Die Kinder sind so schnell groß geworden!«

»Wem sagst du das. Meine Jüngste ist letztes Wochenende ausgezogen. Mit Tomaten und Mozzarella?«

Sienna nickte. »Wie immer, Toni.«

Während er das Sandwich belegte, erzählte er ihr, dass es seine jüngste Tochter zum Studium nach Leeds gezogen habe. »So eine kleinere Stadt ist für sie gar nicht verkehrt«, meinte er. »Irgendwie mache ich mir dort weniger Sorgen um sie als hier in London. Vier achtzig, bitte.« Er reichte ihr das eingepackte Sandwich.

Sienna gab ihm fünf Pfund und weigerte sich, das Wechselgeld anzunehmen. Sie verabschiedete sich und ging die wenigen Schritte zurück zu ihrem Laden, wobei sie schon hungrig in ihr Sandwich biss. Noch bevor sie gegen die Ladentür drücken konnte, bemerkte sie, dass die einen Spalt offen stand. Dabei war sie sicher, dass sie sie fest zugedrückt hatte. War in der kurzen Zeit ein Kunde im Geschäft gewesen? Irritiert sah sie sich um. Der Bürgersteig sowohl zur rechten als auch zur linken Seite war mehr oder weniger leer. Natürlich nicht komplett menschenleer, aber weit und breit konnte Sienna niemanden entdecken, der zu ihrem klassischen Kundenkreis passen könnte. Ihr war klar, dass sie im Prinzip bloß überteuerten Chichi verkaufte, den sich normalerweise nur die Leute gönnten, die nicht besonders aufs Geld achten mussten. Meistens waren es schicke Frauen in den Vierzigern, teuer gekleidet und zurechtgemacht, die bereit waren, mehrere hundert Pfund für ein Set Platzdeckchen oder für einen Kerzenständer hinzublättern. Eine solche potenzielle Kundin war aber weit und breit nicht zu sehen.

Sienna schüttelte über sich selbst den Kopf. Sie hatte die Tür vielleicht zwei Sekunden nicht im Blick gehabt, es hätte ihr doch auffallen müssen, wenn jemand in den Laden gegangen wäre, oder? Niemand schlich sich still und heimlich in ein Geschäft, sie hätte es garantiert bemerkt, wenn eine Kundin gekommen wäre. Vielleicht hatte sie irgendwo ein Fenster aufgelassen, es gab Zug im Laden und die Tür war von alleine aufgesprungen? Vermutlich.

Schwungvoll betrat sie den Laden, ging zum Tresen, legte ihr Sandwich ab und wischte sich mit der Serviette über den Mund. Als sie gerade ihre Jacke ausziehen wollte, hielt sie irritiert inne.

»Das kann doch nicht ...«

Hektisch suchten ihre Augen das kleine Geschäft ab. Fehlte etwas? Waren sie bestohlen worden? Nein, alles schien an seinem Platz zu sein. Auch die Kasse war fest verschlossen.

Beunruhigt zog sie die Jacke aus und hängte sie über die

Stuhllehne hinter dem Tresen. Es war jemand hier gewesen, das wusste sie ganz genau. Das verriet ihr der Geruch, der wie eine kleine Wolke im Laden hing und den sie heute schon einmal gerochen hatte.

3

Es hatte Saskia Flynt etwas Überwindung gekostet, ihrem Onkel George zwei Tage nach Ellens Tod einen Kondolenzbesuch abzustatten. Ihrem Vater und auch ihrem Bruder Max hatte sie nichts davon erzählt, sie wusste, wie die beiden auf Onkel George zu sprechen waren. Gerade Dad hasste ihn seit dem Tag, an dem sie sich über das Erbe von Saskias Mutter zerstritten hatten.

»Es ist nun mal so festgelegt: Das Unternehmen darf nur an blutsverwandte Familienmitglieder vererbt werden!« Sie erinnerte sich noch genau an das überlegene Lächeln auf Onkel Georges Gesicht, als er diese Worte an ihren Vater gerichtet hatte. Obwohl sie damals noch so klein gewesen war und die Erinnerung an die Zeit um Mums Tod kaum noch klar fassen konnte, war ihr der große Familienstreit von damals noch sehr präsent. Vielleicht lag das daran, weil zu diesem Zeitpunkt ein weiteres halbes Jahr vergangen und sie etwas älter geworden war. Oder weil der Streit nicht so traumatisch gewesen war wie Mums Tod und sie ihn deshalb nicht verdrängt hatte. Oder aber auch, weil ihr Vater Worte benutzt hatte, die sie weder davor noch danach aus seinem Munde gehört hatte.

»Es tut mir leid, aber so ist es nun mal von Granny Cilly geregelt worden. Nur Blutsverwandte. Und das bedeutet, dass Ellen Alleinerbin des Unternehmens ist«, hatte George mit einem merkwürdigen Gesichtsausdruck gesagt.

»Max und Saskia *sind* Blutsverwandte von Cilly!«

George hatte laut gelacht. »Schon möglich, aber sie sind halt noch Kinder! Wenn sie erwachsen sind, können sie natürlich ins Unternehmen einsteigen. Falls es das dann noch gibt.«

»Was soll das heißen?«

»Nun, Ellen und ich spielen mit dem Gedanken, den Laden zu Geld zu machen.«

Saskia erinnerte sich noch genau an die Atmosphäre, die in diesem Moment im Raum geherrscht hatte. Ihr Vater war starr vor Zorn gewesen, während Onkel George ihn ungerührt eiskalt angelächelt hatte. Zum Glück war Tante Ellen in dem Augenblick ins Zimmer gekommen und hatte sie sofort auf den Arm genommen.

»Schämt euch«, hatte sie die Männer angezischt. »Wie könnt ihr vor der Kleinen so reden!«

Doch weder ihr Dad noch Onkel George hatten auf Ellen gehört.

»Du täuschst dich, wenn du glaubst, dass du den gesamten Gewinn alleine einstreichen kannst!«, presste ihr Vater heraus.

Wieder lachte Onkel George laut auf. »So? Das werden wir ja sehen! Wer von uns beiden war noch mal der Jurist? Und wer hat bitteschön sein Wirtschaftsstudium abgebrochen? Was weißt du schon vom Geschäft?«

»Arschloch!«, hatte ihr Vater gebrüllt, und damit war der Streit erst so richtig eskaliert. Dad hatte George vorgeworfen, dass er Mums unglücklichen Tod ausnutzen würde, um seine finanziellen Interessen durchzusetzen. George hatte gekontert, dass Dad bloß seine Klappe halten sollte, schließlich habe er Caren doch nur des Geldes wegen geheiratet. Die Stimmung schaukelte sich so hoch, dass George und Dad fast aufeinander losgegangen wären. So wütend hatte Saskia ihren Vater noch nie erlebt. Wenn Tante Ellen sie nicht so schnell aus dem Zimmer gebracht hätte, wäre sie womöglich noch Zeugin einer handgreiflichen Auseinandersetzung geworden.

Dennoch war es eine unbestrittene Tatsache, dass ihre Großeltern schon Jahre vor dem tragischen Unglück festgelegt hatten, dass das Familienunternehmen nur an Blutsverwandte vererbt werden durfte. Ehemänner waren ausdrücklich ausgeschlossen – und damit Saskias Vater genauso wie Onkel George. Max und Saskia erbten zwar die Firmenanteile ihrer Mutter, durften aber bis zu ihrem fünfundzwanzigsten Lebensjahr nicht darüber verfügen. Ihre Tante konnte in der Firma mehr oder weniger machen, was sie wollte – und mit ihr Onkel George als leitender Geschäftsführer, selbst wenn er eigentlich aus dem Erbe ausgeschlossen war. Es war also nicht überraschend gewesen, dass George ihren Vater aus dem Unternehmen raushaben wollte, in dem er und Mum ebenfalls leitende Positionen gehabt hatten. Trotzig hatte ihr Dad seinen Managerposten noch zwei Jahre behalten, bis ihn die ewigen Streitereien mit George aus der Firma aussteigen ließen.

Einen Verkauf des Unternehmens konnte Onkel George in den darauffolgenden Jahren aber nicht durchsetzen, weder die Großeltern noch Tante Ellen stimmten dafür. Saskia glaubte, dass Ellen deshalb häufig Streit mit ihrem Mann gehabt hatte, jedenfalls hatte sie es ein paar Mal mitbekommen, dass George sich darüber beklagte, wie wenig seine Frau hinter ihm stehen würde. Aber Tante Ellen war eben nicht nur eine gute Geschäftsfrau, sondern arbeitete auch mit Leidenschaft in der Firma. Saskia war davon überzeugt, dass sie sich für kein Geld der Welt von dem Unternehmen getrennt hätte.

Die Fahrt von London raus nach East Horsley dauerte mit der Bahn von Kings Cross nur eine knappe Stunde. Wie oft war sie diese Strecke in den letzten Jahren gefahren? Unzählige Male. Und immer war sie voller Vorfreude gewesen auf das schöne, äußerst gepflegte Örtchen im Speckgürtel von London. 2011 hatte der *Daily Telegraph* East Horsley zum reichsten Dorf Großbritanniens gekürt, da sechsundvierzig Häuser in dem kleinen Ort für über eine Million Pfund verkauft worden waren. Und genauso sah es hier auch aus, ein beeindruckendes Anwesen reihte sich an das nächste.

Doch heute hatte Saskia kein Auge für das idyllische Dorf. Zögernd ging sie auf das verschachtelte Haus aus grauem Naturstein zu, das im Vergleich zu den Villen, die sonst in East Horsley zu finden waren, noch relativ bescheiden war. Für zwei Personen allerdings reichte es natürlich dicke.

Wie würde Onkel George auf ihren Besuch reagieren? So eng ihr Draht zu Tante Ellen auch gewesen war, mit George hatte sie nur wenig Kontakt gehabt. Meistens war er nicht dabei gewesen, wenn sie und Ellen sich trafen. Ob das auch etwas mit dem Streit zwischen ihm und Dad zu tun hatte? Aber der lag inzwischen siebzehn Jahre zurück. Zwar hatten die Männer ihren Konflikt danach nie bereinigt, ihn im Gegenteil sogar noch ausgeweitet, trotzdem konnte Saskia sich kaum vorstellen, dass ihr Onkel sie deshalb irgendwie ablehnte. Sippenhaft würde man so was sonst wohl nennen, dachte sie. Vor zwei Jahren, auf der Beerdigung der Großeltern, war er sehr distanziert gewesen, er hatte Max und ihr zwar kurz die Hand geschüttelt, was er bei ihrem Dad nicht gemacht hatte, aber dafür kaum ein Wort gesprochen. Bei George war dieses Verhalten allerdings im Grunde normal, er war einfach schon immer ein komischer Kauz gewesen. Was würde jetzt wohl aus ihm werden? Er hatte keine Kinder, seine eigenen Eltern waren schon lange tot, und sie konnte sich nicht erinnern, dass jemals von Freunden die Rede gewesen wäre. Und nun hatte seine Frau sich das Leben genommen.

Ihr Onkel tat ihr leid.

Saskia atmete noch mal tief durch und drückte dann auf die glänzend polierte Messingklingel. Kurz darauf öffnete ihr eine junge, ausgesprochen attraktive Frau die Tür. Sie hatte lange, glänzend schwarze Haare, die ihr schwer und glatt auf die Schultern fielen. Ihre auffallend schlanke Figur betonte sie durch eine hautengen Jeans noch mehr, und die Stilettopumps ließen ihre Beine endlos lang erscheinen. Hohe Wangenknochen und Augen, die so grün waren, wie es in der Natur eigentlich selten vorkam, gaben ihrem Aussehen etwas Katzenhaftes.

»Sie wünschen?« Ihrem Akzent nach zu urteilen stammte sie aus Osteuropa.

Saskia hatte der Anblick der Frau völlig aus dem Konzept gebracht. Wer war das? Sie hatte diese Frau noch nie gesehen.

»Ich möchte gerne zu meinem Onkel, George Cramer.«

»Kommen Sie herein. Er ist im Wohnzimmer.«

Die Frau machte die Tür weiter auf und ließ Saskia in den Eingangsbereich des Hauses treten.

»Ich bin Iza, die Haushälterin«, sagte die Frau, als hätte sie geahnt, dass Saskia gerade danach fragen wollte.

»Haushälterin!«, entfuhr es ihr erstaunt. George und Ellen hatten eine Haushälterin? Ihre Tante Ellen hatte zugelassen, dass eine Frau in ihrem Haus arbeitete, die aussah wie das nächste Topmodel? Und sie hatte ihr nichts davon erzählt? Ihrer Nichte, mit der sie sonst über alles sprechen konnte? Das konnte sich Saskia beim besten Willen nicht vorstellen. Mit Ellen hatte sie über alles gesprochen, wirklich über alles. Selbst die Verdauungsprobleme von Onkel George hatte ihre Tante ihr in aller Ausführlichkeit und mit der nötigen Prise Humor geschildert. Niemals hätte sie es ihr verschwiegen, wenn so ein gephotoshoptes Katzenwesen in ihrem Haus arbeiten würde, nein, das war unmöglich.

Misstrauisch folgte sie der Frau durch das helle Esszimmer, dem anzusehen war, dass es schon seit Wochen nicht mehr benutzt worden war. Auf dem Tisch lagen unzählige Zeitschriften und Reisekataloge, zu unordentlichen Stapeln aufgetürmt.

Die Kreuzfahrt, ging es Saskia durch den Kopf. Ellen wollte ja eine Seereise machen. Schlagartig schossen ihr die Tränen in die Augen, als sie daran dachte, dass ihre Tante nun niemals die Reise antreten würde, die sie so lange geplant hatte.

Durch eine elegante Schiebetür betraten sie das Wohnzimmer, das ebenfalls in hellen Farben gehalten war. Ein Meer aus cremefarbenen Sofas, Sesseln und Teppichen, das so viel Behaglichkeit und Wohlstand ausstrahlte, wie es ein Wohnzimmer nur konnte. Die diversen Jagdtrophäen, die an den Wänden hingen, verstärkten diesen Eindruck noch. Onkel George war ein leidenschaftlicher Jäger, schon immer gewesen.

Mit einem Glas Whisky in der Hand saß er in einem großen Ohrensessel und starrte aus dem Fenster. Er drehte den Kopf zu ihr, als sie ins Zimmer kam.

»Grüß dich, Onkel George. Ich …«

Ihr Onkel wandte sich sofort wieder ab und starrte nach draußen. Unsicher kam Saskia näher. Sie überlegte kurz, ihm die Hand auf die Schulter zu legen. Aber dann fand sie diese Form der Nähe nach all den Jahren doch irgendwie unpassend.

»Es tut mir so leid, Onkel George.«

»Aha.« Er strich sich durch sein schütteres Haar.

»Es ist schrecklich. Wie konnte sie nur so etwas tun? Hat sie einen Abschiedsbrief hinterlassen?«

»Nein.«

Er wirkte noch distanzierter als sonst – falls das überhaupt möglich war. Ob das für heute sein erster Whisky war? Dad hatte immer behauptet, dass Onkel George gerne zu tief ins Glas schaute.

»Aber sie *muss* einen Grund für diese furchtbare Entscheidung gehabt haben. Ich kann mir das überhaupt nicht erklären, kann an nichts anderes mehr denken.« Saskia merkte, wie verzweifelt ihre Stimme klang. »Ich hab sie doch gerade erst getroffen, Onkel George!«

Abrupt drehte er sich zu ihr um. Seine grauen Augen waren blutunterlaufen, sahen sie nur leer an. »Saskia, tu mir einen Gefallen und lass dieses doofe Onkel weg. Wenn ich eines nicht für dich gewesen bin, dann ein Onkel. Ein Onkel kümmert sich um seine Nichten und Neffen, einen Onkel interessiert es, wie es ihnen geht und was aus ihnen wird. Das ist ein Onkel. Ich bin einfach nur George. Klar?«

Sie musste schlucken und schwieg für einen Moment.

»Warum hat Tante … Warum hat Ellen sich das Leben genommen?«, fragte sie dann.

George zuckte mit den Achseln. »Ich weiß es nicht. Und es ist müßig, sich darüber einen Kopf zu machen. Es ist so, wie es ist.«

»Es muss ein furchtbarer Schock für dich gewesen sein …« Ihre Stimme verklang.

Wieder schwiegen sie für eine Weile, und Saskia musterte ihren Onkel nachdenklich. George war schon immer extrem verschlossen gewesen, das wusste sie noch von früher. Er hasste es, wenn Leute ihren Gefühlen freien Lauf ließen, das war ihr spätestens an dem Weihnachtsfest damals klar geworden, einige Jahre nach dem Tod ihrer Mutter. Wie alt war sie da gewesen? Zehn oder elf, glaubte Saskia. Sie waren alle bei ihren Großeltern gewesen, und Grandma Cilly hatte eine fantastische Gans gebraten. Auch wenn ihre Großeltern sich immer ein Bein dafür ausgerissen hatten, damit die Weihnachtsfeste im Kreise der Familie für sie und Max schön waren, erinnerte sich Saskia noch genau an die Kälte, die zwischen ihrem Vater und George geherrscht hatte. Doch an diesem Weihnachtsfest sollten nicht die zerstrittenen Schwäger im Mittelpunkt des Geschehens stehen.

Es war Ellen, die plötzlich die Aufmerksamkeit auf sich zog, weil sie scheinbar grundlos zu weinen anfing. Sie konnte sich überhaupt nicht mehr beruhigen und weinte und weinte. Saskia sah die Szene förmlich vor sich, wie sie als kleines Mädchen ihre Tante in den Arm genommen und ihr über den Kopf gestrichen hatte, ihr ein ums andere Mal die Tränen weggewischt und ihr Gesicht mit tröstenden Kinderküssen bedeckt hatte. Aber Ellen weinte trotzdem immer weiter. Keiner wusste, was mit ihr los war, nur ihr Mann George schien den Grund für ihre Tränen zu kennen. Doch anstatt sie zu trösten, starrte er sie nur missbilligend an. Nach endlos langen Minuten voller Schluchzen und Weinen wurde er schließlich wütend und laut.

»Reiß dich am Riemen, Ellen! Es gibt genug Paare, die keine Kinder bekommen können, da muss man nicht so ein Theater machen!«

Und zu Saskias großer Überraschung schaffte Georges harsche Bemerkung das, was weder die Tröstungsversuche der Großeltern noch die von Max und ihr geschafft hatten: Ellen hörte sofort auf zu weinen, wischte sich die Tränen weg und saß regungslos da.

»Vielleicht hatte sie eine Depression«, meinte Saskia und

überlegte, ob die ungewollte Kinderlosigkeit ihrer Tante ein Auslöser für eine solche Erkrankung gewesen sein könnte. Sie hatten häufig darüber gesprochen, sie wusste, wie sehr Ellen sich früher Kinder gewünscht hatte. Vielleicht hatte sie einen depressiven Schub bekommen und daraufhin eine Kurzschlussreaktion gehabt? Aber warum ausgerechnet jetzt? Schließlich war ihre Tante schon lange aus dem gebärfähigem Alter raus; Saskia hatte immer geglaubt, dass Ellen ihre Trauer in den letzten Jahren gut bewältigt hatte. Und warum hatte Saskia nichts davon bemerkt?

»Möglich. Warum bist du hier?« Er sah auf die Uhr. »Ich habe noch einiges zu tun. Für die Beerdigung müssen noch ein paar Sachen organisiert werden. Also, was willst du?«

»Ich ...« War es wirklich eine so abwegige Idee, einen frisch verwitweten Angehörigen zu besuchen? »Ich wollte nach dir sehen. Schauen, wie es dir geht. Du hast doch jetzt niemanden mehr.«

»Tja.« Er lächelte freudlos.

»Ich komme selbst nicht gut damit zurecht«, fügte Saskia leise hinzu, »ich mache mir Vorwürfe, dass ich nicht gewusst habe, wie es um sie steht.«

»So was soll vorkommen.«

»Ja. Ich weiß. Ich wollte dir auch nur sagen, wie leid es mir tut, und dich fragen, ob ich dir irgendwie helfen kann.«

»Nein. Es ist alles in Ordnung. Die Haushälterin kümmert sich schon.« Er wedelte mit der Hand, wie um sie zu verscheuchen. »Bis morgen, Saskia.«

Es ist alles in Ordnung, ging es ihr durch den Kopf, als sie das Haus wieder verließ. Alles in Ordnung. Wie konnte er so etwas sagen? Nachdem sich seine Frau zwanzig Stockwerke in die Tiefe gestürzt hatte? Dieser Mann hatte einfach eine so verdammt harte Schale, dass es manchmal nicht zum Aushalten war. In sich gebrochen, aber nach außen hin nichts rauslassen. War ihr Onkel eigentlich schon immer so gewesen?

Sie drehte sich noch mal um und blickte zurück auf das Haus inmitten des gepflegten Gartens. Die Gardine am Fenster des ersten Stocks bewegte sich. Irgendjemand sah ihr nach. War es ihr Onkel? Oder die Haushälterin?

Ein ungutes Gefühl kroch ihr den Rücken hoch, und sie ging schnell weiter.

Nichts war in Ordnung.

Das spürte Saskia stärker als je zuvor.

Jack Bernard stand an dem Fenster und sah in den Hof. Vier Tage war es jetzt her, seit die Frau dort gestorben war. Zum Glück hatte die Polizei ihm nach der Spurensicherung zwei Profis geschickt, die alles von Blut und Gewebefetzen gereinigt hatten. Das war schwieriger gewesen, als er es sich je hätte vorstellen können, da die Männer jeden einzelnen Pence-Stück großen Klumpen Hirn aufsammeln mussten.

»Wir können den Hof ja nicht einfach abspritzen, sonst finden Sie in ein paar Wochen noch etwas in den Ecken, was Sie nicht sehen wollen. Außerdem könnte es Ratten und anderes Getier anlocken«, erklärte ihm einer der Typen, ein stark tätowierter junger Mann, der offensichtlich durch nichts zu erschüttern war.

»Was machen wir mit den Gartenmöbeln?«, hatte der andere ihn dann gefragt. »Wollen Sie die noch benutzen?«

Jack hatte die Frage zunächst nicht verstanden. Was wollte der Typ denn mit den Möbeln?

»Die haben ziemlich was abgekriegt«, meinte der Tatortreiniger daraufhin. »Es ist die Frage, ob wir die ganz sauber kriegen. Ich meine, die Vorstellung, darauf im Sommer wieder zu liegen, ist vielleicht doch etwas schräg.«

»Wenn Sie die jetzt entsorgen, können Sie den Schaden bei der Versicherung anmelden«, führte der Tätowierte weiter aus. »Wir können die Sachen direkt mitnehmen, wenn Sie wollen, und es Ihnen quittieren. Dann haben Sie gleich alles, was die Versicherung braucht.«

»Ja, okay«, hatte Jack leise geantwortet und dann zugesehen, wie die Männer den Hof weiter geschrubbt und gereinigt hatten. Am Ende waren die hellen Steine so weiß gewesen wie vermutlich an dem Tag, an dem sie verlegt worden waren.

Sein Blick wanderte durch den Hof, den nur er über seine Terrassentür betreten konnte. Es gab noch eine Art Notausgang auf der gegenüberliegenden Seite, der direkt zur Straße führte. Die schwere Eisentür konnte nur von der Hofseite aus geöffnet werden, wer von außen hinein wollte, brauchte einen speziellen Sicherheitsschlüssel. Noch nicht mal Jack hatte einen. Normalerweise konnte also niemand von außen in den Hof kommen.

Aber es war jemand hier gewesen.

Zuerst dachte Jack, es wäre nur Dreck, den vielleicht die Tatortreiniger hinterlassen hatten. Aber dann sah er ganz genau hin. Er starrte auf die Fußabdrücke, die auf dem Boden vor seinem Fenster zu sehen waren. Man konnte genau erkennen, wo jemand über den Hof gegangen war und welchen Weg er oder sie zu seinem Fenster genommen hatte. Hinter dem Mauervorsprung, gleich neben dem Fenster, musste die fragliche Person sich versteckt haben. Ein idealer Platz, um unbemerkt in seine Wohnung zu schauen.

Steigerte er sich in etwas hinein? War alles nur ein blöder Zufall?

In London wurde andauernd eingebrochen. Junkies, kriminelle Banden, es wimmelte nur so von potenziellen Einbrechern. Vielleicht erklärte das die Abdrücke? Vielleicht wollte jemand einfach mal ausspionieren, ob seine Wohnung ein gutes Einbruchsziel war?

Aber warum hat er sich dann nicht gleich an meinem Schreibtisch bedient, ging es Jack durch den Kopf. Dort stand ein brandneuer Laptop, daneben lagen sein iPad und die teure Canon, mit der er bis heute auf den Baustellen fotografierte. Und das Sicherheitssystem im Haus war ein Witz. Der Typ hätte im Prinzip nur das Fenster knacken müssen und wäre in Sekundenschnelle wieder weg gewesen, noch bevor irgendjemand die Alarmanlage hätte registrieren können. Nein, die Person, die vor seinem Fenster gewesen war, die hatte kein Geld und keine Wertsachen gewollt. Davon war er überzeugt.

Wieder hatte er dieses merkwürdige Gefühl, das er seit dem Tag hatte, an dem der Selbstmord passiert war.

Da war jemand.

Das erste Mal war er ihm aufgefallen, nachdem die Tatortreiniger ihren Job erledigt hatten und gegangen waren. »Ich komm mit raus«, hatte Jack zu den jungen Männern gesagt. »Ich muss dringend an die frische Luft.«

»Kann ich mir vorstellen«, sagte der Tätowierte mit einem Kopfnicken. »Vielleicht können Sie für ein paar Tage bei Freunden übernachten? Ist am Anfang manchmal gar nicht so schlecht.«

»Ich komm schon klar. Kein Problem.«

Sie verließen das Haus, die Männer trugen als Letztes die Gartenmöbel zu ihrem Wagen und verabschiedeten sich. Als der Wagen anfuhr, meinte Jack, aus dem Augenwinkel jemand zu sehen. Die Person stand auf der anderen Straßenseite an eine Hauswand gelehnt, viel konnte er nicht von ihr erkennen.

In dem Moment, in dem er sich zu ihr umdrehte, wandte sie den Kopf um und eilte hektisch die Straße herunter. Der Statur nach war es ein Mann gewesen, er wirkte sportlich und noch relativ jung, zumindest so jung wie Jack selbst, was außer ihm vermutlich keiner mehr als jung bezeichnen würde.

Jack nagte an seiner Unterlippe, während er immer noch auf die Fußabdrücke vor seinem Fenster blickte. Irgendwas war an dem Mann merkwürdig gewesen, das wurde ihm jetzt im Nachhinein erst richtig klar. Hatte ihn da jemand beobachtet? Klar, bei dem Aufgebot an Polizei und Krankenwagen, das sich vor vier Tagen vor seinem Haus getummelt hatte, wurden Schaulustige angezogen wie die Motten vom Licht. Aber die waren, als er die beiden Tatortreiniger nach draußen begleitet hatte, schon längst wieder verschwunden, und keiner konnte wissen, dass er der Bewohner der Wohnung war, vor dessen Fenster der Körper aufgeschlagen war. Die Tatortreiniger mit ihren ganzen Utensilien wären auf den ersten Blick ohnehin auch interessanter gewesen als er. Und warum war derjenige so schnell davongeeilt, als er ihn entdeckt hatte?

Jack war dann eine Stunde spazieren gegangen, um den Kopf freizukriegen und nicht mehr an die schrecklichen Bilder denken zu müssen, die sich in sein Gedächtnis eingebrannt hatten. Erwartungsgemäß klappte das überhaupt nicht. Während seines Spaziergangs dachte er ohne Unterbrechung an die tote Frau, die vor seinem Fenster gelegen hatte.

Als er wieder zurück zum Hochhaus kam, hatte er erneut das ungute Gefühl, beobachtet zu werden. Aber da war niemand. Und was war am nächsten Tag bei Tesco gewesen? Auch da hatte er förmlich gespürt, dass ihn jemand anstarrte. Als er sich umdrehte, hatte er nur eine junge Mutter gesehen, die gerade ihrem Kind eine Packung Süßigkeiten aus der Hand zog, und drei völlig harmlos wirkende Typen mit Einkaufswagen. Trotzdem, er wurde das Gefühl nicht los. War die Frau nicht vor zwei Tagen – ohne Kind – an ihm vorbeigelaufen, als er einen neuen Klienten in Wandsworth besucht hatte? Selbst gestern auf der Baustelle meinte er, einen jungen Unbekannten zwischen den Baumaterialien herumlungern zu sehen. Doch die Kollegen, die er fragte, ob sie auch jemand Fremdes bemerkt hätten, der sich irgendwie merkwürdig aufgeführt hatte, schüttelten nur mit dem Kopf. Jack hatte schließlich selbst geglaubt, langsam paranoid zu werden. Auf dem Nachhauseweg hatte er dennoch dreimal über die Schulter geguckt, allerdings war ihm nichts aufgefallen.

Aber jetzt waren da die Fußabdrücke vor seinem Fenster.

Er konnte nicht genau sagen, wie sein Verfolger aussah. Ob es überhaupt eine Person war oder mehrere. Oder ob er sich das alles nur einbildete, ausgelöst durch den Stress.

Seufzend setzte er sich an den Schreibtisch und klappte den Laptop auf.

»Vielleicht ist es auch einfach nur das schlechte Gewissen, das dich so durchdrehen lässt«, sagte er laut zu sich und fügte noch in Gedanken hinzu, dass er eigentlich kein schlechtes Gewissen zu haben bräuchte. Er hatte kein Verbrechen begangen, er hatte nie jemanden verletzt oder betrogen. Sein einziges Vergehen war, Geld anzunehmen, das er dringend gebrauchen konnte. Und das lag auch schon ein paar Jahre zurück. Da kannte er Leute, die weit Schlimmeres auf dem Kerbholz hatten. Sich deshalb verfolgt zu fühlen war absurd, sagte er sich und versuchte, sich wieder auf seine Arbeit zu konzentrieren.

»Gib mir deinen Schlüssel!« Ihre Mutter sah sie streng an, während ihr Vater ein verzweifeltes Gesicht machte.

»Aber Mum, ich wollte doch gerade aufräumen! Ganz bestimmt!« Noemi bemühte sich, so normal wie nur möglich zu sprechen. Sie merkte allerdings selbst, wie heiser und kratzig ihre Stimme immer noch klang. Dabei war sie sich so sicher gewesen, dass ihre Eltern noch einen Tag länger im Urlaub bleiben wollten. Waren sie extra früher zurückgekommen? Um sie zu überraschen? Das wäre ihrer Mutter durchaus zuzutrauen.

»Ach, aufräumen! Als wenn es darum nur geht!« Mum war stocksauer. »Dass es hier aussieht wie im Schweinestall, ist eine Sache, aber hast du vielleicht mal selbst in den Spiegel geguckt?« Ihre Mutter packte sie am Arm und zog sie vor den großen Garderobenspiegel, der im Flur hing. »Hier! Guck dich nur mal an! So siehst du aus, Noemi Redcliff! Das ist aus dir geworden! Das ist nicht meine Tochter!«

Noemi betrachtete ihr Spiegelbild mit einiger Verwunderung. Ihre Mutter hatte recht, sie sah wirklich ganz anders aus als die Noemi, die ihr bisher immer aus dem Spiegel entgegengeblickt hatte. Dünn, geradezu abgemagert, schneeweiß im Gesicht mit pechschwarzen Augenrändern. Wann hatte sie das letzte Mal geschlafen? Sie wusste es nicht. Die Steine hielten sie manchmal tagelang wach.

Ihre Mutter riss die Wohnungstür auf und warf Noemis schwarze abgewetzte Nike-Tasche in den Flur. »Jetzt gib mir den Schlüssel und dann raus hier!«

»Aber Alice ...« Ihr Vater unternahm noch einen halbherzigen Versuch, Noemi vor dem Rauswurf zu bewahren. Genauso wie alle anderen Familienmitglieder wusste er jedoch, dass er gegen seine Frau nicht ankam. Und dass sie im Prinzip auch recht hatte, das wusste ja selbst Noemi. Wenn sie eine Tochter hätte, die so wäre wie sie, würde sie die auch rausschmeißen.

»Nein! Kein Aber, Jonathan!«

Es war zwecklos. Seufzend gab Noemi ihrer Mutter den Schlüssel und verließ die Wohnung.

»Wenn du clean bist, darfst du jederzeit gerne wiederkommen«, rief Mum ihr noch hinterher und knallte die Tür zu.

»Ja, ja. Hab verstanden.«

In Momenten wie diesen fühlte Noemi sich regelrecht schmutzig. Ihr war klar, dass sie eine Schande für die ganze Familie war. Das schwarze Schaf. Ihre Eltern gehörten zum ordentlichen Mittelstand, Dad war Sozialarbeiter, Mum Lehrerin. Keiner konnte sich erklären, wie die einst reizende und brave Tochter so hatte abrutschen können. Manchmal konnte es sich Noemi ja selbst nicht erklären. Doch gerade jetzt sah sie es klar und deutlich vor sich: Allein mit Drogen konnte sie die spießige und angeblich so heile Welt ihrer Eltern ertragen – und das Gefühl, nicht zu genügen.

Zum Glück funktionierte der Fahrstuhl wieder, sodass Noemi wenigstens nicht die ganzen Stockwerke nach unten laufen musste. Während sie auf ihn wartete, gingen ihr die letzten Tage noch mal durch den Kopf, sie musste unwillkürlich grinsen. Trotz alledem war es eine tolle Zeit gewesen, dachte sie. Irre, was für Trips sie hatte. Die Wirkung der Steine war immer komplett unterschiedlich gewesen. Manchmal hatten sie sie aufgegeilt, manchmal hatte sie nur grinsend dagelegen und der Musik gelauscht, manchmal hatte sie getanzt und gesungen … und einmal gab es da leider auch diesen Horrortrip. Der war natürlich nicht so toll, aber Noemi wusste, dass so etwas immer mal wieder passieren konnte. Wichtig war nur, dass man nicht darauf hängen blieb. Und sich während des Trips nichts antat.

Ob sie trotzdem etwas an ihrem Konsum ändern sollte? Sie hatte noch nie so einen realen Horrortrip erlebt, auch wenn sie sich sicher war, dass das, was sie für Blutspritzer am Küchenfenster gehalten hatte, nichts anderes als brauner Vogelkot war. Ja, irgendwann würde sie etwas ändern. Vielleicht in einem Jahr, wenn sie zwanzig wurde. Das wäre genau der richtige Zeitpunkt, um neu anzufangen, beschloss Noemi. Aber bis dahin …

Als sie im Erdgeschoss aus dem Fahrstuhl stieg, überlegte sie, wohin sie jetzt gehen sollte. Vielleicht wieder nach Soho und versuchen, für eine Weile bei Greg unterzukommen? Dort gab es wenigstens immer was zu rauchen, und wenn sie ab und zu mit ihm schlief, dann bekam sie auch was ab.

Mit Greg Sex zu haben war nicht weiter schlimm, manchmal machte es ihr sogar Spaß, besonders wenn sie drauf war. Er war einigermaßen gut gebaut, und wenn er geduscht hatte, ließ sich auch sein Körpergeruch ertragen. Gestern Abend hatte sie den letzten Stein geraucht, und sie merkte, dass sie bald wieder Nachschub brauchte.

Ein Jahr noch Party. Das war ein guter Plan.

Noemi öffnete die Haustür und hielt für einen Moment inne. Was war das für ein Geräusch gewesen? Waren das Schritte? Sie drehte sich um und blickte in den Eingangsbereich. Die Tür der Erdgeschosswohnung war verschlossen, ebenso die Fahrstuhltüren. Da war niemand.

Sie verließ das Gebäude, und als sie auf der Straße stand, schaute sie sich erneut um. War sie immer noch nicht wieder richtig klar im Kopf? Sie hatte das merkwürdige Gefühl, dass irgendjemand sie beobachtete. Aber bis auf eine alte Frau, die mit ihrem Corgie Gassi ging, war niemand in ihrer Nähe.

Du siehst schon Gespenster. Jetzt reiß dich mal zusammen!

Langsam ging sie weiter und spürte dabei deutlich, wie verunsichert sie war. Sie ließ das Hochhaus, in dem ihre Eltern wohnten, hinter sich und ging an den Erdgeschosswohnungen des Nachbarhauses vorbei, das von einem mannshohen Holzzaun umgeben war. Irritiert blieb sie erneut stehen. Wieder hatte sie etwas gehört. Waren das Schritte, die ihr hinter dem Zaun folgten? Ja, genauso hörte es sich an! Versteckte sich da jemand? Womöglich ein Einbrecher?

Sie kannte genug Leute aus der Szene, die ihren Drogenkonsum mit Einbrüchen finanzierten. Das war fast normal. Also, was geht es dich an!

Wenige Augenblicke später ahnte sie, dass es sie sehr wohl etwas anging. Denn plötzlich hörte sie ihren Namen, flüsternd, fast lautlos schien sie jemand zu rufen: »Noemi, Noemi!« Sie blieb abrupt stehen. Sprach da ein Mann oder eine Frau? Das Flüstern klang merkwürdig körperlos.

War das die Bestie aus ihrem Horrortrip? War sie immer noch drauf? Angst stieg in ihr hoch, ließ ihr die Kehle eng werden.

Dann wurde das Flüstern lauter, drängender. Der drohende Unterton war nicht zu überhören. »Ich kriege dich, Noemi.«

Schlagartig wurde ihr schlecht. Wie ein aufgescheuchtes Reh rannte sie los, zwischen den parkenden Autos hindurch auf die Straße. Konnte sie entkommen? War sie schnell genug? War er hinter ihr her? Sie glaubte, Schritte und ein Lachen hinter sich zu hören, aber sie wagte es nicht, sich umzudrehen.

Nur weg! So schnell du kannst!

Atemlos hetzte sie über den Bürgersteig und rannte auf die Straße. Ein Quietschen erklang, so laut, dass es in ihren Ohren einen piepsenden Ton hinterließ. Dann knallte sie mit dem Oberkörper auf eine Motorhaube. Ihre Hände klatschten auf das Metall, und Noemi war so erschrocken, dass sie dachte, sie bekäme einen Herzstillstand. Fassungslos starrte sie in die

Augen des Fahrers, der sie nicht weniger erschrocken anblickte.

Kurz darauf sprang er aus den Wagen. »Sind Sie verletzt?«

Noemi schüttelte langsam den Kopf. Zum Glück hatte der Fahrer so schnell bremsen können, dass ihr nichts passiert war.

Dann sah sie sich suchend um. Wo war die Bestie? War sie ihr immer noch auf den Fersen? Ohne ein weiteres Wort zu sagen, drehte Noemi sich um und rannte weiter.

»Nächstes Mal ein bisschen besser aufpassen, Miss!«, rief der Fahrer ihr noch genervt hinterher.

Aber Noemi beachtete ihn nicht, sondern rannte atemlos in die nächste Gasse.

4

Es war so kalt, und der dunkle Schatten breitete sich immer weiter über ihnen aus. Saskia kauerte auf dem Boden und starrte ihren Bruder an. Obwohl Max vier Jahre älter war, erkannte sie, dass er voller Angst war, genau wie sie. Dennoch versuchte er, Zuversicht auszustrahlen und sie zu beruhigen.

»Es ist alles gut, alles ist gut.« Max wiederholte seine Worte immer und immer wieder, aber es half nichts. Die Tränen liefen ihr über die Wangen, und sie wimmerte leise. »Nicht weinen, nun weine doch nicht. Gleich kommt Mummy und bringt uns nach Hause.«

»Woher willst du das wissen?«

»Mummy lässt uns nicht im Stich, sie kommt bestimmt gleich. Mummy kommt immer zu uns zurück, immer!«

Erschrocken sah Saskia ihn an. Die Zweifel in seiner Stimme waren nicht zu überhören. Glaubte er selbst nicht an das, was er da sagte?

O Gott. Mummy. Bitte. Nein, du kommst doch wieder, oder? Max lügt mich nicht an, Max hat mich noch nie angelogen ... Mummy, wo bist du bloß?

Es wurde immer dunkler. Nicht langsam, wie sie es von der Abenddämmerung kannte, sondern schnell und unaufhaltsam, als würde sich etwas Großes, Dunkles vor die Sonne schieben. Mitten am helllichten Tag verfinsterte sich der Himmel so sehr, als wäre es tiefste Nacht. Und mit der Dunkelheit kam die Kälte. Saskia zitterte inzwischen am ganzen Leib.

»Was passiert hier nur?«, flüsterte sie leise.

»Nichts Schlimmes. Keiner wird uns was tun.«

Sie klammerte sich an ihren Bruder, spürte seine dünnen Arme, die ihren fast genauso dünnen Körper an sich drückten.

»Zeit zu sterben«, sagte plötzlich eine eiskalte Stimme.

Saskia schrie auf. Ruckartig öffnete sich eine Klappe unter ihnen. Und dann fielen sie, Arm in Arm, endlos tief. Und Saskia konnte nicht aufhören zu schreien, schrie und schrie und schrie.

Schweißgebadet schreckte sie hoch und tastete mit zitternder Hand nach dem Lichtschalter. Kurz darauf wurde ihr Schlafzimmer vom warmen Licht der kleinen Nachttischlampe erhellt. Ihr Herz raste, und sie brauchte einen Moment, um einen klaren Gedanken zu fassen.

»Diese verdammten Albträume ...«, flüsterte sie. Sie schlug die Bettdecke zurück und stand auf, um sich etwas Frisches anzuziehen. Ihr Nachthemd klebte nass an ihrem Körper, und sie fröstelte, als sie ins Bad ging. Sie zog es aus, trocknete sich ab und schlüpfte in ein frisches T-Shirt.

Zum Glück bekam sie solche Panikattacken meistens nur nachts, wenn sie schlief. Sie wusste, dass es genug Traumapatienten gab, die auch tagsüber von solchen Attacken heimgesucht wurden, die plötzlich nicht mehr weitergehen konnten, zitterten, schwitzten und glaubten, jeder um sie herum wolle ihnen etwas Böses. Die Vorstellung, eine solche Attacke in der Uni zu bekommen, war ihr mehr als unangenehm. Dann lieber nachts, wenn keiner es mitbekam.

Saskia schaute auf die Uhr. Es war noch nicht mal sechs. Der Wecker würde erst in über einer Stunde klingeln. Sie legte sich noch mal hin, ließ das Licht aber an und versuchte, sich zu entspannen. Bloß konnte sie an nichts anderes denken als an Tante Ellen. Und an ihre Mutter. Es machte sie traurig, dass die Erinnerung an sie immer mehr verblasste.

»Das ist ganz normal«, hatte Dr. Stinner zu ihr gesagt, der Therapeut, den sie seit dem Tod ihrer Großeltern vor zwei Jahren aufsuchte und der sie immer an Daniel Craig erinnerte. »Sie waren erst fünf Jahre alt, als Ihre Mutter verunglückte.«

Trotzdem, es belastete sie sehr, dass die Erinnerung an sie entgegen aller Bemühungen allmählich unscharf wurde. Immer mehr Ahnungen und Vermutungen mischten sich in ihre Gedanken an sie. Eigentlich war es inzwischen kaum noch mehr als ein Gefühl, das ihr geblieben war. Kein klares Bild mehr, nur noch die verschwommene Erinnerung daran, wie es war, wenn sie nachts aufgewacht und zu ihrer Mutter ins Bett gekrochen war. In das warme Mutterbett, das sie immer bereitwillig für Saskia aufgeschlagen hatte, egal wie spät es auch war. An das Gefühl, wenn sie den Arm um sie gelegt hatte und sie beide aneinandergekuschelt wieder eingeschlafen waren. Saskia hatte manchmal den Eindruck, dass dieses erinnerte Gefühl das Einzige war, das sie exklusiv mit ihrer Mutter verband. Alles andere, die kindliche Freude vorm Weihnachtsbaum, das Auspusten der Geburtstagskerzen, das Sandburgbauen am Strand von Brighton, all das hatte ihr Bruder auch. Und all das war durchtränkt von den Erzählungen ihres Vaters Riley. Ihm war es bis heute enorm wichtig, die Erinnerung an Saskias Mutter aufrechtzuerhalten. Seine endlosen Geschichten hatten maßgeblich dazu beigetragen, dass sie nicht mehr wusste, was wirklich Erinnerung war und was nicht.

Lange Zeit hatte Saskia geglaubt, dass sie den Schmerz um ihre so früh verlorene Mutter im Griff hatte. Im Gegensatz zu Max hatte sie nie Verhaltensauffälligkeiten gezeigt. Ihr Bruder war zum Zeitpunkt des Unglücks neun Jahre alt gewesen und hatte das ganze Ausmaß ihres Todes viel eher begriffen als sie. Von Anfang an hatte er Probleme gemacht, begonnen, Sachen zu zerschlagen und sich mit anderen Kindern zu prügeln. Und in der Pubertät drohte Max regelrecht abzurutschen. Er kiffte wie ein Irrer und soff wie ein harter Trinker, und es grenzte an ein Wunder, dass er doch noch die Kurve gekriegt hatte. Manchmal glaubte sie zwar, dass er noch irgendwas nehmen würde, aber im Großen und Ganzen war er davon ab. Ihr Vater behauptete immer, das wäre allein diesem Streetworker zu verdanken, der sich damals intensiv um Max gekümmert hatte und ihn schließlich zur Therapie überreden konnte. Saskia hingegen wusste, dass auch Tante Ellen maßgeblichen Anteil daran gehabt hatte.

Im Gegensatz zu ihrem Bruder war Saskia immer eher angepasst und unauffällig gewesen. Sie hatte die Sache gut verarbeitet oder war einfach noch zu klein gewesen, um so darunter zu leiden wie ihr Bruder. Das hatte sie jedenfalls immer gedacht. Aber der Tod ihrer Großeltern war wie ein Dammbruch gewesen. Ungeahnte Gefühle hatten sie heimgesucht, und sie hatte nicht mehr ein noch aus gewusst, einen regelrechten Zusammenbruch erlitten. Die nächtlichen Albträume und Panikattacken waren nur ein kleiner Teil davon.

»Das passiert gar nicht so selten«, hatte ihr Dr. Stinner erklärt, den sie kurz nach der Beerdigung der Großmutter aufgesucht hatte. Der Psychotherapeut war Experte für Traumapatienten, und von der ersten Sitzung an hatte sie sich gut bei ihm aufgehoben gefühlt. »Gerade bei Kindern kommt es häufig vor, dass sie ihren Schmerz unterdrücken und funktionieren, um die anderen Angehörigen zu entlasten.«

»Aber wie konnte ich meine Gefühle in dem Alter überhaupt kontrollieren?«

»Mit fünf Jahren konnten Sie den plötzlichen Tod Ihrer Mutter in seiner Endgültigkeit nicht verstehen. Aber wie sehr Ihre Großeltern und Ihr Vater gelitten haben, das haben Sie auch in dem Alter sofort erkannt. Sie haben intuitiv gespürt, dass für Ihre Angehörigen alles noch schlimmer werden würde, wenn Sie als kleines Mädchen mit Verzweiflung und Tränen reagiert hätten. Daher haben Sie Ihre Trauer unterdrückt, Sie haben einen Schutzwall um sich herum errichtet, der allen Schmerz zurückgehalten hat.«

»Bis jetzt ...«

»Ganz genau. Erst durch den Tod der Großeltern wurde Ihnen das Ausmaß des früheren Verlustes richtig bewusst, und der Schutzwall brach zusammen.«

Saskia hatte das Gefühl, als wären die letzten kleinen Reste dieses Schutzwalls durch Tante Ellens Tod endgültig zerstört worden. Sie starrte an die Zimmerdecke und fragte sich, wie viel Unglück eine Familie ertragen konnte. Eine Familie, die eigentlich vom Glück geküsst war. Ein wunderbares Unternehmerpaar, beschenkt mit einer Kombination aus Kreativität und Geschäftssinn, das zwei reizende Töchter hatte und ein Leben im Wohlstand führte: ihre Großeltern mit Mum und Ellen. So war es mal gewesen, vor vielen Jahren. Und das Glück hatte sich zuerst auch fortgesetzt. Beide Töchter heirateten, führten glückliche Ehen, die eine bekam Kinder, die andere war als Geschäftsfrau erfolgreich, das Familienunternehmen florierte.

Mit Mums Tod änderte sich alles, und heute gab es diese Familie nicht mehr. Durch Tante Ellens Tod war auch der letzte große Halt in Saskias Leben verschwunden. Das Verhältnis zu ihrem Vater und zu Max war zwar durchaus eng, aber sie wusste, dass sie mit den Männern niemals so sprechen konnte wie mit Ellen. Mit typisch weiblichen Problemen brauchte sie denen nicht zu kommen.

Saskia hatte das Gefühl, als wenn ihre Kindheit mit Ellens Tod schlagartig beendet worden war. Eine mütterliche Freundin und Ratgeberin hatte sie nun nicht mehr, jetzt war sie auf sich gestellt. Sie war die einzige Frau, die in der Familie noch übrig geblieben war. Umgeben von einem traurigen Vater, der den Tod seiner Frau nie überwunden hatte, von einem mürrischen und aufbrausenden Onkel und von ihrem karrierebewussten Bruder.

Es überkam sie das dringende Bedürfnis, mit Dr. Stinner zu sprechen. Als die Zeiger der Uhr endlich auf acht standen, tippte sie eilig seine Nummer in ihr Telefon.

»Da haben Sie aber Glück, ich bin gerade in die Praxis gekommen. Was kann ich für Sie tun, Saskia?«

Allein seine Stimme hatte eine beruhigende Wirkung auf sie. Dann erzählte sie ihm von dem Albtraum, der Angst und den Schweißausbrüchen, die sie heute Morgen aus dem Schlaf gerissen hatten.

»Diesen Traum hatten Sie ja schon häufiger.«

»In verschiedenen Variationen, ja. Ich bin immer mit meinem Bruder zusammen, und wir warten auf unsere Mutter, bis uns irgendetwas Schreckliches passiert. Aber dieses Fallen … nein, das war irgendwie anders. Es war so real.«

»Das könnte durchaus im Zusammenhang mit der Selbsttötung Ihrer Tante stehen. Sie war ja wie ein Mutterersatz für Sie, da ist es nicht ungewöhnlich, dass Sie in Ihrer starken Trauer unter intensiven Albträumen leiden.«

»Das ist wirklich zermürbend, Dr. Stinner. Ich habe inzwischen wieder fast jede Nacht welche. Ich mache mir solche Vorwürfe. Warum habe ich ihr nichts angemerkt? Ich hab sie doch wenige Tage zuvor erst getroffen …«

»Ich kenne Fälle, da haben Selbstmörder vor der Tat ihre Eltern angerufen, um sich zu vergewissern, dass es ihnen gut geht. Das waren heitere, liebevolle Gespräche, bei denen niemand ahnte, was im Anschluss daran passieren sollte«, sagte Dr. Stinner. »Wenn jemand wirklich sterben will, kann man es nicht verhindern.«

»Können Sie mir irgendwas zum Schlafen aufschreiben? Diese Albträume machen mich fertig.«

»Wann haben wir unseren nächsten Termin?«

»Dienstag.«

»Gut, Saskia, das ist ja nicht mehr so lange. Führen Sie noch Ihr Traumtagebuch? Dann schreiben Sie bis dahin Ihre Albträume möglichst genau auf. Am besten legen Sie es sich zusammen mit einem Stift direkt neben das Bett, damit Sie sofort anfangen können zu schreiben, sobald Sie aufwachen. Ich werde Dienstag entscheiden, ob ich Ihnen etwas gegen die Panikattacken aufschreibe.«

»Ja, okay.«

»Machen Sie noch die Atemübungen?«, fragte Dr. Stinner.

»Ja. Wenn ich hochschrecke. Das hilft mir auch, um runterzukommen. Aber dann bin ich natürlich schon wach, und der Albtraum ist vorbei. Während der Attacke selbst hilft es mir daher nicht so.«

»Wir müssen zwischen einem Albtraum und einer Panikattacke genau unterscheiden. Solange Sie nur nachts in Form dieser Träume betroffen sind und ansonsten einigermaßen durch den Tag kommen, bin ich erst mal ganz zufrieden. Sie müssen Geduld haben, Saskia. Sie befinden sich momentan in einer psychischen Ausnahmesituation.«

Sie konnte ihn regelrecht vor sich sehen, wie er da an seinem Schreibtisch saß, die dunkelblonden Haare zu einem Seitenscheitel gekämmt, und die schwarz umrandete Brille von der Nase nahm, um gedankenverloren mit ihr herumzuspielen.

Vermutlich hatte er wieder eine helle Hose an und einen Pullover mit V-Ausschnitt, so wie eigentlich immer. Dr. Stinner war bestimmt fünfzehn Jahre älter als sie, sah aber für einen Psychotherapeuten ziemlich gut aus.

Verwundert schüttelte sie über sich selbst den Kopf und beendete das Gespräch freundlich. Sie war froh, dass es Dr. Stinner gab. Abgesehen von Ellen war er zu ihrem größten Vertrauten geworden, und sie hatte das Gefühl, dass er ihr wirklich helfen konnte. Wie der Mann aussah, sollte ihr daher völlig egal sein.

Als Sienna Johnstone die unbekannte Nummer auf dem Display ihres Telefons sah, wollte sie zunächst gar nicht rangehen. In der letzten Zeit hatten so viele Leute angerufen, die ihr etwas verkaufen oder dumme Fragen stellen wollten, dass sie fast nur noch einen Anruf annahm, wenn sie die Nummer kannte. Sie wusste nicht, warum sie heute eine Ausnahme machte und auf die Taste mit dem grünen Hörer drückte.

»Hi Sienna. Ich bin's.«

Sie bekam sofort einen Kloß im Hals, als sie seine Stimme hörte. Sie klang noch genauso wie damals, auf unerklärliche Weise einfach sexy. Aber diesmal schwang in seiner Stimme noch etwas anderes mit.

»Wo… Woher hast du meine Nummer?« Sienna sah sich nervös um, obwohl sie natürlich wusste, dass sie alleine zu Hause war. Die Zwillinge waren in der Schule, und Leo hatte Fußballtraining. Keines ihrer drei Kinder würde vor achtzehn Uhr nach Hause kommen. Und Christopher, ihr Mann, war sowieso nie vor acht Uhr abends da.

»Nur weil du deine alte Nummer geändert hast, heißt das noch lange nicht, dass ich deine neue nicht rauskriege.«

»Wir hatten ausgemacht, dass wir den anderen nie wieder anrufen.«

»Und ich würde es auch nicht tun, wenn es nicht extrem wichtig wäre. Wir müssen reden, Sienna.«

»Jack, das ist jetzt so viele Jahre her ...«

»Ich weiß«, sagte er, und sie konnte deutlich hören, wie nervös er war. Obwohl es schon so lange zurücklag, dass sie sich geliebt hatten, kannte sie ihn immer noch in- und auswendig. Jedenfalls hatte sie das Gefühl, dass es so war. »Glaub mir, ich würde dich nicht anrufen, wenn es nicht wirklich wichtig wäre. Ich sitze in der Scheiße, Sienna, und zwar so richtig ...«

»Was ist los?«

»Nicht am Telefon ... können wir uns treffen?«

Sienna zögerte. Wollte sie diesen Mann wirklich noch einmal treffen? Sie war damals heil aus der Affäre rausgekommen, Christopher hatte nie erfahren, dass sie ihn betrogen hatte. Ach was, betrogen! Eine Art Doppelleben hatte sie geführt! Das mit Jack war schließlich kein One-Night-Stand gewesen, über ein Jahr lang hatten sie sich getroffen, und jedes Mal waren sie übereinander hergefallen wie zwei ausgehungerte Tiere. Leo war damals vier Jahre alt gewesen, die Zwillinge noch nicht mal zwei. Kein Mensch hätte sich jemals vorstellen können, dass sie als junge Dreifachmutter eine Affäre hatte. Und wenn sie heute an die Zeit zurückdachte, konnte sie sich nicht mehr erklären, wie sie Jack in ihrem hektischen Alltag überhaupt untergebracht hatte. Hätte sie kein Au-pair-Mädchen gehabt, wäre es vermutlich unmöglich gewesen.

»Jack, ich weiß nicht, ob das gut ist ... Sag doch einfach, was los ist.«

»Ich kann das nicht am Telefon besprechen. Halt mich jetzt nicht für paranoid, aber ich befürchte ... Bitte, Sienna, lass uns treffen. Morgen Vormittag um zehn an unserem Stammplatz?«

»Du meinst das *Horse and Hound?* Gibt es das denn noch?«

Im *Horse and Hound* am Queen Mary Reservoir hatten sie sich früher häufiger getroffen. Das Reservoir lag am westlichen Stadtrand von London, weit hinter Richmond, dem Viertel, in dem sie lebten. Die Gefahr, auf Bekannte zu treffen, war relativ gering. Vor allen Dingen unter der Woche. Am Wochenende war es ein beliebtes Ausflugziel und in der Regel proppenvoll, aber an einem normalen Wochentag traf man dort kaum eine Menschenseele. Dort hatten sie sich immer sicher gefühlt, hatten sich im Wald rund um den See geliebt und danach im *Horse and Hound* etwas getrunken. Seit damals war Sienna nie wieder dort gewesen.

»Ja«, sagte Jack und fügte dann voller Hoffnung hinzu: »Kommst du?«

»Am Wochenende geht das nicht. Christopher und die Kinder sind vielleicht zu Hause, ich kann nicht unauffällig weg, um mich mit dir zu treffen.«

»Dann Montag um zehn, ja? Bitte, du musst mir helfen. Ich habe Mist gebaut, Sienna, und du bist die Einzige, die mir helfen kann.« Die Panik in seiner Stimme war nun deutlich zu hören, und sie übertrug sich auf sie.

»Was ist denn passiert?«

»Kommst du Montag?«

Sie zögerte kurz. Montags war ihr freier Tag und ihre Familie sicher aus dem Haus. Und konnte sie einen Menschen, mit dem sie mal so viel verbunden hatte, zurückweisen, wenn er sie um Hilfe bat, ja fast anflehte?

»Okay. Montag um zehn.«

Sie hörte, wie Jack erleichtert aufatmete. Dann war die Leitung tot.

Irritiert drückte Sienna das Telefon aus. Jack. Wie lange hatte sie nicht mehr an ihn gedacht? Jahre. Und das war auch gut so. Denn sie war glücklich mit Christopher, sie führten eine stabile und gute Beziehung, selbst wenn die Kinder gerade flügge wurden. Sienna wusste, dass das nicht selbstverständlich war, sie hatten genug Paare im Freundeskreis, wo die Ehen zu diesem Zeitpunkt in tiefe Krisen gerutscht waren. Solange sie als Eltern gebraucht wurden, funktionierten diese Beziehungen, aber sobald dieses letzte verbindende Element sich immer mehr verflüchtigte, lösten sich auch die Ehen auf.

Das war bei ihnen nicht so. Zwar wohnten alle drei Kinder noch zu Hause, und das würde sich in absehbarer Zeit auch nicht ändern, aber keiner von ihnen brauchte sie noch so, wie es früher der Fall war. Gemeinsame Unternehmungen waren selten geworden, und auch sonst war sie als Mutter nicht mehr so gefragt wie noch vor ein paar Jahren. Und trotzdem waren Christopher und sie glücklich. Sie genossen ihre neue Freiheit, auch unter der Woche mal ins Theater oder ins Kino gehen zu können, ohne auf die Kinder Rücksicht nehmen zu müssen, am Wochenende lange auszuschlafen und bis in den Nachmittag hinein Zeitung zu lesen. Auch wenn Sienna manchmal staunte, wie schnell sie groß geworden waren, fand sie es schön, dass die anstrengende Zeit vorbei war und sie mit Christopher wieder spontan übers Wochenende wegfahren konnte. Nur sie beide alleine.

Brachte sie ihr Glück in Gefahr, wenn sie eine längst vergangene Liebe wiedertreffen würde?

Ja, sie war in Jack verliebt gewesen, damals, als er die Sanierung ihres Hauses plante und als Architekt die umfangreichen Baumaßnahmen leitete. Sie hatte ihn nie so ernsthaft geliebt wie Christopher, aber sie war leidenschaftlich in ihn verliebt gewesen. Er sah so wahnsinnig gut aus, dieser durchtrainierte

Körper, diese lachenden blauen Augen, die so wunderbar zu den dunklen Locken passten. Und sie hatte es so gebraucht, einmal etwas anderes zu machen, als Windeln zu wechseln und Kinder zu füttern. Er hatte ihr das Gefühl gegeben, das sie in den anstrengenden ersten Jahren mit einem Zwillingspaar und einem Kleinkind sonst nie gehabt hatte: dass sie eine attraktive und aufregende Frau war. Eine Frau und nicht nur eine Mutter. Und der Sex mit Jack war der Wahnsinn gewesen. Nie wieder hatte sie so guten Sex gehabt, was vielleicht auch daran lag, dass er mit Jack so verboten war. Verbotener Sex war der beste.

Irgendwann hatte sie Sorge, dass die Affäre ihre Familie bedrohen könnte. Die Abstände, in denen sie Jack traf, wurden immer geringer. Das Au-pair-Mädchen beschwerte sich, dass sie zu häufig alleine mit den Kindern war, der Kindergarten forderte sie auf, Leo pünktlicher abzuholen, insgesamt blieb immer mehr auf der Strecke. Trotzdem bekam sie von Jack nicht genug. Sie hatte sich sogar ein Wochenende freigeschaufelt: Christopher war mit den Kindern zu seinen Eltern nach Manchester gefahren, und sie war offiziell in London geblieben.

»Ich brauche mal zwei Tage nur für mich«, hatte sie ihrem Mann gesagt, und er hatte ihr sofort geglaubt. Natürlich, jeder glaubte ihr das. Zwillinge sind anstrengend, das war eine allgemein akzeptierte Tatsache. Und dann waren Jack und sie in den Lake District gefahren, hatten ein wunderschönes Landhotel gemietet, in dem sie von ihrem Zimmer aus einen Blick auf den Scafell Pike hatten, den höchsten Berg Englands. Sie hatten sich im Hotelzimmer geliebt, sie waren wandern gegangen und hatten sich auf einer Wiese geliebt. Auf dem Berg. Auf einer Bank am Wegesrand. Auf einem Felsbrocken. Als hätten sie geahnt, dass sie sich nach diesem Wochenende nie wieder sehen würden, liebten sie sich fast ohne Unterbrechung.

Bis es passierte.

Danach war nichts mehr so wie vorher.

George Cramer bestand auf eine Beerdigung im engsten Familienkreis. Obwohl Max ihn mehrfach darauf hingewiesen hatte, dass es eigentlich ein Gebot der Höflichkeit sei, die langjährigen Mitarbeiter und Geschäftsfreunde zur Trauerfeier einzuladen, bekam lediglich Ellens Assistentin Anna Miller eine Benachrichtigung. Über zwanzig Jahre lang hatte sie an Ellens Seite gearbeitet. Entsprechend traurig und geschockt sah die schmale, kleine Person aus, als sie zusammengesunken in der ersten Reihe der kleinen Kapelle des East Horsley Waldfriedhofs saß.

»Er hätte wenigstens die Produktmanager einladen können«, raunte Max Saskia zu, während sie sich in die Reihe hinter Anna Miller setzten. In seinem schwarzen Anzug und mit den nach hinten gekämmten dunklen Haaren sah er aus wie der klassische Frauenheld aus einem Film der Fünfzigerjahre. Seine Ähnlichkeit mit Dad war unverkennbar. »Weißt du, wie vielen Leuten er damit vor den Kopf stößt?«

Sie nickte. Sie wusste, dass es bei einer Beerdigung bestimmte Formalitäten gab, die man besser einhalten sollte. Und zur Trauerfeier für die Chefin eines nicht gerade kleinen Familienunternehmens war es durchaus üblich, wenigstens die Führungsriege der Firma einzuladen. Sowohl die Beerdigung ihres Großvaters als auch die ihrer Grandma waren riesige Veranstaltungen mit über hundert Leuten gewesen. Dennoch fand Saskia, dass ihr Onkel das Recht hatte, seine Frau so zu Grabe zu tragen, wie er es für richtig hielt. Außerdem fühlte sie sich in diesem Moment nicht in der Lage, sich über solche Dinge auch noch aufzuregen. Der Anblick des Sargs, in dem ihre Tante lag, nahm sie mehr mit, als sie es erwartet hatte. Der Schlafmangel, unter dem sie seit Ellens Tod verstärkt litt, weil Albträume und Trauer sie einfach nicht zur Ruhe kommen ließen, sorgte dafür, dass sie sich viel labiler fühlte als sonst.

Das vielleicht Entscheidende war jedoch, wie sehr es Saskia bedrückte, dass sie Ellen nicht ein letztes Mal sehen konnte. Ein würdevoller Abschied von Angesicht zu Angesicht hätte ihr die Trauer erleichtert, glaubte sie. Aber der Bestatter hatte sich energisch geweigert, ihr den zerschmetterten Leichnam noch einmal zu zeigen. Ellens Tod wurde für Saskia dadurch allerdings noch weniger fassbar.

Onkel George saß alleine auf der anderen Seite des Gangs und starrte auf den Sarg seiner Frau. Sein Gesicht war ausdruckslos, er wirkte fast so, als wäre er nicht ganz bei sich. Hatte er ein Beruhigungsmittel genommen? Vermutlich. Und wer könnte es ihm auch verübeln?

Die Worte des Pfarrers rissen Saskia aus den Gedanken.

»Wir sind hier zusammengekommen, weil wir Abschied nehmen müssen von Ellen Cramer. Wir tun das nicht nur mit großer Trauer und Schmerzen, sondern auch mit unzähligen Fragen, Ängsten und Schuldgefühlen, denn Ellen war so verzweifelt über sich und ihr Leben, dass sie ihm selbst ein Ende setzte. Lasst uns beten zu unserem Gott ...«

Während Saskia wie automatisch das Vaterunser murmelte, dachte sie darüber nach, warum ihre Tante sich wohl umgebracht hatte. Immer noch war sie nicht bereit, diese Tatsache zu akzeptieren. Ja, sie wusste, dass die Polizei bei ihren Ermittlungen von einem Selbstmord ausging, weil es anscheinend keine Anzeichen auf Fremdeinwirkung gab. Einzig die Frage, wie Ellen auf das Dach gekommen war, hatte immer noch nicht geklärt werden können. Nur die Hausbewohner besaßen einen Schlüssel zum Dachaufgang, niemand von ihnen kannte Ellen. Und keiner vermisste seinen Schlüssel. Aber warum hätte sie sich überhaupt das Leben nehmen sollen? Abgesehen von ihrer Kinderlosigkeit hatte sie doch das Leben geführt, das sie sich vorgestellt hatte. War es Ellen vielleicht ähnlich wie ihr selbst ergangen, und der Tod ihrer Eltern hatte alte Wunden wieder aufgerissen? Saskia wusste, dass der frühe Unfalltod ihrer Mutter auch ihre Tante unglaublich erschüttert hatte; irgendwann hatte Ellen ihr sogar gestanden, wie sehr es ihr in den ersten Monaten nach Carens Tod geholfen hatte, sich um Max und sie kümmern zu können.

Hatte Ellen deswegen nichts gesagt? Um Saskia nicht weiter zu belasten? Weil sie wusste, wie sehr ihre Nichte plötzlich mit dem verspäteten Trauma zu kämpfen hatte? Oder hatte – ganz prosaisch – diese merkwürdige Haushälterin damit etwas zu tun? Aber würde Ellen sich wirklich das Leben nehmen, nur weil sie glaubte, dass ihr Mann sie betrog? Sie wollte doch mit ihm auf Kreuzfahrt gehen, vermutlich, wie Saskia jetzt verstand, um ihre Ehe zu retten. Warum hatte sie diesen Versuch nicht mehr unternommen? Und warum hatte sie nie mit ihr über all das gesprochen? Sie hatten doch sonst über alles reden können.

Als sie dem Sarg aus der Kapelle folgten, fielen ihr sofort die beiden Männer auf, die am Ausgang standen. Auch wenn sie dunkel gekleidet waren, waren sie doch die Einzigen, die keinen Anzug trugen.

Die kleine Trauergemeinde musste noch eine kurze Strecke über den Friedhof gehen, bevor sie an dem Familiengrab angekommen waren, in dem sowohl die Großeltern als auch Saskias und Max' Mutter Caren lagen. Direkt neben dem Grab ihrer Mutter war nun ein neues ausgehoben worden.

»Die ganze Familie in einem Grab«, flüsterte Saskia ihrem Bruder zu. »Irgendwie hat das auch was Tröstliches.«

»Finde ich nicht«, raunte Max ihr zu. »Eine ganze Familie tot – was soll daran tröstlich sein?«

Saskia nickte stumm. Und während der Pfarrer betete und den Sarg segnete, der langsam in die Erde gelassen wurde, starrte sie auf die große Grabstelle. Sie war riesig, bestimmt für acht, wenn nicht gar zehn Personen gedacht. Würde sie auch eines Tages hier liegen? Und Max, Dad und George? Nein, ihr Vater würde sich garantiert niemals neben ihrem Onkel bestatten lassen, das konnte sie sich beim besten Willen nicht vorstellen.

Sie sah ihn an, wie er mit regungsloser Miene neben ihrem Bruder stand. Er wirkte nicht erschüttert oder mitgenommen, und sie rechnete es ihrem Vater hoch an, dass er überhaupt zur Trauerfeier gekommen war. Sie wusste, dass er das nur Ellens wegen tat. Er hasste George und hatte aufgrund dieses Streits auch in den letzten Jahren nie viel mit seiner Schwägerin zu tun gehabt, aber er hatte sie immer geschätzt und es ihr hoch angerechnet, dass sie sich nach Mums Tod so liebevoll um Max und Saskia gekümmert hatte.

Selbst auf den Leichenschmaus hatte ihr Onkel verzichtet. Somit fand die Beerdigung ein relativ abruptes Ende. George warf mit einer kleinen Schaufel etwas Erde auf den Sarg und verließ danach fast im Laufschritt die Grabstelle.

Als Saskia, Max und ihr Vater kurz darauf ebenfalls Richtung Friedhofsausgang gingen, sahen sie ihn am Tor stehen. Die zwei Männer, die Saskia in der Kapelle schon aufgefallen waren, standen bei ihm und redeten mit ernsten Mienen auf ihn ein. Onkel George schüttelte die ganze Zeit nur den Kopf, machte schließlich eine abwehrende, aufgebrachte Handbewegung und ließ die Männer einfach stehen.

»Was sind das für Typen?«, fragte Saskia, als sie sich dem Tor näherten.

Max zuckte mit den Schultern. »Ich hab keine Ahnung. Aber so wie die uns angucken, werden wir es wohl gleich erfahren.«

Tatsächlich schienen die beiden Unbekannten auf sie zu warten.

»Können wir Sie kurz sprechen?«, sagte der ältere der beiden, als sie das Tor passieren wollten. Er war deutlich kleiner als sein Kollege und trug im Gegensatz zu ihm einen stattlichen Bauch vor sich her. »Detective Inspector David Silver, und das hier ist Detective Sergeant Rob Cohen von der Metropolitan Police.«

»Von der Met? Was wollen Sie denn?«, fragte ihr Vater erstaunt. Er nahm eine Packung Zigaretten aus der Innentasche seiner Jacke und steckte sich eine an. »Jetzt? Und hier?«

»Ja, sorry. Aber unsere Ermittlungen im Fall Ellen Cramer lassen leider keine Verzögerung zu. Es dauert heute auch nicht lange.« Dann befragte er sie zu ihrem Verwandtschaftsverhältnis untereinander und zu ihrer Verbindung zu Tante Ellen.

»Warum wollen Sie das alles wissen?«, fragte Max.

»Bei der Untersuchung der Todesumstände Ihrer Tante haben wir herausgefunden, dass es sich nicht um einen Suizid handelt, wie zunächst angenommen«, sagte der lange, dünnere von ihnen, der als DS Rob Cohen vorgestellt worden war.

»Was?«, fragte Saskia entsetzt. Im ersten Moment spürte sie ein Gefühl der Erleichterung in sich aufsteigen. Sie hatte sich nicht geirrt, sie hatte recht behalten: Tante Ellen hatte nicht Selbstmord begangen. Aber das bedeutete automatisch, dass …

»Ellen Cramer ist ermordet worden«, bestätigte DI Silver.

Nacheinander blickte er in ihre Gesichter, als wollte er ihre Reaktion auf diese Nachricht genau beobachten.

Max starrte den Inspector fassungslos an, und auch Saskia und ihr Vater waren sprachlos.

»Ermordet...«, sagte Saskia tonlos. »Sind Sie sicher?«

»Ja. Die Überwachungskameras in dem Haus, von dessen Dach sie gefallen ist, waren ausgeschaltet. Aber ein Teenager aus der Nachbarschaft hat zu der Zeit mit seiner ferngesteuerten Drohne rumgespielt. Und die Kamera von diesem Ding hat einen Teil des Daches gefilmt«, erklärte DS Cohen. »Man sieht eindeutig, dass Ellen Cramer nicht alleine da oben war. Sie wird durch die Tür zum Dach gestoßen, fällt zunächst hin und rappelt sich dann wieder auf, wobei sie sich immer wieder zur Tür umdreht. Mehr ist nicht zu sehen. Außerdem haben wir nach weiteren Untersuchungen auf dem Dach und an dem Leichnam Spuren gefunden, die auf einen Kampf hindeuten. Fremd-DNA konnte bisher zwar leider nicht sichergestellt werden, aber da es auch keinen Abschiedsbrief gibt und nichts auf psychische Probleme hindeutet, gehen wir bei unseren Ermittlungen nun davon aus, dass sie ermordet wurde.«

Die Worte des Sergeants hallten in ihrem Kopf wider. Ermordet. Jemand hatte sie also hinuntergestoßen. Umgebracht. Brutal aus dem Leben gerissen. Saskia konnte es nicht fassen. Der Schock über den gewaltsamen Tod ihrer Tante traf sie erneut mit solch einer Wucht, dass sie im ersten Augenblick glaubte, sich setzen zu müssen.

Mord. Mein Gott.

Auch Max schien mitgenommen. Wortlos nahm er seinem Vater die Zigarettenpackung aus der Hand und steckte sich selbst eine an. Kopfschüttelnd nahm er einen tiefen Zug.

Saskia atmete hörbar durch und versuchte, sich zu fangen. Wenigstens hatte ihr Gefühl sie nicht getäuscht. Sie hatte nicht übersehen, dass Ellen depressiv und suizidgefährdet war. Ihre Tante hatte ihr keine schwerwiegenden Probleme verschwiegen. Sie waren sich so nah gewesen, wie sie es immer gefühlt hatte. Ellen hatte sich nicht aus dem Leben gestohlen, man hatte ihr das Leben geraubt.

So unglaublich das auch war, irgendwie passte es viel besser zu Ellen als Suizid. Ein merkwürdiges Gefühl, das ein bisschen an Erleichterung erinnerte, flammte in Saskia auf und wurde im nächsten Augenblick von einem schlechten Gewissen verdrängt. Ein Mord war doch nicht weniger schlimm! Im Gegenteil! Und als ob es wichtig wäre, ob Saskias Gefühl sie getäuscht hatte oder nicht! All das war völlig unwichtig, es ging hierbei schließlich nicht um sie! Tante Ellen war ermordet worden. Und sie dachte als Erstes darüber nach, dass sie sich nicht getäuscht hatte. Sie schämte sich.

Aber ein Mord ließ die Angehörigen mit weniger Schuldgefühlen zurück, so war es nun mal. Und gerade weil sie einen so guten Kontakt zu ihrer Tante gehabt hatte, war die Schuld in den letzten Tagen besonders erdrückend gewesen.

»Haben Sie … den Mann identifiziert?«, fragte Saskia schließlich stockend.

»Wir wissen noch nicht mal, ob es überhaupt ein Mann ist. Dafür sieht man im Bild leider zu wenig vom Täter, und die Aufnahmequalität ist auch zu schlecht«, erklärte DI Silver.

»Hatte Ihre Tante Feinde? Gab es jemanden, der sie gerne tot gesehen hätte?«

Saskia blickte ihrem Onkel George hinterher, der gerade in seinem Porsche um die Ecke bog und davonfuhr.

»Nein«, sagte sie dann langsam. »Ich kann mir überhaupt nicht vorstellen, wer so etwas Furchtbares tun könnte.«

Auch Max schüttelte entschieden den Kopf. »Ich habe ja mit ihr zusammengearbeitet. Sie war jetzt nicht die Chefin, die von ihren Mitarbeitern verehrt wurde, so wie es bei unserer Großmutter der Fall war, aber sie wurde allgemein gemocht und respektiert.«

Die beiden Polizisten nickten.

»Was sagen Sie dazu, Mr Flynt?« Mit neutralem Gesichtsausdruck sah der ältere ihren Vater an.

»Ich kann dazu nichts sagen.«

»Warum nicht? Mrs Cramer war Ihre Schwägerin, Sie müssen sie doch gut gekannt haben.«

»Ellen war für meine Kinder wie ein Mutterersatz, eine liebevolle und zuverlässige Vertraute. Aber sie war auch mit dem miesesten Typen verheiratet, den ich kenne. Und das will ja auch was heißen.«

Erschrocken sah Saskia ihren Vater an. Auch Max schien überrascht.

»Dad!«, sagte er und fasste ihn am Arm. »Was redest du denn da?«

»Aber so ist es doch, Max. Welche Heilige ist schon mit einem Tyrann verheiratet?«

»Nur weil du dich mit ihm zerstritten hast, ist Onkel George doch noch lange kein Tyrann«, widersprach Saskia ihm. Dann wandte sie sich an DI Silver. »Mein Onkel ist sicherlich kein ganz einfacher Mensch, aber das galt nicht für meine Tante. Und ich bin mir sicher, dass die beiden eine gute Ehe geführt haben.«

Aus dem Augenwinkel sah sie, wie ihr Vater das Gesicht spöttisch verzog. Warum tat er das? Ihm musste doch klar sein, dass er durch sein Verhalten den Verdacht auf Onkel George lenkte. Und er konnte doch nicht ernsthaft glauben, dass George Ellen ermordet hatte – oder?

5

Jack Bernard schloss seine Wohnungstür sorgfältig ab und zog den Reißverschluss seiner Motorradjacke hoch. Er war extra noch einmal durch die gesamte Wohnung gegangen, um alles zu sichern, hatte jedes Fenster einzeln überprüft. Das ganze Wochenende über hatte er das Haus nicht verlassen, die Vorhänge hatte er noch nicht einmal beiseitegezogen. Sowohl am Samstag als auch am Sonntag hatte es Telefonterror gegeben, bestimmt zehnmal hatten sie mit unterdrückter Nummer bei ihm angerufen. Jedes Mal hatte Schweigen am anderen Ende der Leitung geherrscht, wenn Jack den Anruf angenommen hatte, obwohl er irgendwann sogar in den Hörer gebrüllt hatte.

»Jetzt sagt schon, was ihr von mir wollt, verdammt noch mal! Und hört auf, mich zu belästigen!«

Der Anrufer hatte keinen Ton gesagt. Aber irgendjemand war dran gewesen, sein tiefes, etwas heiseres Atmen war nicht zu überhören gewesen. Hatte sich das nicht irgendwie bedrohlich angehört?

Natürlich gab es jede Menge Fälle von Telefonterror, und wahrscheinlich wurden zig Leute in London gestalkt. Allerdings war das Jack persönlich noch nie passiert.

Und dann auch noch zu diesem Zeitpunkt?

Er versuchte sich einzureden, dass das Ganze nichts mit dem gewaltsamen Tod der Frau zu tun haben musste, aber er wusste genau, wie wahrscheinlich ein Zusammenhang war.

Eine Boulevardzeitung hatte am Samstag spekuliert, dass es gar kein Selbstmord gewesen sei, sondern sich noch eine weitere Person auf dem Dach befunden haben sollte.

Seit dem Tag, als die Frau in seinen Hof gefallen war, wurde auch er beobachtet. Mittlerweile war Jack sich vollkommen sicher, das konnte er sich nicht nur einbilden. Und wenn er recht hatte, dann war es vielleicht kein Zufall, dass die Frau ausgerechnet vom Dach seines Hauses gefallen war. Aber warum wurde er in die Sache mit reingezogen? Hatte er irgendetwas gesehen, was er nicht sehen sollte? Oder gehört?

Er ging die Treppe hinunter zur Tiefgarage und setzte noch im Gehen seinen Helm auf. Kurz darauf fuhr er mit seiner Suzuki aus der Einfahrt, ließ den Motor aufheulen und gab Gas. Der Berufsverkehr war vorbei, und die Straßen waren inzwischen relativ leer und gut zu befahren. Wenn er weiter so glatt durchkam, würde er vor zehn Uhr am See sein. Zu früh. Egal, dann hatte er wenigstens noch ein bisschen Zeit, um sich auf das Gespräch mit Sienna vorzubereiten.

Was sollte er ihr genau sagen? Was konnte er ihr überhaupt sagen? Er hatte Scheiße gebaut, einmal in seinem Leben hatte er Scheiße gebaut. Aber er wusste nicht, ob die merkwürdigen Vorgänge der letzten Tage etwas damit zu tun hatten. Ein ungutes Gefühl sagte ihm, dass es so war, so sein *musste*, aber eine logische Begründung hatte er dafür nicht. Sollte er ihr seine kruden Befürchtungen wirklich alle erzählen? Würde sie ihn dann nicht für verrückt halten? Auch wenn ihre Beziehung schon so viele Jahre zurück lag, wollte er nicht, dass sie ein schlechtes Bild von ihm bekam.

Er hatte Sienna damals aufrichtig geliebt, für ihn war es viel mehr gewesen als eine leidenschaftliche Affäre, er hatte immer gehofft, dass sie ihre Familie für ihn verlassen würde ... obwohl er gleichzeitig gewusst hatte, wie gering die Chancen dafür waren. Aber als dann klar war, dass sie sich nie wieder treffen konnten, hatte es ihm fast das Herz zerrissen.

War er deshalb auf so dumme Gedanken gekommen? Denn es war dumm gewesen, das war ihm jetzt auch klar. Andererseits war ihm das Geld wie vom Schicksal angeboten worden, er hatte nur zugegriffen und es genommen, er hatte ja keine Bank überfallen oder so was. Und er konnte es damals sehr gut gebrauchen. Insgesamt waren es über zweihunderttausend Pfund gewesen, vermutlich hätte er sich niemals selbstständig machen können, wenn ihm das Geld gefehlt hätte. Die letzte Zahlung hatte er vor gut zwei Jahren erhalten, seitdem hatte er von diesen Leuten nie wieder etwas gehört. Und er hatte auch nicht nachgefasst, schließlich war er ja kein übler Erpresser oder so.

Inzwischen war Jack auf der M4 angekommen. Er schaute in den Rückspiegel, gab Gas und überholte den Wagen vor ihm. Beim Blick in den Rückspiegel bemerkte er ein rotes Auto, das gerade dasselbe Überholmanöver machte wie er, aber den anderen Wagen gefährlich schnitt. Was für Idioten mal wieder unterwegs sind, dachte er beiläufig, bevor er sich wieder auf den Verkehr zu konzentrieren versuchte. Aber die Gedanken an damals holten ihn immer wieder ein.

Der Mann hatte ihn nicht ohne Grund kontaktiert, das war Jack längst klar. Er war ihm zuvorgekommen, weil er befürchtet hatte, dass Jack ihn womöglich erpressen würde. Aus einer Telefonzelle hatte er ihn angerufen und ihm das Geld angeboten. Wie in einem billigen Verschwörungsthriller hatte der Mann ihm die Kohle überreicht, die Treffen hatten meist irgendwo im Dunkeln und an belebten Orten stattgefunden. Seinen Namen hatte ihm der Kerl nie genannt, aber irgendwann war der Namen Cramer gefallen, da war sich Jack sicher. Und die Tote auf seiner Terrasse hieß Ellen Cramer. Ein merkwürdiger Zufall. Wenn es denn einer war.

Er setzte den Blinker, um von der M4 abzubiegen. Der Idiot in dem roten Wagen, der immer noch hinter ihm war, schien denselben Weg zu haben. Jedenfalls bog auch er ab und fuhr auf die Landstraße, die zum Queen Mary Reservoir führte.

Irritiert blickte Jack wieder in den Rückspiegel. Der Fahrer des Wagens ... war es eine Frau? Oder ein Mann? War es einer von denen, die ihn die ganze Zeit schon beobachtet hatten? Vielleicht diese junge Mutter? Oder der Kerl, der vor seinem Haus herumgelungert hatte? Er war sich nicht sicher, da er immer nur kurz in den Rückspiegel blicken und den Fahrer nicht richtig erkennen konnte.

Egal. Er war kein hilfloses Opfer, dem man Angst einjagen konnte. Im Gegenteil. Jetzt tat er das Richtige. Er würde sich gleich mit Sienna treffen und ihr vorschlagen, endlich mit der Polizei zu reden. Nach all diesen Jahren. Ihr schuldhaftes Verhalten von damals war längst verjährt, die Polizei würde ihnen also nichts anhaben können. Und von dem Geld, das er über so lange Zeit bekommen hatte, mussten sie ja nichts wissen. Genauso wenig wie Sienna.

Jack drehte das Gas hoch und beschleunigte lautstark sein Tempo. Der Wagen hinter ihm wurde ebenfalls schneller, und Jack war sich nun sicher, dass er ihn verfolgte. Mit hoher Geschwindigkeit fuhr er durch das idyllisch anmutende Gebiet, zum Glück waren keine anderen Autos auf der Straße. Im Moment war er durchaus eine Verkehrsgefährdung, und er hatte keine Lust, in einen Unfall verwickelt zu werden. In jeder Kurve musste er höllisch aufpassen, dass er bei dem Tempo mit seinem Motorrad nicht von der Straße kam. Als er mit einem Blick in den Rückspiegel feststellte, dass er den roten Wagen in der letzten Kurve offenbar abgehängt hatte, grinste er zufrieden.

Um mich zu kriegen, musst du schon ein bisschen eher aufstehen, Arschloch.

Doch er hatte sich zu früh gefreut. Schon im nächsten Augenblick tauchte der Wagen wieder in seinem Rückspiegel auf, beschleunigte sein Tempo so rasch, dass Jack es mit der Angst zu tun bekam. Der Wagen war vielleicht noch fünfzig Meter hinter ihm und kam immer näher.

Ist der irre? In so einer Gegend so zu rasen? Theoretisch könnte jederzeit ein Fußgänger oder ein Wildtier am Straßenrand auftauchen – und dann? Bei dem Tempo wäre ein Unfall kaum zu vermeiden.

Mit einem Blick in den Rückspiegel stellte Jack fest, dass der andere jetzt höchstens noch zwanzig Meter hinter ihm war. Er versuchte sein Tempo zu beschleunigen, aber auf der kurvenreichen Strecke war das nicht möglich. Er würde sonst unweigerlich am nächsten Baum landen.

Wollte der Kerl das womöglich?

Keine zehn Meter war er jetzt noch hinter ihm, und der Gedanke, dass der andere ihn von der Straße drängen wollte, wurde immer stärker. Wenn er sich richtig erinnerte, kam hinter der nächsten Kurve eine gerade Strecke, die mindestens einen Kilometer andauerte. Da konnte er Gas geben und entkommen. Dort hatte der rote Wagen gegen sein leistungsstarkes Bike keine Chance.

Als er erneut in den Rückspiegel blickte, stellte Jack entsetzt fest, dass er noch nicht mal mehr das Nummernschild des Wagens sehen konnte.

Verdammt! Er wird mich doch nicht wirklich ...

Er hatte den Gedanken noch nicht zu Ende gedacht, als er einen gewaltigen Stoß spürte.

Der Penner rammt dich! Der Kerl meint es ernst!

Jack verlor die Kontrolle über sein Motorrad, stürzte zu Boden und rutschte meterweit über die Straße. Das Leder seiner Schutzkleidung schien kaum eine Barriere gegen Asphalt und Steine zu bieten, und er spürte, wie sie an einigen Stellen riss. Im nächsten Augenblick prallte er mit voller Wucht gegen einen Baum. Er konnte das Brechen seiner Knochen praktisch hören, ihm war sofort klar, dass sein linkes Bein mehrfach gebrochen war. Aber er spürte nichts. Das Adrenalin in seinem Körper war so stark, dass es jeden Schmerz betäubte.

Für einen Moment war nur Leere in seinem Kopf, und es dauerte etwas, bis sein Gehirn wieder einigermaßen normal zu arbeiten begann. Es herrschte absolute Stille um ihn herum, sogar die Vögel schienen verstummt zu sein.

Okay, okay, du lebst, das ist entscheidend, dachte er. Du spürst etwas in deinen Beinen. Keine Querschnittslähmung, keine Hirnblutung. Das ist wichtig. Alles andere wird, das wird.

Natürlich stand er unter Schock, das wusste er, obwohl er noch nie einen Unfall gehabt hatte, noch nie. Wenn dieser verdammte Wichser ihn nicht von der Straße gerammt hätte, wäre das auch niemals passiert.

Warum hatte der Fahrer das bloß gemacht? Wollte er ihn tatsächlich umbringen? Jack verfluchte sich selbst. Warum war er überhaupt losgefahren? Warum hatte er sich nicht stattdessen in seiner Wohnung verbarrikadiert, bei der Met angerufen und denen alles erzählt?

Aber was wollte der Kerl nur? Und wo zur Hölle steckte er jetzt? Man fährt doch nicht einfach zum Spaß jemanden über den Haufen und verschwindet dann.

Handy, ging es Jack durch den Kopf. Du musst an dein Handy kommen und Hilfe rufen. Sofort.

Die betäubende Wirkung des Adrenalins ließ langsam nach, und Jacks Körper war mit einem Mal ein einziger Schmerz. Mühsam öffnete er seinen Helm und zog ihn sich unter Qualen vom Kopf. Er merkte, dass die Bilder vor seinen

Augen zu wackeln begannen und immer unschärfer wurden. Ein weißer Nebel schien über sein Blickfeld zu wabern. Würde er jetzt das Bewusstsein verlieren? Das durfte nicht passieren.

Reiß dich zusammen!

Jack hörte noch, wie ein Wagen neben ihm zum Stehen kam und eine Autotür zuklappte.

Dann wurde es schwarz um ihn.

Saskia begrüßte ihren Bruder mit einer innigen Umarmung. Seit der Beerdigung vor zwei Tagen hatten sie mehrfach miteinander telefoniert und lange über ihre verstorbene Tante, die Umstände ihres gewaltsamen Todes und die intensiven Befragungen der Ermittler gesprochen. Beide hatten sie das Gefühl, dass die Polizei den Mörder im engeren Umfeld von Ellen sah – womöglich innerhalb der Familie? Der Gedanke war kaum zu ertragen. Aber nicht nur über den Mord hatten sie sich gleichermaßen entsetzt gezeigt, sondern auch über die Reaktion ihres Vaters. Ihnen beiden war es völlig unerklärlich, was ihn zu so einer Aussage bewogen haben könnte. Max machte sich Sorgen, dass der Vater dank solch unbedachter Sätze womöglich selbst in den Fokus der polizeilichen Ermittlungen geraten könnte. Das glaubte Saskia zwar nicht, denn sie konnte sich nicht vorstellen, dass man wegen einer einzigen Bemerkung gleich zum Verdächtigen wurde. Ausschließen konnte sie es allerdings auch nicht, zumal die Polizisten ihr und Max ebenfalls das Gefühl vermittelt hatten, dass sie Bestandteil der Ermittlungen waren. Wurden sie vielleicht selbst verdächtigt?

»Schickes Büro, Brüderchen.«

»Ach ja, das kennst du ja noch gar nicht. Nun, in Zukunft wirst du ja vielleicht öfter hier sein.«

Saskia ließ sich auf den schwarzen Ledersessel fallen, der hinter Max' Schreibtisch stand, und wich dem Blick ihres Bruders aus.

»Ehrlich gesagt weiß ich das noch gar nicht so genau.«

»Was?«

»Ob ich bei euch einsteigen will.«

»Was spricht denn dagegen?«, meinte Max erstaunt. »Es ist das Erbe unserer Familie. Und auch noch ein ziemlich gut laufendes Erbe.«

»Ich weiß nicht. Die Streitigkeiten mit George ...«

»Dad hat maßlos übertrieben. Davon habe *ich* in den letzten zwei Jahren jedenfalls nicht besonders viel mitbekommen. Es ist echt nicht so, als wenn hier dauernd die Fetzen fliegen würden. Klar, George ist nicht ohne, aber man kann ihm auch einigermaßen aus dem Weg gehen.«

Saskia sah ihren Bruder zweifelnd an. Er war noch nie der Typ gewesen, der atmosphärische Störungen besonders deutlich wahrnahm. Dafür war er viel zu sehr mit sich selbst beschäftigt. Sie konnte sich gut vorstellen, wie sein Arbeitsverhalten in den letzten zwei Jahren ausgesehen hatte: superpünktlich zur Arbeit erscheinen, alles korrekt runterarbeiten, so wenig wie möglich mit den Mitarbeitern reden, erst dann wieder gehen, wenn alles erledigt war. Vermutlich hatte er sein Büro nur selten verlassen. Max war ein Typ, der sich in erster Linie auf seine Aufgabe konzentrierte und nicht über den Tellerrand hinausschaute. Was Kollegen in der Kantine besprachen oder am Rand von irgendwelchen Meetings tuschelten, interessierte ihn nicht.

»Vielleicht mache ich erst noch den Master in Betriebswirtschaft«, meinte Saskia. Sie wollte sich nicht mit ihm streiten, und das würde sie, wenn sie ihm vorwarf, dass er das Betriebsklima nicht richtig eingeschätzt hatte. Aber konnte sie das überhaupt beurteilen? Sie war diejenige, die am wenigsten Ahnung hatte, wie es um die Stimmung in der Firma bestellt war.

»Dann lässt du mich ja noch mal drei Jahre alleine hier!«

»Onkel George ist doch auch noch da.«

Max fuhr sich nervös durch die dunklen Haare. »Ich bin gespannt, was er von uns will.«

Saskia nickte. Die Tatsache, dass George sie beide zu sich ins Büro bestellt hatte, konnte nur bedeuten, dass er mit ihnen über die Firma sprechen wollte. Sie wussten natürlich, dass er das Unternehmen am liebsten schon vor Jahren verkauft hätte, und sie konnten sich kaum vorstellen, dass sich seine Einstellung zum Geschäft seitdem verändert hatte.

Es klopfte kurz, und Anna Miller steckte ihren Kopf durch die Tür. »Mr Cramer erwartet Sie dann«, sagte sie. Saskia hätte die Frau am liebsten in den Arm genommen, so traurig sah sie aus.

»Danke, Anna«, sagte Max und nickte ihr freundlich zu.

»Wie geht es Ihnen?«, fragte Saskia besorgt, woraufhin Anna Miller nur niedergeschlagen mit den Schultern zuckte. »Sie haben seit so vielen Jahren mit unserer Tante zusammengearbeitet«, fuhr Saskia fort. »Es muss schwer für Sie sein, dass sie nicht mehr da ist.«

Der Frau schossen sofort die Tränen in die Augen, sie musste schlucken und räusperte sich, bevor sie weitersprechen konnte. »Entschuldigen Sie, ich bin immer noch ganz mitgenommen davon. Und dann auch noch diese ganzen Verhöre – da wird das Unterste zuoberst gekehrt ... Man könnte glauben, die von der Met halten uns alle für Verbrecher.«

»Anna, Sie hält ganz sicher niemand für schuldig«, versicherte Max, und Saskia nickte zustimmend.

»Sie haben unsere Tante so gut gekannt, Anna«, meinte Saskia. »Auch ihr geschäftliches Umfeld. Wir fragen uns jetzt natürlich, wer so etwas Schreckliches getan haben könnte.«

»Ich kann es mir auch gar nicht erklären ...«

»Hat sie sich in der letzten Zeit irgendwie verändert?«, hakte Saskia nach. »Gab es vielleicht jemanden, von dem sie sich bedroht fühlte?«

Anna Miller machte ein nachdenkliches Gesicht und wischte sich eine Träne aus den Augen. Trotz der grauen Haare, die sie kurz geschnitten trug, wirkte sie noch recht jung. Keine fünfzig, schätzte Saskia.

»Ja, sie hat sich verändert«, sagte die Assistentin schließlich. »Sie war immer eine dominante und starke Frau, die sich von niemandem etwas sagen ließ. In der Firma sorgte das manchmal ganz schön für Spannungen, das wissen Sie ja. Aber als Ihre Großeltern starben, da wurde sie plötzlich anders.«

»Vermutlich war sie mitgenommen von ihrem Tod ...«, meinte Saskia.

»Das waren wir doch schließlich alle ... obwohl sie so friedlich eingeschlafen sind«, murmelte Max zustimmend und fügte noch hinzu, dass es wohl der schönste Tod sei, wenn man an Altersschwäche sterben würde.

»Nein, das meine ich nicht. Ich hatte nicht den Eindruck, als wenn Ihre Tante wahnsinnig trauern würde, wenn Sie mir diese Bemerkung gestatten. Es war anders. Sie wurde irgendwie ... vorsichtiger.«

Saskia warf ihrem Bruder einen erstaunten Blick zu. »Wie meinen Sie das?«, fragte sie.

»Wahrscheinlich wurde sie in ihren beruflichen Entscheidungen vorsichtiger«, meinte Max nachdenklich. »Immerhin ruhte nach Grandmas Tod die ganze Verantwortung auf ihren Schultern.«

»Ja, das könnte natürlich etwas damit zu tun haben«, stimmte Anna Miller ihm zu. »Aber das war es nicht nur. Sie war plötzlich über alles Mögliche besorgt. Während sie früher eine gute Portion Gottvertrauen an den Tag legte, war sie jetzt ... ängstlich. Das passte überhaupt nicht zu ihr.«

»Wie müssen wir uns das vorstellen?«, hakte Saskia nach und fragte sich unwillkürlich, warum ihr das nicht aufgefallen war. Schlagartig dachte sie an die letzten Treffen mit Ellen – war sie da irgendwie besorgt oder ängstlich gewesen? Das Zittern, dachte Saskia und sah ihre Tante förmlich vor sich, wie sie gleich zweimal den Espresso verschüttet hatte. War das gar nicht dem Stress geschuldet gewesen?

»Es waren vor allem kleinere Sachen, die mir erst in der Summe auffielen. Sie wollte zum Beispiel die Schlösser für ihr Büro austauschen, obwohl hier meines Wissens noch nie etwas gestohlen worden ist. Einen neuen Safe ließ sie sich auch gleich noch einbauen. Und wenn wir früher mal auf einen guten Deal angestoßen haben, ist sie danach immer noch Auto gefahren, selbst wenn es zwei oder drei Gläser waren. Damit war es dann auch vorbei, sie bestellte sich jetzt grundsätzlich ein Taxi. Solche Dinge eben.«

»Vielleicht ist sie mal in eine Kontrolle gekommen«, überlegte Max. »So ein Verhalten finde ich jedenfalls noch nicht beunruhigend. Eher vernünftig.«

Saskia nickte. »Ja, das sehe ich auch so. Wissen Sie, ob unsere Tante vielleicht ... Ich weiß nicht, gab es da einen Mann? Eine Affäre?« Vielleicht führte Ellen ja eine Art Doppelleben, das sie ihrer jungen Nichte lieber verschwiegen hatte, ging es Saskia durch den Kopf.

Anna Miller sah sie mit großen Augen an. Dann strich sie mit der Hand ihre weiße Bluse glatt. Sie wirkte verlegen.

»Über das Privatleben von Mrs Cramer weiß ich nichts.

Aber ganz ehrlich, so etwas kann ich mir kaum vorstellen. Ihre Tante hat wirklich sehr viel gearbeitet, Saskia. Sehr, sehr viel.«

»Aber sie war doch beruflich ständig unterwegs«, meinte Max.

»Natürlich. Sie war so oft auf Messen und Vertretertagungen. Ich sagte ja, sie hat sehr viel gearbeitet.«

Saskia warf ihrem Bruder einen Blick zu, mit dem sie ihm signalisieren wollte, dass er nicht weiter nachfragen sollte. Offenbar konnte oder wollte sich Anna Miller nicht vorstellen, dass gerade Geschäftsreisen für eine Affäre mehr als geeignet waren.

»Ihr Onkel wartet«, mahnte Anna Miller in dem Moment.

Saskia nickte. »Sie haben recht. Wir wollen ihn nicht warten lassen.«

Sie folgten ihr durch den langen Flur, der mit einem hochflorigen, dunkelblauen Teppich ausgelegt war, wodurch ihre Schritte fast lautlos waren. An den Wänden hingen Fotografien von Prominenten aus längst vergangenen Zeiten, die einen Koffer aus ihrem Betrieb in der Hand hielten. Sie erinnerte sich, wie ihre Grandma ihr früher immer erzählt hatte, dass sie einmal die Crew vom *Love Boat* mit ihren Koffern ausgestattet hatte. Über einen Cousin, der nach Hollywood gegangen war, konnte sie den Kontakt zu den Machern der US-Serie herstellen und den Deal einfädeln. Tatsächlich lächelten Saskia jetzt jede Menge bekannte Gesichter aus den 1980er-Jahren von den Bildern an, die offenbar alle auf einem Schiff standen und einen bunten Plastikkoffer in der Hand hielten. Grandma war damit ein gigantischer Marketing-Coup gelungen. In Zeiten, in denen noch niemand von Product Placement sprach, hatte sie es geschafft, ihre bunten Koffer unauffällig einem Millionenpublikum zu präsentieren – und das nicht nur bei sich zu Hause, sondern sogar in den USA!

Kurz darauf standen sie vor dem gläsernen Schreibtisch, hinter dem Onkel George saß.

Er bat sie, auf den weißen Lederstühlen Platz zu nehmen, die vor dem für diesen Raum viel zu großen Tisch standen. Das Licht der Halogenstrahler spiegelte sich in seiner hohen Stirn, und Saskia fand, dass ihr Onkel erstaunlich frisch aussah. Ganz anders als an dem Tag, als sie ihn zu Hause besucht hatte, eher so, als wäre er gerade aus dem Urlaub zurückgekommen.

Er lockerte seine Krawatte und schob die Ärmel seines dunklen Jacketts hoch. »Ich möchte mit euch über meinen Ausstieg aus der Firma sprechen«, begann er das Gespräch.

Saskia sah, dass Max fast die Kinnlade runterfiel. »Du willst das Unternehmen verlassen?«

»Ja. Jetzt seid ihr an der Reihe. Es gibt nichts, was mich hier noch hält.«

»Du bist nach Ellens Tod der leitende Geschäftsführer. Keiner von uns kennt sich im operativen Geschäft so gut aus wie du!« Max' Stimme klang aufgebracht.

Ihr Onkel zuckte mit den Schulter. »Ganz ehrlich: Das ist nicht mein Problem. Ich habe dir immer gesagt, Junge, dass ich nur wegen Ellen hier bin. Das wusstest du genau, das habe ich dir oft genug gesagt.«

»Aber das war doch nur Gerede ...«

»Tja, es war schon immer ein Fehler, mich nicht ernst zu nehmen«, sagte George und grinste. Doch schnell wurde seine Miene wieder ernst.

»Kannst du nicht wenigstens noch warten, bis ich so weit bin?«, fragte Saskia und ärgerte sich über den bittenden Tonfall in ihrer Stimme.

»Nein, Saskia.« Ihr Onkel sah sie aufmerksam an. »Nicht du bestimmst, wann der richtige Zeitpunkt ist. Das Leben bestimmt ihn. Und jetzt ist er nun mal gekommen, ob du willst oder nicht.« Dann räusperte er sich und blätterte in einigen Papieren, die vor ihm auf dem Schreibtisch lagen. Dass er nicht ernsthaft nach etwas suchte, war kaum zu übersehen. »Ellen hat testamentarisch verfügt, dass ich im Falle ihres Todes sofort aus der Firma ausscheiden kann. 1 500 000 Pfund sollen mir dann ausgezahlt werden, so steht es hier schwarz auf weiß.«

Im Raum herrschte Totenstille. Er wollte von jetzt auf gleich aus der Firma aussteigen? In so einer Situation? Das konnte beim besten Willen nicht sein Ernst sein. Und wie konnte sich Ellen auf so einen Deal einlassen? Hatte er sie dazu genötigt? Selbst ein gut laufendes Unternehmen wie ihres hatte so viel Geld nicht einfach in der Portokasse. Zwar hatte Saskia keinen Überblick über die Finanzen der Firma, aber sie konnte sich kaum vorstellen, dass das Unternehmen eine solche Summe ohne Weiteres zur Verfügung stellen konnte. Vermutlich würden sie einen zusätzlichen Kredit aufnehmen müssen. Auch ihr Bruder war bleich geworden. Abrupt stand er auf.

»Das werden wir anfechten, lieber Onkel«, sagte er mit eisiger Stimme.

»Die Sache ist juristisch einwandfrei«, entgegnete ihr Onkel spitz.

»Dafür gibt es keine rechtliche Basis.«

Saskia konnte hören, wie aufgebracht ihr Bruder inzwischen war, und sie musste sich überrascht eingestehen, dass sie ihm so ein toughes Auftreten gar nicht zugetraut hätte. Sie wusste viel zu wenig über die Arbeitsweise ihres Bruders. Vielleicht hatte er doch mehr Führungsqualitäten, als sie angenommen hatte.

»Oh doch. Ellens und meine Anwälte haben alles zigmal abgeklopft. Außerdem bin ich selbst Jurist, wenn ich euch daran erinnern darf. Da gibt es kein Schlupfloch, ob ihr wollt oder nicht.« George sah sie beide eiskalt an.

Max schnappte hörbar nach Luft. »Wir werden diese Verfügung im Testament prüfen lassen, und ich bin mir sicher, dass es vor keinem Gericht standhält!« Jetzt war ihr Bruder laut geworden.

»Das werden wir ja sehen!« Auch George war nun wütend. »Weißt du was? Je mehr Theater ihr macht, desto mehr Steine lege ich euch in den Weg. Wollt ihr eine anständige Übergabe? Dann haltet euch an das Testament. Sonst lasse ich mich als Erstes mal schön krankschreiben. Bei dem, was mit Ellen passiert ist, gibt mir jeder Arzt, ohne mit der Wimper zu zucken, ein Attest für die nächsten sechs Monate. Dann könnt ihr ja mal gucken, wie ihr hier so zurechtkommt! Ohne Übergabe! Ohne Einweisung! Ein schöner Sprung ins kalte Wasser! Das könnt ihr doch nicht ernsthaft wollen?«

»Ich lasse mich nicht von dir erpressen!«

»Das hat mit Erpressung nichts zu tun! Ich habe mein halbes Leben für diese Firma geopfert, ich habe ein Recht auf ein angemessenes Abschiedsgeld!«

Die beiden Männer hatten sich inzwischen voreinander aufgebaut und sahen sich mit funkelnden Augen zornig an. Saskia konnte nicht fassen, wie schnell die Stimmung explodiert war.

»Wenn wir dir nachweisen können, dass du mit voller Absicht krankfeierst, wäre das ein Grund für eine fristlose Kündigung! Natürlich ohne Abfindung«, blaffte Max seinen Onkel an.

»Denkst du nicht eine Sekunde darüber nach, den letzten Willen deiner Tante zu respektieren?« Der moralisch überlegene Tonfall gelang George nicht besonders gut. Das schien er selbst zu merken. »Du wirst schon sehen, wie weit ihr damit kommt! Und jetzt raus aus meinem Büro!«

»Undankbares Arschloch!«

Saskia fasste Max am Arm und zog ihn aus dem Büro. »Das bringt doch nichts«, raunte sie ihm zu. »Los, komm!«

Lautstark knallte Max die Tür hinter sich zu und ging mit steifen Schritten durch den Flur, wobei er immer wieder »Arschloch!«, »Schwein!« und »Wichser!« rief. Er zog eine Packung Zigaretten aus der Gesäßtasche und steckte sich eine in den Mund, allerdings ohne sie anzuzünden. Im ganzen Gebäude herrschte strenges Rauchverbot. Saskia folgte ihm kopfschüttelnd.

Die Geschichte schien sich zu wiederholen. Schon wieder gab es einen heftigen Streit, nachdem ein Familienmitglied tragisch ums Leben gekommen war. Wie konnte man angesichts dieser Tragödie überhaupt nur ans Geld denken? Saskia konnte es nicht fassen. Gab es eigentlich in allen Familien Krieg, sobald es ums Erbe ging? Die Firma hatte ihrem Onkel ein finanziell sorgenfreies Leben ermöglicht. Nicht nur er hatte immer überdurchschnittlich gut verdient, besonders Ellen dürfte als leitende Geschäftsführerin und Inhaberin nicht mit unter einer Viertelmillion im Jahr nach Hause gegangen sein. Jetzt erbte er das Haus in East Horsley und bekam womöglich noch eine stattliche Summe so ausgezahlt – zusätzlich zu dem Vermögen, dass die beiden in den letzten Jahrzehnten angehäuft hatten. Keiner in ihrer Familie hatte vermutlich je Geldsorgen gehabt, aber wenn es um ebendieses Geld ging, gab es trotzdem immer wieder Krieg. Als könnte keiner genug davon kriegen, vom Geld und auch vom Krieg.

Unwillkürlich blieb Saskia stehen und sah ihrem Bruder nachdenklich hinterher, der, immer noch schimpfend, in sein

Büro verschwand. Vermutlich würde er das Rauchverbot dort ignorieren, und sie konnte es ihm nicht verübeln. In dem Moment schwor Saskia sich, dass ein solcher Familienkrieg niemals zwischen ihr und Max stehen würde. Egal wie uneinig sie sich vielleicht auch mal sein würden, niemals wollte sie sich mit ihrem Bruder so streiten wie er gerade mit ihrem Onkel – oder wie ihr Vater vor all den Jahren. Nichts in der Welt konnte so schwerwiegend sein, dass sie mit Max derart aneinandergeraten würde. Die Liebe zu ihrem Bruder würde immer größer sein als dieses verfluchte Kofferimperium. Das schwor sie sich bei allem, was ihr heilig war.

Der Milchkaffee wurde langsam kalt. Es war schon der dritte, den Sienna Johnstone sich bestellt hatte. Auch wenn die Frühlingssonne inzwischen ziemlich viel Kraft hatte, war es doch noch recht frisch, um die ganze Zeit draußen zu sitzen.

Sienna schaute auf die Uhr und ärgerte sich. Jetzt war Jack fast eine Stunde zu spät. Er hatte doch um das Treffen gebeten und nicht sie. Auch wenn es ein ganz schönes Stück war, hier hinaus in den ländlichen Speckgürtel Londons zu fahren, hatte sie es ja schließlich auch geschafft, pünktlich zu sein. Da war es doch nicht zu viel verlangt, wenn er wenigstens einigermaßen pünktlich erscheinen würde.

»Möchten Sie jetzt etwas zum Frühstück bestellen?«, fragte die Kellnerin in diesem Moment.

Sienna schüttelte den Kopf. »Nein, danke, ich glaube, ich zahle dann.« Sie zog ihr Portemonnaie aus der Tasche und hielt kurz inne. »Sind drinnen noch Gäste?«

»Nein. Sie sind im Moment unsere einzige Kundin. Montagmorgen ist hier nie viel los. Gegen Mittag wird es meistens erst voller. Macht acht vierzig.«

Sie drückte der Kellnerin einen Zehn-Pfund-Schein in die Hand und murmelte »Stimmt so.« Dann nippte sie noch mal an ihrem kalten Milchkaffee.

Wenn ich wenigstens eine Nummer von ihm hätte ...

Schlagartig fiel ihr ein, dass sie die ja durchaus hatte. Sie hatte die Anruferliste nicht gelöscht, seit Jahren tat sie das nicht mehr. Seit ihrer Affäre ... Jacks Nummer müsste also eigentlich noch gespeichert sein. Sie nahm ihr Handy und scrollte sich durch die Anruferliste. Kurz darauf hatte sie die richtige gefunden und tippte auf die Nummer.

»Jetzt hat der keine Mailbox ...«, murmelte sie, als es zum zehnten Mal in der Leitung tutete. Sie wollte gerade den Anruf beenden, da hörte sie ein Rascheln, dann ein Atmen. Er ist doch noch drangegangen, dachte sie.

»Jack? Bist du das? Wo steckst du eigentlich? Ich warte hier seit Ewigkeiten!« Sie wusste, dass sie wütend klang, und bemühte sich auch gar nicht, das zu verbergen. Einen Moment wartete sie auf seine Antwort, aber mehr als diese merkwürdigen Atemgeräusche war nicht zu hören. »Jack? Hallo? Bist du dran?«

Ja, er war dran, ganz eindeutig. Jedenfalls hörte sie dieses schwere Atmen und aus dem Hintergrund Vogelgezwitscher, das immer wieder von den Atemgeräuschen übertönt wurde. Warum sagte er nichts? Die Leitung stand ganz offensichtlich, was sollte dann das Theater?

»Jack?« Hatte sie sich schlichtweg in der Anruferliste vertan und gar nicht seine Nummer gewählt? Aber dann würde doch jemand mal einen Ton sagen!

»Ist alles in Ordnung, Jack?«, fragte sie, langsam besorgt. Ob ihm was passiert war? Er hatte ihr am Telefon gesagt, dass er in der Klemme stecken würde. Vielleicht hatte er Ärger und war nun von jemandem zusammengeschlagen worden?

Eine Stimme zischte: »Wir sehen uns, Sienna.«

Sie zuckte zusammen. Das war nicht Jacks Stimme, das war ihr sofort klar. Seine Stimme war dunkel und weich, dabei aber trotzdem gut zu verstehen. Jack war kein Typ, der leise sprach. Aber diese Stimme hier konnte sie kaum verstehen. Mehr als ein heiseres Flüstern war es nicht gewesen, und Sienna war sich noch nicht mal sicher, ob es eine Frau oder ein Mann war, der da am anderen Ende der Leitung sprach. Dennoch, der Anrufer kannte ihren Namen – und war damit eindeutig im Vorteil. Ein komisches Gefühl kroch in ihr hoch, eine Mischung aus Nervosität und Angst.

»Wer ist da?« Sie bemühte sich, mit fester Stimme zu sprechen. Im Hintergrund hörte sie immer noch das Atmen.

»Bis bald, Sienna. Bis ganz bald.«

Dann war die Leitung tot.

Sie starrte auf ihr Handy. Was zur Hölle war das denn? Und vor allen Dingen: Wer war das? Wollte ihr da jemand einen blöden Streich spielen? Oder ging es um mehr?

Kurz entschlossen drückte sie auf die Wahlwiederholung. Sofort sprang Jacks Mailbox an, und seine tiefe, weiche Stimme versprach, so schnell wie möglich zurückzurufen. Irritiert machte sie das Handy aus und steckte es wieder in ihre Tasche.

Irgendetwas stimmte hier nicht.

Abrupt stand sie auf und schüttete dabei den halben Kaffee über den Tisch. Ihre Hose hatte auch etwas abbekommen, aber das war ihr in diesem Moment egal.

Irgendetwas stimmt hier ganz gewaltig nicht.

Während sie über die Terrasse ging, suchten ihre Blicke fast automatisch die Gegend ab, flogen über die Büsche bis hin zum Wald, nahmen die Spazierwege und das nahe Ufer ins Visier. Bis auf eine ältere Frau, die mit ihrem Hund spazieren ging, und einen Jogger, der mit großen Kopfhörern ausgestattet an ihr vorbeilief, sah sie niemanden.

Keiner weiß, dass du hier bist.

Aber irgendwie fühlte sie sich dennoch beobachtet. Ein Knacken im Gebüsch ließ sie aufschrecken und sich erschrocken umdrehen. Mit klopfendem Herzen blieb sie wie angewurzelt stehen und starrte auf den Busch, aus dem im nächsten Augenblick eine Krähe laut schimpfend aufflog. Sienna unterdrückte einen Schrei, als das Tier an ihrem Gesicht vorbeiflatterte.

Du bist ja schon völlig plemplem, dachte sie und schüttelte über sich selbst den Kopf. Zügig ging sie weiter und schlang dabei die Arme um ihren Oberkörper. Trotz der angenehmen Temperaturen fröstelte es sie. Vielleicht benahm sie sich auch so paranoid, weil sie früher, wenn sie sich hier mit Jack verabredet hatte, immer auf der Hut gewesen war. Damals tat sie etwas Verbotenes, traf sich heimlich mit ihrer Affäre, und jede Begegnung mit einem Bekannten hätte ihr Familienleben zerstören können. Drehte sie deshalb gerade so durch? Vielleicht.

Trotzdem, die Sache war merkwürdig. Und so viele Erklärungsversuche sie sich auch zusammenreimte, es hatte sie beunruhigt, mehr als ihr lieb war. Eiligen Schrittes ging sie zum Parkplatz und sprang in ihren Wagen. Während sie das Auto auf die Straße lenkte, rasten die Gedanken durch ihren Kopf.

Was hatte Jack getan? Warum steckte er so in der Klemme? Worauf hatte er sich bloß eingelassen? Erst neulich hatte sie von einem regelrechten Arbeiterstrich gelesen, wo sich vor allem illegale Einwanderer für Arbeiten auf dem Bau anboten. In dem Zeitungsartikel wurden besonders die mafiösen Strukturen im Hintergrund beklagt, skrupellose Berufsverbrecher, die die Einwanderer hemmungslos ausbeuteten. Es gehörte nicht viel Fantasie dazu, sich auszumalen, wie viel Gewalt in dieser Szene herrschte. Hatte Jack so jemanden für eine seiner Baustellen engagiert und nun mit einem der kriminellen Hintermänner Probleme? Oder hatte er was mit Drogen zu tun? Früher, als sie noch ihr geheimes Doppelleben führten, hatte er ihr erzählt, dass er manchmal koksen würde. Aber das lag fast zwanzig Jahre zurück! Trotzdem ... was wusste sie schon von ihm? Sienna musste daran denken, dass ein stadtbekannter Drogendealer vor ein paar Monaten mit einem Sprengsatz in seinem Auto mitten in Kensington umgebracht worden war. Wenn man sich mit den falschen Leuten anlegte, konnte es schnell übel ausgehen, das war ihr klar. Und sie hatte keine Ahnung, was Jack in den letzten Jahren getrieben hatte.

»Jetzt beruhig dich mal!«, sagte sie laut zu sich und fuhr auf die M4. Jack hatte sie sprechen wollen. Deshalb hatte er sie letzte Woche angerufen und um ein Treffen gebeten. Und dafür gab es eigentlich nur einen Grund: Vermutlich wollte er, dass sie ihm bei irgendeinem privaten Problem half. Wenn er Ärger im Job hatte, würde er sich wohl kaum an sie wenden. Denn dass sie ihm bei so etwas nicht helfen konnte, müsste ihm eigentlich klar sein. Jack war immer ein Typ gewesen, der leicht zu begeistern war. Genauso leidenschaftlich, wie er ihre Affäre gelebt hatte, hatte er sich auch in andere Dinge gestürzt. Er war jemand, der das Risiko nicht mied, der glaubte, dass es zum Leben dazugehörte, wenn man etwas wagte. Wer nicht wagt, der nicht gewinnt – niemand lebte dieses Motto mehr als Jack.

Hatte er diesmal zu viel gewagt?

»Bis bald, Sienna, bis ganz bald.«

Die flüsternde Stimme von der Person am anderen Ende der Leitung ging ihr nicht aus dem Kopf. War es ein Mann oder eine Frau gewesen? Sie vermutete eine Frau – oder war es vielleicht doch ein Mann? Flüstern machte jede Stimme merkwürdig geschlechtslos. Nur eins erschien ihr sicher: Der Anrufer hatte eiskalt geklungen, zum Äußersten entschlossen.

Plötzlich wurde ihr klar, dass es noch einen anderen Grund geben konnte, warum Jack um ein Treffen gebeten hatte.

Vielleicht wollte er gar keine Hilfe von ihr.

Vielleicht wollte er sie warnen.

»Du kannst hier nicht ewig pennen, ohne mir wenigstens ein bisschen Kohle zu geben«, blaffte Greg sie an.

»Aber ich hab nichts ...«

»Dann besorg dir was. Machen andere doch schließlich auch.«

Noemi ahnte, worauf Greg anspielte. Mit ihm schlief sie ja schließlich auch, damit er sie weiterhin mit Crystal versorgte. Aber anschaffen? So richtig auf der Straße stehen und mit wildfremden Männern vögeln? Sie war sich nicht sicher, ob sie das überhaupt konnte. Andererseits ... so wie bisher konnte es wirklich nicht weitergehen.

Seitdem sie wieder bei Greg wohnte, hatte sie seine heruntergekommene Wohnung praktisch nicht verlassen. Den ganzen Tag lümmelte sie bei ihm im Bett herum, rauchte ab und zu ein paar Steine und tat ansonsten nichts.

»Jetzt zieh dir endlich was an und beweg deinen Arsch aus meinem Bett«, fauchte Greg sie an. »Du kannst wenigstens mal den Müll rausbringen oder dich sonst wie nützlich machen. Und, wie gesagt, mal etwas Geld verdienen.«

»Greg, ich ...«

»Ohne Kohle kriegst du nichts mehr zu rauchen. Ganz einfach.«

Seine Worte hallten ihr noch im Ohr, als Noemi wenig später im knappen Minirock und mit einem bauchfreien Top bekleidet in einer kleinen Gasse in Soho stand. Sie hatte sich eine Nebenstraße in Chinatown ausgesucht, die von roten Lampions in schummriges Licht getaucht wurde. Das Viertel war bei Touristen und Vergnügungssüchtigen gleichermaßen beliebt, und Noemi wusste, dass das Interesse, sich mit einer Prostituierten einzulassen, mit dem Alkoholkonsum stieg. Also war sie genau richtig hier.

Nervös sah sie sich um. Die zahlreichen asiatischen Geschäfte und Restaurants, die rot lackierten Holzschnitzereien und die allgegenwärtigen Drachenfiguren gaben ihr das Gefühl, in einem fremden Land zu sein. Einige Frauen standen in Hauseingängen herum, immer darauf bedacht, von der Polizei nicht erwischt zu werden. Öffentliche Prostitution war verboten, der Straßenstrich konnte nur im Verborgenen stattfinden, was es für die Frauen nicht unbedingt einfacher machte. Die meisten waren eindeutig asiatischer Abstammung, einige trugen kurze, knappe Kleider im chinesischen Stil, und Noemi hatte den Eindruck, als wenn diese Frauen sie aus hasserfüllten Augen anfunkelten. Natürlich, eine neue Konkurrenz auf der Straße war nie beliebt. Eine junge Frau, die in einen kurzen, hautengen Kimono gezwängt war, stöckelte scheinbar zufällig an ihr vorbei.

»Verpiss dich, Bitch«, zischte sie ihr zu. »Die Männer kommen wegen uns hierher. Die wollen drei Schlitze und nicht einen!«

Noemi tat so, als hätte sie die Frau nicht gehört. Vielleicht hatte sie recht, vielleicht kamen die Männer wirklich gezielt nach Chinatown, um eine Asiatin zu treffen. Aber vielleicht war es auch ein Vorteil, als einzige Europäerin hier zu stehen. Sie wollte es wenigstens austesten.

Tatsächlich hatte sie sich diesen Ort aber auch ausgesucht,

weil die Gefahr, hier auf ein bekanntes Gesicht zu stoßen, am geringsten war. Denn selbst wenn der Druck, endlich wieder an Drogen zu kommen, unerträglich hoch war, konnte sie sich von einer gewissen Scham noch nicht frei machen. Eine Hure. Jetzt war sie eine Hure. Niemals hätte sie gedacht, dass sie eines Tages so auf der Straße stehen würde, und wenn sie jetzt auch noch auf einen Bekannten treffen würde, fände sie das einfach unerträglich.

Noemi war fast schlecht vor Nervosität. Würde sie das hinkriegen? Zig andere schafften es doch auch, sagte sie sich. Sicherlich war es ekelhaft, da machte sie sich nichts vor. Aber die Gier nach neuen Steinen war eindeutig stärker, und sie hatte keine Ahnung, wie sie sonst an Geld kommen sollte.

Ein Wagen fuhr langsam an ihr vorbei und stoppte schließlich ein paar Meter neben ihr. Das Fenster fuhr herunter. Noemi holte tief Luft, dann näherte sie sich etwas unsicher dem Auto.

»Wie viel?« Die Stimme des Mannes war ungewohnt hoch, fast piepsig.

»Äh ...« Verdammt, dachte Noemi. Darüber hatte sie sich noch keine Gedanken gemacht. Wie viel nahm man für so einen Job? Fünfzig? Hundert?

Bevor sie dem Kerl antworten konnte, stöckelte die Kimono-Frau auf den Wagen zu und drängte sie scheinbar sanft, tatsächlich aber sehr bestimmt zur Seite.

»Ich biete dir was ganz Besonderes, Süßer«, raunte sie ihm zu und beugte sich zu ihm herunter. »Kennst du den asiatischen Ritt?«

Der Typ mit der piepsigen Stimme lachte. »Steig ein, Babe.« Offensichtlich wusste er, wovon die Frau sprach. Das Kimono-Wesen warf Noemi noch einen vernichtenden Blick zu und stieg dann in das Auto.

Sie war ausgebootet worden. Und das alles nur, weil sie zu langsam war. Das durfte ihr nicht noch mal passieren, sonst würde sie nie an Geld kommen. Und die Gier nach Steinen wurde immer größer.

Du musst dich besser anpreisen, dachte Noemi. Und souveräner auftreten, sonst machen dich die anderen Weiber hier fertig.

Obwohl all ihre Gedanken nur um die Steine und den nächsten Rausch kreisten, versuchte sie sich auf die vorbeifahrenden Autos zu konzentrieren und jedem Fahrer ein Lächeln zuzuwerfen. Gleichzeitig bemühte sie sich, die anderen Frauen nicht aus den Augen zu lassen, in der Hoffnung, so schneller auf einen potenziellen Kunden reagieren zu können.

Nachdem zwei weitere Frauen aus der Gasse mit ihren Freiern verschwunden waren, war Noemi als vorerst Letzte auf der Straße übrig geblieben. Das war ihre Chance.

Und so stieg sie verkrampft lächelnd in den Wagen, der kurze Zeit später vor ihr hielt. Ein dicker, ältlicher Mann saß grinsend am Steuer.

»Dreißig Pfund, wenn du mir einen bläst.«

Noemi überschlug schnell, wie oft sie so etwas tun musste, um an eine Tagesration Crystal zu kommen. Fünf-, sechsmal, schätzte sie, das war zu schaffen. Hatte die Schlampe für ihren asiatischen Ritt mehr genommen? Vermutlich. Aber wenigstens musste sie nicht mit dem Typen schlafen. Also willigte sie ein.

Der Mann lenkte den Wagen ein paar Straßen weiter, bis sie in einer düsteren Sackgasse angekommen waren. Angewidert tat Noemi das, wofür ihr der Kerl die dreißig Pfund versprochen hatte. Sie hatte sich vorgenommen, an etwas Schönes zu denken oder wenigstens an gar nichts. Aber sie dachte nur an die Steine, an die milchig weißen Kristalle, die manchmal wie Eis aussahen, manchmal aber auch gelblich oder bläulich verfärbt waren, je nach Qualität. Sie dachte daran, wie sie sie in ihre Pfeife legte, sie mit einem Feuerzeug erhitzte, bis der dichte weiße Qualm aufstieg, der so verheißungsvoll war. Sie stellte sich vor, wie sie an der Pfeife sog, wie der Rausch in ihre Lunge fuhr und sich in ihrem ganzen Körper ausbreitete. Und sie alles vergessen ließ.

Zum Glück ging es schnell.

»Und jetzt raus aus dem Wagen«, sagte der Dicke, während er sich die Hose wieder zumachte.

»Können Sie mich nicht zurück ...«

»Nein. Hier ist dein Geld und jetzt raus.«

Noemi nahm die Scheine und stieg aus dem Auto. Als sie wieder auf der Straße stand, eilte sie zum nächsten Mülleimer und erbrach sich darin.

Wenn sie mit Greg oder einem anderen Dealer geschlafen hatte, war sie meistens drauf gewesen. Dann hatte sie nicht viel davon mitbekommen, was mit ihr passierte. Aber das gerade hatte sie fast nüchtern getan, abgelenkt nur von dem Suchtdruck, der immer stärker wurde.

Du wirst dich schon daran gewöhnen. Andere gewöhnen sich auch daran.

Sie nahm sich vor, noch ein oder zwei Freier zu bedienen und sich dann erst mal mit ein paar Steinen einzudecken. Wenn sie drauf war, würde sie diesen Job leichter machen können, davon war Noemi überzeugt.

Sie sah sich um und überlegte, in welcher Ecke von Soho sie gelandet war. Allzu weit von Gregs Wohnung dürfte sie nicht entfernt sein, dachte sie. Vielleicht konnte sie auf dem Rückweg direkt den nächsten Freier aufreißen. Die Aktion gerade hatte keine zehn Minuten gedauert, wenn sie noch ein paar

Kerle von der Sorte finden würde, hätte sie das Geld schnell zusammen. Alles in allem war sie jetzt doch erleichtert. Natürlich war es eklig gewesen, aber wie sollte sie sonst in ein paar Minuten so viel Geld machen?

Sie verließ die Sackgasse und stöckelte zur nächsten Straße, auf der wieder mehr Autos fuhren. Inzwischen war es stockdunkel, und der Bürgersteig war nur noch von dem rötlichen Licht der Lampions beleuchtet. Zwei Stunden später hatte Noemi hundert Pfund zusammen. Sie hatte das Geld nur durchs Blasen verdient, in der Hoffnung, sich dadurch weniger schlecht zu fühlen. Aber die Rechnung war nicht aufgegangen. Sie fühlte sich schmutzig, benutzt und ekelte sich vor sich selbst. Aber wenigstens hatte sie jetzt genug Geld, um all das zu vergessen. Die immer stärker werdenden Magenkrämpfe signalisierten ihr eindringlich, was ihr Körper jetzt schnellstens haben musste, wonach er seit Stunden verlangte, und Noemi machte sich auf direktem Weg zurück in Gregs Wohnung.

Sie hatte Glück.

Der Typ, der Greg immer mit Crystal versorgte, hing mit zwei weiteren Kumpels auf dem gammeligen Sofa in Gregs Küche herum, eine blubbernde Pfeife in der Hand. Noemi ignorierte die gierigen Blicke der Männer, die auf ihr tiefdekolletiertes Top starrten.

»Hier«, sagte sie und warf Greg die Geldscheine hin. Der grinste breit.

»Alles fit im Schritt?«, sagte er anzüglich und zählte die Scheine durch. »Hast du noch was für hundert, Chris?«, fragte er dann den Dealer, der kurz darauf einen durchsichtigen Plastikbeutel voller Kristalle hervorzog.

Zehn Minuten später war Noemi endlich da, wo sie sein wollte. Der Raum um sie herum begann zu verschwimmen, alle Geräusche nahm sie nur noch gedämpft wahr. Sie merkte noch, wie einer der Kerle sie auf eine fleckige Matratze zog, aber seine Hände spürte sie schon kaum noch. Für einen kurzen Moment überfiel sie Angst, als auch die anderen Männer dazukamen und sie das Gefühl hatte, unendlich viele Augenpaare würden sie anstarren. Aber dann war sie weg, abgetaucht in eine Welt, die man nur durch die Kristalltür betreten konnte.

6

Oliver Stinner beobachtete seine Patientin aufmerksam. Ihre Gestik, ihre Mimik, alles war für ihn wichtig. Denn es kam nicht nur darauf an, was sie ihm erzählte, sondern auch wie sie es tat. Blickte sie in die Ferne und suchte mit den Augen förmlich nach den richtigen Worten, oder schaute sie ihn, den Therapeuten, direkt an; waren ihre Hände unruhig, knetete sie die Finger und knibbelte an der Nagelhaut, oder lagen sie ruhig in ihrem Schoß; wippte sie mit den Füßen, oder saß sie relativ entspannt da – all das gab ihm Aufschluss über die seelische Verfassung seiner Patientin.

Saskia Flynt schien heute keinen guten Tag zu haben. Eigentlich hatte sie in den letzten zwei Jahren große Fortschritte gemacht: Aus dem hibbeligen Nervenbündel, das damals zu ihm kam, war längst eine selbstreflektierte Patientin geworden. Saskia wusste inzwischen im Großen und Ganzen, wie sie mit ihren Albträumen und Ängsten umzugehen hatte, sie wendete gezielt Entspannungstechniken an, um gar nicht erst in eine Angstphase hineinzugeraten, und sie setzte sich bewusst mit ihren Träumen auseinander. Aber der Mord an ihrer Tante hatte sie offenkundig um Meilen zurückgeworfen. Gestern vor einer Woche war das passiert. Selbst die Beerdigung hatte sie in der Zwischenzeit schon hinter sich gebracht, da die Obduktion der Leiche keine Hinweise darauf gab, die Freigabe zu verzögern, wie Saskia ihm erzählt hatte. Oliver wusste, wie wichtig Ellen Cramer für sie gewesen war, und es tat ihm aufrichtig leid, dass seine Patientin diesen weiteren Schicksalsschlag verkraften musste.

Daher wunderte es ihn nicht, dass Saskia wesentlich aufgewühlter war als sonst. Ihre Stirn lag in Falten, sie biss sich wieder und wieder auf die Unterlippe oder gestikulierte beim Sprechen aufgebracht mit den Händen.

»Ich verstehe das nicht! Mich macht das echt fertig! Und ich möchte verstehen, warum das so ist! Ich *muss* es verstehen, Dr. Stinner!«

Saskia steckte sich energisch eine blonde Haarsträhne hinter das Ohr, die aus ihrem Zopf gerutscht war.

»Das Gefühl, dass Ihre Familie das Unglück anzieht, ist natürlich ein ganz subjektives, Saskia«, antwortete er ihr.

»Aber es stimmt doch!«

»Es ist nachvollziehbar, dass Sie so empfinden. Aber überlegen Sie mal, wie das anderen Generationen gegangen sein muss, die den Krieg noch erlebt haben, oder denken Sie an die zahlreichen Flüchtlinge aus Afrika oder Syrien der letzten Jahre. Da starb vielleicht der Vater im Krieg, die Mutter wurde vergewaltigt, der Bruder ertrank auf der Flucht – kann man da sagen, dass solche Familien das Unglück anziehen?«

»Das ist etwas anderes«, sagte Saskia mit entschlossener Stimme. »Solche Menschen müssen unter grauenhaften Umständen leben und erfahren deshalb so viel Unglück. Aber in meiner Familie ist das anders. Wissen Sie, es gab da einmal diese heile, glückliche Ursprungsfamilie. Meine wunderbaren Großeltern, die mit ihren beiden Töchtern in Frieden und Wohlstand lebten. Ich verstehe nicht, warum das Schicksal ausgerechnet in meiner Familie so hart zugeschlagen hat.«

Oliver betrachtete sie nachdenklich. An diesem Punkt war er schon mit vielen seiner Patienten gewesen. Die meisten traumatisierten Menschen versuchten eine annähernd rationale

Erklärung für ihr Schicksal zu finden. Entweder gaben sie sich selbst die Schuld, redeten sich beispielsweise ein, dass die Kleidung zu aufreizend war und sie deshalb vergewaltigt worden waren, oder sie suchten die Ursachen in äußeren Umständen, glaubten etwa, dass der Vater sie nie verprügelt hätte, wenn er nicht arbeitslos geworden wäre. Häufig gab es natürlich auch Gründe und Erklärungen, aber eben nicht immer. Dass die Mutter seiner Patientin vor fast zwei Jahrzehnten tödlich verunglückt war, als sie selbst noch ein kleines Mädchen von gerade mal fünf Jahren gewesen war, musste sie einfach als eine grausame Laune des Schicksals akzeptieren lernen. Beim Mord an ihrer Tante sah es natürlich komplett anders aus, die Wahrscheinlichkeit war hoch, dass diese Tat aufgeklärt werden könnte.

»Sie werden in jeder Familie Schicksalsschläge finden«, erklärte er ruhig. »Es ist nicht so, als hätte sich das Schicksal ausgerechnet Ihre Familie ausgesucht.«

»Aber andere Familien werden durch so schreckliche Todesfälle zusammengeschweißt, nur bei uns bricht danach immer ein regelrechter Krieg aus.« Ihre Augen glänzten feucht.

Oliver schüttelte den Kopf und lächelte sie aufmunternd an. »Nein, da muss ich Ihnen widersprechen: Das Gegenteil ist der Fall. Sehr, sehr viele Familie zerbrechen an einem Schicksalsschlag wie diesem. Sie glauben gar nicht, wie viele Patienten mit gescheiterten Ehen ich schon in meiner Praxis hatte, weil weder sie noch ihr Partner über den Tod eines Kindes hinwegkommen konnten.« Er lehnte sich in seinem Schreibtischstuhl zurück und drehte sich ein wenig hin und her. »Ich möchte Sie etwas fragen, Saskia: Wie gut kennen Sie Ihre Großeltern wirklich? Wenn ich das richtig in Erinnerung habe, kümmerten sich Ihre Großeltern erst dann so intensiv um Sie und Ihren Bruder, als Ihre Mutter verstarb.«

Saskia sah ihn mit skeptischer Miene an. »Worauf wollen Sie hinaus?«

»Nun, da waren Ihre Großeltern schon Ende sechzig. Was wissen Sie über die Zeit davor? Sie waren erst fünf Jahre alt, als Ihre Mutter starb – was genau wissen Sie über sie?«

»Meine Großeltern und mein Vater haben mir viel von ihr erzählt ...«

»Aus der Sicht eines Ehemanns«, unterbrach Oliver sie, »und aus der Sicht der Eltern. Naturgemäß kannten Ihr Vater und Ihre Großeltern Ihre Mutter von einer ganz anderen Seite.«

»Ich verstehe nicht ...« Sie sah ihn stirnrunzelnd an.

»Sie kennen nur Teile Ihrer Familiengeschichte. Vielleicht gab es in Ihrer Familie auch Umstände, die das Unglück hervorriefen, von denen Sie nur nichts wissen?«

Sie sah ihn erstaunt an. »Aber davon hätte ich doch etwas gehört!«

»Nein. Nicht unbedingt.« Oliver wusste, dass er jetzt vorsichtig sein musste. Er wollte nicht, dass seine Patientin krampfhaft nach irgendwelchen Gründen für die Schicksalsschläge in ihrer Familie suchte, aber er wusste aus seiner langjährigen beruflichen Erfahrung, dass eine Beschäftigung mit der Familiengeschichte vielen Patienten schon geholfen hatte, Erlebtes besser zu verstehen und zu verarbeiten. »Vielleicht versuchen Sie mal, mit Ihrem Vater darüber zu sprechen. Vielleicht gibt es noch eine andere Erklärung dafür, warum er so schlecht auf Ihren Onkel zu sprechen ist. Ging es wirklich nur ums Geld? Oder steckt vielleicht etwas anderes dahinter? Vielleicht verstehen Sie dann besser, warum diese Streitigkeiten jetzt in die nächste Runde gehen. Aber ...«

»Aber was?«

»Manchmal sind Familienstreitigkeiten auch ganz banal,

und es geht tatsächlich nur ums Geld. Manchmal aber steckt eben auch noch eine andere Geschichte dahinter.«

Sie seufzte hörbar. »Wenn ich nur nicht wieder diese heftigen Albträume hätte«, sagte sie nach einem Moment. »Teilweise hab ich jetzt sogar mehrere hintereinander.«

»Haben Sie das Traumtagebuch weiter geführt?«

Saskia nickte und zog ein kleines blaues Büchlein aus der Tasche. »Ja, ich habe versucht, alles so genau zu notieren wie möglich. Wollen Sie es lesen?«

»Nur wenn Sie es erlauben. Ich weiß, dass solche Träume manchmal sehr intim sein können. Wir können auch darüber sprechen, ohne dass ich es lese.«

»Aber warum sollte ich denn dann alles aufschreiben?«

»Es soll Ihnen in erster Linie helfen, Ihr Traumbewusstsein zu verbessern. So werden Sie in der Lage sein, verstärkt Klarträume zu haben ...«

»... und die Handlung meiner Träume selbst zu steuern«, ergänzte Saskia lächelnd. »Jetzt fällt es mir wieder ein.«

Er nickte zustimmend. »Der Tod ist nach wie vor ein zentrales Thema Ihrer Träume, oder?«, fragte er dann.

»Ja. Fast alle meine Albträume enden mit dem Tod von Max und mir. Wir werden erschlagen, fallen irgendwo runter, stürzen mit dem Flugzeug ab – und dann werde ich immer wach.«

Der Tod der Mutter hatte die junge Frau einfach durch und durch geprägt, ging es Oliver durch den Kopf. Ihr tödlicher Sturz in die Tiefe ließ sie nicht los. »Wir hatten ja bereits darüber gesprochen, und wie ich sehe, haben Sie es genau richtig verstanden. Wenn Sie in der Lage sind, einen Klartraum zu träumen, dann können Sie die Handlung der Träume beeinflussen. Warum versuchen Sie es nicht?«

»Also sage ich einfach, wenn ich mit meinem Bruder in das

Flugzeug steigen will: Nein, komm, wir fliegen nicht, wir legen uns vor den Fernseher und schauen einen Film?« Sie lachte und zeigte dabei ihre glänzenden weißen Zähne. »Und das soll wirklich funktionieren?«

Er erwiderte ihr Lachen. »Ja! Das kann durchaus funktionieren.«

Saskia warf einen Blick auf die Digitaluhr, die im Bücherregal stand. »Wir sind schon zehn Minuten drüber«, sagte sie.

Erstaunt blickte Oliver auf seine Armbanduhr. »Oh, ja. Nun, dann besprechen wir Ihre Träume nächste Woche, okay?«

Sie stand auf und legte ihm das kleine Büchlein auf den Schreibtisch. »Okay. Bis dahin können Sie es aber gerne lesen. Ich glaube, ich habe eh keine Geheimnisse mehr vor Ihnen. Außerdem ist es sowieso voll. Ich werde mir ein neues zulegen.« Sie lächelte ihm noch mal zu und verabschiedete sich dann.

Eine ganze Weile blickte er noch auf die geschlossene Zimmertür. Dann seufzte er hörbar und rief seinen nächsten Patienten hinein.

Die Schmerzen in seinem Bein waren das Erste, das Jack Bernard spürte, als er wieder zu Bewusstsein kam. Was zur Hölle war passiert? Der Unfall ... nein, es war kein Unfall gewesen. Dieser Scheißtyp hatte ihn von der Straße abgedrängt. Er hätte tot sein können, verdammt noch mal! Aber was war in der Zwischenzeit passiert? Und wo war er? Um ihn herum war es stockdunkel, er konnte noch nicht mal die Hand vor Augen sehen. Er lag auf der Seite und versuchte vorsichtig, sich aufzurichten. Als er sich mit der rechten Hand abstützen wollte, fasste er ins Leere. Er schrie laut auf und konnte im letzten Moment sein Gleichgewicht halten.

»Scheiße!«, fluchte er laut. Hohl hörte er den Widerklang seiner Stimme. Es war kein richtiges Echo, es erinnerte ihn eher daran, wie es war, wenn man in einem leeren Keller laut schrie.

Aber das hier ist kein Keller.

Ganz langsam setzte er sich auf und versuchte, mit seinen Fingern die Umgebung zu ertasten. Links neben ihm war eine Wand. Feuchter, kalter Stein, der sich zum Teil so anfühlte, als wäre er mit Moos oder Algen bewachsen. Wenn er sich nach vorne beugte, meinte er zu fühlen, dass die Wand nicht vollkommen gerade war, sie schien rund zu verlaufen, glaubte er, aber ganz sicher war er sich nicht. Rechts neben ihm war dagegen nichts, nur eine unendliche Leere. Er versuchte herauszufinden, wo der Boden wohl sein könnte, aber seine Hand ruderte bloß hilflos in der Luft.

Wo bin ich?

»Hallo?«, rief er in die Dunkelheit. Außer dem Echo seiner Stimme blieb es still.

Mit zitternden Fingern strich er über den Untergrund, auf dem er saß. Holz, ja, es war eindeutig Holz. Ein schmaler Holzsteg, gerade mal so breit, dass sein Hintern darauf Platz hatte und er ausgestreckt auf der Seite liegen konnte. Er bezweifelte, dass der Platz ausreichte, um sich auf den Rücken zu drehen. Nein, das würde vermutlich nicht funktionieren.

Jack befühlte seine Motorradkluft, die er immer noch trug. Suchte immer hektischer die Taschen ab in der Hoffnung, doch noch sein Handy zu finden. Dass es weg war, überraschte ihn zwar nicht, enttäuschte ihn aber dennoch maßlos. Ein Feuerzeug hatte er auch nicht bei sich: Zum ersten Mal in seinem Leben bereute er es, Nichtraucher zu sein. Einzig einen kleinen Stein fand er, der bei dem Sturz in seine Kleidung gelangt sein musste. Nicht größer als eine Murmel, aber hart und fest. Er nahm seinen ganzen Mut zusammen, streckte seinen Arm aus und ließ den Stein fallen. Im selben Augenblick fing er laut an zu zählen:

»Einundzwanzig, zweiundzwanzig …«

Dann hörte er ein leises Geräusch, das ihm signalisierte, dass der Stein den Boden erreicht hatte. Jack musste schlucken.

»Das kann doch nicht sein …«

9,81 Meter legte man im freien Fall pro Sekunde zurück. Und der Stein hatte zwei Sekunden gebraucht, bis er am Boden war.

Fast zwanzig Meter …

War er in einem alten Brunnenschacht? Oder in einem der Luftschächte, die die zahlreichen Minen in der ländlichen Umgebung von London mit Sauerstoff versorgt hatten?

Egal, dachte er und merkte, wie ihm die Tränen in die Augen schossen. Einen Sturz aus knapp zwanzig Meter Höhe würde er vielleicht noch überleben, nicht aber die folgenden Tage irgendwo tief unter der Erde. Er durfte auf keinen Fall von dem schmalen Steg hinunterfallen, das wäre sein Todesurteil.

»Du darfst nicht einschlafen«, sagte er laut zu sich. Nein, er musste unbedingt wach bleiben. Im Schlaf war das Risiko viel zu groß, dass er von dem Steg stürzen und in die Tiefe fallen könnte.

In diesem Augenblick bemerkte er das Durstgefühl. Zunächst versuchte er, es zu ignorieren, aber dadurch wurde es nur immer dringender. Er hatte Durst, unerträglichen Durst.

Und da wurde ihm bewusst, dass der drohende Schlaf vermutlich nicht sein einziges Problem war.

Er schrie. So laut er konnte.

»Bitte, es ist deins.« Onkel George trat zur Seite und sah Max breit grinsend an. »Es ist direkt mit Ellens Büro verbunden, die Räume sind mehr oder weniger identisch. Bis auf die Einrichtung, versteht sich. Ellen hatte es ja gerne etwas kuschelig.« Er lachte bitter auf, fing sich aber schnell wieder. »Willkommen in der Chefetage«, sagte er dann mit aufgesetzt wichtiger Stimme.

Saskia sah ihren Onkel prüfend an. So gleichgültig, wie er sich gab, war er ganz sicher nicht, dachte sie. Auch wenn ihm die Trauer um Ellen nicht ins Gesicht geschrieben stand, kalt ließ ihn die Situation nicht, das spürte sie genau. Aber was beschäftigte ihn so? War es doch die Trauer um seine Frau, auch wenn er das hinter einer harten Fassade zu verbergen versuchte? Oder war er nur etwas angespannt, weil er jetzt ein gänzlich neues Kapitel in seinem Leben aufschlagen würde? Nein, das alleine konnte es doch nicht sein. Natürlich hatte ihn Ellens Tod tief getroffen, glaubte Saskia.

Nur wenn sie ehrlich war, musste sie sich eingestehen, dass sie das vor allen Dingen glauben *wollte*.

Sosehr Max sich auch gesträubt hätte: Es war schnell klar gewesen, dass das Testament juristisch einwandfrei war, George hatte ein Anrecht auf die anderthalb Millionen Pfund. Max hatte die ganze Abwicklung übernommen und sie weitestgehend aus der Sache rausgehalten, wofür sie sehr dankbar war. Durch Ellens Tod war sie doch mehr neben der Spur, als sie es zuerst gedacht hatte. Zum einen fehlte Ellen ihr. Sie vermisste ihren Rat, den Austausch mit ihr, ja ihre bloße Anwesenheit. Die ungeklärten Umstände ihres Todes belasteten Saskia zusätzlich, sodass sie froh war, sich nicht mit juristischen Details auseinandersetzen zu müssen.

Wie dem auch sei, George würde das Geld also bekommen, das er haben wollte. Nicht auf einen Schlag, das konnte auch ein erfolgreiches Unternehmen wie *Frosty Bag* nicht mal einfach so zahlen, aber im Abstand von einigen Monaten würden sie die Summe nach und nach auszahlen. Im Gegenzug hatte George eine Sperrfrist unterschrieben und sich damit einverstanden erklärt, für eine gewisse Zeit nicht in der Branche tätig zu sein und zu keinem Konkurrenzunternehmen zu gehen. Max' größte Sorge schien zu sein, dass George mit internem Wissen zu einer anderen Firma wechseln könnte. Saskia hielt das für ziemlich abstrus: Sie war sich sicher, dass ihr Onkel es nicht abwarten konnte, ein für alle Mal mit der Firma und der Familie abzuschließen und ein neues Kapitel in seinem Leben aufzuschlagen. Nachdem er die Unterschrift unter den Auflösungsvertrag gesetzt hatte, hatte er sofort seine persönlichen Sachen in einen Karton gepackt und sich sogar geweigert, einen Abschiedsumtrunk oder Ähnliches überhaupt nur in Betracht zu ziehen. Mehr als eine ledernde Schreibtischunterlage, einen Montblanc-Kugelschreiber und ein Foto von Ellen nahm er nicht mit. Nach fast zwanzig Jahren im Unternehmen.

»Du kannst dein Firmentablet ruhig einpacken«, meinte Max, und Saskia hörte seiner Stimme an, dass er gar keinen Versuch unternahm, freundlich zu klingen. Kein Wunder. Onkel Georges überstürzter Abgang war mehr als nur ein Affront.

»Wozu? Ab jetzt werde ich nur noch reisen, erst die Kreuzfahrt, dann um die halbe Welt. Und wenn ich dabei eines nicht will, dann ist das online sein und irgendwelche Nachrichten aus der Heimat lesen.«

»Du willst die Kreuzfahrt wirklich antreten?«, fragte Saskia erstaunt und empört zugleich. »Jetzt? Die Polizei erlaubt doch niemals, dass du während der laufenden Ermittlungen das Land verlässt!«

Onkel George lehnte sich an den Schreibtisch und verschränkte die Arme vor der Brust. Mit einem Lächeln, das Saskia süffisant, ja fast höhnisch vorkam, sah er sie an.

»Das mit der Met lass mal schön meine Sorge sein.«

»Aber so kurz nach Ellens Tod ...«

»Meinst du, sie wird wieder lebendig, wenn ich zu Hause bleibe?«

Für einen Moment herrschte Stille im Raum, und Saskia sah ihren Onkel erschrocken an. So viel Zynismus hätte sie ihm nicht zugetraut. Er knetete nervös seine Finger und schien selbst zu merken, wie ungeheuerlich seine Bemerkung gewesen war.

»Die Schiffsreise ist bezahlt, Ellen hat sie schon vor Monaten gebucht«, fügte er schnell hinzu. »Wenn ich sie jetzt verfallen lasse, schmeiße ich über zehntausend Pfund aus dem Fenster. Wem ist damit geholfen? Ob ich nun zu Hause rumsitze oder auf einem dicken Kreuzfahrtschiff, das ist doch egal.«

»Schon klar«, sagte Saskia tonlos. Die Vorstellung, auf dem Deck eines großen Schiffes zu sitzen, einen Cocktail in der Hand und umgeben von lauter gut gelaunten, feierwütigen Menschen, war ihr komplett zuwider. Auch wenn sie nicht zu denen gehörte, die der Meinung waren, dass Trauernde nur Schwarz tragen und sich weinend in ihre vier Wände zurückziehen sollten, so konnte sie einfach nicht verstehen, warum man sich nach so einem Verlust wieder bewusst mitten ins Vergnügen stürzen wollte. Sie selbst könnte so eine Reise jetzt jedenfalls nicht genießen, dafür war die Trauer um Ellen viel zu groß, viel zu allgegenwärtig.

»Nimm doch gleich deine Haushälterin mit«, sagte sie spitz. »Dann bist du auf hoher See wenigstens nicht so alleine.«

George lachte auf. Diesmal nicht bitter, sondern durchaus

amüsiert. »Ja, vielleicht mach ich das auch«, sagte er und ging grinsend aus dem Büro. Ohne sich noch mal zu ihnen umzudrehen rief er noch: »Viel Glück!« und war verschwunden.

»Wie kann er nur? Interessiert es ihn denn überhaupt nicht, wer seine Frau auf dem Gewissen hat?«, stieß Saskia hervor. Max stand kopfschüttelnd neben ihr.

»Ich finde es auch befremdlich, um es mal vorsichtig auszudrücken.« Er atmete hörbar aus. »Jetzt müssen wir es alleine wuppen«, sagte er und setzte sich nachdenklich hinter den riesigen Schreibtisch. »Schaffen wir das?«

Sie wich seinem Blick aus. Keiner hatte sie gefragt, ob sie wirklich jetzt schon in das Unternehmen einsteigen wollte. Abgesehen davon, dass sie eigentlich noch ihren Master machen wollte, fühlte sie sich im Moment auch psychisch noch nicht in der Lage, ein Unternehmen in der Größenordnung zu leiten. Aber sie konnte Max jetzt unmöglich hängen lassen, das war ihr spätestens in dem Augenblick klar geworden, als George seinen Ausstieg aus der Firma verkündet hatte. Sie waren jetzt die letzten in der Familie, sie waren die Erben von *Frosty Bag*. Es war ihre gottverdammte Pflicht, das Lebenswerk ihrer Großeltern weiterzuführen, Master hin oder her. Komischerweise musste sie genau in dem Moment an die Queen denken, die kaum älter war als Saskia, als ihr Vater überraschend starb und sie auf den Thron steigen musste.

Ich und die Queen, ging es ihr durch den Kopf. Beinah hätte sie gelacht. Die hat es immerhin auch irgendwie hingekriegt.

»Ist es okay für dich, in Ellens Büro zu ziehen?«, riss Max sie aus ihren Gedanken. »Ich werde jemanden beauftragen, der es räumt, dann kannst du es komplett nach deinen Vorstellungen einrichten.«

Saskia schüttelte den Kopf. »Nein, lass alles so, wie es ist. Ich könnte es nicht ertragen, Ellens Sachen auf dem Sperrmüll zu wissen.« Sie seufzte. »Außerdem werde ich jetzt sowieso noch nicht täglich hier sein können«, fügte sie leise hinzu.

Max sah sie überrascht an. »Saskia, du kannst mich ...«

»Ich werde da sein«, unterbrach sie ihn schnell. »Aber ich will wenigstens den Master abschließen. Danach kann ich hier voll einsteigen, aber bis dahin bin ich nur sporadisch hier. Bitte, das musst du verstehen.«

Ihr Bruder verzog das Gesicht, dann grinste er sie schief an. »Klar, Schwesterchen, das verstehe ich ja auch. Dann muss ich wohl erst mal alleine ran.« Er seufzte, fast etwas theatralisch, wie sie fand.

»Ich weiß gar nicht, ob ich dir überhaupt richtig helfen kann.« Saskia hatte das Gefühl, sich entschuldigen zu müssen. »Du bist doch schon seit zwei Jahren hier, du kennst doch die Abläufe viel besser. Ich dagegen ...«

»Das stimmt. Aber gerade jetzt, in dieser Phase des Umbruchs, hätte ich mich wohler gefühlt, wenn die Verantwortung auf vier Schultern ...«

»Ich bin da!«, unterbrach sie ihn. »Nur nicht jeden Tag, aber natürlich bin ich da.«

Er schaute sie an. »Ich weiß. Tut mir leid. Ich bin nur selbst ein bisschen nervös wegen dem, was jetzt auf uns zukommt.«

Sie nickte. »Du bist jetzt meine einzige Familie, Max. Du und Dad. Wir halten zusammen, okay? Wir schaffen das schon.«

Er seufzte. »Ja. Ich werde für die nächsten Tage alle Produktmanager einladen, damit wir eine richtige Übergabe machen können. Vielleicht kannst du dabei sein?«

»Natürlich.«

»Das laufende Geschäftsjahr ist eh gut, ich glaube nicht, dass wir in der nächsten Zeit große Investitionen oder Veränderungen vornehmen müssen. Wenn nichts dazwischenkommt, können wir erst mal ganz normal weitermachen und uns in Ruhe in alles einarbeiten.« Er lächelte.

Dankbar erwiderte sie sein Lächeln. »So machen wir's.« Dann fiel ihr Blick auf die vielen handgeschriebenen Notizen, die George auf dem Schreibtisch zurückgelassen hatte. »Was für ein Abgang ...«, meinte sie und ging nachdenklich zum Fenster. Im Firmenhof stieg George gerade in seinen Wagen.

»Ja. Er konnte es nicht abwarten, hier rauszukommen. Warum nur? Die Firma hat ihm alles ermöglicht. Und dafür musste er sich noch nicht mal krumm arbeiten«, meinte Max. »Die meiste Arbeit hat doch Ellen gemacht. Wenn du mich fragst, war George nicht viel mehr als ein gut bezahlter Frühstücksdirektor.«

Saskia sah ihren Bruder ernst an. »Ich finde es merkwürdig, dass er auf Kreuzfahrt geht.«

»Er war schon immer unmöglich.«

»Das meine ich nicht. Ich finde ... ich finde es fast verdächtig. Während der Ermittlungen. Damit setzt er sich doch bewusst über die Anweisungen der Met hinweg! Mir haben sie jedenfalls gesagt, dass ich mich *zur Verfügung halten* soll!«

»Stimmt.« Sie sah Max' Gesicht an, dass er nicht anders darüber dachte. Er presste die Lippen zusammen und nickte mit besorgter Miene. »Wenn er wirklich seine junge Haushälterin mitnimmt ...«

»... dann kannst du davon ausgehen, dass er auch was mit ihr hat.« Saskia spürte, wie ihr Herz schneller schlug. Sie sah, wie ihr Onkel mit Vollgas vom Hof fuhr.

»Natürlich hat der was mit ihr! Halt mich bitte nicht für voreingenommen, aber eine Haushälterin, die aussieht wie ein Playmate, hat doch meistens was mit ihrem Chef!«

Saskia verzog das Gesicht. »Das ist voreingenommen.«

»Oder realistisch? Bei Molly blitzten die halterlosen Strümpfe jedenfalls nicht unter dem viel zu kurzen Rock hervor!«

Saskia musste laut lachen. Sie dachte an die dicke Molly, die über vierzig Jahre den Haushalt ihrer Großeltern geführt und dabei jedes Jahr zugenommen hatte. Auf Grannys Beerdigung, nach nur drei Jahren in Rente, war sie schließlich so dick gewesen, dass sie nicht mehr alleine laufen konnte und schon nach fünf Schritten schweißgebadet war.

Voreingenommen hin oder her: Max hatte recht. Wer in Strapsen putzte, tat das meist nicht ohne Grund.

Dann wurde Saskia wieder ernst. »Mir geht es gar nicht um diese Frau. Mir geht es um George. Ich meine, das kennt man doch aus zig Filmen: Der Witwer fährt kurz nach dem Mord an seiner Frau mit der Geliebten in den Urlaub, setzt sich dabei bewusst über die Anordnungen der Polizei hinweg ...«

»... und wird damit zum Hauptverdächtigen in dem Fall – was er als Ehemann vermutlich sowieso schon ist«, beendete Max ihren Satz und nickte. Dann hob er den Blick und sah sie nachdenklich an. »Denkst du, dass ...«

»... George der Mörder ist?« Saskia wich seinem Blick aus und sah wieder aus dem Fenster. »Ich weiß es nicht«, sagte sie leise und fügte dann noch leiser hinzu: »Vielleicht. Und vielleicht wäre das sogar gut so.«

Max sah sie erstaunt an.

»Wenn George Ellen ermordet hat, dann ist das furchtbar und schrecklich«, sagte sie, »aber sein Motiv ist so simpel, wie das bei vielen Morden der Fall ist: Geld. Und ein neues Leben mit seiner Geliebten.«

Max nickte nachdenklich.

»Aber was ist, wenn er nicht der Killer ist?«, fragte Saskia leise. »Wenn da draußen jemand rumläuft, der es nicht nur auf

Ellen abgesehen hat? Der vielleicht Rache nehmen will an der Firma, an der Familie … an uns?«

Sie sah, wie die Farbe aus Max' Gesicht wich und er sie totenbleich anstarrte.

»Dann wären wir beide ebenfalls in Gefahr«, sagte er tonlos.

7

Es musste schon ziemlich spät am Nachmittag sein, die Sonnenstrahlen schafften es kaum noch, bis auf Noemis Matratzenlager durchzudringen. Ihr Kopf dröhnte, und die Zunge klebte an ihrem Rachen, ein fauliger Geschmack schien allgegenwärtig.

Stöhnend drehte Noemi sich zur Seite und stieß dabei fast mit einem der Typen zusammen, die gestern Nacht in Gregs Küche gesessen hatten. Er schlief noch tief und fest und hatte einen Arm über sein Gesicht gelegt, sodass ein Teil seiner weißen, mit roten Flecken übersäten Haut bedeckt war. Er war nackt, und sein stinkender Atem traf sie mitten ins Gesicht. Angewidert wandte sie sich von ihm ab.

Noemi überlegte kurz, was noch passiert war, nachdem sie die erste Pfeife geraucht hatte. Aber sie bekam es nicht mehr zusammen, und es war ihr auch egal.

Mühsam stemmte sie sich hoch und wunderte sich, warum ihr das so schwerfiel. Dann bemerkte sie, dass sie keine Unterhose trug, und im selben Augenblick bemerkte sie den brennenden Schmerz zwischen ihren Beinen. Sie drehte sich um und schaute auf den schlafenden Junkie auf den Matratzen. Die Laken waren zerwühlt, einige Kissen lagen auf dem Fußboden verstreut, und Noemi ahnte, dass sie nicht nur mit dem einen Kerl Sex gehabt hatte.

Aber auch das war ihr egal.

Da sie ihre Unterhose nicht finden konnte, schlüpfte sie so

in die Jeans und stakste in die Küche, aus der murmelnde Stimmen zu hören waren. Greg und Chris, der Dealer, saßen am Küchentisch, rauchten und tranken Kaffee. Sie würdigten sie keines Blickes und schienen noch nicht mal auf die Idee zu kommen, die Unterhaltung ihretwegen zu unterbrechen.

»Ist Kaffee da?«, fragte Noemi. Statt einer Antwort wies Greg mit dem Kinn nur Richtung Kaffeemaschine, auf der eine leere Kanne stand.

»Gibt es irgendwas zu essen?«, fragte sie und füllte Wasser in die Kanne, um frischen Kaffee aufzusetzen.

»Sind wir hier im Hotel oder was?«, brummte Greg und fügte hinzu, dass Noemi sich ruhig mal an den Kosten für den Haushalt beteiligen könnte. »Du hängst hier ständig rum und frisst dich durch. Das geht nicht.«

»Ich hab dir gestern einen Hunderter gegeben.«

»Den du direkt verraucht hast.«

Noemi machte ein entsetztes Gesicht. »Nie und nimmer hab ich für hundert Pfund geraucht!«

»Aber ja doch.«

Während Greg sie nach wie vor nicht anschaute, grinste Chris sie anzüglich an. »Du hättest gerne noch was, oder?«, meinte er wissend. Keine Frage, der Mann kannte seine Kunden. Noemi nickte.

»Okay. Für den nächsten Hunderter kriegst du ganz besonders guten Stoff. Frisch gekocht und im reinsten Weiß. Damit kommst du doppelt so lange hin wie mit dem alten Zeug.«

Noemi stellte die Kaffeemaschine an und rieb sich über die schmerzenden Schläfen. »Ich habe keine hundert.«

»Dann besorg sie dir. Du weißt doch jetzt, wie das geht. Und was ich gestern so mitbekommen habe, bist du durchaus talentiert.« Chris' Grinsen wurde immer breiter, und Noemi versuchte jeden Gedanken daran zu verdrängen, wer letzte Nacht wohl was mit ihr gemacht hatte.

Lass gut sein. Woran du dich nicht erinnern kannst, ist auch nie passiert.

»Kannst du mir ... also ... ich brauche einen kleinen Vorschuss. Sonst halte ich das nicht aus.«

Zum ersten Mal hob Greg den Kopf und sah sie an. »Du willst anschaffen gehen, wenn du drauf bist? Das würde ich mir mal gut überlegen.«

»Ich will mich ja nicht völlig abschießen«, erwiderte Noemi. »Nur ein bisschen was, um alles besser ...« Sie stockte.

»Um besser in Fahrt zu kommen, was?« Chris lachte dreckig. »Ja, dabei scheinen die Steine dir auf jeden Fall zu helfen. Aber tut mir leid, Süße. Ich bin nicht die Wohlfahrt. Erst die Kohle, dann die Ware.«

Sie versuchte, seine Bemerkung zu ignorieren. Ist doch egal, was der Scheißtyp sich dachte, sollte der sich daran aufgeilen, dass er gestern über sie hergefallen war, das war vollkommen egal. Hauptsache, er gab ihr was zu rauchen. Alles andere war scheißegal.

Sie überlegte, ob sie ihn bitten sollte, flehen, ihn anbetteln, damit sie bekam, was sie brauchte. Sie hasste Chris und wünschte ihm alles Unglück der Welt an den Hals, aber leider war er der zuverlässigste Dealer weit und breit, der Einzige, von dem sie wusste, dass er sie Tag und Nacht mit Stoff versorgen konnte.

Wenn sie denn Geld hatte.

»Nur ... nur ein bisschen ... Wir können es heute Abend verrechnen ... versprochen ...« Sie wich seinem Blick aus. Dann seufzte er, fast schon übertrieben gönnerhaft.

»Na schön.« Er kramte einen Plastikbeutel hervor und nahm einen Kristall heraus. Einen schönen, recht großen, er würde auf jeden Fall für ein bis zwei Stunden reichen. Gierig streckte sie die Hand danach aus.

»Um elf Uhr bin ich heute Abend wieder hier«, sagte Chris, als er ihr den Stein überließ. »Und du auch. Ich krieg hundertfünfzig und du Steine für hundert. Und da ist der hier schon drin.«

»Ja. Okay.«

»Du musst duschen«, meinte Greg, seine Stimme klang verärgert. »Du stinkst wie eine verdammte Hure. So zahlt dir niemand einen Penny.«

Eine Stunde später stand sie wieder auf der Straße. Sie hatte sich gewaschen, sich von Kopf bis Fuß mit einem billigen Sprühdeo einparfümiert, die Augen schwarz umrandet und die Lippen in grellem Pink geschminkt. Ihre Umgebung nahm sie nur noch gedämpft wahr: Kurz bevor sie die Wohnung verlassen hatte, hatte sie nämlich die Pfeife durchgezogen und stand nun benebelt in einer Seitengasse von China Town. Sie war in einer guten Phase des Rausches, nicht weggetreten, eher leicht euphorisch und doch betäubt. So konnte es gehen.

Als sie die Männer am anderen Ende der Straße sah, wusste sie sofort, dass sie das nicht konnte. Es waren fünf oder sechs, und alle waren sichtbar angetrunken. Einer von ihnen steckte in einem albernen Kostüm, eine Mischung aus Superman und Batman, wenn sie es richtig erkannte, und die anderen klopften ihm immer wieder auf die Schulter, schubsten ihn vor sich her oder versorgten ihn mit Flachmännern.

Ein Junggesellenabschied.

Nein, auf keinen Fall wollte sie jetzt Gruppensex haben. Das würde sie nach letzter Nacht nicht aushalten. Sie spürte immer noch ein Ziehen zwischen den Beinen, das ihr deutlich signalisierte, wie wund sie war.

Noemi wollte sich in einen Hauseingang zurückziehen, aber da hatten die Männer sie schon entdeckt.

»Hey! Baby! Die da vorn ist geil.«

»Yes! Brian, es ist an der Zeit, würde ich sagen!«

»Allerhöchste Zeit!«

»Wie viel Kohle haben wir noch?«

»Für die Schlampe reicht es allemal!«

Sie lachten und grölten und malten sich aus, was sie mit Noemi anstellen wollten. Einige von ihnen machten anzügliche Bewegungen. Sie waren keine zwanzig Meter mehr von ihr entfernt. Jetzt dämpften sie ihre Stimmen und versuchten, ihr Nüchternheit vorzuspielen.

Noemi spürte, wie die Angst unerbittlich in ihr hochkroch. Sie wusste sofort, dass das fatal war, da sich Angst in Verbindung mit Steinen schnell in Panik steigern konnte. Sie wollte nicht mit diesen Typen mitgehen, sie hatte keine Lust auf Gruppensex, sie wollte ein paar dicke, alte Kerle, bei denen es schnell ging, so wie gestern. Aber keine Gruppe junger Besoffener, die womöglich ewig konnten.

Plötzlich hielt ein roter Wagen neben ihr. Das Fenster auf der Beifahrerseite fuhr herunter.

»Wie viel?«, hörte sie eine leise, aber nicht unfreundliche Stimme sagen. Noemi konnte den Fahrer in dem dunklen Auto nur schemenhaft erkennen, er trug eine Baseballkappe, die er tief ins Gesicht gezogen hatte.

Nervös blickte sie zu dem Junggesellenabschied herüber, der immer näher kam.

»Vierzig fürs Blasen«, sagte sie schnell. Würde er darauf eingehen? Dann hätte sie sogar noch einen besseren Preis ausgehandelt als gestern. Das konnte ja nicht schaden.

»Steig ein«, sagte die unbekannte Stimme freundlich.

Noemi atmete erleichtert auf.

»Ey! Wir zahlen dir das Doppelte!«, rief der Superman-Verschnitt in dem Moment.

»Fickt euch«, sagte Noemi nur. Ohne einen Blick zurück stieg sie in den Wagen.

Wie an jedem Nachmittag, machte sich Sienna Johnstone nach Feierabend eine Tasse Tee und setzte sich mit der *Evening Standard* in den dunkelgrünen Ohrensessel, der im Erker des Wohnzimmers stand. Dazu hatte sie sich zwei Stücke Shortbread genommen, extra auf einem Tellerchen, damit sie nicht die ganze Packung mit ins Wohnzimmer nehmen musste. Sie liebte Shortbread, diese wunderbare Mischung aus Mehl, Zucker und ganz viel Butter, die direkt auf die Hüften wanderte und sich dort für immer festsetzte, und wusste genau, dass sie die Packung innerhalb von Minuten weginhalieren würde, wenn sie nur in ihrer Nähe wäre.

Per Knopfdruck hatte sie den Elektrokamin angeworfen, der ihr die Illusion eines echten Kaminfeuers gab. Na ja. Jedenfalls wenn man mit dem Rücken zu ihm saß und das fehlende Knistern und Knacken von verbranntem Holz ignorierte. Es war eher eine Art Heizstrahler, der zwischen Holzattrappen versteckt war, von dem aber eine angenehme Wärme ausging. Normalerweise nutzten sie ihn nur im Winter, und jetzt, wo der Frühling mit fast sommerlichen Temperaturen aufwartete, war er eigentlich überflüssig. Heute war ihr allerdings schon den ganzen Tag über kalt, und sie freute sich, jetzt mit heißem Tee und genauso heißem Rücken in ihrem Lieblingssessel sitzen und noch ein wenig relaxen zu können, bevor die Zwillinge aus der Schule kamen.

Viel Zeit blieb ihr nicht mehr, bis die Kinder wieder da sein und das halbe Haus in Beschlag nehmen würden. Obwohl die drei schon so groß waren, hatten sie außerdem noch ganz schön oft was, womit sie zu ihr kamen. Von abgerissenen Knöpfen bis zum verlorenen Bibliotheksausweis, alle drei verließen sich darauf, dass Sienna ihnen schon helfen würde. Was sie natürlich auch tat und vermutlich noch tun würde, wenn ihre Kinder schon dreißig waren.

Sie verbrannte sich die Zunge an dem Tee und stellte die heiße Tasse auf den hellen Beistelltisch, der im Laufe der Jahre immer mehr Teeflecken bekommen hatte. Inzwischen sah es fast so aus, als würden die braunen Kreise und Abdrücke ein abstraktes Muster bilden, von einem kreativen Möbeldesigner bewusst auf die Oberfläche gebracht.

Sienna strich mit der Hand darüber und musste lächeln. Sie erinnerte sich noch daran, wie sie den teuren Tisch zusammen mit Christopher ausgesucht hatte. Die Kinder waren noch klein gewesen, und Christopher wollte unbedingt einen dunklen Tisch, der die zu erwartenden Malflecken und Kleckereien besser aushalten würde. Aber Sienna hatte sich durchgesetzt und ihm versprochen, die Kinder an dem teuren Tischchen nicht rumschmieren zu lassen. Und tatsächlich schienen auch alle Flecken nur vom Tee und damit in erster Linie von ihr selbst zu stammen.

Sie hatten den Tisch gemeinsam mit dem Sessel gekauft, als der Umbau der Wohnung gerade fertig war.

Und ihre Affäre mit Jack beendet. Aber wie das alles sein Ende gefunden hatte, daran wollte Sienna nicht denken. Die Zeit damals war furchtbar gewesen. Und sie war sich nicht sicher, wie viele Beziehungen es gab, die ein solches Ereignis überlebten. Besonders dann, wenn sie verboten waren.

Sienna seufzte. In den letzten Tagen hatte sie sich bemüht, nicht mehr an das Telefonat mit Jack zu denken. Sie hatte sich eingeredet, dass es vielleicht doch seine Stimme gewesen war, die so merkwürdig mit ihr gesprochen hatte, und sie Jack einfach nicht erkannt hatte. Vielleicht war er erkältet, oder die Verbindung war schlecht gewesen, oder sonst was hatte dafür gesorgt, dass er sich so anders angehört hatte.

Tief in ihrem Inneren wusste sie aber, dass das nicht stimmte. Sie würde Jacks Stimme immer erkennen, auch in fünfzig Jahren noch, wenn sie eine Greisin wäre. Dafür hatte sich seine Stimme zu sehr in ihr Bewusstsein gebrannt, sie verband damit so viele Erinnerungen, so viel Leidenschaft und puren Sex. Was er ihr mit dieser Stimme alles ins Ohr geflüstert hatte, mit diesem weichen Bass, der männlicher klang als alles andere, was sie in ihrem Leben je gehört hatte.

»Bis bald, Sienna. Bis ganz bald.«

Nein, die Person, die mit ihr gesprochen hatte, war definitiv nicht Jack gewesen.

Sofort wurde ihr wieder kalt, und sie zog den Quilt über ihre Beine, den ihre Mutter vor Jahren für sie genäht hatte. Mum war damals geradezu im Rausch gewesen, hatte unzählige diese Decken aus den verschiedensten Stoffresten gemacht. Ihrer bestand aus einem bunten Sammelsurium von verschiedenen Blumenmustern und war noch einer der geschmackvollsten gewesen. Mums Vorhaben, die Quilts auf Gemeindefesten und Flohmärkten zu verkaufen, hatte sie schnell wieder aufgegeben. Es gab keinen Markt dafür, wie Dad lakonisch festgestellt hatte.

Sienna zog die Decke hoch und überlegte kurz, wie lange das schon zurücklag. Zwanzig Jahre? Bestimmt. Und das Verhältnis zu ihren Eltern war damals nicht das beste gewesen. Bis heute hatte sich daran nicht viel geändert.

Sie dachte daran, wie sie es mit Jack einmal auf dem Quilt getan hatte, und musste grinsen. Sie hatte sich damals wahnsinnig wild und revolutionär gefühlt, dass sie auf Mums Decke Sex hatte. Und auch noch außerehelichen.

Jack.

Was war mit ihm passiert? Wenn die Stimme am Telefon nicht seine gewesen war, bedeutete das dann automatisch, dass er in Schwierigkeiten steckte? Konnte es nicht eine ganz simple Erklärung dafür geben, wie diese fremde Person an sein Handy gekommen war? Und selbst wenn Jack Mist gebaut hatte und nun in irgendwelche kriminellen Dinge verstrickt war, dann wollte sie damit doch auf keinen Fall etwas zu tun haben. Ihre Wege hatten sich vor vielen Jahren getrennt. Über die ganze Zeit hatten sie nicht den geringsten Kontakt zueinander gehabt, und das war auch gut so. Das, was einmal zwischen ihnen gewesen war, gehörte der Vergangenheit an. Es war ein Fehler gewesen, sich überhaupt auf das Treffen mit ihm einzulassen.

Seufzend versuchte sie, den Gedanken an Jack beiseitezuschieben. Sie schlug die Zeitung auf und begann, sie von hinten zu lesen, so wie sie es immer tat. Eine Angewohnheit, die sie von ihrer Mutter übernommen hatte. Sie überflog die Todesanzeigen und achtete bei jeder darauf, ob ein bekannter Name dabei war. Ebenfalls eine Angewohnheit ihrer Mutter. Wenn jemand aus der Gemeinde oder aus der Nachbarschaft verstorben war, schickte sie immer eine Karte. Aber diesmal kannte sie niemanden, blätterte weiter zu den regionalen Meldungen und las, dass Prinz William ein Krankenhaus eingeweiht hatte und es im Wembley Stadion einen Wasserschaden gab. Außerdem bat die Polizei die Öffentlichkeit um Hilfe.

Sienna stockte der Atem.

Die Polizei bittet um Mithilfe

Am Dienstagmorgen wurde in der Nähe des Queen Mary Reservoirs eine gelbe Suzuki GSX-R 750 gefunden. Das Motorrad befand sich abseits der Ashford Road und war mit Blättern und Zweigen abgedeckt. Zahlreiche Indizien deuten auf einen Unfall hin, aber vom Fahrer fehlt jede Spur. Die Polizei kann daher einen Unfall mit Fahrerflucht nicht ausschließen und sucht nun offiziell nach dem Halter des Motorrads. Der Mann heißt Jack Bernard und wurde zuletzt am Montag von einem Nachbarn gesehen, wie er mit seinem Motorrad die Tiefgarage des Hauses verlassen hatte. Die Polizei fragt: Wer ist evtl. Zeuge eines Unfalls auf der Ashford Road geworden, in den die gelbe Suzuki verwickelt war? Wer kann Auskunft zum Verbleib von Jack Bernard geben? Hinweise nimmt jede Polizeidienststelle entgegen.

Siennas Hände zitterten so stark, dass die Zeitung laut raschelte. Fassungslos ließ sie sie auf die Knie sinken. Ihr Gefühl hatte sie also nicht getäuscht, natürlich nicht, hatte es sie jemals betrogen?

Jack war seit fünf Tagen verschwunden.

Dass er keinen Unfall mit Fahrerflucht begangen hatte, war ihr sofort klar. Er war schon immer ein leidenschaftlicher Motorradfahrer gewesen, auch früher hatte er sein Bike heiß und innig geliebt, es immer sicher untergebracht. Niemals hätte er es nach einem Unfall einfach zurückgelassen, das konnte sie sich beim besten Willen nicht vorstellen. Freiwillig würde er seine Suzuki nicht in irgendeine Hecke schieben und sie dort einfach vergessen, nein, niemals.

Was sie nach dem merkwürdigen Telefonat am See noch verdrängen wollte, war nun zur Gewissheit geworden: Jack war etwas zugestoßen.

8

Als Saskia die Stufen vom University College heruntersprang, hatte sie nur noch eine knappe Stunde Zeit. Für vier Uhr hatte Max das Meeting mit den Projektleitern angesetzt, für einen Freitag schon fast ein bisschen spät, da die meisten dann bald ins Wochenende wollten. Sie hatte ihm versprochen, rechtzeitig zu kommen und der offiziellen Geschäftsübernahme beizuwohnen. In der Firma war die Aufregung im Moment groß, nicht nur wegen des schrecklichen Mordes, sondern auch wegen der andauernden Befragungen vonseiten der Polizei, die für ständige Unruhe sorgten. Soviel Saskia wusste, hatte die Met immer noch keine heiße Spur und tappte mehr oder weniger im Dunkeln.

Sie selbst grübelte jede freie Sekunde darüber nach, wer Ellen ermordet haben könnte. War es denkbar, dass es jemand von den Mitarbeitern getan hatte? Im Gegensatz zu Max konnte sie sich nur ein schemenhaftes Bild von den Angestellten machen. Könnte jemand von ihnen ein Motiv gehabt haben, Ellen zu töten? Saskia wusste es nicht. Es war allerhöchste Zeit, dass sie die Mitarbeiter von *Frosty Bag* endlich alle persönlich kennenlernte. Zwar war sie sich immer noch nicht darüber im Klaren, wann sie endgültig in die Firma einsteigen wollte, aber dass sie es tun würde, war keine Frage mehr. Saskia spürte deutlich, dass sie und Max in Zukunft zusammenhalten mussten, dass sie als Team auftreten sollten, das gemeinsam agierte. Max und Saskia. Die Doppelspitze von *Frosty Bag*. Langsam freundete sie sich mit dem Gedanken an.

Sie eilte über den weitläufigen Vorplatz, auf dem sich jede Menge Studenten tummelten. Obwohl der Boden von dem letzten Regenguss noch nicht wieder richtig trocken war, saßen sie auf den Stufen und Mauervorsprüngen und reckten ihre Nasen in die Sonne. Die Luft roch sauber, wie frisch gewaschen, und Saskia musste unwillkürlich daran denken, dass die regelmäßigen Regenschauer für eine Stadt wie London ein Segen waren. So wurde der Dreck wenigstens aus der Luft gewaschen, bildete sie sich ein.

Als sie an dem kleinen Pavillon vorbeikam, über dessen Nutzen sie sich noch nie Gedanken gemacht hatte und der vermutlich früher mal eine Art Wachhäuschen gewesen war, trat plötzlich eine Person aus dem Schatten des Gebäudes und versperrte ihr den Weg. Fast wäre Saskia in sie hineingelaufen. Es war Iza, die gephotoshopte Haushälterin von Onkel George.

»Meine Güte! Haben Sie mich erschreckt!« Saskia hielt sich eine Hand auf die Brust und atmete hörbar aus. Warum versperrte die Person ihr plötzlich den Weg? Was wollte sie von ihr? »Haben Sie auf mich gewartet?«

Iza war ungewöhnlich stark geschminkt. Die dicke Schicht Make-up war deutlich zu sehen und wurde von dem ebenfalls großzügig aufgetragenen Rouge noch mehr betont. Sie trug eine Sonnenbrille und wirkte auf Saskia fast wie ein nervöser Hollywoodstar, der von Paparazzi verfolgt wurde. Immer wieder drehte sie sich um, als hätte sie Sorge, beobachtet zu werden. Unwillkürlich musste Saskia daran denken, dass Menschen, die sich hinter viel Make-up und einer dicken Sonnenbrille verstecken wollten, ja meistens erst recht auffielen. Sie hatte mal Liz Hurley bei Tesco gesehen und die Schauspielerin nur deshalb erkannt, weil sie mit dicker Sonnenbrille, viel Make-up und tief ins Gesicht gezogenem Cap durch den Supermarkt lief. So war es geradezu unmöglich gewesen, die Frau zu übersehen.

Aber dann wurde Saskia klar, dass Iza ihre Verkleidung keinesfalls aus Eitelkeit gewählt hatte. Irgendetwas stimmte nicht mit ihr. Ihre Hände zitterten, und sie hatte Mühe, einen klaren Satz zu sprechen. Immer wieder räusperte sie sich.

»Tut mir leid, ich ... ich wollte Sie nicht erschrecken«, sagte sie mit gedämpfter Stimme. »Aber ich muss Sie sprechen.«

»Mich? Warum denn? Ich dachte, Sie wären mit meinem Onkel auf Weltreise! Hat die Polizei ihn doch nicht fahren lassen? Es hätte mich auch gewundert ... Wie schade für Sie!«

Saskia konnte sich einen gewissen Spott in der Stimme nicht verkneifen. Dass diese Frau es überhaupt wagte, sie hier einfach so abzufangen! Die musste sich doch denken können, dass Saskia nicht besonders scharf darauf war, sich mit der Geliebten ihres Onkels zu unterhalten, mit der Frau, mit der er Ellen betrogen hatte!

Auf Saskias spöttischen Tonfall ging Iza nicht ein. »Ich habe keine Ahnung, wo George steckt.« Sie nahm ihre Sonnenbrille ab und sah sie bittend an. »Ich muss mit Ihnen sprechen. Bitte.«

Für einen Moment dachte Saskia, dass das rechte Auge der Frau geschwollen war, aber vielleicht sah es auch nur so aus. Bei dem ganzen Make-up konnte es ja schon mal zu einer optischen Täuschung kommen, dachte sie. Vielleicht wollte sie es aber auch denken.

Demonstrativ schaute Saskia auf ihre Uhr. »Tut mir leid, ich habe es leider ganz schön eilig.« Und das war noch nicht mal gelogen. Sie wollte Max auf keinen Fall warten lassen, nur um sich die Probleme dieser Person anzuhören.

»Kann ich Sie ein Stück begleiten?«

Was wollte die Frau bloß von ihr? Warum war sie so hartnäckig?

Saskia seufzte. »Na schön, kommen Sie. Bis zu meiner Bahn-Station ist es allerdings nicht weit. Das sind höchstens fünf Minuten. Aber wenn Sie möchten, bitte.«

Mit demonstrativ zügigem Schritt ging Saskia voran, sodass Iza Mühe hatte, ihr zu folgen.

»Also, was wollen Sie?«

Iza zögerte einen Moment und schien sich dann einen Ruck zu geben. »Ich wollte Sie um einen Gefallen bitten.«

Saskia warf der Frau einen erstaunten Blick zu. »Mich?« Dann lachte sie auf und schüttelte den Kopf. »Hören Sie, ich fühle mich Ellen immer noch sehr verbunden. Sie war so etwas wie eine zweite Mutter für mich. Und wenn ich das richtig sehe, sind Sie die Affäre meines Onkels. Sorry, aber Sie müssen verstehen, dass ich wohl kaum die richtige Ansprechpartnerin für Sie bin.«

»Es ist aus. George und ich sind nicht mehr zusammen.«

Saskia zog die Augenbrauen hoch. Dass Iza so offen zugab, mit George eine Affäre gehabt zu haben, traf sie. Aber offenbar sah die Frau keinen Grund, die Beziehung geheimzuhalten, und Saskia fragte sich, ob das zu Ellens Lebzeiten auch schon so gewesen war. Die Vorstellung fand sie empörend, selbst wenn die Affäre nun vorbei war. Das änderte außerdem nichts an ihrer Einstellung. Nur weil George sich jetzt vermutlich mit einem anderen jungen Ding vergnügte, brauchte sie sich noch lange nicht um die Probleme der Frau zu kümmern, mit der er Ellen betrogen hatte.

»Sie erwarten jetzt sicherlich kein Mitleid von mir«, sagte sie deshalb auch, obwohl sie im gleichen Moment selbst merkte, dass sie gar nicht so hart war, wie sie sich Iza gegenüber gab. Nein, Mitleid hatte sie nicht mit ihr, aber es interessierte sie jetzt doch, was passiert war.

»Ich weiß, dass die Affäre mit George ein Fehler war. Aber ich hatte mich wirklich in ihn verliebt und ...«

»Bitte ersparen Sie mir die Details.« Saskia hatte das Gefühl, als würde sie ihre verstorbene Tante verraten, wenn sie sich zur Vertrauten dieser Frau machte.

»George hat sich in den letzten Wochen verändert«, fuhr Iza unbeirrt fort. »Und nach Ellens Tod wurde es noch schlimmer. Früher, als sie noch lebte, war er sehr liebevoll. Aber in den letzten Tagen hat er immer häufiger die Nerven verloren. Er wurde aggressiv, schrie mich für jede Kleinigkeit an. Das war schlimm.«

Saskia zuckte mit den Schultern. »Er war schon immer ein Egomane. Das hätten Sie doch früher bemerken müssen.« Sie wollte nicht, dass die Worte der Frau sie berührten, sie wollte kein Mitleid mit der verlassenen Geliebten ihres Onkels haben.

Saskia wollte ihr Tempo noch weiter beschleunigen, aber plötzlich hielt Iza sie sanft am Arm fest. Sie blieben stehen und standen sich nun so nah gegenüber, dass ihre Gesichter sich fast berührten. Automatisch wich Saskia einen Schritt zurück. Eindringlich und fast flehend sah Iza sie an.

»Bitte. Sie müssen mich nicht mögen, und Sie können mich auch verurteilen, aber bitte hören Sie mir fünf Minuten zu.«

Jetzt wirkte Iza so verzweifelt, dass Saskia augenblicklich begann, sich zu schämen. Wer war sie denn, dass sie dieser Frau verweigern wollte, ihr Anliegen vorzutragen? Sie hatte nicht das Recht, über die Vergangenheit von Iza zu urteilen, sie wusste doch überhaupt nicht, wie sie und George zusammengekommen waren, wie die Ehe von Ellen und ihm gewesen war, was zwischen den dreien überhaupt passiert war.

Aber sie verurteilte diese gut aussehende und aufgetakelte Frau, die vor ihr stand, gab ihr die Schuld an dem Ehebruch, an dem Betrug an ihrer geliebten Tante. Und warum? Wegen ihres Aussehens, wegen ihrer Herkunft und weil sie in dieser Beziehung nun mal den undankbaren Part der Geliebten eingenommen hatte.

Wie einfach bist du doch gestrickt, Saskia Flynt.

»Entschuldigen Sie. Natürlich. Bitte sagen Sie, was Sie mir zu sagen haben.«

Iza atmete erleichtert auf. »Es war eine schleichende Veränderung. Zunächst wurde George immer nervöser, dabei habe ich mir noch nicht viel gedacht. Dann wurde er misstrauisch, und ich dachte erst, er hätte vielleicht Ärger in der Firma oder Ellen hätte was von unserer Beziehung mitbekommen«, erzählte Iza. »Vor ein oder zwei Monaten wurde es dann Tag für Tag schlimmer. Mit Ellen redete er kaum noch, und mich schrie er wegen jeder Kleinigkeit an. Und jetzt, in der Zeit nach Ellens Tod, behandelte er mich wie den letzten Abschaum. Er hat mir nur noch befohlen, was ich im Haushalt zu machen habe, was ich kochen soll und wie ich mich anzuziehen habe. Auch wenn das jetzt nur ein paar Tage so ging, war es kaum noch auszuhalten. Auch im Schlafzimmer war es anders.«

Saskia wollte gerade etwas sagen, weil sie wirklich keine Lust hatte, Details aus dem Liebesleben ihres Onkels zu erfahren. Aber bevor sie den Mund aufmachen konnte, fuhr Iza tonlos fort.

»Und plötzlich wurde er gewalttätig.«

Saskia sah sie erstaunt an. »Er hat Sie geschlagen?«

Das überraschte sie nun doch. Dass Onkel George ein aufbrausendes Wesen hatte, das wusste sie schon immer. Er war cholerisch, launisch, konnte von einer Sekunde auf die andere laut werden und auch richtig gemein. Er wusste, wo die Schwachstellen seines Gegenübers waren, in welche Wunde er Salz streuen musste, um jemanden zum Schweigen zu bringen. Aber dass er zuschlug? Eine Frau verprügelte? So eine schmale Person wie Iza? Die sich nie und nimmer gegen einen Kerl wie George wehren könnte? Wenn er wirklich dazu in der Lage war ... Hatte er dann auch Ellen geschlagen?

Oder Schlimmeres getan?

»Zuerst dachte ich, ihm wäre nur mal die Hand ausgerutscht ...« Iza wich ihrem prüfenden Blick aus. »Aber am nächsten Tag passierte es wieder. Wissen Sie, ich lasse mir viel gefallen, da wo ich herkomme, müssen Frauen viel aushalten. Aber ich bin aus der polnischen Pampa weggegangen, weil ich ein besseres Leben wollte. Ich wollte raus. Erst habe ich mich als Au-pair durchgeschlagen, dann als Putzfrau und Haushälterin. Es war nicht immer leicht. Sie können sich gar nicht vorstellen, mit was für Vorurteilen man zu kämpfen hat, wenn man so einen Akzent hat und so aussieht wie ich.«

Doch, das konnte sie, dachte Saskia und bekam sofort wieder ein schlechtes Gewissen. Für sie hatten Aussehen und Akzent ebenfalls gereicht, um Iza in eine Schublade zu stecken.

»Aber ich habe für meine Zukunft gekämpft und wusste, dass ein prügelnder Mann mir alles kaputt machen konnte«, fuhr sie fort. »Das habe ich zu Hause oft genug erlebt ...«

Saskia sah sie an. Jetzt unterdrückte sie ihr Mitgefühl nicht mehr. Es war so einfach und so billig, eine Frau wie Iza zu verurteilen. Sie hätte sich doch denken können, dass hinter der Fassade der aufgemachten hübschen Frau mehr steckte als nur eine heiratswillige Osteuropäerin, die auf der Suche nach einem reichen Mann war. Steckte nicht hinter den meisten dieser Geschichten mehr? Kein junges Mädchen verließ einfach so seine Heimat, wenn es zu Hause glücklich war und eine Zukunft hatte. Saskia musste ungefähr in Izas Alter sein. Ihr Leben hätte genauso verlaufen können, wenn sie anstatt in einer wohlsituierten Londoner Familie in irgendeiner abgelegenen Gegend in Polen aufgewachsen wäre. Sie hatte das Gefühl, als wenn Iza schon eine ganze Menge mitgemacht hatte.

»Warum haben Sie meinen Onkel nicht verlassen?«

»Das habe ich ja. Ich habe ihm gesagt, dass es vorbei ist, dass ich nicht mit ihm auf die Reise gehen werde, dass ich überhaupt nirgendwo mit ihm hingehe.« Vorsichtig strich sie sich über ihre dick geschminkte Wange. »Dann hat er wieder zugeschlagen«, sagte sie leise, »diesmal mit der Faust. Meine ganze Backe ist blau ...«

Bei genauerem Hinschauen sah Saskia jetzt das, was sie vorher schon vermutet hatte: ein großes blaues Hämatom, das durch die Schminke schimmerte und sich bis zum Auge zog, das ebenfalls geschwollen war.

George, du verdammtes Schwein!

»Haben Sie die Polizei eingeschaltet?«

Iza schüttelte traurig den Kopf. Ihre Augen glänzten feucht. »Als die Polizei mich nach Ellens Tod befragt hat, haben die so komische Fragen gestellt, als würden sie mich verdächtigen. Deshalb dachte ich ja auch, es sei eine gute Idee, mit George ins Ausland zu verschwinden. Aber nach den Schlägen ... da wusste ich, dass ich nicht bei ihm bleiben konnte. Zur Polizei konnte ich auch nicht ... und dann habe ich einfach alles stehen und liegen gelassen ...«

»... und sind abgehauen. Verstehe. Das war in dem Moment bestimmt das Beste.«

Iza nickte nur und erzählte Saskia, dass sie, ohne etwas mitzunehmen, aus dem Haus gestürmt und regelrecht davongelaufen sei. Seitdem habe sie sich in der Wohnung einer Freundin versteckt.

»Meine ganzen persönlichen Sachen sind noch im Haus Ihres Onkels. Selbst mein Pass ist da. Ich habe zwar einen Schlüssel, aber ich traue mich nicht alleine in das Haus ...«

»Und mein Onkel sitzt vermutlich allein zu Hause und bläst Trübsal, oder? Wenn die Cops ihm die Reise verboten haben, ist er bestimmt total sauer.«

»Ich weiß es nicht. Ich habe seitdem nichts mehr von ihm gehört. Vielleicht ist er alleine auf dem Schiff, vielleicht aber auch nicht.« Flehend sah Iza sie an. »Bitte, Saskia, können Sie mich in das Haus begleiten? Es wird nicht lange dauern, höchstens eine Stunde. Wissen Sie, wenn ich alleine ... und er plötzlich doch kommt ... Ich weiß nicht, wozu er sonst noch fähig ist.«

Noemi wurde wach, als sie mit dem Kopf gegen etwas Hartes schlug. Es war stockdunkel, und sie brauchte eine Weile, um einen klaren Gedanken fassen zu können. Wie eine Puppe wurde ihr Körper von einer Seite zur anderen geschleudert, ohne dass sie es verhindern konnte. Ihre Arme und Beine waren gefesselt, so stark, dass sie sie keinen Zentimeter bewegen konnte. So blieb ihr keine Möglichkeit, einen Aufprall irgendwie abzufangen.

Wieder knallte sie mit voller Wucht irgendwo gegen. Diesmal traf es ihre Schulter und ihre Hüfte, und sie wollte laut aufschreien vor Schmerz. Aber es gelang ihr nicht. Etwas verschloss ihren Mund so fest, dass sie mehr als einen stöhnenden Laut nicht von sich geben konnte.

Wo war sie?

Der Geruch von Benzin und Abgasen strömte ihr in die

Nase. Sie versuchte, sich zu konzentrieren, jeden Laut, jeden Geruch und jede Bewegung richtig einzuschätzen. Nach und nach gelang es ihr, die einzelnen Geräusche zu identifizieren, die sie umgaben. Das Heulen eines Motors, das Hupen anderer Autos, das Rauschen der Reifen über den Asphalt.

Ein Kofferraum.

Man hatte sie in einen Kofferraum gesperrt.

Verdammt. Was war passiert? Wie lange war sie schon hier? Sie spürte, dass sie schweißgebadet war. Lag es an der Hitze? An ihrer Angst? Oder waren das schon erste Entzugserscheinungen?

Sie würde gerne etwas trinken, der Geschmack in ihrem Mund war einfach nur ekelhaft, was auch an dem Knebel lag, den man ihr in den Rachen gestopft hatte. Für einen kurzen Augenblick drohte sie die schiere, reine Panik zu überwältigen.

Reiß dich zusammen!

Noemi versuchte die Schmerzen, die ihren ganzen Körper durchzogen, allein durch die Kraft ihrer Gedanken auszublenden. Sie bemühte sich, möglichst ruhig zu atmen. Und einen klaren Kopf zu behalten.

Sie war in dieses rote Auto gestiegen, weg von der Junggesellentruppe, die sie ins Visier genommen hatte. War es dieser Wagen gewesen? Möglich. Das konnte sie hier aus dem Kofferraum heraus nicht beurteilen. Vielleicht war sie auch schon weitergereicht worden, von einem Auto ins nächste. All das konnte sie nicht ausschließen.

Aber was war passiert, nachdem sie in den roten Wagen gestiegen war? Sie hatte sich auf den Beifahrersitz gesetzt … Hatte sie dann noch mit dem Fahrer geredet? Noemi versuchte sich zu erinnern …

»Wo fahren wir hin?«, hatte sie den Mann gefragt. Den

Kragen seiner Jacke hatte er hochgeschlagen, das Basecap tief ins Gesicht gezogen.

»Wo's ein bisschen ruhiger ist«, hatte er gesagt, leise, fast flüsternd. Sie hatte genickt, aus dem Fenster geschaut und keinen Verdacht gehabt, warum auch, einen ruhigen Platz zu suchen war schließlich mehr als verständlich, wenn man eine Hure ins Auto geladen hatte. Außerdem war sie noch drauf gewesen und konnte sich berauschen an den Lichtern der Stadt, die an ihrem Fenster vorbeiflogen. Irgendwann wurden die Lichter weniger, und die Bilder der Stadt verschwanden, wurden ersetzt durch Industrieanlagen und Fabriken. Und plötzlich war es da, das Misstrauen und die Angst.

»Wo fährst du hin? Wir sind ja fast schon aus der City raus ...«

An diesem Punkt endeten Noemis Erinnerungen. Hatte er sie in dem Moment niedergeschlagen? Vermutlich. Der Schmerz in ihrer rechten Wange könnte jedenfalls von einem Schlag kommen.

Breit anschaffen gehen ... war vielleicht doch nicht so eine gute Idee, ging es ihr durch den Kopf. Greg hatte sofort gesagt, wie schwachsinnig das wäre. Und er hatte recht gehabt, die Steine hatten sie nicht klar denken lassen, natürlich nicht. Im Gegenteil. Als die Junggesellentruppe auf sie zukam, hatte sie Panik bekommen – warum eigentlich? Vermutlich hätte sie den besoffenen Kerlen nur einen blasen müssen, und die Sache wäre geritzt gewesen. Stattdessen war sie in den roten Wagen gestiegen und hatte die Gefahr nicht gespürt, die von dem Kerl ausging. Der hochgeschlagene Kragen, das Basecap – hätten da nicht schon alle Alarmglocken klingeln müssen? Wäre sie zu dem Kerl in den Wagen gestiegen, wenn sie nüchtern gewesen wäre? Sie wusste es nicht. Wie viele Mädchen kannte sie, die stoned anschaffen gingen, um sich ihren Stoff zu finanzieren? Bestimmt ein Dutzend, dachte sie. Und wie viele kannte sie, denen dabei noch nie etwas passiert war? Die noch nie geschlagen oder ausgeraubt worden waren oder denen womöglich noch Schlimmeres widerfahren war?

Null, nada, zero.

Jeder Straßenhure passierte irgendwann etwas. Berufsrisiko. Die Frage war nur, was ihr gerade passierte.

Es machte ihr Angst, über die möglichen Hintergründe ihrer Entführung nachzudenken. Der Grund dafür konnte schließlich kein guter sein.

Die meisten Mädchen, die sie kannte und denen etwas passiert war, waren Opfer eines Sexualdeliktes geworden, wie es in der Zeitung immer so schön abstrakt beschrieben wurde. Noemi hatte das nie verstanden. Wer vergewaltigte denn eine Hure? Eine Junkie-Nutte, die bereit war, für ein paar Pfund alles zu machen? Wurde man freiwillig zum Schwerverbrecher, nur um ein bisschen Kohle zu sparen?

Eine ihrer Bekannten hatte ihr mal erklärt, dass das eine nichts mit dem anderen zu tun habe. Es gab einfach genug Kranke da draußen, die es anmachte, Gewalt und Macht über eine Frau zu haben und diese in allen Konsequenzen auszuleben. Und für Geld bekam man dieses Gefühl nun mal nicht. Für Geld bekam man lediglich die Illusion von Macht, wenn man sich eine Sklavin buchte oder so.

Ihr Gedankenfluss wurde jäh unterbrochen, als Noemi klar wurde, dass die Wahrscheinlichkeit sehr hoch war, dass sie sich gerade in der Hand eines Vergewaltigers befand.

Okay. Bleib ruhig. Eine Vergewaltigung überstehst du, du hast schon ganz andere Dinge überstanden, natürlich kommst du da durch. Du wirst es aushalten, versuchte sie sich einzureden. Sie konnte sich eh nicht wehren, hatte keine Chance, zu treten oder zu schlagen, ja noch nicht mal um

Hilfe rufen konnte sie. Also würde sie es ertragen, ertragen müssen.

Aber warum so eine aufwendige Entführung? Hätte er nicht längst über sie herfallen können? In dem Moment fiel ihr auf, wie klar sie denken konnte. Das bedeutete, dass sie nicht mehr drauf war, ihr Rausch war längst vorbei. Aber als sie in den Wagen gestiegen war, hatte sie noch unter der Wirkung der Steine gestanden. Das hieß also, dass sie schon viel länger eine Gefangene war, als sie es bisher gedacht hatte. War der nächste Tag längst angebrochen? Lag der Zeitpunkt ihrer Entführung schon viele Stunden zurück? Dann hatte er sie vielleicht erst irgendwo »geparkt« und brachte sie nun zu dem Ort, den er für sie vorgesehen hatte. Aber warum hatte er so viel Zeit verstreichen lassen?

Ein kalter Schauer lief ihr über den Rücken, als ihr klar wurde, was das zu bedeuten hatte. Ihr Entführer hatte kein Interesse an einer »normalen« Vergewaltigung. Es ging ihm um was anderes – und dieses Andere konnte für Noemi nur eine Verlängerung ihrer Qualen bedeuten.

Er konnte nicht sofort über dich herfallen, weil er erst etwas vorbereiten musste.

Vielleicht wollte er sie für ein paar Tage für sich haben, würde sie mehrmals vergewaltigen und vielleicht auch schlagen. Aber wenn sie Glück hatte, würde er sie laufen lassen, wenn er seinen Spaß gehabt hatte.

Noemi dachte darüber nach, was sie in Zeitungen alles darüber gelesen hatte, wie sich die Entführungsopfer verhielten, die am Ende mit dem Leben davonkamen. Sie erinnerte sich, dass die meisten versuchten, eine persönliche Bindung zu ihrem Peiniger aufzubauen, sodass er sie nicht mehr als Sexualobjekt sah, sondern als fühlendes und lebendiges Wesen. Wie sollte sie das nur anstellen?

Blickkontakt, dachte sie. Das war eine Möglichkeit. Sie würde versuchen, ihm in die Augen zu schauen, wenn er über sie herfiel. Wenn er ihr den Knebel rausziehen würde, könnte sie vielleicht auch mit ihm sprechen, ihm erzählen, dass sie mal ein ganz anderer Mensch, ein junges Mädchen gewesen war, das zur Schule ging und nachmittags mit ihren Freundinnen abhing, die Weihnachten mit ihren Eltern verbrachte und nie was Härteres als Gin Tonic zu sich genommen hatte. Bei der alles ganz normal gewesen war.

Bis jemand aus der Clique irgendwann mal Crystal dabei hatte.

Und es schneller bergab ging, als sie es sich jemals hätte vorstellen können.

Die Steine. Verdammt. Das war ihre Achillesverse. Je nachdem, wie lange sie in der Gewalt des Mannes sein würde, würde das Verlangen nach der Droge immer größer werden. Es machte sich jetzt schon mehr als deutlich bemerkbar, es rief aus ihrem Inneren, verlangte Nachschub, damit die Gier endlich wieder gestillt wurde. Sie wusste, dass sie das noch wehrloser machen würde. Falls er einer von diesen perversen Typen war, hatte er sie womöglich bewusst ausgewählt, hatte extra nach einer Drogenabhängigen gesucht, weil er die besser in seiner Gewalt haben würde.

Und das Paradoxe war, dass sie wusste, wie viel besser sie diese Situation ertragen würde, wenn sie jetzt drauf wäre. So wie gestern oder vorgestern, als sie vermutlich Sex mit drei Männern gehabt hatte und nicht mehr wusste, ob sie aus Spaß mit ihnen gevögelt hatte oder ob sie vergewaltigt worden war. Alles war zu einem verschwommenen Brei geworden, und Noemi wäre dankbar, wenn sie diesen Brei jetzt wieder im Kopf hätte. Aber es war wohl kaum damit zu rechnen, dass der Entführer ihr was zu rauchen geben würde.

Ob sie ihn kannte? Noemi hatte das Gesicht des Fahrers nicht erkennen können, im Inneren des Wagens war es dunkel gewesen. Die Innenbeleuchtung war nicht wie sonst mit dem Öffnen der Tür angegangen.

Hatte der Kerl sie bewusst ausgeschaltet?

In dem Augenblick hob sie ab und knallte gegen den Kofferraumdeckel. Offenbar war der Wagen über eine Bodenwelle gefahren. Noemi flog mit dem Gesicht gegen das Metall und merkte, wie ihre Nase brach. Der Schmerz kam ruckartig und traf sie wie ein Blitzschlag, zog hoch in ihren Kopf und breitete sich dort gnadenlos aus.

Wie aus dem Nichts war die Panik wieder da. Wenn ihre Nase wirklich gebrochen war, dann würde es nur Sekunden dauern, bis sie zu bluten anfing und so stark anschwellen würde, dass sie keine Luft mehr bekommen würde. Sie kannte das, sie hatte sich schon mal die Nase gebrochen, damals, als sie sich mit einer Freundin um ein paar Steine prügelte. Tagelang hatte sie nur durch den Mund atmen können.

Was jetzt durch den Knebel unmöglich war.

Noemi merkte, wie das Blut aus ihrer Nase lief. Das linke Loch war schon zu, unmöglich, auch nur noch einen Atemzug dadurch zu nehmen. In kurzen, hektischen Zügen sog sie die Luft durch das rechte Loch ein. Sie wurde immer knapper, schon sehr bald würde sie ersticken. Ihr liefen die Tränen über die Wangen, während sie versuchte noch etwas mehr von der kostbaren Luft in ihre Lunge zu kriegen.

Erleichtert nahm sie wahr, wie der Wagen sein Tempo drosselte. Das, was ihr bis vor wenigen Augenblicken noch größte Angst bereitet hatte, konnte nun zu ihrer Rettung werden: Der Entführer würde anhalten, sie hier rausholen, sich an ihr vergehen, aber ihr dadurch vielleicht auch Luft zum Atmen verschaffen. Und alles war besser, als hier hilflos zu ersticken.

Sie registrierte, wie der Wagen über einen holprigen Weg fuhr und schließlich anhielt. Eine Tür öffnete sich und wurde kurz darauf wieder zugeschlagen. Dann hörte Noemi, wie sich jemand am Kofferraum zu schaffen machte. Kurz darauf schlug ihr das gleißende Sonnenlicht entgegen, das sie so stark blendete, dass sie nichts mehr erkennen konnte.

Nachdenklich saß Oliver Stinner am Schreibtisch und blickte auf das Traumtagebuch, das seine Patientin im Rahmen ihrer Therapie angefertigt hatte. Obwohl er es schon einmal komplett gelesen hatte, konnte er es nicht aus der Hand legen und blätterte immer wieder in dem kleinen Büchlein hin und her.

Er wusste selbst nicht genau, warum ihn dieser Fall so sehr fesselte. Viele seiner Patienten hatten mit traumatischen Belastungen aus ihrer Kindheit zu kämpfen, da war Saskia Flynt kein Einzelfall. Nach dem plötzlichen Tod eines Elternteils litten die meisten auch noch als Erwachsene unter Verlustängsten, konnten nur schwer Vertrauen aufbauen und hatten Probleme, stabile Beziehungen zu führen. All das schien auf Saskia nicht zuzutreffen. Das Verhältnis zu ihrem Bruder kam Oliver sehr eng vor, ihre ermordete Tante war fast so etwas wie eine Ersatzmutter für sie gewesen, und auch zu dem Vater und den verstorbenen Großeltern schien sie einen guten Kontakt gehabt zu haben. Die kindliche Saskia war nach dem Verlust der Mutter offenbar vergleichsweise gut aufgefangen worden.

Allerdings war sie Single und hatte, wie sie ihm erzählte, noch nie einen festen Freund gehabt.

»Wer will schon neben jemandem im Bett liegen, der ständig schreiend und schweißgebadet wach wird«, hatte sie gesagt und ihn dabei schief angegrinst. Er hatte diese Erklärung so stehen gelassen, auch wenn er wusste, dass sie diese Albträume erst seit zwei Jahren hatte. Sie war also auch vorher schon das gewesen, was man landläufig einen »Spätzünder« nannte.

Die Albträume belasteten sie offensichtlich schwer, das stand außer Frage. Aber Oliver war sich sicher, dass sie ebenfalls nur Ausdruck ihrer großen Verlustängste waren, die wiederum der Grund dafür sein dürften, dass es ihr so schwerfiel, sich auf eine Beziehung einzulassen.

Nachdenklich blickte er auf die handgeschriebenen Aufzeichnungen. Fein säuberlich hatte Saskia jeden Albtraum der letzten Monate notiert. Im Februar und März waren das jeweils vier oder fünf gewesen, aber seit dem Tod ihrer Tante war sie fast jede Nacht aufgeschreckt und hatte zum Notizbuch gegriffen. Die häufigen Befragungen vonseiten der Polizei dürften ein weiterer Grund dafür sein, warum Saskia Flynt nachts keinen ruhigen Schlaf fand: Der verantwortliche DI und sein Sergeant hatten ebenfalls schon ein- oder zweimal eine Rolle gespielt. In der Regel tauchten die Träume zwischen zwei und vier Uhr morgens auf, in der REM-Phase des Schlafes. Das war nicht untypisch, da die stärkste Traumaktivität in dieser Phase stattfand. Der Schlafende träumte dann sehr intensiv, gleichzeitig war jedoch der Muskeltonus stark herabgesetzt. Ohne den herabgesetzten Muskeltonus würde der Schläfer alle geträumten Bewegungen tatsächlich ausführen, was bei einer krankhaften Störung der REM-Phase auch der Fall war. Oliver hatte schon Patienten gehabt, die nachts wild um sich schlugen, ihre Partnerin vergewaltigten oder sich ins Auto setzten und davonfuhren, ohne sich am nächsten Tag an etwas erinnern zu können.

Da die schlafwandlerischen Aktivitäten von Saskia nicht besonders stark ausgeprägt waren, glaubte er nicht, dass seine

Patientin unter einer solchen Störung litt. Die Lösung lag vielmehr in den Träumen selbst, davon war Oliver überzeugt.

Jedes Mal war Tod das zentrale Thema. Es gab zahlreiche Variationen, Tod und Sterben zeigten vielerlei Spielarten, aber das Grundthema wechselte nie. Mal stürzte Saskia in eine Gletscherspalte, mal sprang sie vom Fünf-Meter-Brett in einen leeren Pool, mal fiel sie in ein Moor und versank. In allen Träumen fiel Saskia in den Tod. Niemals wurde sie von einem Auto überfahren oder von einer Kugel getroffen, immer hatte ihr grausames Ende etwas mit einem Sturz zu tun.

Und noch etwas zog sich wie ein roter Faden durch alle Träume: In dem Moment des Aufpralls, des Untergehens, des eigentlichen Sterbens, wachte seine Patientin grundsätzlich schreiend auf. Der eigene Tod war nicht träumbar, das war eine zentrale These der Traumdeutung. Da ging es seiner Patientin nicht anders als allen anderen.

Oliver hielt inne. Patientin. Das klang so nüchtern, austauschbar. Dabei mochte er Saskia. Sie war ihm sympathisch. So sympathisch, dass er sie, wie er feststellte, in Gedanken immer häufiger »Saskia« und nicht »seine Patientin« nannte.

Dass die Thematik des In-den-Tod-Fallens sie so beschäftigte, überraschte ihn angesichts ihrer Familiengeschichte kein bisschen.

Er las einen Eintrag, der erst zwei Tage alt war: *Ich sehe meine Mutter. Sie geht ein paar Schritte vor mir und Max. Plötzlich ist da ein Loch. Ich stürze hinein und falle.*

Er überlegte einen Moment. Auch dieses Prinzip schien sich durch alle Einträge zu ziehen. Oliver blätterte eine Seite zurück. Dort stand: *Mummy ist vor uns. Dann ist da diese Erdspalte, ich stolpere und stürze ins Bodenlose.*

Oliver starrte gedankenverloren ins Nichts. Egal, welchen Traum er sich auch durchlas, das Motiv der Mutter, die gerade noch an der Seite ihrer Tochter war, tauchte überall auf und stand immer im Zusammenhang mit Saskias Sturz in den Tod.

»Du musst das Offensichtliche zur Seite schieben«, murmelte er. Das Offensichtliche – das Auftauchen der Mutter und der Sturz in den Tod – ließ ihn etwas übersehen, das spürte er ganz deutlich.

»Die Mutter taucht in den Träumen auf, weil sie so früh verstorben ist«, sagte er laut, in der Hoffnung, seine Gedanken so besser sortieren zu können. »Die Stürze in den Tod, weil die Mutter so zu Tode kam. Klar. Und dann stirbt auch noch die Tante auf dieselbe Weise, kein Wunder, dass der Sturz so ein zentrales Motiv ist. Aber da ist doch noch was, da ist doch noch was anderes …«

Oliver trommelte mit den Fingern auf der Schreibtischoberfläche. Der Verlust der Mutter war für das kleine Mädchen stark traumatisierend, keine Frage. Aber war das wirklich alles? Warum stürzte Saskia selbst in ihren Träumen in den Tod? Warum träumte sie nicht den Tod der Mutter?

»Fred …«, murmelte er vor sich hin und klickte sich nachdenklich in die Adresskartei seines Computers. Um diese Uhrzeit würde er ihn vermutlich zu Hause in seinem Arbeitszimmer erwischen.

Dr. Fred May war ein alter Studienfreund von ihm. Der Notfallseelsorger und Traumapsychologe hatte bereits etliche Artikel und ein Buch über Albtraumforschung veröffentlicht. Mit Fred verband ihn ein freundschaftlich-kollegiales Verhältnis, regelmäßig tauschten sie sich aus und fragten den anderen nach seiner fachlichen Einschätzung.

»Oliver! Freut mich, dass du anrufst. Wie geht es dir, Kumpel?«, sagte Fred am anderen Ende der Leitung.

»Danke. Alles so weit im Lot. Ich könnte mehr Sport

machen. Aber wem sag ich das ...« Oliver lachte und hörte, wie Fred in sein Lachen einfiel.

»Irgendwann höre ich auf zu rauchen und werde zum Supersportler«, meinte er. »Versprochen, Herr Doktor.«

»Ich nehm dich beim Wort!«, sagte Oliver grinsend und erklärte seinem Freund dann den Grund für den Anruf. In kurzen Worten schilderte er ihm den Fall. »Ich könnte mir vorstellen, dass das Motiv des eigenen Todes ein Stellvertretermotiv ist«, sagte er. »Sie stirbt den Tod der Mutter, weil die Erinnerung daran selbst im Traum noch zu schmerzhaft für sie ist. Traumatische Erlebnisse aus der Kindheit sind nun einmal hartnäckig.«

»Deiner Patientin ist selbst nie Gewalt widerfahren?«, fragte Fred nach.

»Nein. Wären die Todesfälle in ihrem direkten Umfeld nicht gewesen, könnte man ihre Kindheit und Jugend als sehr behütet beschreiben. Sie hatte Vertrauenspersonen, Menschen, die sich um sie kümmerten und sie auffingen nach dem Tod der Mutter. Gewalt hat sie nie erlebt.«

»Okay. Dann könntest du mit deiner Stellvertretertheorie richtigliegen. Ich habe viele Patienten, die in ihren Träumen unbewusst Stellvertretersymbole verwenden«, erklärte Fred, und Oliver hörte, wie sein Kollege an einer Zigarette zog. Ein sicheres Zeichen dafür, dass er sich auf ein längeres Gespräch einstellte, das wusste Oliver aus Erfahrung, wenn Fred am Telefon zu rauchen begann. »Ich hatte mal einen Patienten, der ständig davon träumte, wie er im Auto durch die Gegend fuhr. Aus dem Radio kam während der Fahrt total nervtötende Musik, die er nicht abschalten konnte. Schließlich war er so verzweifelt, dass er das Radio aus der Verkleidung herausriss und aus dem Fenster warf.«

»Klingt jetzt nicht nach dem schlimmsten Albtraum aller

Zeiten«, warf Oliver ein und dachte, dass so ein Traum nichts gegen die Albträume von Saskia war.

Fred widersprach ihm gut gelaunt. »In Guantanamo wurde ohrenbetäubende Musik als Foltermethode eingesetzt, Oliver, und nicht nur da.« Er lachte. »Ganz so schlimm war es bei meinem Patienten natürlich nicht, aber wenn du so was jede Nacht träumst, kann es dir auch so ganz schön auf den Zeiger gehen. Wir haben in der Gruppentherapie dann eine Traumaufstellung gemacht und so relativ schnell herausgefunden, dass das Radio für eine Person aus der Vergangenheit stand. Eine lange verstorbene Nachbarin mit nervtötender Stimme, die auf ihn aufgepasst hatte, als er noch ein Kind war und ihn dabei immer gepiesackt hatte. Er hatte als kleiner Junge ganz schön unter der alten Hexe gelitten. Im Fall deiner Patientin frage ich mich deshalb: Steht die Mutter überhaupt für sie selbst als Person? Gerade bei Eltern haben wir es ja häufig, dass zum Beispiel jemand vom Regierungschef träumt, aber eigentlich den Vater meint, oder von der Chefin, wenn es um die Mutter geht.«

»Du meinst, ob die Mutter in diesem Fall für jemand anderes steht? Das glaube ich nicht. Meine Patientin kann ihre eigene Mutter immer klar benennen«, gab Oliver zu bedenken. »Verbunden mit den typischen Gefühlen, die ihr kindliches Ich der Mutter gegenüber hat. Ich frage mich eher, was mit ihrer eigenen Rolle ist, mit der Rolle meiner Patientin in den Träumen.«

»Du meinst, eine Stellvertreterrolle für das eigene Ich?«

»Ja. Dass es gar nicht sie selbst ist, die sie da im Traum immer sterben sieht.«

»Über Stellvertreterrollen für das eigene Ich habe ich bisher nur was gelesen«, sagte Fred, und Oliver hörte, wie er einen weiteren tiefen Zug von seiner Zigarette nahm. »In meiner

Praxis hatte ich so einen Fall noch nicht. Das Ich füllt dann die Rolle oder den Standpunkt einer anderen Person aus, ohne dass das im Traum zu merken ist, richtig? Es wäre interessant zu wissen, ob deine Patientin den eigenen Tod fühlt.«

»Sie wacht im Moment des Sterbens immer auf.«

»Ach ja, natürlich. Vielleicht nimmt die Rolle des Ichs den Tod eines anderen Menschen auf. War sie vielleicht Zeugin des Unfalltods ihrer Mutter?«

»Nein. Davon ist mir nichts bekannt. Sie selbst kann sich jedenfalls an nichts erinnern.«

»Hm. Glaubst du das in diesem Fall? Ich muss dich ja nicht dran erinnern, dass gerade Kinder die Fähigkeit haben, ein schweres Trauma vollständig zu verdrängen. Anders könnten sie gar nicht überleben. Das Unterbewusstsein verarbeitet das Erlebte natürlich trotzdem, ergo diese Träume, die wir alle so interessant finden. Vielleicht erfüllt auch das Motiv des Sterbens eine Stellvertreterfunktion für deine Patientin.« Fred hustete.

»Du solltest wirklich aufhören zu rauchen.«

»Das hatten wir schon. Sind sowieso nur noch Mentholzigaretten, die sind schließlich fast gesund.« Er lachte. Ein rauchiges, heiseres Lachen. »An den Geruch werde ich mich allerdings nie gewöhnen. Nun ja. Du sagst, sie träumt vom Tod durch Fallen?«

»Ja.«

»Fallen wird in der Fachliteratur allgemein als Ausdruck von Lebensangst, Selbstzweifel und Unsicherheit interpretiert. Ich persönlich hatte aber auch schon einige Fälle, bei denen es eher um den Verlust von Ansehen und Macht ging.«

»Ich weiß nicht, ob das so relevant für meine Patientin ist. Ihre Mutter ist durch einen Sturz in die Tiefe zu Tode gekommen.«

Da war es wieder, das Offensichtliche, das den Blick auf alles andere so schwer machte. Fred schien es genauso zu gehen. Für einen Moment schwieg er.

»Und du bist sicher, dass sie diesen Sturz nicht beobachtet hat? Ehrlich gesagt würde das eine Menge erklären, Oliver, eine ganze Menge sogar.«

Als sie das Gespräch beendet hatten, ließ Oliver die Worte seines Kollegen erst mal sacken.

Was, wenn das Ich in Saskias Träumen stellvertretend für die eigene Mutter stand? War der Stellvertretertod in ihren Träumen dann nicht auch Ausdruck eines unterbewussten Schuldgefühls? Nicht ihre Mutter hatte den Tod verdient, sondern Saskia selbst? Plagten Saskia diese Gefühle, weil sie den Tod der Mutter nicht verhindern konnte?

Aber wenn dem so war ...

Dann hatte Saskia den Tod ihrer Mutter vermutlich wirklich beobachtet.

Sienna stand in der Küche und starrte gedankenverloren aus dem Fenster, während sie sich ein Shortbread nach dem anderen in den Mund schob. Die Straße vor ihr war vom Feierabendverkehr verstopft, ein Auto drängelte sich an das nächste, aber Sienna nahm das Chaos gar nicht richtig wahr. Sie konnte nur an eines denken: Jack. Der Aufruf in der Zeitung wollte ihr einfach nicht aus dem Kopf gehen.

Was sollte sie jetzt machen? Sollte sie die Polizei anrufen und denen sagen, dass sie am Montag mit Jack verabredet gewesen, er aber nicht zum Treffpunkt gekommen war?

Sienna steckte sich ein weiteres Shortbread in den Mund. Und dann? Sollte sie den Cops dann erklären, dass sie ihn angerufen hatte, aber eine fremde Person an sein Handy gegangen war? Was sollte die Polizei mit so einer Aussage anfangen?

Fahrig griff sie in die Kekspackung und nahm ein weiteres Stück heraus. Den herrlichen Buttergeruch nahm sie nur ganz am Rande wahr, er war ihr in diesem Moment auch ziemlich egal. Sie brauchte einfach etwas, mit dem sie ihre Hände beschäftigen und die rasenden Gedanken in Zaum halten konnte.

Die Polizei würde so eine Aussage niemals ohne Nachfragen hinnehmen. Es lag auf der Hand, dass sie Sienna dann nach ihrer Beziehung zu Jack fragen würden. Jeder würde das tun. Und dann wollten sie vielleicht auch mit Christopher sprechen, um ihre Aussage zu bestätigen. Die Gefahr wäre so viel zu groß, dass ihre Affäre doch noch herauskam. Dass ihr Mann und ihre Kinder nach all den Jahren davon erfuhren und dadurch alles kaputtging.

Dass die Vergangenheit sie einholte.

Nein, das durfte sie nicht zulassen, das musste sie unter allen Umständen verhindern. Für nichts auf der Welt würde sie ihr Familienglück noch einmal gefährden. Sie konnte froh sein, dass damals alles so glimpflich ausgegangen war, dass niemand je davon Wind bekommen hatte.

Selbst wenn sie der Polizei von der Verabredung am Montag erzählen würde, von dem Anruf und der merkwürdigen Stimme, was konnte das Jack schon helfen? Sie konnte keine konkreten Angaben zu der fremden Person machen, konnte nur ihre vage Vermutung äußern, dass es eine Frau gewesen war. Ihr Alter oder sonst etwas konnte sie ja gar nicht beschreiben, nichts, womit man diese Person identifizieren könnte.

Aber sie kannte ihren Namen.

Ja, die Person hatte eindeutig ihren Namen am Telefon gesagt.

Wir sehen uns, Sienna.

Woher wusste die Person ihren Namen? Vielleicht war er in Jacks Handy eingespeichert, ja, das war möglich.

Wir sehen uns, Sienna.

Wir sehen uns ... Auch wenn das nicht konkret gewesen war, fühlte sich Sienna durch diese Worte bedroht. Sollte sie der Polizei davon berichten? Aber was würde das ändern? Sie konnte der Polizei nichts geben, was eine Fahndung nach der unbekannten Person rechtfertigen würde. Selbst wenn sie ihnen alles erzählen würde, sie konnte im Grunde kein bisschen dazu beitragen, dass Jacks Verschwinden aufklären würde.

Sienna seufzte und klopfte sich die Krümel von der Bluse. Redete sie sich das nicht bloß ein? Nur um sich und ihr Familienglück zu schützen? Nein. Energisch schüttelte sie den Kopf. Sie war davon überzeugt, dass es keinen Sinn ergab, zur Polizei zu gehen.

Bis bald, Sienna. Bis ganz bald.

Bei dem Gedanken an diese Stimme lief ihr ein Schauer den Rücken herunter. Was wäre, wenn ...

In dem Moment sah sie Laura und Megan die Straße herunterkommen. Die beiden hielten sich in den Armen, ja, sie gingen Arm in Arm. Das war ungewöhnlich, so was machten sie sonst nicht. Torkelten sie etwa? Sienna verwarf diese Idee schnell. Die Zwillinge hatten praktisch noch nie Alkohol getrunken, für sie war die Welt der Besäufnisse noch eine fremde. Ganz im Gegensatz zu Leo, der zu ihrem Missfallen an der Uni auch das Binge-Drinking gelernt hatte.

Aber ihre Mädels waren weit davon entfernt. Was war nur mit ihnen los? Irgendetwas stimmte da nicht. Dann sah sie, dass Laura sich eine Hand vors Gesicht presste und ihre Schultern zuckten. Sie schien zu weinen, während Megan tröstend den Arm um sie gelegt hatte.

»Was ist denn mit ...«

Besorgt eilte Sienna zur Haustür, um ihre Töchter in Empfang zu nehmen. Ihr Herz pochte wie verrückt, so wie es immer der Fall war, wenn irgendetwas mit ihren Kindern passiert war. Von den ersten Stürzen bis hin zum schlimmsten Liebeskummer hatte es Sienna geradezu körperliche Schmerzen bereitet, wenn einer ihrer drei Sprösslinge Kummer hatte. Christopher war da wesentlich entspannter als sie, meinte immer, die Kinder sollten aus eigener Erfahrung lernen. Sienna hingegen konnte es nicht ertragen, sie leiden zu sehen. Vermutlich würde sich das auch niemals ändern, ging es ihr durch den Kopf, als sie die Haustür aufriss.

»Was ist passiert? Laura, Schatz, warum weinst du denn?«, rief sie den Mädchen schon von Weitem zu. Sie nahm ihren Hausschlüssel und eilte den beiden auf Socken entgegen, ohne zu merken, dass der Weg vom letzten Regenschauer noch nass war und die Feuchtigkeit sofort durch den dünnen Stoff an ihre Füße drang.

Laura brachte keinen Ton über die Lippen. Ihr ganzer Oberkörper bebte, und das Weinen schien beim Anblick ihrer Mutter noch schlimmer zu werden. Schluchzend fiel sie Sienna in die Arme.

»Sch, sch, ist ja gut, jetzt bist du ja zu Hause, alles ist gut, Liebes.« Sie zog die Mädchen ins Haus und strich dabei beruhigend ihrer weinenden Tochter über den Kopf. »Megan, Schatz, was ist euch denn passiert?«, fragte sie besorgt.

»So'n Besoffener hätte Laura fast vor die Bahn geschubst!« Auch Megan war der Schock deutlich anzusehen. Sie stieß die Worte stakkatohaft aus, ihre Unterlippe zitterte.

»Wie bitte?« Fassungslos musterte Sienna ihre Tochter. »Bist du verletzt, Liebes? Ist alles in Ordnung?«

»Ja, alles okay«, brachte Laura wimmernd hervor und klammerte sich noch fester an ihre Mutter. »Es war echt knapp, Mum!«

»Setz dich erst mal.« Sie begleitete Laura zum großen Ohrensessel, legte ihre Beine auf den Hocker und deckte sie fürsorglich mit dem Quilt zu. Dann holte sie zwei Tassen, warf einen kurzen Blick in die leere Packung Shortbread, ärgerte sich, dass sie alle aufgegessen hatte und für ihre Töchter nun keine Nervennahrung mehr übrig war, und ging schnell zu ihnen zurück.

»Jetzt erzählt mir ganz in Ruhe, was passiert ist«, sagte sie und goss den Mädchen Tee ein. Nachdem sie ein wenig davon getrunken hatten, schienen sie sich etwas zu beruhigen.

»Es war an der Ravenscourt Park Station ...«, begann Megan.

»Wir haben ganz normal auf die Bahn gewartet, so wie immer«, unterbrach Laura sie.

»Wir haben nur kurz unsere Handys gecheckt und dabei nicht so auf die Leute geachtet, die um uns herum waren«, fuhr Megan fort.

Sienna verdrehte die Augen. Sie hasste es, wenn die Mädchen sich so von ihren Mobiltelefonen ablenken ließen. Nicht erst einmal waren sie so in eine brenzlige Situation gekommen. Es lag noch keine zwei Wochen zurück, dass Megan fast vor einen Bus gerannt war, weil sie eine »voll wichtige WhatsApp« hatte beantworten müssen. Im Nachhinein hatte sie noch nicht einmal sagen können, worum es bei der Nachricht eigentlich gegangen war.

»Ich hatte euch doch gesagt, dass ihr ...«

»Aber daran lag es nicht!«, unterbrach Megan sie, die offensichtlich wusste, was ihre Mutter sagen wollte. »Ehrlich Mum, wir waren ganz brav. Wir haben die Handys erst rausgeholt, als wir unten auf die Bahn gewartet haben.«

»Dass da überhaupt Netz ist …« Sienna schüttelte den Kopf.

»Aber Megan hat recht, Mum«, sagte nun auch Laura. Ihre Stimme zitterte immer noch etwas, klang aber inzwischen fast empört. »Mit den Handys hatte es nichts zu tun.«

Sienna nickte den beiden zu und lächelte. Sie wollte ihnen jetzt keine Standpauke über die verantwortungsvolle Nutzung von Social Media halten. »Na schön. Was ist dann passiert?«

»Ich habe gehört, wie die Bahn näher kam. Und in dem Moment, in dem sie in die Station einfuhr, spüre ich von hinten einen Schlag.« Laura kamen erneut die Tränen. »Da hat mich ganz eindeutig jemand angerempelt! Das war nicht unsere Schuld!«

Megan nickte heftig, setzte sich auf die Armlehne des Sessels und strich ihrer Schwester sanft über die Schulter. »Laura flog mit vollem Schwung nach vorne …«

»Ich … ich dachte schon, ich knall auf die Gleise, ich flieg vor den Zug!« Lauras Stimme war nun laut, fast schrill. Sie fing wieder an zu zittern. »Wenn Megan mich nicht in letzter Sekunde zu fassen gekriegt hätte, dann …!«

»Ich hab reflexartig zugepackt und sie am Arm erwischt …«

»Meine Tasche ist mir noch heruntergefallen … Die Bahn ist voll über sie drüber …« Laura schüttelte fassungslos den Kopf. »Wenn Megan eine Sekunde langsamer gewesen wäre, hätte die Bahn mich genauso überrollt …«

Sienna sah ihre Töchter erschrocken an. »Mein Gott!« Sie stand auf und nahm die beiden in den Arm. Für eine Weile saßen sie alle drei nur stumm da, eng miteinander verschlungen. Wie zerbrechlich ihr Glück doch war, dachte Sienna. Wie schnell hätte der Vorfall in der Tube ein anderes Ende nehmen können, wie schnell konnte aus einem glücklichen

Leben eine einzige Katastrophe werden. Sie wüsste nicht, wie sie weiterleben sollte, wenn eines ihrer Kinder sterben würde. Eine schlimmere Strafe konnte sie sich gar nicht vorstellen. Erst als sich Lauras Schluchzen beruhigt hatte, ließ Sienna die Töchter wieder los.

»Habt ihr gesehen, wer das war?«, fragte sie.

»Nein. Eine alte Frau meinte, sie hätte nur einen Junkie gesehen, der über den Bahnsteig getorkelt ist«, sagte Megan. »Vielleicht war's auch bloß ein Besoffener. Das war echt total knapp!«

Laura nickte nur und wischte sich entschieden die Tränen weg.

»Wart ihr bei der Polizei?«, hakte Sienna nach. »Vielleicht ist der Kerl auf den Überwachungskameras zu sehen. Den muss man unbedingt zur Rechenschaft ziehen!«

»Nein, waren wir nicht. Bringt sowieso nichts. So einen Typen findet doch eh keiner, selbst wenn man ihn auf den Kameras sehen könnte«, sagte Laura, die sich tatsächlich zu beruhigen schien. Ihre Stimme zitterte jedenfalls nicht mehr. »Mir kam das fast so vor, als wenn der mich gestoßen hat«, fügte sie dann noch hinzu.

»Quatsch«, entgegnete Megan. »Warum sollte er?«

Laura zuckte mit den Schultern. »Was weiß ich. Da draußen rennen schließlich genug Irre rum.«

»Jetzt steigere dich nicht in was rein«, meinte ihre Schwester. »Ich meine, es war natürlich total der Horror, was da passiert ist. Aber es war jetzt auch kein Mordanschlag oder so was.«

»Megan hat recht«, sagte Sienna mit sanfter Stimme. »Du solltest dir nicht noch was einreden. Das macht die Sache nur schlimmer.«

»Ihr wisst doch gar nicht, wie sich das angefühlt hat! Das

hat sich nicht nach Versehen angefühlt! Das war ein Stoß, ein richtiger Stoß!« Laura sah Megan und Sienna verzweifelt an. »Und wenn es ein Versehen war, hätte der bestimmt mal nachgeschaut, wie es mir geht, oder nicht?«

»Ein Besoffener, der gerade fast jemand vor die Bahn geschubst hat?« Megan schüttelte energisch den Kopf. »Falls der überhaupt mitbekommen hat, was passiert ist, war der doch schneller weg, als man sich umschauen kann. Nee, nee, solche Typen kümmern sich nicht.«

Sienna nickte nachdenklich. Dann holte sie tief Luft. »Auf jeden Fall müssen wir die Sache der Polizei melden. Am besten fahren wir direkt los. Schaffst du das?«

Laura seufzte. »Ja«, sagte sie dann zögernd. »Das kriege ich schon hin.«

Sienna drückte sie an sich. »Tapferes Mädchen. Und wenn wir wieder da sind, nimmst du erst mal ein Bad und versuchst dich etwas zu entspannen, okay?«

»Das sagst du so einfach ...«

»Ich weiß, Liebes, ich weiß.«

Während sie sich mit ihren Töchtern in ein Taxi setzte und zur nächstgelegenen Wache der British Transport Police nach Hammersmith fuhr, dachte Sienna an Jack. Zum zweiten Mal innerhalb weniger Tage war jemand, der ihr nahestand – oder einmal nahegestanden hatte – in Gefahr geraten. War das ein Zufall?

Bis bald, Sienna. Bis ganz bald.

Die Worte dröhnten in ihrem Kopf. Hatte das alles miteinander zu tun? Jacks Verschwinden und Lauras Beinahe-Unfall? Und das Telefonat mit der unheimlichen Person?

Wir sehen uns, Sienna.

Ging es hier womöglich um sie? Der Gedanke traf sie unvorbereitet und mit voller Wucht. Ihr wurde flau im Magen, als sie daran dachte, dass irgendjemand ihren Kindern etwas antun könnte, um sie zu treffen.

Aber wer sollte so etwas machen und vor allen Dingen warum?

Und was war mit Jack?

Wo steckte er? Sie dachte an den Unfall, in den er vielleicht verwickelt war oder den jemand absichtlich verursacht hatte. Vielleicht die unbekannte Person, mit der sie am Handy gesprochen hatte.

Vielleicht.

Sienna hoffte, dass das nicht so war.

Aber irgendetwas in ihrem Inneren sagte ihr, dass sie mit ihrer Vermutung richtiglag.

9

Wie verabredet traf sie Iza am Samstagvormittag in dem kleinen Pub, der nur wenige Hundert Meter von Georges Haus entfernt lag. Die ehemalige Haushälterin saß vor dem alten Gebäude auf einer Holzbank, den Kragen ihres Mantels hatte sie hochgeschlagen, wieder trug sie eine Sonnenbrille. Saskia schüttelte den Kopf. Wenn Iza glaubte, dass sie so unauffällig wirkte, dann hatte sie sich getäuscht. Die attraktive Frau würde alle Blicke auf sich ziehen, sobald die Gegend etwas belebter wäre. Aber die Straße war menschenleer, und auch im Pub schien noch nicht viel los zu sein.

»Danke, dass Sie gekommen sind«, sagte sie statt einer Begrüßung und reichte Saskia die Hand.

»Ich hatte es Ihnen ja versprochen. Gehen wir?«

Iza nickte. Wortlos gingen sie für eine Weile nebeneinander die Straße entlang, und Saskia überlegte, ob sie eine Unterhaltung mit Iza anfangen sollte oder nicht.

»Hat meine Tante von der Affäre gewusst?« Diese Frage war ihr schon die ganze Zeit durch den Kopf gegangen. Sie konnte einfach nicht verstehen, wie eine clevere Frau wie Ellen sich so hintergehen lassen konnte.

Iza war die Frage sichtlich unangenehm. Sie presste die Lippen zusammen, seufzte und zuckte schließlich ratlos mit den Achseln.

»Das weiß ich nicht genau. Aber … Ja, ich denke schon. Wir wohnten ja unter einem Dach.«

»Stimmt.« Natürlich musste Ellen etwas gewusst haben, dachte sie. Blicke, scheinbar flüchtige Berührungen, Iza, die das Essen vorbereitet, und George, der dabei immer wieder in die Küche kommt, wie zufällig. Hatte sich ihr Onkel nachts womöglich sogar in Izas Zimmer geschlichen? Auch das würde sie ihm zutrauen. Jedenfalls war es für Saskia völlig unvorstellbar, dass Ellen davon nichts mitbekommen hatte. Hatte sie sich mit der Situation arrangiert? War sie womöglich froh, ihre Ruhe vor George zu haben? Oder hat sie nichts gegen den Betrug unternommen, weil sie Angst hatte? Vor George? Der vielleicht sogar derjenige war, der ...?

Die Gedanken rasten durch Saskias Kopf. Auch wenn sie es sich nicht vorstellen wollte, dass George Ellen ermordet hatte, so hatte er doch ein eindeutiges Motiv gehabt. Er hatte eine junge Geliebte, seine Ehe war offensichtlich gescheitert, vielleicht stand ihm seine Frau nur noch im Wege. Außerdem war er von ihr im Testament großzügig bedacht worden, hatte nicht nur jede Menge Geld, sondern auch seinen sofortigen Austritt aus der Firma zugesichert bekommen. Fakten, die auch der Met bekannt waren. Saskia war sich sicher, dass die Polizei George genau unter die Lupe genommen hatte oder es vielleicht auch noch tat. Mord war in den meisten Fälle eine Beziehungstat, das hatte sie mal irgendwo gelesen, und sowohl DI Silver als auch DS Cohen hatten sie gleich mehrmals zur Ehe von George und Ellen befragt. Spätestens nachdem sie bei einer weiteren Befragung angegeben hatte, dass George ihrer Ansicht nach eine Affäre hatte, waren die Polizisten hellhörig geworden.

Aber wenn Ellen Angst hatte, wenn sie von der Affäre ihres Mannes wusste und in ständiger Sorge lebte, er könnte ihr etwas antun, warum hatte sie dann nichts unternommen? Warum hatte Ellen ihr gegenüber nie etwas davon erwähnt?

Saskia hatte so ein inniges Verhältnis zu ihr gehabt, ihr Vertrauen zu Ellen war grenzenlos gewesen, und sie hatte ihr wirklich immer alles erzählen können. Umgekehrt war Saskia davon ausgegangen, dass es Ellen genauso gegangen war. Hatte sie sich etwa so in ihr getäuscht? War das Vertrauensverhältnis einseitiger gewesen, als Saskia es je vermutet hätte?

»Warum hat Ellen die Affäre einfach so hingenommen?«

»Ich glaube, Ihrer Tante war es egal«, sagte Iza. »Die Ehe von den beiden war ... Wie soll ich sagen ... Das war nur noch eine Fassade.«

»Das kann ich mir nicht vorstellen.« Saskia dachte unwillkürlich an ein Treffen Anfang März mit Ellen, als sie zum Cream Tea in ihr Lieblingscafé gegangen waren.

»Ich freue mich, auf der Kreuzfahrt endlich mal wieder mehr Zeit mit George zu verbringen«, hatte sie zu ihr gesagt, und ihre Augen hatten dabei geglänzt vor lauter Vorfreude. Saskia hatte gelacht und gemeint, dass Ellen und George doch eine 24-Stunden-Ehe führen würden.

»Du bist praktisch den ganzen Tag mit ihm zusammen!«

»Wir sind nun mal gerne zusammen!« Auch Ellen hatte gelacht. »Aber unser Alltag ist manchmal so hektisch, dass für Zweisamkeit nicht viel Zeit bleibt. Wenn du verstehst, was ich meine.« Dann hatte Ellen ihr zugezwinkert und genüsslich in ihr dick mit Clotted Cream und Konfitüre bestrichenes Scone gebissen.

Hatte Ellen ihr nur was vorgemacht?

Beim besten Willen hatte Saskia nicht das Gefühl gehabt, als wenn die Ehe von Ellen und George am Ende gewesen wäre. Ja, vielleicht etwas vom Alltag strapaziert, was nach so vielen Jahren ja auch normal war, aber am Ende? Nur noch Fassade?

»Ich habe immer den Eindruck gehabt, als wenn die beiden

eigentlich recht glücklich waren«, sagte sie deshalb zu Iza. »Klar, Onkel George hat so seine Eigenarten, aber dass die Ehe so unglücklich war ...«

»Nach außen haben sie sich ja auch immer bemüht, den Schein zu wahren«, entgegnete Iza. »Aber wenn sie nach Hause kamen, ging Ihre Tante meistens direkt ins Arbeitszimmer. Manchmal schlief sie da sogar. Ich habe dann oft mit George zusammen ferngeschaut, oder wir haben uns unterhalten. Ellen schien das nichts auszumachen, sie hat das nie irgendwie kommentiert oder sich gar dazugesetzt. Ich habe kein einziges Mal erlebt, dass sie sich unterhalten oder nur zusammen zu Abend gegessen haben. Ellen hatte sich völlig zurückgezogen.«

»Warum wollte Ellen dann diese Kreuzfahrt mit ihm machen? Wollte sie damit ihre Ehe retten?«

Iza zuckte mit den Schultern. »Vielleicht.«

Saskia schwieg und dachte nach. Hatte Ellen George und seinem neuen Liebesglück im Wege gestanden? Bei einer Scheidung hätte er auf jede Menge Geld verzichten müssen, da war Saskia sich vollkommen sicher. Hatte ihr Onkel Ellen umgebracht, um mit Iza und dem Geld glücklich zu werden? Das würde vielleicht auch erklären, warum er der jungen Polin gegenüber so ausrastete, als sie sich von ihm trennen wollte. Aber nein, angeblich hatte sich das Verhältnis der beiden ja schon vor Ellens Tod deutlich verändert.

Nur ... sagte Iza überhaupt die Wahrheit? Woher sollte Saskia das wissen? Offenbar hatte Tante Ellen einiges für sich behalten, von dem Saskia eigentlich gedacht hatte, sie würden es miteinander teilen. Dass sie so unglücklich mit George gewesen war ... Was hatte Ellen ihr noch verschwiegen?

Plötzlich kam Saskia noch ein Gedanke und ließ sie erschaudern.

Wenn George wirklich etwas mit Ellens Tod zu tun haben sollte, welche Rolle hatte Iza dann in diesem tödlichen Spiel inne? Hatte sie von seinen Plänen gewusst? War sie womöglich seine Komplizin gewesen?

Ihr Herzschlag begann zu rasen. Ich bin so eine verdammte Idiotin!, verfluchte sie sich in Gedanken und versuchte, ihre flache Atmung wieder unter Kontrolle zu bringen. Wem vertraute sie eigentlich? Ließ sich eine rührselige Geschichte auftischen, und schon marschierte sie direkt hinein in ihr Unglück! Saskia beobachtete die Frau aus dem Augenwinkel. Auf was hatte sie sich da eingelassen? Gleich würde sie mit ihr alleine in Georges Haus sein. Konnte das gefährlich für sie werden?

Wenn Iza etwas mit dem Mord an Ellen zu tun haben sollte, dann hatte sie sich doch nicht grundlos an Saskia gewandt, dann hatte sie etwas vor ... aber was?

Sie meinte zu spüren, wie Iza ihr einen unauffälligen Seitenblick zuwarf. Wusste sie, was auf dem Dach des Hochhauses passiert war und wer Ellen auf dem Gewissen hatte?

»Danke, dass Sie mitgekommen sind, Saskia. Ich hätte es mich alleine wirklich nicht getraut.«

Inzwischen waren sie vor der grauen verschachtelten Villa angekommen, und Iza zog einen Schlüssel aus der Tasche.

»Klingeln Sie lieber erst«, meinte Saskia. »Falls George doch zu Hause sein sollte.«

»Ach, natürlich, Sie haben recht.«

Iza drückte auf die Messingklingel, wobei sie den Zeigefinger ganz durchstrecken musste, damit ihre langen, künstlichen Nägel nicht gegen den Klingelknopf stießen. Saskia konnte den tiefen Gong deutlich aus dem Inneren des Hauses hören, einmal, zweimal. Nichts passierte. Iza warf ihr einen fragenden Blick zu, Saskia nickte nur, und Georges Ex-Geliebte schloss die Haustür auf.

Der typische Geruch eines ungelüfteten Hauses schlug ihnen entgegen, etwas muffig, etwas staubig, mit einem Hauch von dem Essen, das hier vor Tagen noch gekocht worden war. Es war relativ dunkel, die Vorhänge waren zugezogen und die Zimmertüren verschlossen.

»Ich packe rasch meine Sachen«, sagte Iza und ging mit schnellen Schritten die Treppe nach oben.

Mit klopfendem Herzen blieb Saskia im Eingangsbereich stehen. Konnte sie sich in Ruhe im Haus umschauen? Oder musste sie jederzeit damit rechnen, dass von Iza eine Gefahr ausging? Sie dachte an das Meeting mit den Projektmanagern gestern, das überwiegend aus freundlichen und jovial wirkenden Männern um die fünfzig bestanden hatte. Sie hatten lange über die polizeilichen Ermittlungen gesprochen, die auch an dem Tag weitergegangen waren. Inzwischen war jeder aus der Führungsebene befragt worden. Machte sich irgendjemand Gedanken, weil er sich verdächtigt und unter Druck gesetzt fühlte? Saskia wusste es nicht, hatte aber den Eindruck, dass jeder erleichtert gewesen war, als es wieder um die geschäftlichen Dinge ging. Einer der beiden Managerinnen war bei der Vorstellung der Jahresbilanz aufgefallen, dass die Zahlen nicht vollständig waren. Die Abrechnung der Firmenkreditkarten, die Ellen und George benutzt hatten, fehlten. Saskia konnte sich nicht vorstellen, dass das einen Einfluss auf die Bilanzen haben könnte, aber die Managerin meinte, dass das Finanzamt nun einmal sämtliche Belege der Firma sehen wollte und keine Ausreden akzeptieren würde. Deshalb bräuchte man diese Unterlagen dringend, zumal die nächste Finanzprüfung kurz bevorstehe. Aber niemand konnte sie finden. Sollte sie jetzt danach suchen? Vielleicht fand sie ja auch einen anderen Hinweis auf den Mörder ihrer Tante, irgendwas, was die Polizei übersehen hatte?

Saskia wollte nicht in den Privatsachen ihres Onkels herumschnüffeln, das kam ihr schäbig und irgendwie unanständig vor. Deshalb mied sie sein Zimmer und öffnete zuerst die Tür, die links vom Eingangsbereich in das Arbeitszimmer ihrer Tante führte. Sie war schon häufig hier gewesen, allerdings immer nur kurz. Ellen hatte sich dann meist mit ihr ins Wohnzimmer oder in den Garten gesetzt.

Saskia spürte, wie ihr Herz heftiger pochte, als sie das Zimmer betrat. Auch in diesem Raum waren die Vorhänge zugezogen und ein leicht muffiger Geruch lag in der Luft, der durchsetzt war von ... ja. Von Ellens Geruch. Saskia war sich sicher, dass sie Reste ihres schweren Parfums riechen konnte. Und schlagartig wurde ihr klar, was sich immer noch so unwirklich anfühlte. Ellen war fort, tot, hatte sie für immer verlassen. Es war wie ein Schlag in die Magengrube.

Für einen Moment blieb sie regungslos stehen. »Ach Ellen«, flüsterte sie. »Was ist nur passiert? Was hast du nur getan?«

Die Trauer, die sie so gut im Griff zu haben glaubte, drohte ihr die Luft abzuschnüren, und Saskia schämte sich der Tränen nicht, die ihr über die Wangen liefen. Sie strich über den cognacfarbenen Ledersessel, der vor dem hellen Schreibtisch stand. Vorsichtig roch sie an der Lehne und schloss die Augen. Der Geruch ihrer geliebten Tante, ihrer besten Freundin und Ersatzmutter, erschütterte sie. Unzählige Bilder tauchten vor ihrem inneren Auge auf, Momente, die sie mit Ellen verbracht hatte, lustige, schöne und vertraute. Gesten und Angewohnheiten, die sie nur mit ihr verband. Die Art, wie sie Tee zubereitet hat, den losen Beutel immer zwischen einer Untertasse und dem Becherrand eingeklemmt, damit sie ihn nach ein paar Minuten problemlos wieder herausnehmen konnte. Wie oft hatte Saskia gemeint, sie solle den Beutel doch einfach mit einem Löffel herausholen oder Teebeutel kaufen, die man mit einem Faden am Henkel befestigen konnte. Aber das kam für Ellen nicht infrage. Die losen Beutel waren nun mal die besten. Basta.

Oder die Art, wie sie ans Telefon ging. Sie räusperte sich immer erst, bevor sie ein Wort sagte. Dabei wirkte sie grundsätzlich sehr zurückhaltend, fast reserviert, um im nächsten Augenblick wieder so emotional zu werden, wie Saskia sie kannte. Sie erinnerte sich an ihren Anruf damals, als sie Ellen von ihrem ersten Mal berichten wollte. »Ah! Ich spring gleich unter die Decke, Sweetie! Ich fasse es nicht! Meine Kleine wird erwachsen«, hatte ihre Tante ins Telefon gekreischt und dann genau gefragt, wie was mit wem passiert war.

In dieser Zeit waren sie auch regelmäßig gemeinsam zur Pediküre gefahren, hatten in einem asiatischen Nailstudio nebeneinandergesessen und sich von den zierlichen Frauen ihre Zehen schön machen lassen. »Manchmal muss man auch Weiberkram machen«, hatte Ellen augenzwinkernd zu ihr gesagt und ihr dann Ewigkeiten zugehört, wie sie ihr von den Problemen in der Schule erzählt hatte.

Und auch als ihre Großeltern nach einem langen und erfüllten Leben friedlich, aber innerhalb von kürzester Zeit verstorben waren, war Ellen für sie da gewesen. Dabei musste das für sie als Tochter doch noch schlimmer gewesen sein als für Saskia. Aber Ellen war es gewesen, die Saskia tröstete, die sich ihren Kummer anhörte und für sie da war.

Saskia richtete sich auf. Ein kleiner, ungebetener Gedanke schlich sich in ihre Trauer, ließ sie frösteln.

Du hast ihr alles erzählt. Umgekehrt war es ja offenbar nicht so.

Irgendwie verletzte sie das, obwohl sie wusste, wie gemein das war. Ellen war einen schrecklichen Tod gestorben, es war absurd, jetzt auf sie sauer zu sein, nur weil sie ihr nicht von ihren Eheproblemen erzählt hatte. Und trotzdem ... diesen neuen Blick auf Ellen konnte sie nicht ignorieren. Was hatte sie ihr noch alles verschwiegen? Und warum? Hatte sie in Saskia vielleicht immer noch das kleine, unreife Mädchen gesehen, das mit der Welt der Erwachsenen überfordert gewesen war?

Saskia schluckte ihre Gefühle herunter und blickte nachdenklich auf den sehr ordentlichen Schreibtisch. Alles schien hier nach einem perfekten System sortiert zu sein. Links lagen die Bleistifte, rechts die Kugelschreiber. Weder Notizzettel noch Bonbonpapier oder gebrauchte Tassen standen herum, wie es auf Saskias Schreibtisch immer der Fall war. Aber vor allen Dingen war kein elektronisches Arbeitsgerät zu sehen, weder ein Laptop noch ein iPad oder ein PC. Die Arbeitsfläche sah so aus, als wäre sie seit Ewigkeiten nicht mehr benutzt worden.

Vielleicht hatte die Met die Sachen mitgenommen, dachte Saskia. Das war sehr wahrscheinlich, in der Firma waren sie ja auch gewesen, nachdem sie herausgefunden hatten, dass Ellens Tod kein Selbstmord war.

Hatte Iza nicht gesagt, dass Ellen sich fast jeden Abend in das Arbeitszimmer zurückgezogen hatte? Ja manchmal sogar hier übernachtet hätte? Saskia fragte sich, wo Ellen sich hier hingelegt haben könnte. Bis auf den Schreibtischstuhl, den Tisch selbst und ein paar Regale gab es keine Möbel in dem Raum, kein Sofa, keine Liege, nichts, worauf man hätte schlafen können.

Saskia schaltete das Licht an und sah sich aufmerksam um. Ein großes weißes Bücherregal stand an der rechten Wand, während an der linken ein mannshohes, abstraktes Triptychon hing, das mit seinen Rot- und Blautönen der einzige Farbklecks in dem Raum war. Ein Motiv konnte Saskia auf dem

Bild nicht ausmachen, es sah für sie fast so aus, als hätte jemand zuerst einen roten Eimer Farbe über die Leinwand geschüttet und dann einen blauen. Aber im Gegensatz zu Ellen und George hatte sie nie viel für moderne Kunst übriggehabt.

Sie ging zum Regal und überflog die zahlreichen Bücher über Koffer, die Geschichte des Koffers und die Herstellung von Koffern. Daneben fanden sich diverse Aktenordner, Steuerberichte der letzten Jahrzehnte, Ordner über Immobilien, über Aktien und Auslandsgeschäfte. Keiner war auf das letzte Jahr datiert, und Saskia fand nicht einen einzigen Hinweis darauf, dass die fehlenden Abrechnungen hier irgendwo abgeheftet waren.

»Sorry, dass es ein bisschen dauert.« Saskia zuckte erschrocken zusammen, als Iza plötzlich hinter ihr auftauchte. »Oh, ich wollte Sie nicht erschrecken. Tut mir leid. Meine Klamotten habe ich zusammen. Aber ich brauch noch etwas für den ganzen anderen Kram. Ist das okay?«

Saskia atmete tief durch und versuchte, so normal wie möglich zu klingen.

»Kein Problem. Sagen Sie, haben Sie hier nach Ellens Tod aufgeräumt?«

»Nein, hier sah es immer so aus. Ihre Tante war extrem ordentlich.«

»Das stimmt ... Aber Sie sagten, sie hätte hier manchmal auch geschlafen?« Saskia wies mit der Hand in den karg eingerichteten Raum und sah sie fragend an.

Iza lächelte. »Sie kennen den Panicroom nicht?«

»Was? Nein. Ich wusste gar nicht, dass es hier so was gibt!«, sagte Saskia erstaunt. Wieder etwas, von dem sie nichts wusste, was Ellen ihr verschwiegen hatte.

»Sie hat ihn wohl vor ein paar Jahren einbauen lassen, ich war zu dem Zeitpunkt noch nicht hier. George erzählte mir, dass Ellen sich irgendwie bedroht gefühlt habe, nachdem es in der Nachbarschaft einige Einbrüche gegeben hätte. Ich weiß aber nicht, ob das wirklich der Grund war. Ich hab jedenfalls nie was von Einbrüchen gehört.« Iza ging auf das große Triptychon zu. Das mittlere der drei Bilder ließ sich zu Saskias Überraschung öffnen wie eine Tür. »Ich habe ihr hier manchmal was zu essen hingebracht. Ich glaube, es war ihr absoluter Lieblingsraum, ihre ganz private Höhle. George war nie hier, er fand das alles nur total übertrieben und albern«, sagte sie und trat einen Schritt zur Seite, um Saskia Platz zu machen. »Ich such mal weiter meine Sachen zusammen«, fügte sie dann noch hinzu und verließ den Raum.

Ellen hatte sich also vor ein paar Jahren diesen Sicherheitsraum einbauen lassen. Von wem fühlte sie sich bedroht? Von George? Ellens Assistentin Anna hatte ebenfalls erzählt, dass Ellen in der letzten Zeit immer ängstlicher und vorsichtiger geworden sei. Hatte der Mörder sie womöglich schon über einen längeren Zeitraum bedroht?

Ein Schutzraum in deinem eigenen Haus, dachte Saskia. In den du dich retten kannst, wenn dein gewalttätiger Mann mal wieder ausrastet.

Sie dachte an das letzte Treffen mit Ellen im *Bittersweet*. Der große blaue Fleck auf ihrem Oberarm. Angeblich hatte sie sich an der Autotür gestoßen. Aber stimmte das auch? Oder hatte George sie geschlagen?

Das Gefühl, dass Onkel George etwas mit Ellens Tod zu tun hatte, ließ Saskia nicht los. Das Ausscheiden aus der Firma, die testamentarisch festgelegte Abfindung, die Kreuzfahrt ... all das sprach nicht gerade für Georges Unschuld. Die Polizei hatte bei einer Befragung gesagt, dass George die Weltreise im Moment nicht antreten dürfte. Warum war er trotzdem unauffindbar? Saskia traute ihm zu, dass er sich einfach über die Anweisungen der Polizei hinweggesetzt hatte. Er konnte natürlich auch einfach zur Jagd gegangen sein und sich in seine Hütte zurückgezogen haben, so etwas hatte er früher schon häufiger mal gemacht. Soviel sie wusste, hatte die Polizei ihn noch nicht zur Fahndung ausschreiben lassen. Hatten sie vielleicht Kontakt zu ihm? Hatte George recht behalten, als er bei ihrem letzten Treffen verkündet hatte, er hätte die Sache mit der Met im Griff? Saskia nahm sich vor, die Ermittler das nächste Mal danach zu fragen.

Zögerlich betrat sie den fensterlosen, dunklen Raum. Mit der Hand suchte sie die Wand neben der Tür ab und fand schließlich den Lichtschalter. Erstaunt blickte sie sich in dem kleinen Zimmer um, das höchsten sieben Quadratmeter maß. Es hatte tatsächlich etwas Höhlenhaftes, allerdings etwas Laura-Ashley-Höhlenhaftes. Die Wände waren mit einer Blümchentapete bezogen, und an der linken Seite des Raumes stand ein Sofa im selben Muster, daneben ein Sekretär. Eine flauschige, helle Decke lag zerknüllt auf den Polstern.

Saskia musste schlucken. Es lag noch gar nicht so lange zurück, da hatte sich Ellen unter diese Decke gekuschelt, hier in diesem einsamen, dunklen Raum, in den sie sich aus welchen Gründen auch immer zurückgezogen hatte. Vielleicht war sie traurig, weil ihr Mann sie betrog, vielleicht hatte sie aber auch Angst vor ihm.

Saskia hob die Decke auf und drückte sie an sich.

»Ach Ellen …« Sie seufzte tief und strich sanft über die weichen Fasern. Dann fiel ihr Blick auf den hellen Sekretär, der neben dem Sofa stand. Komisch, dachte sie, als sie das Chaos darauf betrachtete. Wieso hatte die penible und ordentliche Ellen hier so ein Durcheinander hinterlassen? Notizen, Post-its, Akten und Briefumschläge – alle lagen wild verstreut auf der Arbeitsfläche. Das war ungewöhnlich. Und passte nicht zu der Ordnungsliebe, die ihre Tante sonst immer an den Tag legte.

Unwillkürlich fragte sie sich, ob Ellen dieses Chaos wirklich selbst angerichtet hatte.

Oder ob jemand anders hier am Werk gewesen war.

Nachdenklich ließ Saskia sich auf den hellen Stuhl fallen, der vor dem Sekretär stand und auf dem ein Kissen mit demselben Blümchenmuster lag, das auch die Tapete zierte. Sie versuchte, sich in ihre Tante hineinzuversetzen, versuchte nachzuempfinden, was sie wohl gefühlt und gedacht hatte, wenn sie hier war. Energisch schüttelte sie den Kopf.

»Wenn du dich von deinem gewalttätigen, untreuen Ehemann bedroht fühlst, dann baust du dir doch keinen Panicroom«, sagte sie zu sich selbst. »Dann packst du deine Sachen und gehst! Erst recht, wenn du finanziell so unabhängig bist wie Ellen!«

Ja, das wäre die logische Reaktion gewesen. So ein Schutzraum machte schließlich nur Sinn, wenn die Bedrohung von außen kam.

Also doch nicht George?

»Vor wem hast du bloß solche Angst gehabt ...«, murmelte sie leise.

Warum hatte sie Saskia nicht angerufen, wenn sie von irgendwelchen Ängsten und Sorgen geplagt wurde?

Saskia versuchte, die Tränen zu unterdrücken, die ihr in die Augen stiegen. Sie griff an ihren Hals und berührte den Anhänger, den Ellen ihr zwei Tage von ihrem Tod noch geschenkt hatte. Yin und Yang. Wieder musste Saskia gegen das Gefühl ankämpfen, die Frau, die sie immer für ihre engste Vertrauensperson gehalten hatte, wäre eine Fremde. Sie fragte sich, wer die Person war, die sie damals in der achten Klasse aus dem Hostel abgeholt hatte, als Saskia in der ersten Nacht weinend zusammengebrochen war. Ohne zu zögern hatte Ellen sich ins Auto gesetzt und die hundert Meilen zurückgelegt, nur um sie abzuholen. Und jetzt musste sie erfahren, dass die stets besorgte Tante offenbar viele Geheimnisse vor ihr gehabt hatte, Bereiche ihres Lebens, von denen sie ihre Nichte systematisch ferngehalten hatte.

Ihr Blick fiel auf ein dickes Fotoalbum, das in einem Seitenfach des Sekretärs stand. Es war in schwarzes Leder eingebunden und von einer hellen Staubschicht bedeckt. Saskia putzte sich die Nase und wischte sich die Tränen aus den Augen. Dann zog sie das Album hervor.

»Meine Familie« stand in großen, goldenen Buchstaben auf dem dunklen Einband. Vorsichtig, als könnte es durch die Berührung Schaden nehmen, strich sie über das glatte Leder. Ihr Herz schlug schneller, als sie das Album schließlich aufschlug.

Schon das allererste Bild trieb ihr wieder die Tränen in die Augen.

Mum und Ellen.

Das Foto musste an demselben Tag aufgenommen worden sein wie das Bild, das Saskia in ihrer Wohnung hatte. Die beiden Mädchen trugen die gleichen weißen Sommerkleider, nur dass sie diesmal nicht über eine Wiese liefen, sondern barfuß in einem Bach standen und sich gegenseitig lachend mit Wasser bespritzten.

Zwei Schwestern. Glücklich. Lachend. Voller Leben.

Saskia blätterte eine Seite weiter, und wieder kamen Bilder von Mum und Ellen. Es musste derselbe Sommer gewesen sein, jedenfalls sahen die beiden Mädchen kein Jahr älter aus. Auf dem einen fuhren sie Fahrrad, auf dem anderen spielten sie Federball und auf einem dritten flocht Mum einen Blumenkranz in Ellens Haar.

Saskia lächelte. Sie liebte Max und war froh, ein so enges Verhältnis zu ihrem Bruder zu haben, aber manchmal hätte sie sich doch eine Schwester gewünscht. Eine, mit der man Frisuren ausprobieren und über Jungs sprechen konnte, mit der man herumalbern konnte und die einen verstand.

Eine wie Ellen.

Melancholisch blätterte Saskia ein paar Seiten weiter und stieß zu ihrer Überraschung auf einen dickeren Umschlag, der irgendwann einmal hier festgeklebt worden war. Aber der Kleber hatte sich gelöst, und so fiel der Umschlag auf Saskias Schoß. Vermutlich waren dort weitere lose Fotos drin, dachte sie. Saskia kannte das aus ihren eigenen Familienalben, in denen sich immer auch einige einzelne Fotos tummelten, die keiner eingeklebt hatte oder die doppelt waren.

»So, ich hab jetzt alles.«

Erschrocken zuckte Saskia zusammen. Sie hatte nicht gehört, wie Iza sich ihr von hinten genähert hatte.

»Sorry, ich wollte Sie nicht erschrecken«, entschuldigte sie sich.

»Kein Thema.« Saskia klappte das Album zu und steckte es zusammen mit dem Umschlag in ihre Handtasche.

»Wollen Sie noch hierbleiben?«, fragte Iza.

Saskia schüttelte den Kopf und stand auf. »Nein, nein. Lassen Sie uns gehen.«

»George hat übrigens einen Koffer mitgenommen«, meinte Iza, als sie den Raum verließen. »Ob Kreuzfahrt oder nicht, abgereist scheint er auf jeden Fall zu sein.«

»Dann wissen Sie wenigstens, dass er Ihnen jetzt keinen Ärger machen kann«, meinte Saskia und schaltete das Licht im Panicroom aus. Als sie das Triptychon verschloss, war sie überrascht, wie wenig der Zugang jetzt noch zu erkennen war. »Auch wenn ich mir immer noch nicht vorstellen kann, dass er wirklich auf Kreuzfahrt ist. Das hätten die von der Met doch verhindern müssen. Die hätten ihm den Pass wegnehmen müssen oder so.«

»Die stecken doch alle mit den Reichen unter einer Decke.« Izas Stimme klang belegt, sie schien sich keine Gedanken darüber zu machen, dass sie mit ihren Worten Saskia vielleicht beleidigen könnte. »Ich möchte ihn wirklich nie wiedersehen.« Sie hatte einen Rollkoffer in der Hand, den Saskia als Teil der neusten Kollektion erkannte, und zwei große Reisetaschen. Ihre Augen wanderten immer wieder nervös zur Haustür, und es war nicht zu übersehen, dass sie Angst hatte. Ihr Finger zitterten etwas, als sie den Hausschlüssel von ihrem Schlüsselbund zog. »Ich will auch keinen Schlüssel mehr haben. Nehmen Sie ihn. Ich betrete dieses Haus nie wieder, solange ich lebe.«

Saskia nickte verstehend und steckte den Schlüssel ein. »Was haben Sie jetzt vor?«

Traurig zuckte die Frau mit den Achseln. »Was ich immer tue … Ich werde erst mal bei einer Freundin schlafen, und dann werde ich versuchen einen netten Mann zu finden, der lieb zu mir ist und bei dem ich bleiben kann.«

Saskia lag es auf der Zunge, ihr zu sagen, wie zuwider ihr diese Einstellung war. Am liebsten hätte sie ihr gesagt, sie solle doch einen anständigen Beruf lernen, einen Job ausüben, der ihr genug Geld zum Leben brachte, anstatt ihre ganze Zukunft auf einen Mann zu setzen. Aber sie verkniff sich die Bemerkung. In einem fremden Land, ohne Geld und ohne die Möglichkeit, so etwas wie eine Ausbildung zu machen, aber mit einem spektakulären Aussehen gesegnet – sie konnte es der Frau nicht verübeln, dass sie ihre Zukunft in einer Ehe sah.

»Ich wünsche Ihnen viel Glück«, sagte Saskia ehrlich, als sie vor dem Haus standen. Sie reichte ihr die Hand, und Iza schüttelte sie lächelnd.

»Danke.« Dann erstarb ihr Lächeln, und sie sah Saskia ernst an. »Und wenn Sie George sehen sollten«, sagte Iza mit kalter Stimme, »dann sagen Sie ihm: Man trifft sich immer zweimal im Leben. Irgendwann wird er wissen, wie es sich anfühlt, wenn man geschlagen wird, und dann wird er es bitter bereuen.«

Etwas in Izas Stimme sagte Saskia, dass die Frau recht behalten sollte.

Die Schreie hallten durchs ganze Haus. Erschrocken sprang Sienna aus dem Bett und schaltete das Licht an.

»Was ist los?«, murmelte Christopher. Er hatte schon immer einen tiefen Schlaf gehabt und auch früher die Kinder nicht gehört, wenn sie als Babys nachts geweint hatten.

»Eines der Mädchen hat geschrien«, antwortete Sienna, warf einen kurzen Blick auf den Wecker und stand dann schnell auf. Es war kurz nach drei. »Ich glaube, es war Laura. Ich schau mal schnell nach.«

Als sie aus dem Schlafzimmer ging, dachte sie daran, wie nervenaufreibend der Besuch bei der Polizei gestern gewesen war. Besonders für Laura. Haarklein hatte sie den Cops geschildert, was auf dem Bahnsteig passiert war, wobei ihre Stimme die ganze Zeit vor Aufregung gezittert hatte. Bei jeder Frage, die die Polizisten ihr und Megan stellten, schwang ein gewisses Misstrauen mit, was Laura sichtbar verunsicherte. Als die Mädchen erzählten, dass sie auf ihre Handys geschaut hätten, warfen sich die beiden Polizisten bedeutungsvolle Blicke zu. Das war der Moment, in dem Laura beinahe die Fassung verloren hatte.

»Glauben Sie mir etwa nicht? Glauben Sie vielleicht, ich hätte mir das alles ausgedacht?«

Wieder bedeutungsvolle Blicke, dann Beschwichtigungen. Die Polizei nahm die Anzeige entgegen und versprach, alle nötigen Schritte einzuleiten. Aber das Gefühl, dass man sie nicht ernst genommen hatte, blieb trotzdem. Als Sienna das Revier mit ihren Töchtern verlassen hatte, ging es Laura noch schlechter als vorher. Zu dem Schock, den sie in der Tube erlitten hatte, hatte sich nun auch noch Enttäuschung gesellt. Schon in der letzten Nacht hatte sie kaum geschlafen.

Schnellen Schrittes ging Sienna in das Zimmer ihrer Tochter. Laura saß kreidebleich in ihrem Bett, die Haare waren zerzaust, Schweißperlen standen auf ihrer Stirn.

»Laura!« Sienna setzte sich auf die Bettkannte und nahm sie in die Arme. Als sie ihre Tochter an die Brust drückte, spürte sie, wie ihr Herz raste. »Hast du schlecht geträumt?«

Laura schluchzte auf. »Ich ... ja ...«

»Beruhig dich erst mal, mein Schatz, tief durchatmen.«

»Ich ... Ich hab geträumt ... dass ich vor die Bahn gefallen bin ... ich konnte richtig spüren, wie mein Körper ...« Sie schnappte nach Luft.

»Alles gut, Liebes, alles gut.«

»Der Aufprall ... das war so echt, Mum ... der Zug hat mich noch meterweit mitgeschleift ...«, schluchzte sie. »Meine Beine ... sie gerieten unter die Räder ... ich konnte sehen, wie sie aus meinem Körper gerissen wurden ...«

»Laura! Liebes! Hör auf!« Sienna lief ein Schauer den Rücken herunter. »Was für ein grauenvoller Traum!«

»Alles war rot! Ich hab überall das Blut gesehen! Mein Blut!« Sie weinte und war sichtlich erschüttert.

Sienna musste daran denken, wie Laura als kleines Mädchen manchmal aus Albträumen aufgeschreckt war, unfähig,

Traum und Realität auseinanderzuhalten und sich zu beruhigen. Jetzt war es ähnlich.

»Ein schrecklicher Traum, aber es war nur ein Traum!« Sienna fasste ihre Tochter an den Schultern und schob sie ein Stückchen von sich, sodass sie ihr in die Augen sehen konnte. »Hörst du, mein Schatz? Es war nur ein Traum. Ein schlimmer und fürchterlicher, aber dennoch nicht mehr als nur ein Traum. Du hattest keinen Unfall, es ist alles gut gegangen, hörst du?«

Laura atmete tief durch und versuchte sichtbar, sich zu beruhigen. Dann nickte sie. »Sorry, Mum, du hast vollkommen recht. Ich benehm mich ja wie ein Baby ...«

Liebevoll strich Sienna ihr über die Wange. »Nein, tust du nicht. Du hast einen Schock erlitten, da sind solche Träume vermutlich normal. Geht es wieder? Soll ich dir eine heiße Milch machen?«

»Danke, Mum, das wäre super.«

Sienna nickte ihrer Tochter noch einmal aufmunternd zu und ging dann nach unten in die Küche. Als sie die Milch in eine Tasse gegeben und in die Mikrowelle gestellt hatte, musste sie sich die Hand vor den Mund pressen, um nicht laut loszuschreien. Lauras Traum ... alles, was ihre Tochter beschrieben hatte, war so real gewesen. Ihre gestammelten Worte hatte in Siennas Kopf sofort eine Flut von Bildern ausgelöst, die sie selbst als beinah unerträglich empfand. Die Vorstellung, was Laura alles hätte passieren können, ließ sie nicht mehr los. Sie hätte ihre Tochter verlieren können, das wurde ihr plötzlich noch bewusster als je zuvor, und den Schmerz, den sie allein bei der Vorstellung empfand, dass eines ihrer Kinder sterben könnte, konnte sie körperlich spüren. Er drückte in ihrem Herzen, in ihrem Magen und fühlte sich an, als hätten sich ihre Organe zusammengezogen.

In dem Augenblick fiel Sienna auf, dass sie seit gestern Nachmittag nicht mehr an Jack gedacht hatte. Die Sorgen um Laura waren einfach übermächtig. Sein Verschwinden, das sie vorher so sehr beschäftigt hatte, verblasste völlig dagegen.

Sie nahm die Tasse aus der Mikrowelle, gab noch etwas Honig hinzu und ging wieder nach oben.

Wir sehen uns, Sienna.

Ja, sie würde die Augen offen halten. Von jetzt an würde sie sich lieber zweimal umdrehen, wenn hinter ihr ein ungewöhnliches Geräusch erklang. Sie würde wachsamer sein als früher und aufpassen, dass ihr nichts passierte. Und dass vor allen Dingen ihren Kindern nichts zustieß.

Ich hoffe, dir geht es gut, Jack, dachte sie noch, bevor sie wieder das Zimmer ihrer Tochter betrat. Ich hoffe, du bist irgendwo da draußen, und es geht dir gut ...

Noemi konnte nicht richtig denken. Immer wieder verlor sie das Bewusstsein. In den wenigen Momenten, in denen sie klar war, hatte sie das Gefühl, ihre Gedanken wären eine einzige breiige Masse. Sie lag nicht mehr im Kofferraum, soviel war sicher. Es kam ihr eher vor, als würde sie mit dem Kopf nach unten irgendwo baumeln, ohne auch nur eine Vorstellung zu haben, wo das sein könnte. Und ob es überhaupt stimmte.

Trug er sie gerade irgendwohin? An den Ort, den er für sie vorgesehen hatte?

Wieder verschwanden ihre Gedanken hinter dem Schleier der drohenden Bewusstlosigkeit. Sie versuchte, sie festzuhalten, sich an die Realität zu klammern und nicht ins Bodenlose abzurutschen. Krampfhaft riss sie die Augen auf in der Hoffnung, ihren Blick an irgendetwas haften lassen zu können. Aber um sie herum war nur Dunkelheit, und sie wusste nicht, ob sie nicht längst wieder bewusstlos war und der Verstand ihr gerade einen Streich spielte.

Sie war schon einmal in diesem Zustand gewesen, damals, als sie als kleines Mädchen mit ihren Eltern in Brighton war. Sie war den langen Pier entlanggelaufen, auf dem sich ein Vergnügungslokal neben dem anderen drängte, während Mum und Dad langsam hinter ihr her geschlendert kamen. Die Möwen kreisten ganz dicht über ihrem Kopf, immer auf der Suche nach etwas Essbarem, das sie einem unvorsichtigen Strandgänger aus der Hand stibitzen konnten. Noemi hatte ihre Tüte Fish and Chips eng an ihre Brust gedrückt und nur vorsichtig daraus genascht. Oft genug hatte sie gesehen, wie aggressiv die Möwen sein konnten, weil sie weder Angst noch Respekt kannten. Aber all ihre Vorsicht hatte nicht gereicht, und sie wurde von zwei besonders großen Seevögeln angegriffen. Jedenfalls kamen sie ihr besonders groß vor. Während das eine Tier über ihrem Kopf herumflatterte und wie von Sinnen kreischte, versuchte das andere, ihr die Tüte mit den warmen Pommes zu entreißen. Noemi schrie, rannte voller Panik und wild um sich schlagend los. Keiner konnte sich hinterher erklären, wie es dann genau passiert war, aber irgendwie musste sie die Absperrung durchbrochen haben. Vielleicht war sie schon kaputt oder morsch gewesen, jedenfalls konnte das brüchige Holzgeländer ihren panischen Ansturm nicht halten, und sie fiel krachend in die Tiefe. Der Aufprall auf der Wasseroberfläche war hart und schmerzvoll, das Wasser kam ihr eisig vor. Noemi ging sofort unter. Zwar hatte sie schon Schwimmunterricht gehabt, aber der war noch nicht so weit fortgeschritten, als dass man sie als sichere Schwimmerin bezeichnen konnte. Der Schock und die Kälte taten ihr Übriges, und Noemi war nicht in der Lage, gegen die Wassermassen zu kämpfen. Langsam sank sie zu Boden. Über dem Wasser glaubte sie, die Möwen noch immer kreisen zu sehen. Hatten sie ihre Pommes bekommen? War ihr Angriff erfolgreich gewesen? Sie merkte, wie die Luft immer knapper wurde, wie ihre Gedanken zu einem undefinierbaren Brei wurden und sie langsam in die Bewusstlosigkeit glitt. Ein seltsames Gefühl, eine Mischung aus Angst und Ruhe, überkam sie. Kurz bevor ihr schwarz vor Augen wurde, packte sie jemand am Arm und zog sie ruckartig nach oben. Diesen Moment, als sie wieder an der Wasseroberfläche war und verzweifelt nach Luft schnappte, als sie den Himmel und die Sonne und das besorgte Gesicht ihres Vaters sah, die hysterischen Schreie ihrer Mutter hörte, diesen Augenblick würde sie niemals vergessen.

Doch jetzt sah sie nichts. Keinen Himmel, keine Sonne. Jetzt gab es niemanden, der ihren Arm packte und sie aus der Bewusstlosigkeit nach oben zog. Es gab keinen Retter und somit auch keine Rettung. Nichts, was sie aus dieser misslichen Lage befreien könnte.

Ach Daddy, könntest du mich doch wieder retten! Nur noch ein letztes Mal!

Ihr Vater, ihr Retter, der ihr so oft zur Seite gestanden hatte, wenn sie in Schwierigkeiten geraten war.

Kurz bevor sie wieder das Bewusstsein verlor, dachte sie für einen Moment, dass es eigentlich nicht immer nur ein glücklicher Zufall gewesen sein konnte, dass ihr Vater so oft zur Stelle war, wenn sie in der Patsche gesessen hatte. Doch bevor sie den Gedanken zu Ende führen konnte, glitt sie wieder in die tiefe Stille der Ohnmacht.

10

Es war noch früh am Morgen. Die Sonne stand erst kurz am diesigen Himmel, und die Stadt schien nur langsam richtig wach zu werden. Um diese Uhrzeit war London am schönsten.

»Nicht so schnell!«, rief Max atemlos. Seine schlechte Kondition überraschte sie nicht.

Er war inzwischen fast zehn Meter hinter sie zurückgefallen. Seit Monaten waren sie nicht mehr zusammen laufen gewesen, was sie früher häufig und gerne gemacht hatten. Der Weg entlang der Themse mit Blick auf die Tower Bridge war dabei seit jeher ihre Lieblingsstrecke. Man konnte hier überwiegend direkt am Wasser entlanglaufen und so dem Straßenverkehr mit seinem Lärm und Gestank einigermaßen gut entgehen. Da Saskia in letzter Zeit meistens auf dem Laufband trainiert hatte, spürte sie den harten Untergrund des Asphalts nun in ihren Knien. Aber ihre körperliche Fitness ließ ansonsten nichts zu wünschen übrig.

»Schlappsack!«, rief sie scherzhaft und drosselte ihr Tempo. »Du warst wirklich schon mal besser in Form!«

»Stimmt«, hechelte Max. »Aber soviel ich weiß, soll man immer nur so schnell laufen, dass man sich noch unterhalten kann. Und davon sind wir im Moment meilenweit entfernt.«

»Also *ich* kann mich unterhalten!«

»Aber ich ... nicht ... geht's also langsamer?«

Sie nickte lachend und lief nun im Schritttempo neben ihm.

»Dass du so unfit bist! Du solltest endlich das Rauchen drangeben!«

Max verdrehte die Augen. »Können wir bitte aufhören, über meine mangelnde Fitness zu sprechen?«

»Du wolltest dich doch unterhalten!«

Max stöhnte theatralisch auf. »Immerhin war ich in letzter Zeit mal wieder klettern. Das ist als Fitnesstraining nicht zu unterschätzen.«

»Merkt man aber nicht viel von. Vielleicht solltest du lieber in den Bergen kraxeln, anstatt dauernd irgendwelche Höhlen zu erkunden.«

»Das sind keine Höhlen, Schwesterchen, wie du es so ignorant nennst, sondern Minen«, sagte Max augenrollend, und Saskia musste erneut lachen.

»Ich weiß noch, wie du mich früher immer mit nach Borehamwood geschleppt hast und ich gnädigerweise deine Ausrüstung tragen durfte. Kein Wunder, dass du aus dem letzten Loch pfeifst!«

»Themawechsel!«

»Okay, okay. Immerhin leiten wir beide ja ein Unternehmen, da sollten uns ja noch andere Themen einfallen. Wie war's gestern in Wales?«

»Was?«

»In Wales! Du warst doch gestern bei *Marks & Spencer* – oder ist der Termin abgesagt worden?«

»Nein, nein, ich kann nur nicht klar denken, wenn ich die ganze Zeit nach Luft schnappen muss. Der Termin war okay. Ich hoffe mal, sie nehmen unsere Produkte in ihr Sortiment auf. Bisschen frischen Wind können die ja auch vertragen. Ich werde nie verstehen, wie man in diesen Hausbooten leben kann.«

Er wies mit dem Kinn Richtung Wasser. Inzwischen waren

sie an einer Stelle an der Themse angekommen, an der es zahlreiche Boote gab. Mehr als zehn reihten sich hier aneinander. Manche waren bunt bemalt, bei einigen war die Farbe ganz abgeblättert. Auf den Decks herrschte ein Durcheinander von allerhand Werkzeug, Folien und Schrott. Gut in Schuss schienen nur wenige zu sein.

»Weil du ja auch kein Problem hast, die Mieten in dieser Stadt zu bezahlen«, gab Saskia zu bedenken. Sie hatte mal einen Artikel im *Guardian* gelesen, demzufolge auf den Hausbooten oft Menschen mit geringem Einkommen lebten, die sich die absonderlich hohen Mieten in London nicht mehr leisten konnten. Straßenreiniger, Küchenhilfen und andere schlecht bezahlte Berufsgruppen stellten wohl die Mehrzahl der Bewohner, die im Schnitt nur zehn Pfund pro Nacht an Miete für eine winzige Kammer auf einem der heruntergekommenen Boote zahlen mussten. Ihr Blick fiel auf ein frisch renoviertes Exemplar – vermutlich machte die Gentrifizierung selbst vor Slums nicht halt.

»Wenn man sich London nicht leisten kann, muss man halt woanders hinziehen«, meinte ihr Bruder lapidar, und Saskia schüttelte empört den Kopf.

»Max! Sei nicht so ein Snob!«

Er warf ihr einen grinsenden Blick zu und behauptete, nur Spaß gemacht zu haben, was sie ihm aber nicht ganz glaubte. Max hatte schon immer solche Anwandlungen gehabt. Auf den Privatschulen, die sie beide besucht hatten, waren sie umgeben gewesen von Kindern der sogenannten Oberschicht. Und unter ihnen hatte es nicht nur einen gegeben, der davon überzeugt gewesen war, was Besseres zu sein als der Sohn des Schulgärtners oder der Lehrerin. Das war einer der Gründe, warum Saskia das Prinzip der sogenannten Public Schools bis heute verachtete. So blieben die reichen Leute unter sich, ihre

Kinder lernten nur Kinder anderer reicher Leute kennen und hatten keine Ahnung davon, wie das Leben normal arbeitender Menschen aussah. Vermutlich hätte Saskia selbst weiter schön in dieser Blase gelebt, wenn sie sich nicht mit der Tochter des Hausmeisters angefreundet hätte, die noch heute zu ihren engsten Freundinnen zählte. Das war einer der Gründe, warum sie die Sprüche ihres Bruders nicht ertragen konnte, sie hatte immer das Gefühl, ihre Freundin Danielle verteidigen zu müssen. Während sie aber früher häufig darüber in Streit geraten waren, hielt sich Saskia heute meistens zurück, wenn ihrem Bruder ein typischer Oberschichtenspruch über die Lippen kam. Denn auch er hatte Danielle natürlich längst kennen und schätzen gelernt, und Saskia konnte deswegen nur hoffen, dass er seine Sprüche nicht wirklich ernst meinte. Schließlich hatte er vor ein paar Jahren, als er dank seiner Drogen- und Alkoholeskapaden ganz unten war, selbst Kontakt mit Leuten gehabt, die nie so privilegiert gewesen waren wie er selbst. Und Saskia glaubte, dass auch diese Zeit ihren Bruder nachhaltig verändert hatte.

»Was machen eigentlich die Frauen?«, fragte sie, um das Gespräch auf ein anderes Thema zu bringen.

Max warf ihr einen irritierten Blick zu. »Was für Frauen?«, fragte er, während er immer noch nach Luft schnappte, obwohl sie das Tempo merklich gedrosselt hatten.

»Na, das frage ich dich. Dates, Flirts, Tinder, keine Ahnung, Frauen, die du triffst eben.«

Er lachte auf. »Als wenn ich dafür Zeit hätte! Vielleicht kann ich mich mal bei Tinder anmelden, wenn du richtig in der Firma bist! Aber im Moment muss ich doch fast alles alleine machen. Das ist schweineviel Arbeit, das kann ich dir sagen!«

Für einen Augenblick überkam Saskia das schlechte Gewissen. Max hatte recht. Auch wenn es bisher nur gut zwei Wochen waren, in denen sie sich alleine um die Firma kümmern mussten, so wusste sie doch genau, wie viel Verantwortung Max gerade trug. Noch war sie nur sporadisch aufgetaucht, aber sie hatte sich fest vorgenommen, das bald zu ändern. Ob Max deshalb so schlecht aussah? Er wirkte nicht nur unfit, sondern auch blass und übermüdet. Vielleicht war es wirklich zu viel für ihn.

»Was ist eigentlich mit Dad?«, fragte Saskia. »Er war doch früher auch in der Firma.«

»Aber das liegt doch schon Jahre zurück.«

»Trotzdem. Vielleicht könnte er ja wieder zurückkommen? Er ist doch noch im besten Alter ...«

»Aber seit fast fünfzehn Jahren raus aus dem Geschäft.« Max blieb stehen und stützte sich laut schnaufend auf seinen Knien ab. »Nee, Saskia, das hat keinen Zweck. Abgesehen davon ...« Er richtete sich wieder auf und sah sie an. »Hättest du Lust, den ganzen Tag mit Dad zusammenzuarbeiten?«

Die Frage überraschte sie. Schließlich hatten sie beide ein gutes Verhältnis zu ihrem Vater. »Wo wäre das Problem?«, fragte sie deshalb.

»Nun, Dad hasst *Frosty Bag*. Seit Mum tot ist, hasst er den Laden. Er hat definitiv nicht die nötige Bindung zum Geschäft. So kann man ein Familienunternehmen nicht erfolgreich führen. Am Ende des Tages wäre es ihm doch total egal, in welche Richtung das Schiff segelt.«

»Ich weiß nicht ...«

»Aber ich. Nein, Saskia, ganz ehrlich, ich glaube, Dad ist froh, dass er mit dem Laden nichts mehr zu tun hat. Und in seinem jetzigen Job geht es ihm doch ganz gut, oder? Außerdem weiß ich beim besten Willen nicht, ob ich bereit wäre, mir von ihm ins Handwerk pfuschen zu lassen.«

Da war er wieder, der leicht überhebliche Ton in seiner Stimme. Max schien davon überzeugt zu sein, dass sie es zu zweit besser hinkriegen würden als mit ihrem Dad. Unwillkürlich musste Saskia daran denken, was Dr. Stinner ihr mal über die Beziehung von Vätern und Söhnen gesagt hatte: Irgendwann versucht der junge Wolf den alten Leitwolf zu verjagen und selbst zum Rudelführer zu werden. Sie hatte das damals als ziemlich platt und klischeehaft empfunden.

Trotzdem bekam Saskia bei diesem Gedanken jetzt Mitleid mit ihrem Vater. Er war schon vor Jahren aus dem Rudel verjagt worden. Damals hatte er nicht nur seine Frau verloren, sondern auch die Mutter seiner Kinder und die Erbin eines Familienunternehmens. Von einem Moment auf den anderen war er zum alleinerziehenden Vater geworden, hatte ein paar Jahre später das Unternehmen verlassen und sich so endgültig von seinem bisherigen Leben verabschieden müssen. Was löste so etwas in einem Menschen aus? Dad war damals ein junger Mann gewesen, keine dreißig Jahre alt. Alles, was er sich vom Leben erträumt hatte, war plötzlich hinfällig geworden.

»Sollten wir es ihm nicht wenigstens anbieten, ihn wieder ins Unternehmen zu holen?«, fragte sie deshalb.

»Nein«, sagte Max. »Unsere Pflicht ist es, die Firma so gut wie möglich zu leiten. Und ich glaube, wenn wir uns auch noch den ganzen Tag mit Dad auseinandersetzen müssen, dann machen wir unsere Arbeit nicht besser. Im Gegenteil.«

Während sie weiterliefen, dachte Saskia über die Worte ihres Bruders nach. Vermutlich hatte er recht, es war wirklich besser, wenn es einen richtigen Generationswechsel gab und sie und ihr Bruder alleine das Ruder übernahmen.

»Es wäre schön, wenn du so schnell wie möglich häufiger kommen könntest«, riss Max sie aus den Gedanken. »Ich bin jetzt viel unterwegs, muss die einzelnen Kunden abklappern. *Marks & Spencer* war erst der Anfang.«

Sie nickte und war froh, dass Max die Aufgabe des Klinkenputzens übernommen hatte. Ihr selbst lagen solche Termine überhaupt nicht.

»Ich versuche jetzt häufiger da zu sein. Ich werde den Master ein bisschen verschieben und ihn vielleicht später parallel zum Job machen. Aber jetzt helfe ich dir erst mal. Versprochen!«

Er lächelte sie dankbar an. »Ich wusste, dass ich mich auf dich verlassen kann.«

Sie erwiderte sein Lächeln. »Klar. Ich lass dich nicht hängen. Niemals.«

»Ich dich auch nicht.« Dann räusperte er sich. »Jetzt werde ich gleich sentimental. Los, Endspurt, da hinten steht mein Wagen! Ich setz dich zu Hause ab!«

Mit diesen Worten rannte er los, und Saskia folgte ihm lachend, wohl wissend, dass er das hohe Tempo keine zwanzig Meter durchhalten würde.

»Irgendein Penner hat uns die Reifen zerstochen!« Fluchend kam Christopher wieder ins Haus zurück. Erst vor wenigen Minuten war er aufgebrochen, um sich auf den Weg zur Arbeit zu machen. Genervt warf er die Autoschlüssel auf die Ablage.

»Was? Wie ist das denn …« Aber Sienna Johnstone konnte den Satz nicht zu Ende sprechen. Ihr Mann war nicht nur stocksauer, sondern auch noch sehr in Eile.

»Kannst du einen Abschleppwagen rufen und zur Werkstatt fahren? Ich habe jetzt überhaupt keine Zeit mehr. Ich nehm ein Taxi.« Und mit diesen Worten war er auch schon wieder draußen.

Sienna seufzte laut. Auch das noch. Wie sie solche Vandalen hasste! Sie wollte später mal bei den Nachbarn klingeln und hören, ob die Ähnliches erlebt hatten. Vielleicht war irgendein jugendlicher Randalierer unterwegs, vielleicht hatten die Nachbarn ja was gesehen oder gehört. Es konnte auf jeden Fall nicht schaden, wenn alle ein bisschen die Augen offen hielten.

Aber eins nach dem anderen. Sienna suchte die Nummer der nächsten Polizeiwache heraus. Schon wieder, ging es ihr dabei durch den Kopf. Wenigstens würde sie dabei nicht auf dieselben Polizisten treffen, mit denen sie es vor zwei Tagen schon zu tun hatte, als sie mit Laura und Megan bei der British Transport Police war. Sie gab die Nummer ein, und nachdem sie kurz warten musste, wurde sie zur zuständigen Dienststelle durchgestellt.

»Mutwillige Sachbeschädigung«, sagte die Frau am anderen Ende der Leitung, nachdem Sienna ihr Anliegen geschildert hatte. »Sie glauben gar nicht, wie viele Fälle wir davon am Tag reinkriegen.« Sie seufzte.

»Was können Sie in der Sache unternehmen?«, fragte Sienna.

»So kann ich erst mal gar nichts machen. Wenn Sie Anzeige erstatten wollen, müssen Sie entweder herkommen oder online Anzeige erstatten«, sagte die Frau.

»Bringt das denn was?«, fragte Sienna. »Ich meine, wie groß ist denn die Chance, dass Sie den Täter kriegen?«

»Schwer zu sagen. Wenn er ein T-Shirt mit seinem Namen drauf trägt und direkt von den CCTV-Kameras eingefangen wurde, haben wir vielleicht eine Chance.« Sie lachte spöttisch auf. Dann räusperte sie sich und wurde wieder ernst. »Nein, das war nur ein Scherz. Ich bin verpflichtet, Sie darauf hinzuweisen, dass eine Anzeige natürlich immer sinnvoll ist. Allein schon für unsere statistischen Erhebungen.«

»Verstehe. Danke. Können Sie mir noch in einem anderen Fall Auskunft geben?« Sie schilderte der Frau, warum sie vor zwei Tagen schon bei der Polizei gewesen war, und erkundigte sich, ob es in diesem Fall schon was Neues gab.

»Am Telefon kann ich Ihnen leider keine Auskunft dazu geben, Madam. Sie müssten sich an den zuständigen Beamten bei der BTP wenden ...«

Sienna bedankte sich und legte auf. Auch wenn sie keine Lust hatte, sich erneut zwei Stunden auf irgendeiner Wache herumzuschlagen, beschloss sie, später noch vorbeizugehen und Anzeige wegen der zerstochenen Reifen zu stellen. Sicher war sicher. Vielleicht kam dann öfter mal eine Streife hier in der Gegend vorbei, und gerade jetzt wäre sie für eine gewisse Polizeipräsenz in ihrer Straße wirklich dankbar.

Die letzten sieben Tage waren wirklich anstrengend gewesen. Heute vor einer Woche war Jack verschwunden, vor drei Tagen wäre Laura fast vor die Tube gestürzt, und jetzt wurde ihr Auto auch noch mutwillig zerstört. Es kam ihr fast so vor, als hätte sich ein Fluch über sie gelegt. Ein Schauer lief ihr den Rücken hinunter. Die Vorstellung, dass diese Ereignisse nicht zufällig über sie kamen, ängstigte sie. Sie atmete hörbar aus und versuchte, sich zusammenzureißen.

Du musst besser aufpassen! Nur so kannst du deine Familie schützen!

Sie nahm sich vor, bei der nächsten merkwürdigen Situation gleich zu handeln, mit Christopher zu sprechen und die Polizei zu informieren.

Dann rief sie die Werkstatt an, die sich seit Jahren um ihren Wagen kümmerte, und erklärte der Frau am Telefon, was mit den Reifen passiert war. Die wiederum musste erst Rücksprache mit ihrem Chef halten und meinte, sie würde sich schnellstmöglich wieder bei ihr melden, um ihr einen Termin zu nennen, wann der Wagen abgeschleppt werden könnte. Nur wenige Augenblicke, nachdem Sienna aufgelegt hatte, klingelte erneut das Telefon.

»Na das ging ja schnell«, murmelte Sienna, die an einen Rückruf der Werkstatt glaubte. »Hallo?«

»Mum? Ich bin's.«

Leo.

Die Stimme ihres Sohnes klang merkwürdig cool, so als versuchte er, sich bewusst zusammenzureißen. Sofort war sie in Alarmbereitschaft.

»Leo! Was ist passiert?«

»Mum … Nichts Schlimmes … Aber kannst du mich mit dem Wagen abholen?«

»Das Auto ist kaputt. Was ist denn los?«

Sie spürte, wie ihr das Adrenalin durch den Körper schoss. Angespannt stand sie da, das Telefon fest umklammert. Ihre Atmung wurde hektischer, und sie bemühte sich, so ruhig wie nur möglich zu wirken. Sie wusste genau, dass etwas passiert war. Ganz genau.

»Ich hatte einen Unfall …«

Noemi hatte jedes Zeitgefühl verloren. Nachdem der Kerl sie aus dem Kofferraum gezerrt und über die Schulter geworfen hatte, hatte er sie zu einer einsam gelegenen Hütte in den Wald geschleppt. Sie hatte nicht mehr die Kraft gehabt, sich gegen ihn zu wehren und war einfach nur froh gewesen, dass er ihr den Knebel aus dem Mund gerissen hatte. Wie eine Puppe hatte sie über seiner Schulter gelegen, die Arme immer noch auf dem Rücken gefesselt, die Beine von ihm umklammert. Am Anfang hatte sie noch einmal um Hilfe geschrien, aber sofort hatte sein Ellenbogen sie mitten im Gesicht getroffen.

Von da an hatte sie ihren Mund gehalten. Sie wusste, dass es keinen Zweck hatte, sich gegen ihn zu wehren.

Als sie an der Hütte angekommen waren, hatte er sie in eine kleine Kammer gesperrt und ihr eine Plastikflasche mit Wasser mitgegeben. Nur Wasser, nichts zu essen. Aber Wasser war ja das Wichtigste, hatte sie gedacht. Sobald er sie alleine gelassen hatte, hatte sie die Beine durch die gefesselten Arme geschlungen, sodass sie ihre Hände wenigstens wieder im Blick hatte und benutzen konnte. Sofort hatte sie sich die Flasche geschnappt und gierig davon getrunken. Nur wenige Augenblicke später wurde ihr schummerig.

K.-o.-Tropfen, hatte sie noch gedacht. Die hatte ihr schon mal so ein Typ ins Glas gemischt, sie kannte die Wirkung.

Dann kriege ich den ganzen Scheiß wenigstens nicht mit, hatte sie noch gedacht und war mit dem Bewusstsein zusammengesunken, dass sie in den nächsten Stunden Opfer einer Vergewaltigung werden würde.

Aber jetzt war sie wieder wach. Sie fühlte sich unendlich schwach und hatte keine Ahnung, wie lange sie schon in ihrem Gefängnis war. Aber sie war noch vollständig bekleidet, hatte sich zwar eingenässt, aber ansonsten schien ihr nichts passiert zu sein. Die Flasche war inzwischen vollständig leer, woraus sie schloss, dass sie entweder in ihrem benebelten Zustand selbst noch davon getrunken hatte oder dass ihr Peiniger ihr etwas davon eingeflößt hatte.

Mühsam setzte sie sich auf. In dem Raum war es stockdunkel, und sie hatte keinen Anhaltspunkt, welche Tageszeit es wohl war. Oder war sie womöglich schon mehrere Tage hier? Sie wusste es nicht.

Noemi versuchte, in ihren Körper zu lauschen. Ihre Nase tat immer noch weh und war dick geschwollen, aber wenigstens bekam sie durch ein Loch wieder Luft. Ansonsten fühlte sie sich extrem schwach, hatte aber kein Hungergefühl, nur Durst. Vielleicht unterdrückten die K.-o.-Tropfen den Hunger? Möglich.

Die außergewöhnliche Schwäche zeigte ihr jedenfalls, dass sie schon eine Weile nichts mehr gegessen hatte. Und es fiel ihr schwer, klar zu denken. Was war mit den Entzugserscheinungen? Sie schwitzte nicht mehr, hatte keine Schwindelgefühle, kein Zittern und keine Krämpfe. Vielleicht hatten die K.-o.-Tropfen die Entzugserscheinungen gemildert, denn sonst würde das bedeuten …

»Drei Tage …«, sagte sie leise. Ein kalter Entzug dauerte in der Regel drei bis vier Tage. Sie musste schlucken. So lange war sie hier schon gefangen? Und ihr Entführer schien ihr nichts angetan zu haben, jedenfalls fühlte sich ihr Körper unversehrt an, bis auf die Nase. Aber warum hatte er sie dann hierhin verschleppt? Was sollte das alles?

Vielleicht war ihm etwas dazwischengekommen, dachte sie und erinnerte sich an einen schrecklichen Fall, in dem ein Entführer sich nicht um sein Opfer kümmern konnte, weil er mit einer Blinddarmentzündung ins Krankenhaus gekommen war. Als er nach zehn Tagen entlassen wurde, war das Opfer tot.

»Das wird mir nicht passieren«, sagte Noemi zu sich. Nein, weder wollte sie hier warten, bis ihr Peiniger die Zeit gefunden hatte, um sie zu quälen und zu demütigen, noch wollte sie hier verhungern oder verdursten, nur weil er vom Erdboden verschwunden war.

»Du musst hier raus.«

Vorsichtig stand sie auf. Als Erstes musste sie sich von ihren Fesseln befreien. Sie bewegte ihre Hände hin und her, zerrte mit den Zähnen daran, immer wieder. Es schien eine halbe Ewigkeit zu dauern, aber schließlich konnte sie die Fesseln abstreifen.

Erleichtert atmete sie auf. Schritt eins war geschafft.

Jetzt musste sie sich ein möglichst genaues Bild von ihrem Gefängnis verschaffen. Es musste doch eine Tür geben, irgendwie war sie ja schließlich auch hier reingekommen.

Das Letzte, an das sie sich erinnern konnte, war die Hütte im Wald und wie ihr Entführer sie irgendwo hineingestoßen hatte.

Sollte sie um Hilfe rufen? Vielleicht gab es Spaziergänger oder Jäger in der Nähe, die sie hören konnten?

Nein, das war zu riskant. Der Kerl konnte schließlich irgendwo in der Hütte sein, würde sie dann hören und bestimmt herkommen.

Du musst einen anderen Weg finden.

Mit ausgestreckten Armen versuchte Noemi, den Raum auszumessen. Drei Schritte nach links – Wand. Drei nach rechts – die nächste Wand. Nach vorne und hinten waren es jeweils nur zwei Schritte. Die Wände waren aus Stein, fühlten sich kalt und etwas feucht an. Eine Tür konnte Noemi nirgendwo fühlen.

Das konnte doch nicht sein. Einen Raum ohne Tür und Fenster konnte es doch gar nicht geben! Der Typ hatte sie hier doch auch schließlich reingeworfen!

Eine Klappe in der Decke, ging es ihr durch den Kopf. Vielleicht war sie in einer Art Kellerschacht, und der Kerl hatte sie über eine Bodenklappe nach unten geworfen.

Sie streckte ihre Arme aus und stieß sofort gegen die Decke, die mit Holzbalken verstärkt war. Vorsichtig tastete sie die Fläche ab, fühlte Metall, Scharniere ... Sie drückte dagegen, erst leicht, dann mit mehr Kraft. Die Luke war verschlossen.

Aber die Scharniere waren wackelig, vermutlich alt und verrostet. Wenn sie alle ihre Kräfte mobilisierte, konnte sie es vielleicht schaffen. Bestimmt ein halbes Dutzend Mal stemmte sie sich dagegen, und als sie gerade aufgeben wollte, flog die Luke schwungvoll auf.

Obwohl ihr nur wenig Licht entgegenschien, musste sie blinzeln, und sie brauchte einen Moment, damit sich die Augen wieder an die Helligkeit gewöhnten. Es kostete sie eine Menge Mühe, um aus ihrem Gefängnis herauszuklettern, in ihren Armen war keine Kraft mehr, um sich hochzustemmen. Einige Minuten lag sie regungslos mit dem Oberkörper auf dem Boden, während ihre Beine noch in der Luke baumelten. Mit letzter Kraft schob sie auch den Rest ihres Körpers heraus. Dabei bemühte sie sich, so wenig Lärm wie möglich zu machen, wusste sie doch nicht, ob sie alleine in der Hütte war oder nicht.

Sie stand in einer geräumigen Küche, die offensichtlich in einer Jagdhütte oder in einem Feriencottage war. Ausgestopfte Trophäen von Füchsen und Rehen hingen an der Wand und schienen Noemi mit ihren künstlichen Augen anzusehen. Daneben hing das Foto eines Mannes, der stolz einen Hasen in die Kamera hielt. War das ihr Entführer? Sie wusste es nicht.

Es war Abend oder Nacht, wie sie mit einem Blick aus dem Fenster feststellte, der Mond schien hell am Himmel. Schnell ging sie zur Spüle, drehte den Wasserhahn auf und trank gierig aus der Leitung.

Vielleicht finde ich noch was Essbares im Kühlschrank, dachte sie. Je nachdem, wie weit sie draußen im Wald war, konnte etwas zu essen für ihre Flucht nicht schaden. Aber bis auf eine Flasche Whisky war der abgeschaltete Kühlschrank zu ihrer großen Enttäuschung leer.

Egal, sie wollte keine Zeit mehr verlieren, sie musste weg. Doch als sie die Haustür öffnen wollte, stellte sie fest, dass sie abgeschlossen war. Natürlich. Also muss ich durch ein Fenster entkommen, dachte sie und hörte im selben Moment Motorgeräusche. Ein Auto? Jetzt, mitten in der Nacht?

Er kommt zurück!

Panik machte sich in ihr breit, ihr Herz raste, und sie hatte nur noch einen Gedanken: weg!

Sie rannte zum nächsten Fenster und versuchte, es zu öffnen. Aber so viel sie auch an dem Griff rüttelte, er bewegte sich nicht. Die Motorengeräusche kamen näher, und sie war sich nun sicher, dass der Wagen auf das Haus zufuhr.

Voller Angst eilte sie zum nächsten Fenster. Doch auch hier ließ sich der Fenstergriff keinen Zentimeter bewegen. Suchend sah sie sich um, griff nach einem Geschirrhandtuch, das in der Küche neben der Spüle hing, wickelte es sich um ihre Hand und schlug mit aller Kraft gegen die Scheibe, die klirrend zersprang. Mit pochendem Herzen wartete sie einen Sekunde. Hatte ihr Entführer das Zerbersten des Glases mitbekommen? Nein. Sie hörte, wie der Wagen vor dem Haus geparkt und der Motor abgestellt wurde.

Du musst hier raus!

So schnell sie nur konnte zwängte sie sich durch das Fenster, wobei die scharfen Reste der Scheibe ihr Arme und Beine zerschnitten. Aber sie spürte den Schmerz nicht, nahm kaum wahr, wie ihr das Blut über die Haut lief. Der Gedanke, fliehen zu müssen, war übermächtig. Sie wusste, dass sie um ihr Leben laufen musste, und rannte über den kleinen Weg mitten in den Wald hinein. Sie hörte, wie eine Tür geschlagen wurde und wie die Haustür quietschte. Ihr war klar, dass es jetzt nur noch wenige Augenblicke dauern würde, bis der Kerl bemerken würde, dass sie weg war.

Lauf! Lauf!

Noemi eilte über den Waldboden. Sie konnte kaum etwas sehen, Äste schlugen ihr ins Gesicht, sie stolperte und fiel ein ums andere Mal hin.

Sie meinte, in der Ferne einen wütenden Schrei zu hören,

und wusste mit eisiger Gewissheit, dass sie sich jetzt noch mehr beeilen musste.

Er ist Jäger. Er wird dich jagen.

Aber Noemi wusste, dass sie nicht schnell genug war. Der Entzug hatte ihr zugesetzt. Sie war so geschwächt und hatte so wenig Kraft, dass sie sich mehr über den Waldboden schleppte, als wirklich zu laufen. Es dauerte nicht lange, und sie sah den hellen Lichtkegel einer Taschenlampe neben ihr im Unterholz aufblitzen, dann merkte sie, wie ihr Arm hell aufleuchtete.

Er sieht dich.

Aber er hatte sie noch nicht.

Getrieben wie ein angeschossenes Tier floh sie voller Angst weiter. Das Adrenalin weckte noch mal neue Kräfte in ihr, sie spürte die Äste und Dornen nicht mehr, die ihr ins Gesicht schlugen, sie war nur noch von einem Gedanken erfüllt: Du musst ihm entkommen!

Die Schritte hinter ihr, das Knacken der Äste, das fremde Atmen und Schnaufen, es kam unaufhaltsam näher. Obwohl sie spürte, dass sie keine Chance mehr hatte, dass das ihr Ende sein würde und ihr Leben bald verloren war, wollte sie nicht aufgeben.

Ihr entwich nur noch ein leiser Schrei, als er sie von hinten packte und zu Boden schleuderte. Noemi lag auf dem Bauch, ihr Gesicht im kühlen, weichen Moos. Sie spürte, wie er sich auf sie setzte und die Hände von hinten um ihren Hals legte.

Er will dich nicht vergewaltigen, dachte sie noch. Das hat er nie gewollt.

Sie versuchte, sich zu wehren. Aber mehr als ein Strampeln und Zappeln schaffte sie nicht mehr. Sein Gewicht machte sie bewegungsunfähig.

»Ich hatte versprochen, dass du überlebst …«

Hoffnung keimte in ihr auf, als sie die Worte hörte, die er leise, fast keuchend über die Lippen presste. Wem hatte er dieses Versprechen gegeben? Egal. Hauptsache ...

Sie konnte den Gedanken nicht zu Ende bringen.

»... aber du musstest ja unbedingt weglaufen.«

Sie spürte, wie er den Griff um ihren Hals verstärkte.

Dann drückte er zu.

Sienna war schweißgebadet, als sie eine halbe Stunde nach dem Anruf ihres Sohnes in die Notaufnahme des Queens Hospital eilte. Obwohl sie mit dem Taxi gefahren und nur die letzten Meter über den Vorplatz gerannt war, lief ihr der Schweiß den Rücken herunter. Auch wenn Leo ihr am Telefon bereits gesagt hatte, dass ihm nichts Schlimmes passiert war, war sie voller Angst und Sorge.

Er saß in einem der Behandlungsräume auf der Liege, der rechte Fuß war verbunden, und auf der Stirn hatte er ein großes Pflaster. Ein Sergeant war bei ihm und klappte gerade sein Notizbuch zu.

»Leo!« Sienna eilte zu ihrem Sohn und nahm ihn besorgt in die Arme. Sie drückte ihn an sich und versuchte dabei krampfhaft, sich zusammenzureißen. Er hat nur eine Verletzung am Fuß, sagte sie sich, du musst nicht in Tränen ausbrechen, das würde alles nur noch schlimmer machen.

Also biss sie sich auf die Unterlippe und lächelte Leo so unbeschwert an, wie es ihr nur möglich war. »Geht es dir gut, mein Schatz?«

Er nickte, obwohl ihm der Schrecken ins Gesicht geschrieben stand. »Ja, es geht schon. Am schlimmsten ist der Schock. Ich hab mich so dermaßen erschrocken ...«

»Das kann ich mir vorstellen. Was ist denn genau passiert?«

Dann blickte sie den Sergeant entschuldigend an und reichte ihm die Hand. »Sorry. Sienna Johnstone, ich bin Leos Mutter.«

»Police Sergeant Miller, ich habe den Unfallhergang gerade aufgenommen«, erklärte der Sergeant ihr. »Unfall mit Fahrerflucht, eine echte Sauerei. Offenbar hat ihn ein Wagen von der Straße abgedrängt. Radfahren ist in London leider immer noch nicht ohne.« Er klopfte Leo aufmunternd auf die Schulter. »Gut, dass du einen Helm aufhattest, Junge. Sonst hätte das alles auch anders ausgehen können.«

»Ich weiß.«

»Ich werde Ihnen einen Bericht für die Versicherung zuschicken. Dann können Sie den Schaden einreichen«, sagte der Sergeant noch zu Sienna, nickte ihr freundlich zu und ging.

Besorgt setzte sie sich neben Leo und legte den Arm um ihn. Vorsichtig strich sie ihm über den Kopf und sah sich das Pflaster auf seiner Stirn genau an. Durch den weißen Mullverband kam langsam etwas Flüssigkeit durch, rot und wässrig.

»Ist das genäht worden?«

»Nur geklebt.«

Sienna nickte und küsste ihn erleichtert auf die Wange. »Ich bin froh, dass nichts Schlimmeres passiert ist.« Dann sah sie ihn ernst an. »Ein Wagen hat dich von der Straße abgedrängt?«, fragte sie fassungslos.

»Ja. Das war echt nicht normal.« Die Aufregung war ihm deutlich anzumerken. Seine Stimme wurde sofort lauter, und seine Augen flackerten nervös. »Der muss ’ne ganze Weile hinter mir gewesen sein, mir war schon aufgefallen, dass irgend so ein Spinner langsam hinter mir fuhr. Ich hatte mich schon die ganze Zeit gefragt, warum der mich nicht überholt! Überhol mich doch, hab ich immer wieder gedacht, fahr endlich vorbei, ist genug Platz!«

Seine Hände zitterten, und er knetete wie wild auf ihnen rum, vermutlich, um sie unter Kontrolle zu bekommen. Beruhigend legte Sienna ihre Hand auf seine, und tatsächlich wurde das Zittern weniger.

»Ganz ruhig, Leo. Was ist dann passiert?«

»Dann dachte ich, er will mich jetzt doch überholen. Jedenfalls fuhr er auf meine Höhe, direkt neben mir. Ich hab noch gerufen: ›jetzt fahr halt vorbei, Mann!‹, aber im selben Augenblick zieht er plötzlich links rüber und kickt mich regelrecht von der Straße! Einfach so!« Leos Stimme klang aufgebracht und empört. »Ich hatte dermaßen viel Glück, Mum! Wäre das nur eine Millisekunde später passiert, dann hätte der mich gegen einen dicken Baum gequetscht! Da hätte echt viel mehr passieren können, viel, viel mehr! Ich hoffe, die Bullen kriegen das Schwein!«

Sienna schüttelte fassungslos den Kopf. »Ja, das hoffe ich auch. Und dann ist der einfach weitergefahren?«

»Ja! Hat sofort aufs Gas gedrückt und war weg!«

Sienna spürte ohnmächtige Wut in sich aufsteigen. Unfälle konnten jedem mal passieren, das wusste sie selbst. Aber wie konnte man einen angefahrenen Teenager verletzt auf der Straße liegen lassen? Wie skrupellos musste man sein, um sich durch Fahrerflucht aus der Verantwortung zu stehlen? Sie konnte nur hoffen, dass man den Fahrerflüchtigen schnell identifizieren würde. Wozu sonst gab es schließlich die ganzen Verkehrskameras in London?

»Was ist mit deinem Fuß?«, fragte sie besorgt. Der Verband schien fest um das Schienbein gewickelt zu sein und ging bis zum Knie. Eine Schiene hatte er aber nicht.

»Nicht weiter schlimm. Nur eine starke Verstauchung. Und an der Stirn eine Platzwunde. Das war's zum Glück.« Leo atmete tief durch und versuchte, sich von seinem Schock zu erholen. Aber seine Unterlippe zitterte immer noch, und er war leichenblass.

»Aber dieses Auto!«, stieß er dann hervor. »Mum, ich sage dir, das war nicht normal! Wie der gefahren ist, erst hinter mir, dann neben mir ... Das war kein normaler Unfall!«

»Hast du den Fahrer gesehen?«

Er schüttelte den Kopf. »Nein, ich hab niemanden gesehen. Es ging alles so schnell. Der Sergeant hat auch schon nach der Automarke gefragt, aber ich hab keine Ahnung. Ich weiß nur, dass der Wagen rot war. Und nicht besonders groß, also keine Limousine oder so. Vielleicht ein Golf? Oder ein A3? Ich weiß es nicht. Aber dass das kein normaler Unfall war, das weiß ich! Der hatte überhaupt keinen Grund, so weit nach links auszuscheren! Das war fast ... Es kam mir fast so vor, als wenn er das extra gemacht hat!«

Sienna versuchte, sich nichts anmerken zu lassen. Sie lächelte Leo tapfer an, drückte erneut seine Hand und hoffte, dass er ihre zitternden Finger dabei nicht bemerkte. Unaufhaltsam kroch die Angst in ihr hoch. Lauras Beinahesturz vor die U-Bahn, die zerstochenen Autoreifen und jetzt noch Leos Unfall – das waren zu viele Zufälle in so kurzer Zeit. Über zwei Jahrzehnte war nichts dergleichen passiert, nie hatten sie Probleme gehabt, noch nicht mal ein Taschendieb hatte versucht, ihnen etwas zu klauen, und das sollte in London schon was heißen. Und jetzt plötzlich, innerhalb weniger Tage, passierte eine Merkwürdigkeit nach der anderen.

Plötzlich lief es ihr eiskalt den Rücken herunter. Der Gedanke war völlig unvermittelt gekommen, schwirrte zuerst nur kurz durch ihren Kopf und setzte sich dann als Gewissheit fest.

Vielleicht gab es gar keine Chaoten, die in der Nachbarschaft randalierten, keinen Besoffenen, der wartende Fahrgäste schubste, keinen Verkehrsrowdie, der harmlose Radfahrer von der Straße drängte.

Vielleicht war es jedes Mal ein und dieselbe Person gewesen.

Alles fing an mit dem Anruf von Jack.

Dann die unbekannte Stimme am Telefon, die sie bedrohte.

Und schließlich Jacks Verschwinden.

Du hast dir vorgenommen, bei der nächsten Merkwürdigkeit sofort zu handeln!

Aber was sollte sie tun? Den Gedanken, mit Christopher in Ruhe über alles zu sprechen, hatte sie längst wieder verworfen. Was sollte sie ihm sagen, ohne Jack zu erwähnen? Und auf keinen Fall wollte sie ihre Kinder mit ihrer Angst anstecken.

Sienna räusperte sich.

»Es war bestimmt nur ein dummer Unfall«, sagte sie und bemühte sich, mit fester Stimme zu sprechen. »Du weißt doch, wie es manchmal auf den Straßen zugeht. Vielleicht war der Fahrer angetrunken? Das wäre beim besten Willen nicht das erste Mal, dass so etwas passiert.«

Sie glaubte selbst kaum, was sie da sagte, aber sie versuchte, so überzeugend wie möglich zu wirken, und hoffte, Leo auf diese Weise zu beruhigen. Tatsächlich hatte sie nach einer Weile Erfolg. Er hörte auf zu zittern, und langsam kam wieder etwas Farbe in sein Gesicht.

»Wahrscheinlich hast du recht, Mum«, sagte er schließlich. »Es gibt so viele Schwachköpfe in der Stadt. Hoffentlich kriegen sie diesen Penner.«

Sienna nickte und drückte ihren Sohn an sich. »Ja, vielleicht erwischen sie ihn.«

Aber während sie das sagte, überkam sie das ungute Gefühl, dass das Schlimmste erst noch auf sie wartete.

»Ich möchte heute nicht über meine Albträume sprechen«, sagte Saskia Flynt, nachdem sie es sich in dem plüschigen Sessel gemütlich gemacht hatte.

»Wir reden über die Dinge, die Ihnen auf dem Herzen liegen«, meinte Oliver. »Bisher hatten die Albträume Sie immer am meisten belastet. Haben Sie das Gefühl, dass sich das geändert hat?«

Saskia schüttelte den Kopf. »Nein. Sie sind nach wie vor eine große Belastung für mich, und ich wäre froh, wenn sie verschwinden würden. Aber ... da ist noch etwas ... und irgendwie wird das immer stärker ... Ich weiß gar nicht genau, wie ich es erklären soll ...«

»Sagen Sie es einfach frei von der Seele weg.«

»Ich ...« Saskia atmete hörbar aus. »Ich fühle mich ... schuldig.«

Oliver nickte und machte sich eine Notiz. »Darüber haben wir in der Vergangenheit ja schon öfter gesprochen.«

»Ja ... aber im Moment kommt es mir so viel stärker vor, dieses Gefühl ...«

Er sah ihr an, wie sehr sie das beschäftigte. »Können Sie das Gefühl ein wenig eingrenzen? Wann fühlen Sie sich schuldig und wem gegenüber?«

Sie zuckte ratlos mit den Schultern. »Das ist ja das Merkwürdige an der Sache. Es ist eher so ein diffuses Schuldgefühl. Ich fühle mich allgemein schuldig. Meinem Bruder gegenüber, dass ich ihn in der Firma so viel allein lasse, meinem Vater gegenüber, dass ich ihn nicht ins Geschäftsleben zurückhole, Ellen gegenüber, weil ich irgendwie ein ganz anderes Bild von ihr bekommen habe, ja, ich fühle mich sogar meinem Professor gegenüber schuldig, weil ich jetzt erst mal nicht den Master abschließen werde. Das ist doch absurd!«

Oliver musterte Saskia intensiv. Übermäßige Schuldgefühle

konnten erste Anzeichen für eine beginnende Depression sein. Das wäre neu, bisher schien Saskia keinerlei Symptome zu zeigen. Natürlich war es bei traumatisierten Patienten nicht ungewöhnlich, wenn sie auch depressive Phasen hatten, aber er war stets davon ausgegangen, dass Saskia dieser Weg erspart blieb. Dafür hatte sie bisher einen zu stabilen Eindruck gemacht.

»Sind die Schuldgefühle auch mit einer starken Traurigkeit verbunden?«

»Nein. Ich wundere mich immer selbst, wie fröhlich ich bei dem ganzen Mist eigentlich noch bin.«

»Fühlen Sie sich in letzter Zeit häufig müde und antriebslos?«

Auch das verneinte Saskia. »Ich habe nur plötzlich dauernd ein schlechtes Gewissen, wegen jeder Kleinigkeit. Woran kann das liegen, Dr. Stinner?«

»Tja, wenn ich das so einfach beantworten könnte ...« Er lehnte sich in seinem Sessel zurück und nahm die Brille ab. Gedankenverloren kaute er auf dem Ende des rechten Bügels herum. »Und Ihre Albträume sind unverändert?«

Sie nickte.

»Nun, vielleicht stehen die Schuldgefühle auch im direkten Zusammenhang mit Ihren Träumen«, sagte er. »Vielleicht nähern wir uns mit unserer Analyse langsam dem Punkt, der uns hilft, Ihre Träume endgültig zu verstehen.«

»Ich träume dauernd vom Tod. Und dabei fühle ich mich nicht schuldig«, gab sie zu bedenken. »Dann müsste ich in meinen Träumen eher als Massenmörder rumlaufen, oder?«

Er lächelte sie an. »Tja, es wäre schön, wenn unser Unterbewusstsein es uns so einfach machen würde. Das ist aber leider nicht der Fall. Die Schuldgefühle Ihrem Bruder gegenüber scheinen mir plausibel zu sein ...« Oliver registrierte ihren erschrockenen Blick und fügte schnell hinzu: »Nicht gerechtfertigt, nur nachvollziehbar, weil er das Unternehmen im Moment überwiegend alleine leitet. Was könnten die Gründe bei Ihrem Vater sein?«

»Ich weiß es nicht ...« Saskia stand auf und ging nachdenklich durchs Zimmer. Für einen Moment starrte sie aus dem Fenster und schien ganz in Gedanken zu sein. Dann ließ sie sich wieder auf den Sessel fallen und knetete ihre Hände. »Ich glaube ... ich fühle mich schuldig, weil seine Träume von einem glücklichen Leben damals alle zerplatzt sind. Von einer Sekunde auf die andere. Er war so jung, als er meine Mutter geheiratet hat ... Und er hat sich danach nie wieder neu verliebt. Die beiden waren so glücklich miteinander ... Aber das ist für immer vorbei. Und ich, ich stehe jetzt ganz am Anfang von allem, ich bekomme einen hoch dotierten Job bei *Frosty Bag*, werde hoffentlich mal eines Tages einen Mann finden, mit dem ich eine Familie gründe, all die Dinge eben, die man so in seinem Leben machen will. Ich habe noch alles vor mir, während er das alles hinter sich hat.«

Für einen Moment dachte Oliver daran, wie erstaunlich es doch war, dass so viele seiner Patienten Schuldgefühle hatten. In seine Praxis kamen die unterschiedlichsten Leute, die Mehrzahl von ihnen war traumatisiert. Und fast alle litten unter Schuldgefühlen. Manchmal verbunden mit Scham, was gerade bei Missbrauchsopfern häufig der Fall war, manchmal verbunden mit Hass, was überwiegend bei Angehörigen von Verbrechensopfern vorkam. Was alle einte, waren starke Schuldgefühle. Sie gaben sich selbst die Schuld für den Missbrauch oder dafür, den Angehörigen vor dem Verbrechen nicht beschützt zu haben. Sie fühlten sich verantwortlich für etwas, wofür sie nicht das Geringste konnten. Das machte es für ihn als Therapeuten so schwer.

»Ich verstehe Ihren Punkt. Sie wissen natürlich, dass es keinen rationalen Grund gibt, sich deshalb schuldig zu fühlen? Früher haben viele Generationen alles verloren, während die Jugend neue große Chancen hatte.«

»Ja, natürlich weiß ich das. Aber trotzdem sind diese Schuldgefühle da, und sie nagen an mir. Manchmal überkommen sie mich sogar, wenn ich an den Tod meiner Mutter denke ...« Saskia schüttelte den Kopf, als wollte sie den Gedanken abwerfen. »Dabei ist mir natürlich mehr als klar, wie idiotisch das ist.«

Oliver nickte und erzählte ihr dann, dass sie mit diesen Gefühlen nicht alleine war. In der Literatur waren dramatische Fälle überliefert, Überlebende von Massakern, die nicht damit klarkamen, dass sie entkommen waren, die sich schuldig fühlten, weil sie nicht auch unter den Toten waren. Nicht selten endeten solche Schuldgefühle im Suizid.

»Mein Gott. Das ist ja furchtbar.« Saskia machte ein erschrockenes Gesicht.

»Ja, aber das sind natürlich nur die Extremfälle. Auch wenn Sie heute nicht über Ihre Albträume reden wollen, glaube ich doch, dass sie nach wie vor der Schlüssel sind. Das ist der Moment, in dem das Unterbewusstsein zu Ihnen spricht. Wir werden nicht darum herumkommen, uns weiter mit Ihren Träumen auseinanderzusetzen.«

Sie seufzte und nickte langsam. »Sie sind auch nach wie vor ein dauerhafter Begleiter.«

»Wie ist das, wenn Sie von einem dieser Träume hochschrecken, plagen Sie dann auch Schuldgefühle?«

Sie sah ihn für eine ganze Weile nachdenklich an. »In dem Moment überlagert die Angst eigentlich alles«, sagte sie dann leise. »Aber wenn ich jetzt so genau darüber nachdenke ... ja, doch, ich glaube, in die Angst mischen sich auch immer

Schuldgefühle. Besonders wenn mein Bruder in den Träumen mit dabei ist …«

»Sie fühlen sich schuldig, dass er in Ihrem Traum zu Tode gekommen ist, dass er sozusagen durch Sie gestorben ist.«

»Ja.« Saskia schien durch ihn durchzusehen. »Aber er lebt ja zum Glück. Wenn ich an Mums Tod denke … Ich kann es mir nicht erklären, die Schuldgefühle sind aber sofort da«, sagte sie leise.

Oliver ließ ihr einen Moment. Er spürte, wie es in Saskia arbeitete. Sie schien intensiv nachzudenken. Dann hob sie den Blick und sah ihn wieder direkt an. Ihre Augen schimmerten feucht, und sie hatte sichtbar Mühe, die Fassung zu wahren.

»Sagen Sie …« Saskia stockte und musste sich räuspern, bevor sie weitersprach. »Halten Sie es für möglich, dass … dass ich tatsächlich schuld am Tod meiner Mutter bin?«

11

Sienna war völlig erledigt, als sie am späten Nachmittag nach Hause kam. Sie hatte die Mädchen von der Schule abgeholt und sich über eine Stunde durch den Londoner Feierabendverkehr gekämpft. Seitdem Leo vor zwei Tagen den Unfall gehabt hatte, kutschierte Sienna ihre Kinder nur noch durch die Gegend. Zum Glück hatte sie noch am selben Tag neue Reifen für ihren Wagen bekommen, sodass sie auf die öffentlichen Verkehrsmittel verzichten konnte.

Es gab ihr das Gefühl, zu handeln und etwas gegen die drohende Gefahr zu tun. Aber reichte es auch?

»Mit der Bahn wären wir tausendmal schneller gewesen.« Megan warf genervt ihren Rucksack in die Ecke.

»Ehrlich, Mum, es ist ja echt lieb, dass du uns jetzt so viel fahren willst, aber das bringt doch nichts«, stimmte Laura ihrer Schwester zu. »Bei uns in der Klasse wird kein Mensch gebracht und das nicht ohne Grund.«

Sienna schwieg. Natürlich wusste sie, dass das Auto in London nicht zu den schnellsten und sinnvollsten Transportmitteln zählte, mit Bus und Bahn war man im Prinzip überall schneller. Selbst die bestbezahlten Banker im Finanzdistrikt kamen meistens mit der Bahn. Aber sie fuhr die Mädchen ja auch nicht mit dem Wagen zur Schule, weil es schneller ging. Sie brachte sie, weil sie Angst um sie hatte, und das wollte sie ihnen beim besten Willen nicht sagen. Denn das würde automatisch zur Folge haben, dass auch die Mädchen Angst bekämen.

»Wie geht's dir, Leo?«, fragte Sienna stattdessen und setzte sich besorgt zu ihrem Sohn, der auf dem Sofa lag, den verletzten Fuß hochgelegt hatte und mit der Playstation spielte.

»Geht schon. Vielleicht kann ich morgen wieder zur Uni.«

»Lass uns lieber kein Risiko eingehen«, entgegnete Sienna.

»Mit der Schiene schaffe ich es locker bis zur Station …«

»Wenn, dann fahre ich dich.«

Leo verdrehte die Augen. Er hatte die Unterhaltung mit seinen Schwestern mitbekommen. »Das brauchst du nicht. Wie Megan und Laura schon sagten …«

Aber Sienna schüttelte energisch den Kopf. »Nein, Leo. Da gibt es keine Diskussion. Entweder ich fahre dich oder du bleibst hier.«

»Mum, ich bin kein kleines Baby mehr …«

»Lass uns morgen entscheiden, ob du überhaupt schon wieder raus kannst. Die Woche ist eh schon zur Hälfte rum. Es ist doch nicht so schlimm, wenn du mal ein paar Tage fehlst.«

Ihr Sohn seufzte, schenkte aber dann wieder seine ganze Aufmerksamkeit der Playstation.

Die Mädchen zogen sich in ihre Zimmer zurück, und Sienna begann mit der Hausarbeit. Sie holte die nasse Wäsche aus der Maschine, packte sie in einen Korb und ging durch den Terrassenzugang in den Garten, wo eine große Wäschespinne stand. Ein feuchtes T-Shirt nach dem anderen nahm sie hervor, schüttelte es kräftig aus und hängte es mit zwei Klammern an die Leine. Wie Fahnen blähten sich die frisch gewaschenen Shirts im Wind, und der Duft von Waschpulver und Weichspüler wehte ihr um die Nase.

Doch plötzlich war da noch was anderes. Irritiert blickte Sienna sich um. Durch das große Wohnzimmerfenster sah sie Leo, wie er auf dem Sofa lag, das Handy in der Hand.

Was hatte sie so irritiert? Sie spürte, dass irgendetwas anders war.

Ruckartig zog sie ein Shirt zur Seite, das wie eine Gardine vor ihrem Gesicht hing. Ihr Herz raste, als sie die Äste eines der großen Kirschlorbeersträucher sah, die sich so stark hin und her bewegten, als würde gerade jemand durch das Gebüsch schleichen.

»Hey!«, wollte sie laut rufen, aber mehr als ein Krächzen brachte sie nicht hervor. Ihr Puls verdoppelte sich, und sie spürte, wie sehr sie unter Strom stand.

Da war jemand!

Oder war es nur der dicke Kater von den Smitters von nebenan gewesen? Sienna sah sich erneut um. Sie wusste nicht, wonach sie suchte, aber sie wollte irgendetwas in der Hand haben, bevor sie zur Mauer ging, die den kleinen Garten begrenzte und von den Kirschlorbeeren verdeckt wurde.

Mit einem langstieligen Fugenkratzer aus Metall, der zwei Meter neben ihr auf den Terrassenfliesen lag, trat sie hinter der Wäschespinne hervor. Sie hielt das Gartengerät kampfbereit wie eine Axt und umklammerte den Griff so stark, dass ihre Handknöchel weiß hervortraten.

Vielleicht solltest du lieber die Polizei rufen, dachte sie. Aber sie hatte kein Handy dabei, und womöglich war es der Vandale, der die Reifen zerstochen hatte.

Oder das Schwein, das ihre Kinder in Gefahr gebracht hatte.

Oder eben ein und dieselbe Person.

Die kleine Mauer war so gut von den Kirschlorbeeren verdeckt, dass man sie mehr erahnen als sehen konnte. Die Büsche waren dicht gewachsen, problemlos könnte jemand unbemerkt über die Mauer klettern und sich dort verstecken.

Sienna nahm ihren ganzen Mut zusammen und ging auf die Stelle zu, wo sie das verdächtige Rascheln gesehen hatte.

Dann passierte alles ganz schnell. Sie glaubte, etwas zu hören. Ein Schnaufen oder Niesen, auf jeden Fall ein menschliches Geräusch. Entschlossen stürzte sie auf den Lorbeerbusch zu. Sie kreischte furchteinflößend auf, holte mit dem Fugenkratzer aus und spürte im nächsten Moment einen brennenden Schmerz im Oberschenkel. Ein weiterer Schrei war zu hören, und bevor Sienna begriff, was passiert war, lag sie auch schon auf dem Boden und wimmerte vor Schmerzen.

»Sienna!«

»Mum! Was machst du denn da?«

Der dicke Kater fauchte sie noch einmal wütend an, sprang dann auf die Mauer und verschwand im Nachbarsgarten.

Christopher ließ seine Aktentasche fallen und eilte zu ihr. Leo humpelte langsam hinter ihm her, ebenfalls mit fassungsloser Miene. Megan und Laura standen oben auf dem Balkon und starrten ungläubig in den Garten.

»Wolltest du Minky umbringen?«, fragte Leo entsetzt.

Christopher half ihr auf die Beine. Ein langer, blutiger Kratzer verlief über ihren linken Oberschenkel und trug eindeutig die Handschrift des Katers.

»Wieso gehst du mit dem Fugenkratzer auf Smitters' Kater los?« Christopher sah sie nicht weniger ungläubig an als Leo. Dann betrachtete er kopfschüttelnd die blutige Wunde. »Das muss desinfiziert werden. Sonst entzündet sich das noch.«

»Dem Viech würde ich an deiner Stelle in Zukunft aus dem Weg gehen«, meinte Leo. »Minky ist doch voll nachtragend. Wenn der dich das nächste Mal sieht, verpasst er dir wahrscheinlich direkt wieder eine!« Leos entsetzter Gesichtsausdruck war inzwischen einem ungläubigen Grinsen gewichen. »Was hattest du denn vor, Mum? Sollte es heute Abend

Fleisch geben?« Er lachte kurz, verstummte aber sofort wieder, als ihn der Ellenbogen seines Vaters in der Seite traf.

»Sienna«, sagte Christopher sanft. »Was war los?«

»Ich ...« Sienna strich ihren Rock glatt und versuchte sich zu sammeln. War sie tatsächlich gerade auf ein harmloses Tier losgegangen? Aber da war doch noch etwas anderes gewesen! Sie war sich absolut sicher, dass sie nicht bloß die Katze gesehen hatte. »Ich dachte, da war jemand ...«

»War es ja auch. Minky, der fetteste Kater von ganz London«, sagte Leo spöttisch. »Kein Grund, ihn deshalb gleich kaltzumachen.« Kopfschüttelnd drehte er sich wieder Richtung Haus und humpelte zurück. »Nicht dass jetzt schon der Altersirrsinn losgeht«, fügte er noch leise hinzu, wofür er von seinem Vater sofort einen leichten Klaps auf den Hinterkopf bekam.

»Nicht frech werden!«

»Ist doch wahr! Mum ist seit ein paar Tagen echt ein bisschen drüber.«

Leo war nun außer Reichweite seines Vaters, sonst hätte er noch einen Klaps kassiert.

»Ich sagte: nicht frech werden!«, rief Christopher ihm verärgert hinterher.

»Ja, ja ...«

Als Leo im Haus verschwunden war, sah Christopher seine Frau besorgt an. »Ist alles in Ordnung, Sienna?«

»Ja. Ich muss den Kratzer desinfizieren, aber sonst ...«

»Das meine ich nicht. Geht es dir wirklich gut?«

»Christopher, ich dachte wirklich, da wäre jemand im Garten«, sagte Sienna und seufzte. »Vielleicht bin ich etwas überspannt ... Ich dachte, wenn jetzt noch ein Einbrecher in den Garten kommt ...«

»Dann rufst du besser sofort die Polizei«, sagte Christopher tadelnd. »Wenn ein Fremder im Garten steht, ruft man die Polizei und stürzt sich nicht mit einem Fugenkratzer auf ihn.«

Sienna verzog das Gesicht. »Sprich bitte nicht mit mir, als wäre ich eine Vollidiotin.«

Versöhnlich legte er den Arm um ihre Schulter. »Entschuldige, Liebes. Aber ich habe irgendwie den Eindruck, als wenn du im Moment ganz schön unter Strom stehst. Allein dass du die Kinder dauernd fährst, ist doch eigentlich kaum zu schaffen. Wenn du aus dem Geschäft kommst, ist die Schule schon aus und ...«

»Ich habe meine Stunden reduziert ...« Sie wich Christophers Blick aus, der sein Erstaunen nicht verbergen konnte.

»Wie bitte? Aber warum denn? Und warum erzählst du mir gar nichts davon?«

»Ich habe im Moment einfach das Gefühl, dass ich mehr für die Kinder da sein sollte«, erklärte Sienna. »Der Unfall von Leo, dann diese Geschichte mit Laura, die aufgestochenen Reifen ...«

»Schatz«, unterbrach ihr Mann sie. »Das ist hier Kein-heile-Welt-Örtchen, sondern die größte Stadt Europas. Da braucht es keinen verdammten Brexit, damit hier alles ein bisschen kopfsteht. Es war schon immer so, dass die Wut gerne bei den Besserverdienenden abgelassen wird. Und dann müssen halt ein paar Reifen dran glauben ...«

»Und unsere Kinder? Denkst du, die Unfälle sind zufällig passiert?«

Er sah sie an, als würde sie in einer fremden Sprache sprechen. »Äh ... ja. Natürlich. Was denn sonst?«

Sienna schluckte. Wie sollte sie Christopher das erklären? Wie sollte sie ihm sagen, dass sie sich beobachtet fühlte, eigentlich seit dem Tag, an dem sie Jack treffen wollte? Dass sie das ungute Gefühlt hatte, dass all die Ereignisse der letzten Tage keine Zufälle waren, sondern da etwas Schlimmes passierte, irgendetwas, für das sie selbst keine Erklärung hatte? Und dass dieses ungute Gefühl ihr sagte, dass alles etwas mit Jacks Verschwinden zu tun haben könnte, nein, zu tun haben *musste?*

Sie konnte es ihm nicht erklären, ohne Jack zu erwähnen. Und das war völlig unmöglich. Außerdem kam ihr selbst alles so verrückt vor, schien keinen richtigen Sinn zu ergeben, war mehr ein Gefühl als eine Gewissheit.

Dennoch war es da.

»Ich muss den Kratzer desinfizieren«, wiederholte sie. »Tut doch ganz schön weh.«

Sie wandte sich von ihm ab und ging zur Terrasse.

»Lass uns heute Abend essen gehen, Schatz«, rief Christopher ihr hinterher. »Ich glaube, wir sollten mal in Ruhe über alles reden.«

Sienna unterdrückte ein Seufzen. Am liebsten hätte sie sich einfach nur in ihr Bett verkrochen, die Decke über ihren Kopf gezogen und die Welt da draußen vergessen.

»Ja. Gut«, sagte sie stattdessen und nickte.

Es lag eine ganze Weile zurück, dass Saskia hier gewesen war. Abgesehen von Ellens Beerdigung vor einer guten Woche natürlich, da hatte sie das letzte Mal an Mums Grab gestanden. Aber das zählte nicht: Denn da war sie wegen Ellen gekommen, die jetzt fast drei Wochen tot war, nicht wegen Mum. Heute war sie nur ihretwegen hier.

Saskia ging in die Knie und legte einen Strauß weißer Lilien auf das Grab. Dad hatte ihr erzählt, wie sehr ihre Mutter diese Blumen immer gemocht hatte. Ellens Kränze und Blumengestecke lagen noch da und begannen langsam zu welken und ihre Köpfe hängen zu lassen.

Sie seufzte. Früher war sie häufig hier gewesen, gerade als Teenager hatte sie oft am Grab ihrer Mutter gesessen und Zwiesprache mit ihr gehalten. Manchmal hatte sie Stunden hier verbracht, mal flüsternd, mal stumm von ihrem Alltag erzählt, von den Problemen in der Schule, von den Sorgen um Max und Dads unermesslicher Trauer. Es hatte ihr gutgetan, sich auf diese Weise mit ihrer Mutter zu unterhalten. Jedenfalls hatte sie das damals geglaubt.

Es war ihr durchaus aufgefallen, dass andere Friedhofsbesucher mit der Zeit über sie tuschelten, ganz offensichtlich in dem Glauben, ihr Verhalten wäre nicht normal. Das Teenagermädchen, das mit seiner toten Mutter sprach – wahrscheinlich war das einigen unheimlich gewesen. Und dann hatte ihr Ellen irgendwann geraten, diese Unterhaltungen besser zu unterlassen. Sie würden nur alte Wunden aufreißen, hatte ihre Tante gemeint, und vermutlich hatte sie damit auch recht gehabt. Saskia wusste es nicht.

Heute tat es ihr jedenfalls gut, hier zu sein.

»Hallo, Mum«, flüsterte sie und fügte schnell noch ein »Hallo, Ellen« hinzu. Dann sah sie sich um und stellte erleichtert fest, dass sie allein war. Sie setzte sich auf den Findling, der neben der Grabstelle stand und ihr schon früher als Sitzgelegenheit gedient hatte.

Saskia starrte auf Mums Grabstein, den man zur Seite geräumt hatte, um Platz für Ellens Grab zu schaffen. Neben dem Geburts- und Sterbedatum stand in goldenen Buchstaben:

Für immer in unseren Herzen.

Sie konnte sich keinen Satz vorstellen, der treffender war. Sie alle trugen Mum immer in ihren Herzen. So wie Ellen es auch getan hatte, die jetzt neben ihrer kleinen Schwester lag.

Seit Mums Tod war nicht ein Tag vergangen, an dem Saskia nicht an sie gedacht hatte. Manchmal war es eine Melodie gewesen, die die Gedanken hochkommen ließ, manchmal auch nur der Geschmack einer Soße, der sie an ein Lieblingsgericht ihrer Kindheit erinnerte, das ihre Mutter für sie gekocht hatte. Und auch wenn die Erinnerungen an sie als Person immer schwächer wurden, blieb doch das Gefühl, an das sie sich erinnerte, das Mummy-Gefühl, das vermutlich nichts anderes als Liebe war, die sie für ihre tote Mutter empfand.

Ob es den beiden wohl gut ging, wo immer sie jetzt auch waren? Saskia war nie übermäßig religiös gewesen, aber sie glaubte durchaus, dass mit dem Tod nicht alles vorbei war. Vielleicht kam das auch daher, weil man ihr als Kind immer gesagt hatte, Mummy sei nun im Himmel und würde von da oben auf sie aufpassen. Auch wenn sie sich schon als kleines Mädchen nicht richtig hatte vorstellen können, wie das genau aussehen sollte – saß Mum auf einer Wolke? Flog sie als Engel durch den Himmel? –, hatte sie es als überaus tröstlich empfunden, dass ihre Mutter dort oben und nicht vollständig weg war.

Saskia blickte auf und sah ein Rotkehlchen, das auf das Grab hüpfte. Sie erinnerte sich daran, wie Dad ihr früher mal erzählt hatte, dass die Seelen der Toten die unterschiedlichsten Gestalten annehmen und so ihre Angehörigen auf der Erde besuchen könnten.

Hüpfend und sie aufmerksam beobachtend kam das Rotkehlchen näher.

»Mum?«, flüsterte Saskia leise und musste im nächsten Moment über sich selbst lächeln. Noch heute empfand sie diese kindliche Vorstellung tröstend, selbst jetzt würde sie am liebsten glauben, dass ihre Mutter ihr gerade einen Besuch abstattete.

Wie wäre ihr Leben verlaufen, wenn Mum nicht so früh hätte gehen müssen? Dann wären sie und Max mit einer Mutter aufgewachsen, die sich liebevoll um sie gekümmert hätte. Mum hätte gemeinsam mit Ellen *Frosty Bag* geleitet, und vermutlich wären sie auch irgendwann in ein großes Haus in teurer Lage gezogen. Vielleicht hätte sie sogar noch ein Geschwisterchen bekommen? Warum nicht. Ihre Eltern waren sehr jung gewesen, als sie geheiratet hatten, und wahnsinnig verliebt. Jedenfalls soweit Saskia das in Erinnerung hatte, und auch ihr Vater hatte ihr immer wieder bestätigt, wie glücklich er mit ihrer Mutter gewesen war. Ja, vielleicht hätten sie noch ein oder zwei weitere Kinder bekommen und wären eine richtig große Familie geworden. Eine kleine Schwester hatte Saskia sich immer gewünscht, mit der sie all die Dinge hätte tun können, die Ellen und Mum zusammen gemacht hatten. Das wäre schön gewesen.

Sie seufzte erneut. Mum, dachte sie dann, was ist damals genau passiert? Warum fühle ich mich bloß so schuldig?

Dr. Stinner hatte vermutet, dass ihre Schuldgefühle etwas mit Mums Tod zu tun hatten. Denkbar wäre in seinen Augen, dass sie sich mit ihrer Mutter gestritten hatte, bevor diese verunglückte, und dieser Streit fest in ihrem Unterbewusstsein verankert war, selbst wenn sie sich nicht mehr daran erinnern konnte. Aber das war nur eine Möglichkeit von vielen, hatte Dr. Stinner betont, es gab viele Gründe, warum sich ein kleines Kind schuldig fühlen konnte und die ein Erwachsener nicht nachvollziehen konnte.

Saskia würde gerne mit Max oder Dad darüber sprechen. Aber Max war schon wieder unterwegs und klapperte einen

Kunden nach dem anderen ab. Er hatte sich mit großem Engagement in seine neue Aufgabe gestürzt und kam ihr fast etwas übereifrig dabei vor. Vielleicht war das nur seine Methode, um die Trauer am besten zu verarbeiten. Andererseits war etwa so eine Kaufhauskette wie *Marks & Spencer* auch kein kleiner Kunde, und wenn Max es wirklich schaffen sollte, dass sie die Produkte von *Frosty Bag* ins Sortiment aufnahmen, dann wäre ihrem Bruder ein schöner Coup gelungen – der natürlich mit einer Menge Arbeit einhergehen würde.

Was war mit Dad? Ihren Vater auf Mums Tod anzusprechen kostete sie eine Menge Überwindung. Mums Unfall war immer ein Tabu gewesen. Sobald er zum Thema wurde, überkam ihren Vater eine solche Trauer, dass mit der Zeit alle in der Familie darüber geschwiegen hatten. Ellen war es genauso gegangen. Auch sie konnte über den tragischen Tod ihrer kleinen Schwester praktisch nicht reden, sodass es bei ihnen irgendwann die unausgesprochene Übereinkunft gab, den Mantel des Schweigens über diesen Schicksalsschlag zu breiten. Saskia hatte es nie ertragen können, Dad und Ellen so aufgelöst zu sehen. Über dem Unglückstag lag ein Schleier, den sich niemand zu lüften traute.

Was aber natürlich auch nicht nötig war, weil die Fakten wohlbekannt waren, dafür hatte die Polizei gesorgt. Ob sie sich mit ihrer Mutter gestritten hatte oder nicht, konnte ihr Vater schließlich auch nicht wissen, da er ja nicht dabei gewesen war, als sie mit Mum den verhängnisvollen Spaziergang gemacht hatte. Manchmal kam es ihr fast so vor, als wäre sie selbst auch nicht dabei gewesen, so wenig Erinnerung hatte sie an diese letzten Minuten mit Mum. Damals, als die Polizei sie befragt hatte, konnte sie kaum etwas zu diesem Spaziergang sagen, und auch heute lag er noch ziemlich im Dunkeln.

Vielleicht war das der Grund ihrer Schuldgefühle? Vielleicht hatte sie ihre Mutter darum gebeten, mit ihr einen Spaziergang zu machen, und fühlte sich deshalb verantwortlich für ihren Tod? Möglich.

Das Rotkehlchen flatterte hoch und setzte sich auf den Grabstein. Mit seinen kleinen schwarzen Augen schien es sie direkt anzusehen. Als plötzlich ein dunkler Schatten hinter ihr auftauchte, flog der kleine Vogel aufgeschreckt davon.

Saskia zuckte zusammen und drehte sich langsam um.

»Entschuldigung, ich wollte Sie nicht erschrecken.« Ein älterer Mann in grüner Latzhose stand vor ihr, das faltige Gesicht wurde von einem weißen Bart dominiert, der ihm weit über das Kinn wuchs. Er hatte eine Schaufel in der einen und eine Gießkanne in der anderen Hand und musste der Friedhofsgärtner sein. »Sollen die Kränze schon weg?«, fragte er und stellte sich dann als Angestellter eines Funeral Director vor, der mit der Grabpflege beauftragt sei.

»Ich weiß nicht ... Sie sehen doch noch einigermaßen aus. Hat mein Onkel schon die Grabgestaltung mit Ihnen besprochen?«

»Nein«, sagte der Friedhofsgärtner. »Er hat vor der Beerdigung mit mir besprochen, dass seine Frau in dieses Grab kommt. Wir wollten jetzt die Tage eigentlich mal telefonieren, aber bisher konnte ich ihn telefonisch nicht erreichen. Macht aber nichts. Ein bisschen Zeit haben wir noch, bevor es zum Anpflanzen zu spät für dieses Jahr ist.«

»Ich werde meinem Onkel Bescheid sagen«, versprach Saskia, verabschiedete sich von dem Mann und fragte sich im selben Augenblick, wo George wohl steckte. Nach wie vor war er wie vom Erdboden verschluckt, und David, einer der beiden Detectives, hatte ihr bei der letzten Befragung gesagt, dass die Met inzwischen offiziell nach ihm fahnden würde. Ob er sich wirklich ins Ausland abgesetzt hatte?

Saskia stand auf und klopfte sich den Schmutz von der Hose. Als sie den Friedhof durch das schmiedeeiserne Tor verlassen hatte, klingelte ihr Handy, und Annas Nummer erschien auf dem Display. Die Assistentin klang gestresst, als Saskia den Anruf annahm.

»Alles okay, Anna?«

»Geht so, wenn ich ehrlich bin. Die Polizei war gerade schon wieder hier.«

»Suchen sie immer noch nach George? Wahrscheinlich ist er auf diesem Schiff ...«

»Das hat die Polizei überprüft«, unterbrach Anna sie. »Er ist nicht auf dem Kreuzfahrtschiff. Und sein Handy ist auch nicht zu orten. Saskia, für mich hört sich das alles sehr besorgniserregend an!«

»Vielleicht ist er zur Jagd gegangen ...«

»Das habe ich der Polizei auch eben gesagt. Sie wollen sein Cottage überprüfen. Aber es ist doch gar keine Saison!«

Da hatte Anna recht. Im Frühling, wenn der Wald mit Jungtieren übersäht war, durfte im Epping Forest nicht gejagt werden. Aber ob George sich an solche Verbote hielt?

»George und Ellen hatten geschäftliche Verbindungen nach Osteuropa«, fuhr Anna nervös fort, »keiner hier hat das so genau durchschaut. Was ist, wenn sie sich mit den falschen Leuten angelegt haben? Und die jetzt nach Ellen auch George ... Ich mache mir wirklich große Sorgen!«

»Aber Anna, wir haben die Polizei doch über die geschäftlichen Verbindungen nach Osteuropa informiert«, sagte Saskia und versuchte, so ruhig wie möglich zu klingen. »Bisher gab es meines Wissens keine Hinweise darauf, dass Ellens Tod damit im Zusammenhang stehen könnte. Haben Sie Max schon ...«

»Ich kann Ihren Bruder nicht erreichen«, Annas Stimme

klang immer hektischer. »Der Vertriebsleiter von *Marks & Spencer* will ihn auch schon die ganze Zeit sprechen, hier läuft gerade alles drunter und drüber. Es wäre gut, wenn einer von Ihnen mal hier auftauchen würde, wenn Sie mir diese Bemerkung gestatten.«

Saskia war überrascht. Sie kannte Anna nur ruhig und besonnen, es musste in der Firma wirklich hoch hergehen, wenn sie einen solchen Ton an den Tag legte.

»Ich komme so schnell ich kann. Versprochen.«

»Das wäre gut«, sagte Anna, der genervte Unterton war nun kaum mehr zu überhören. »Das Finanzamt hat sich nämlich auch angekündigt, weil wir für die Steuerprüfung immer noch nicht alle Dokumente vorlegen konnten. Und als angehende Wirtschaftswissenschaftlerin müssten Sie sich doch damit auskennen.«

»Natürlich, Anna. Ich bin in einer halben Stunde da.«

»Danke.« Die Assistentin legte auf.

Während Saskia sich in den Wagen setzte und ihn aus der Parklücke lenkte, fragte sie sich, warum die Polizei Onkel George nirgends finden konnte. Wenn sie offiziell nach ihm gesucht hatte, müsste George sich ja schon gezielt vor ihnen versteckt haben. Nur warum sollte er das tun? Hatte er tatsächlich was vor ihnen zu verbergen?

Vielleicht.

Oder lag Anna mit ihrer Sorge richtig, und George war womöglich in Gefahr? Waren Ellen und er in kriminelle Machenschaften verwickelt gewesen und hatten irgendwelche skrupellosen Geschäftsfreunde gegen sich aufgebracht? War die geplante Kreuzfahrt nichts anderes als eine gut vorbereitete Flucht gewesen, um sich in aller Ruhe ins Ausland abzusetzen? War Ellen deshalb in letzter Zeit so nervös gewesen, ja geradezu ängstlich, wie Anna ihnen gesagt hatte?

Verwirrt musste Saskia feststellen, dass sie nichts mehr für ausgeschlossen halten konnte. Sie musste schlucken, als ihr klar wurde, was das bedeuten könnte.

Wenn Ellen nicht das Opfer einer Beziehungstat geworden war, sondern geschäftliche Dinge dahintersteckten, dann richtete sich die Tat nicht gegen sie als Person, sondern gegen sie als Chefin von *Frosty Bag*.

Und dann waren Saskia und Max womöglich auch in Gefahr.

Am Abend saßen Sienna und Christopher Johnstone bei einem Italiener in der Amyand Park Road, den sie nach einem zwanzigminütigen Spaziergang erreicht hatten. Bei Luigi gingen sie häufig und gern essen, und immer entschied sich Christopher für eine Pizza und Sienna für Pasta. Diesmal wählten sie beide eine Variante mit Meeresfrüchten. Es tat gut, alleine mit ihrem Mann in dieser vertrauten Atmosphäre zu sein, in einer Umgebung, die sofort Entspannung und gute Laune versprach und in der sie schon unzählige lustige Abende verbracht hatten. Sienna glaubte, dass sie heute das erste Mal hier saßen und etwas Ernstes besprachen.

»Ich verstehe, dass du dir Sorgen wegen der Kinder machst«, sagte Christopher, bevor er einen Schluck von seinem Rotwein nahm. »Aber sie sind erwachsen. Sie können auf sich selbst aufpassen.«

»Ich bin trotzdem ihre Mutter …«

»Natürlich. Aber du wirst unsere Kids nicht ewig davor bewahren können, dass es auf Londons Straßen schon mal hoch hergeht. Das ist in einer Stadt wie dieser nun mal so, ach, vermutlich ist es überall so.«

Sienna drehte ihre Gabel in der Pasta. »Ich weiß. Es ist

nur ... Im Moment kam es mir etwas viel vor, was so passiert ist.«

»Du musst loslassen können ...«

Verärgert ließ Sienna ihre Gabel sinken. »Ich bin ihre Mutter. Ich kann loslassen. Das weißt du ganz genau. Darum geht es auch gar nicht.«

»Aber warum mutierst du dann plötzlich zur hysterischen Glucke?« Er schien ihren bösen Blick zu bemerken. »Entschuldige. Das war nicht so gemeint.«

Sienna nickte kurz als Zeichen, dass sie seine Entschuldigung akzeptierte, und schob sich die Spaghetti in den Mund.

»Es ist ja nicht so, als würde ich mir keine Gedanken machen«, fuhr Christopher fort. »Ich bin ihr Vater, natürlich mache ich mir meine Sorgen. Aber du kennst meine Einstellung: Wenn man hinfällt, muss man wieder aufstehen und weitermachen. Und genauso muss Leo wieder aufs Rad steigen, wenn sein Fuß verheilt ist.«

Sienna nickte kauend. Sie kannte Christophers Grundsatz, und selbst wenn sie die Kinder immer mehr behütet hatte als er, sah sie die Dinge normalerweise nicht anders. Krone richten und weiterlaufen, hatte ihre Mutter immer gesagt. Aber sie spürte, dass es diesmal was anderes war.

»Hast du dir mal überlegt«, sagte sie mit vollem Mund, »was wäre, wenn ich recht habe? Wenn die Unfälle der Kinder, die zerstochenen Reifen – wenn das alles irgendwie zusammenhängt?«

Christopher zog eine Augenbraue hoch. »Du meinst, jemand hat es auf unsere Familie abgesehen?«

Sienna registrierte, wie er ein ungläubiges Grinsen durch ein großes Stück Pizza zu kaschieren versuchte. Natürlich konnte er das nicht glauben, wie sollte er auch? Er wusste nichts von Jack und seinem Verschwinden, von dem merkwürdigen Anrufer, der Sienna bedroht hatte, von dem Eindringling im Laden. Von all dem ahnte er nichts, und sie konnte es ihm nicht verübeln, dass er sie offensichtlich nicht ernst nehmen konnte.

»Wie du schon sagst, es gibt so viele Verrückte«, sagte sie deshalb. »Und gerade weil die Stimmung in der Stadt seit Monaten so aufgeheizt ist, weiß man doch nie, was diese Leute sich einfallen lassen. Ich war mir nun mal ziemlich sicher, dass heute Nachmittag nicht nur der Kater im Garten war.« Sie nahm einen Schluck Wein und lächelte ihn an, obwohl ihr nicht wirklich danach zumute war. »Vielleicht ... vielleicht habe ich mich aber auch getäuscht ...«, fügte sie hinzu, weil sie wusste, dass die Diskussion so zu nichts führen würde. Und schließlich hatte sie keine Beweise für einen logischen Zusammenhang zwischen den Vorfällen, nur eben dieses ganz ungute Gefühl.

Christopher nickte zustimmend und grinste sie fröhlich an. Er schien erleichtert zu sein, dass sie scheinbar zur Einsicht gekommen war.

»Du hättest dich mal sehen sollen! Da kommt man ahnungslos nach Hause, und die eigene Frau geht mit gefährlichen Gartengeräten auf einen adipösen Kater los. Das war mal ein Bild!« Er lachte.

Sienna bemühte sich, in das fröhliche Lachen miteinzustimmen, aber es gelang ihr nicht. Christopher vermutete dann noch zu viel Stress hinter ihrem ängstlichem Verhalten und riet ihr, in den nächsten Tagen alles mal etwas langsamer angehen zu lassen. Damit war das Thema für ihn beendet.

Als sie sich auf den Heimweg machten, war es schon dunkel.

»Sollen wir nicht lieber ein Taxi nehmen?«, fragte Sienna und bemühte sich dabei, so ungezwungen wie möglich zu klingen.

»Die paar Meter!«, entgegnete Christopher. »Außerdem ist es ganz gut, wenn meine Pizza noch ein bisschen Bewegung bekommt.«

Er schnappte sich ihre Hand und zog sie vom Restaurant weg. Gemeinsam schlenderten sie die Richmond Road hoch und bogen an dem kleinen Park in die St. Stephen's Passage ab, ein kleiner dunkler Gang, der zwischen den Häusern durchführte und ihnen den Weg abkürzte. Tagsüber hatte dieser von zwei Meter hohen Mauern flankierte Gang fast etwas Romantisches. Sie wusste, dass Leo sich hier früher heimlich mit seiner ersten Freundin getroffen hatte, vermutlich hatte er sie hier das erste Mal geküsst. Bei dem Gedanken daran musste sie lächeln. Dennoch, jetzt in der Dunkelheit gefiel Sienna der Durchgang gar nicht. Er war düster und unübersichtlich, entgegenkommende Personen konnte man erst spät erkennen.

Sie zögerte etwas, als Christopher sie in die Passage zog. Musste das sein? Mussten sie wirklich hier durchgehen?

»Wollen wir nicht lieber den kleinen Umweg über die Hauptstraße nehmen?«

»Himmel, nein. Das ist doch kein kleiner Umweg! Das dauert mindestens eine halbe Stunde länger. Wer wollte denn eben noch ein Taxi nehmen und schnell nach Hause? Los komm!«

Sienna nickte, mehr um sich selbst zu bestätigen, dass es kein Problem war, den dunklen Weg zu nehmen. Hand in Hand gingen sie hinein. Das Echo ihrer Schritte wurde durch die Mauern zurückgeworfen, wodurch Sienna das Gefühl bekam, jemand wäre hinter ihnen. Schnell wandte sie sich um. Aber die Gasse war menschenleer. Da war niemand.

Trotzdem wollte sich ihr Herzschlag nicht beruhigen.

»Du hast ja ganz feuchte Hände, Darling.« Christopher drückte aufmunternd ihre Hand. »Alles okay?«

Sie nickte nur, obwohl sie wusste, dass er das in der Dunkelheit nicht sehen konnte. Sienna wagte es nicht, ihm von ihren diffusen Ängsten zu erzählen, sie wollte nicht, dass er sie womöglich für überspannt hielt.

Es war eine dunkle Gasse, Herrgott nochmal, mitten in London und nicht in einem verfluchten Horrorfilm! Sie versuchte, sich zu beruhigen, und sagte sich immer wieder, dass sie die Passage schon zur Hälfte hinter sich gelassen hatten und bald wieder unter Straßenlaternen gehen könnten, dass nichts passieren würde, weil Christopher an ihrer Seite war und sie beschützen würde. Es war nur eine Gasse, eine stinknormale Gasse.

Aber ihre Angst blieb.

Reflexhaft brach ihr der Schweiß aus, als sie Schritte hinter sich hörte. Diesmal hatte sie sich nicht getäuscht, und krampfhaft umklammerte sie Christophers Hand.

Dieser Geruch …

»Was ist los, Schatz?«, fragte er irritiert. Dann schien er auch die Schritte zu hören und drehte sich um.

Die Gestalt stand direkt hinter ihnen. Stumm und in der Dunkelheit kaum zu erkennen schnippte sie eine Zigarette zu Boden, stand einfach so da und machte keine Anstalten weiterzugehen.

»Was schleichen Sie sich so an? Was soll das?«, fragte Christopher, und Sienna glaubte, eine gewisse Beunruhigung in seiner Stimme zu hören. »Komm, Schatz.«

Doch als Christopher sie gerade weiterziehen wollte, ging die Person noch einen Schritt auf sie zu. Im selben Augenblick gaben die Wolken ein Stückchen vom Mond frei und ließen sein helles Licht auf den Weg.

Sienna glaubte, etwas blitzen zu sehen. Hatte sie sich getäuscht? Nein, die Person hatte irgendetwas Glänzendes in der Hand.

Nur einen Wimpernschlag später sah Sienna, wie das glänzende Etwas in seiner Hand nach vorn stieß. Zweimal, dreimal rammte er das Messer in Christophers Rücken.

Und Sienna stand daneben, wie erstarrt und unfähig, sich auch nur einen Zentimeter zu bewegen.

12

Es war ein schöner, sonniger Tag. Saskia lehnte sich im Gartenstuhl zurück und lächelte ihrem Bruder zu. Ganz bewusst nahm sie wahr, wie positiv sich das gute Wetter auf ihre Laune auswirkte. Zwar war sie in der Nacht wieder von einem Albtraum geweckt worden und schreiend hochgeschreckt, aber als sie heute Morgen aufgestanden war, hatte sie sich nicht mehr ganz so schlecht gefühlt wie in den Tagen davor. Der Kloß, den sie seit Ellens Tod jeden Morgen in ihrem Hals spürte, war auch etwas kleiner geworden, glaubte sie. Ein echter Trauerkloß, der ihr zeigte, wie sich der Verlust einer geliebten Person auf den Körper auswirkte.

Als sie gestern nach dem Friedhof noch in die Firma gekommen war, hatte sie festgestellt, dass sie offenbar doch ein paar unternehmerische Qualitäten besaß. Sie hatte mit der Finanzbehörde gesprochen und dem zuständigen Sachbearbeiter erklärt, dass sich nach dem tragischen Tod der Geschäftsführerin leider noch alles in einer Umbruchphase befände. Offenbar hatte sie dem Mann gegenüber den richtigen Ton gefunden, jedenfalls zeigte er sich verständnisvoll, auch wenn er sie darum bat, die fehlenden Unterlagen dringend nachzureichen. Saskia versprach ihm, ihr Bestes zu tun, und bedankte sich herzlich für sein Verständnis. Auch Anna schien erleichtert gewesen zu sein, dass Saskia sich dieser unangenehmen Aufgabe nun angenommen hatte, und Saskia wiederholte ihr Versprechen, ab jetzt häufiger im Unternehmen zu sein.

Den Nachmittag allerdings hatte sie frei, sie war froh, ihn gemeinsam mit Max bei ihrem Vater im Garten zu verbringen und seinen selbst gebackenen Apfelkuchen essen zu können. Dads Apfelkuchen war legendär. Nach Mums Tod hatte er damit angefangen, ihn regelmäßig zu backen. Die ersten Kuchen waren alle verbrannt, aber irgendwann hatte er den Bogen raus und war stolz auf sein wöchentliches Werk. Er sah es als seine Pflicht an, den Kindern jedes Woche einen selbst gebackenen Kuchen zu präsentieren.

Mum hatte es schließlich auch so gemacht.

Saskia hatte extra das dicke Fotoalbum mitgenommen, das sie bei Ellen gefunden hatte. Sie hatte noch nicht die Zeit gehabt, es sich in Ruhe zu Hause anzuschauen, und freute sich darauf, das heute gemeinsam mit Max und Dad nachzuholen.

Doch die wichtigste Sache wollte sie zuerst erledigen. Denn die Sorge, dass mit Ellens furchtbarem Tod und Georges mysteriösem Verschwinden womöglich eine Bedrohung für sie und Max einhergehen könnte, nagte auch jetzt an ihr. Während ihr Vater im Haus also noch Tee kochte, nutze sie die Gelegenheit und sprach ihren Bruder auf die mysteriösen geschäftlichen Verbindungen nach Osteuropa an.

Max machte ein besorgtes Gesicht. »Ich traue George ehrlich gesagt alles zu«, meinte er dann. »Aber ganz ehrlich, Saskia: Als Controller habe ich wirklich alles in dem Laden überprüft. Ich bin mir sicher, dass mir irgendwelche kriminellen Machenschaften aufgefallen wären. Das habe ich auch den Detectives gesagt. Wenn es da irgendwas gibt, dann nichts, womit *Frosty Bag* etwas zu tun hätte.«

»Sondern?«

»Sondern andere Geschäfte. Irgendwas Illegales, Glücksspiel, Prostitution, was weiß ich. Wer weiß denn schon, wie er wirklich an seine Iza gekommen ist?«

»Darüber habe ich noch gar nicht nachgedacht . . .«, meinte Saskia grübelnd und überlegte im selben Moment, wo Iza eigentlich steckte.

»Jedenfalls glaube ich nicht, dass du oder ich in Gefahr sind«, sagte Max. Als ihr Vater mit einem Tablett in den Garten kam, fügte er schnell hinzu: »Lass uns nicht vor Dad darüber sprechen. Ich will nicht, dass er sich unnötig Sorgen macht.«

Saskia nickte und half ihrem Vater dann, den Tisch zu decken und den Kuchen anzuschneiden.

»Für mich bitte mit Sahne«, sagte Max und hielt den Teller hin. Saskia packte ihm zwei riesige Löffel Schlagsahne auf den Apfelkuchen und nahm sich dann selbst auch noch davon. »Wo hast du das Album her?«, fragte ihr Bruder dann.

»Ich habe neulich etwas ganz Erstaunliches herausgefunden. Ellen hatte so etwas wie einen Panicroom in ihrem Haus«, erklärte Saskia und bemerkte sofort den Blick, den Max ihr zuwarf und der ihr signalisieren sollte, vor ihrem Dad nichts von möglichen kriminellen Machenschaften bei *Frosty Bag* zu erwähnen. »Jetzt nicht so richtig wie so'n Bunker, aber schon versteckt, mit Sicherheitstür und ohne Fenster. Die Haushälterin meinte, wenn sie die Tür von innen dicht gemacht hatte, wäre niemand von außen reingekommen.«

»Hatte sie so viel Angst vor Einbrechern?«, fragte ihr Vater.

»Ich hab keine Ahnung. Mir gegenüber hat sie den Raum nie erwähnt. Aber angesichts dessen, was ihr passiert ist . . .« Saskia schluckte. »Offenbar fühlte sie sich ja nicht zu Unrecht bedroht«, fügte sie noch leise hinzu.

»Gibt es immer noch keine Neuigkeiten von der Polizei? Wie schwer kann das denn sein?«, fragte ihr Vater.

Max schüttelte den Kopf. »Seit drei Wochen tappen die total im Dunkeln.«

Saskia seufzte. »Es ist doch verrückt. Ellen baut sich einen Panicroom ins eigene Haus, und dann wird sie von einem Dach gestoßen.« Sie schüttelte den Kopf, wie um den Gedanken an das Grauenhafte loszuwerden. »Denkt ihr, auch andere Häuser haben solche Räume?«

»Das Haus steht in einer der reichsten Ecken Englands«, sagte ihr Vater. »Ich könnte mir vorstellen, dass in der Nachbarschaft einige Leute so einen Panicroom haben.«

»Jedenfalls habe ich das Album dort gefunden.« Saskia schlug es auf. »Schaut mal. Es muss eine wunderbare Zeit gewesen sein.«

Ihr Vater und Max rutschten mit den Gartenstühlen zu ihr herüber, und das Metall der Stuhlfüße quietschte laut über die Terrassenfliesen. Zu dritt beugten sie sich über das Album.

Auf den ersten Seiten waren nur Fotos aus der Kindheit der beiden Schwestern zu sehen. Mum und Ellen beim Spielen mit Puppen und Stofftieren, Weihnachten beim Auspacken der Geschenke und beim Urlaub im Lake District. Auf jedem Bild lachten die Mädchen, hielten sich im Arm, drückten sich oder tobten und spielten ausgelassen miteinander.

»Es muss total schön sein, wenn man sich mit seiner Schwester so gut versteht«, meinte Saskia melancholisch.

Max sah sie empört an. »Schöner, als wenn man sich mit seinem Bruder gut versteht? Hättest wohl lieber eine Schwester gehabt, was?«

Sie lachte. »Nein, Brüderchen, keine Sorge. Ich würde dich für nichts in der Welt eintauschen.« Sie knuffte ihn in die Seite. »Aber mit einer Schwester hätte ich vielleicht ein paar Dinge besprechen können …«

»Ich bin *der* Frauenversteher schlechthin! Du kannst mit mir über alles reden!« Gespielt empört baute er sich neben ihr auf.

»Auch über Schminke? Frauenleiden? Männer?«

Jetzt musste Max lachen. »Meine Make-up-Kenntnisse sind legendär!«, sagte er kichernd, und Saskia gab ihm einen liebevollen Klaps auf die Wange.

»Spinner!«

Ihr Vater hatte die ganze Zeit nichts gesagt und sie nur nachdenklich angeschaut.

»Nach Mums Tod fehlte dir wahrscheinlich ein weiblicher Ansprechpartner, mit dem du über solche Dinge sprechen konntest ...« Er klang traurig, so wie er es immer tat, wenn die Rede auf Mum kam.

»Nein, nein, nein, Dad. Das ist nicht wahr, und das weißt du auch«, widersprach Saskia energisch. Sie wollte nicht, dass ihr Vater Schuldgefühle hatte, auch wenn sie wusste, wie oft das der Fall war. Er fühlte sich einfach verantwortlich dafür, dass er Mum nicht vollständig ersetzen konnte. »Es gab doch Granny und vor allen Dingen auch Ellen.«

»Du hast mit Granny über Jungs gesprochen?« Max kicherte wieder.

»Nein. Aber mit Ellen. Natürlich hat mir Mummy immer wahnsinnig gefehlt, aber sobald ich was auf dem Herzen hatte, von dem ich glaubte, dass es nur eine Frau verstehen könnte, habe ich mit Ellen darüber gesprochen.«

Und deshalb verstehe ich nicht, dass sie mir offenbar so viel verheimlicht hat, fügte sie im Stillen noch hinzu.

Ihr Vater nickte. »Du hast recht. Vielleicht habe ich das nie so wahrgenommen, weil George immer für so viel Ärger sorgte.«

Saskia legte die Hand auf seinen Arm und sah ihn liebevoll an. »Und dich gab es ja schließlich auch noch«, sagte sie. »Einen besseren Vater hätte es doch gar nicht geben können.«

»Jetzt wird es ja ganz schön emotional hier«, meinte Max und blätterte weiter in dem Album. »Holla, hier sind wir wohl mitten in der schlimmsten Pubertät«, sagte er dann grinsend und zeigte auf ein Foto, das Ellen und ihre Schwester Caren mit geföhnter Haarmähne in grauenhaften 80er-Jahre-Klamotten zeigte. Auch das Foto musste bei einer Familienfeier aufgenommen worden sein. Die beiden Mädchen standen bei Grandma im Wohnzimmer, im Hintergrund war eine festlich gedeckte Tafel zu sehen.

»Wie die sich da angiften!« Max lachte.

Saskia betrachtete das Foto genauer. Tatsächlich wirkten die beiden Schwestern hier zum ersten Mal nicht einträchtig miteinander, keine von beiden strahlte in die Kamera. Ellen stand weit links im Raum, während Mum ganz rechts an der Wand lehnte. Immerhin schaute sie noch in die Kamera, ernst, aber nicht unfreundlich. Ellen dagegen warf ihrer zwei Jahre jüngeren Schwester einen giftigen Blick zu.

»Sieht aus, als hätten sich die beiden da gerade arg in den Haaren gehabt«, meinte Max.

»Wie alt waren sie da? Die eine zwölf, die andere vierzehn?«, fragte Saskia ihren Vater.

Der nickte. »Ja, so um den Dreh muss das gewesen sein. Da fing das an, dass die beiden sich immer schlechter verstanden haben.«

Saskia sah ihren Vater überrascht an. »Ich dachte, die beiden waren immer ein Herz und eine Seele?«

»Ich hab euch nie von den Streitereien erzählt ... Ich wollte keinen Keil zwischen dir und Ellen treiben. Und womöglich hätte es euer enges Verhältnis gestört, wenn du gewusst hättest, wie oft die beiden aneinandergeraten sind.«

Saskia schüttelte den Kopf. »Merkwürdig. Da denkt man sein Leben lang, die beiden wären total eng miteinander ...«

»Als Kinder waren sie das ja auch. Erst später ...«

»Ist doch normal in der Pubertät«, meinte Max und steckte sich eine weitere Gabel Apfelkuchen in den Mund.

»Ich weiß nicht, ob das normal war«, entgegnete ihr Vater. »Ihr zwei habt euch in der Pubertät jedenfalls gut verstanden. Natürlich hattet ihr mal Streit, aber das war nie so wie bei den beiden.«

»Worüber haben sie sich denn so viel gestritten?«, fragte Saskia.

»Ach, Ellen war halt manchmal schwierig.«

»Ellen wird nicht schwieriger gewesen sein als andere Mädchen in dem Alter«, meinte Saskia.

»Ich weiß, dass du das nicht wahrhaben willst, Schatz, aber glaub mir, deine liebe Tante konnte echt ein Biest sein.«

Saskia war verärgert. »So wie Mum vermutlich auch! Alle vierzehnjährigen Mädchen sind Biester!«

»Tut mir leid, Liebes. Aber schau mal, sie hat ja sogar einige Fotos aus dem Album gerissen!« Ihr Dad zeigte auf ein paar Stellen, an denen man noch alte Klebereste erkennen konnte. »Vermutlich welche, auf denen Caren besonders schön aussah. Das konnte Ellen ja nie gut haben.« Seine Stimme war spöttisch, fast gehässig.

Saskia stöhnte genervt auf. »Vielleicht sind sie mit der Zeit auch einfach nur rausgefallen! Das kommt bei Fotoalben ja durchaus mal vor.«

»Ich sag dir, sie hat sie rausgerissen.«

Saskia schüttelte nur den Kopf. Sie wollte sich nicht mit ihrem Vater streiten, das führte sowieso zu nichts. Aber diese ganze angebliche Eifersuchtsgeschichte zwischen Ellen und Mum konnte Saskia einfach nicht ernst nehmen. Ja, es stimmte, ihre Mutter war die Hübschere der zwei Schwestern gewesen. Vielleicht war das in der Pubertät mal ein Problem für

Ellen, aber bestimmt keines, das sie auf Dauer mit sich herumtrug. Ellen war eine selbstbewusste und erfolgreiche Frau gewesen, Saskia war sich sicher, dass ihr solche Oberflächlichkeiten egal waren. Außerdem hatte Ellen nie etwas in die Richtung erwähnt, und sie und ihre Nichte hatten stundenlange Gespräche über alles Mögliche, auch sehr private Dinge, geführt. Da hätte Saskia bestimmt gespürt, wenn Ellen neidisch auf ihre verstorbene Schwester gewesen wäre. So schlimm konnten die Streitigkeiten gar nicht gewesen sein, denn warum erwähnte sie ihr Vater jetzt erst, nachdem beide Schwester tot waren? Vermutlich übertrieb er einfach.

Max sah das anscheinend ähnlich.

»Ich finde das völlig normal, wenn Mädels sich in der Pubertät gegenseitig fertigmachen. So sind die Weiber nun mal. Gerade Schwestern.«

»Der Frauenversteher!« Saskia verdrehte theatralisch die Augen, und Max nickte grinsend.

»Ganz genau!«

»Bei den beiden war es aber etwas anderes«, beharrte ihr Vater. »Ellen war eifersüchtig auf eure Mutter, das hörte auch mit dem Ende der Pubertät nicht auf.«

»Ich kann mir das nicht vorstellen! Zumal sie als Kinder doch total eng waren!«, meinte Saskia. »Das sieht man auf den alten Fotos, und außerdem hat Grandma mir das auch immer erzählt! Sie hat geradezu davon geschwärmt, wie gut sich die beiden als Mädchen verstanden haben.«

»Kann schon sein. Aber vom Teenageralter bis zum Tod eurer Mutter hatten die beiden eigentlich nur noch Krach. Und ich weiß, dass eure Mutter sich oft mit Ellen vertragen wollte, aber da war die einfach zu stur für. Ich rechne es ihr allerdings hoch an, dass sie nach Mums Tod sofort auf mich zugekommen ist und sich auch so toll um euch gekümmert hat.«

Ihr Vater schnappte sich eine Zigarettenpackung, die auf dem Tisch lag, und zündete sich eine an. Max griff ebenfalls nach einer Zigarette, und normalerweise hätte Saskia mal wieder einen Spruch über die elendige Raucherei der beiden gemacht. Aber jetzt waren ihre Gedanken woanders.

Nachdenklich betrachtete Saskia die Fotos. Auch auf den nächsten Seiten waren einige Bilder von den beiden als Teenager und als junge Frauen. Alle Fotos waren eindeutig bei ihren Großeltern im Haus aufgenommen worden, offenbar immer zu einem Anlass, sei es nun Weihnachten oder Ostern. Und immer waren anderen Personen mit auf dem Bild. Fotos von den beiden alleine gab es nicht mehr.

Sie wusste, dass ihr Vater seine verstorbene Frau vergötterte. Er hatte nie ein schlechtes Wort über Mum verloren, im Gegenteil. Immer hatte er ihnen das Bild einer wunderbaren, heiligengleichen Frau gezeichnet. Vielleicht hatte er das bewusst getan, um seinen Kindern die tote Mutter besonders schön in Erinnerung zu halten, vielleicht sah er Mum aber auch wirklich so.

»Und Mum war völlig unschuldig an dem schlechten Verhältnis?«, fragte sie dann, obwohl sie wusste, dass sie sich die Frage auch hätte sparen können. Denn ihr war klar, wie seine Antwort lauten würde, und erwartete ein Loblied auf ihre Mutter, in dem er alle ihre wunderbaren Eigenschaften in den Vordergrund stellen würde. So wie immer.

Aber zu ihrer Überraschung sagte ihr Vater nichts. Er räusperte sich nur, drückte die Zigarette aus, stand schweigend auf und ging ins Haus.

Saskia sah Max verwundert an. »Was ist denn jetzt los? Hab ich was Falsches gesagt?«

Ihr Bruder zuckte ratlos mit den Schultern. »Keine Ahnung. Anscheinend hast du einen wunden Punkt getroffen.«

Nachdenklich blickte Saskia auf die offene Terrassentür, durch die ihr Vater gerade verschwunden war. Ein Gedanke kam in ihr hoch, der nicht zu dem Bild passte, das sie von ihrer Mutter hatte. Und von ihrem Vater.

Wusste Dad etwas über Mum, das sie nicht erfahren sollten?

Langsam blätterte sie durch die letzten Seiten des Albums. Plötzlich hielt sie inne. Sie kniff die Augen zusammen und beugte sich näher an das Foto heran. Nein, sie täuschte sich nicht, und sie merkte, wie ihr Herz schneller schlug.

Es war ein Foto ihrer Mutter. Eine Porträtaufnahme von ihr als Teenager, als sie vielleicht fünfzehn oder sechzehn Jahre alt war. Sie hatte eine weiße Bluse an, die oben ein paar Knöpfe offen stand und den Blick auf ihren Hals freilegte.

Und auf den Anhänger, den sie trug. Es war derselbe, der gerade zu Hause auf Saskias Nachttisch lag.

Silber und Schwarz.

Yin und Yang.

Der Vortrag war nicht uninteressant gewesen, aber Oliver Stinner war froh, dass es nun zur Mittagspause ging. Es war das vierte Mal, dass er den internationalen Traumatologen-Kongress besuchte, und bei jedem Besuch fand er den Austausch mit den Kollegen in den Pausen am wertvollsten. Es war wie eine Art Klassentreffen, viele der Teilnehmer kannte er noch von der Uni oder von anderen Kongressen, und so gab es immer ein großes Hallo, wenn man sich wiedersah.

Fred May, mit dem er erst wenige Tage zuvor telefoniert hatte, war auch da. Mit einem großen Pappbecher dampfenden Kaffees stand er an einem Stehtisch und unterhielt sich mit zwei Kollegen. Oliver hätte ihn auf den ersten Blick kaum erkannt, Fred sah verändert aus, irgendwie müde und niedergeschlagen. Durch das jahrelange Rauchen war seine Haut sowieso schon faltiger als bei anderen Enddreißigern, jetzt sah sie aber geradezu grau aus. Schwarze Schatten lagen um seine ansonsten immer fröhlichen braunen Augen, und sein hellblaues Hemd war offensichtlich nicht das frischeste. Es hatte Flecken und war nachlässig gebügelt.

»Oliver!« Er winkte ihn zu sich rüber. »Komm zu uns! Darf ich vorstellen: Oliver Stinner, er hat eine Praxis hier in London, Thomas Sadman, er leitet ein sehr interessantes Forschungsprojekt zum Thema Selbstmord an der Uni Manchester, und seine Kollegin Margret Birdy. Oliver und ich kennen uns noch von der Uni.«

Er schüttelte den beiden die Hand. »Freut mich. Hat Ihnen der Vortrag gefallen?«

Margret Birdy lachte auf. »Didaktisch war er unter aller Kanone, wenn ich es mal so deutlich sagen darf.«

Die anderen stimmten in ihr Lachen ein und nickten.

»Ich wäre auch fast eingeschlafen«, meinte Thomas Sadman.

»Bist du mit der Sache weitergekommen, über die wir neulich gesprochen haben?«, fragte Fred dann und fügte erklärend für die Forscher aus Manchester hinzu: »Traumapatientin mit Stellvertreter-Albträumen.«

»Interessant«, sagte Sadman.

»Ja, hoffentlich«, meinte Oliver. »Ich habe jedenfalls eine neue Theorie.«

»Und die wäre?«, fragte Fred neugierig.

»Ich glaube, dass sie als kleines Mädchen Zeugin wurde, wie ihre Mutter tödlich verunglückt ist. Bewusst gibt es offenbar keinerlei Erinnerung an dieses traumatische Erlebnis, aber ihr Unterbewusstsein scheint das Ganze durch diese Stellvertreterträume zu verarbeiten.«

Margret Birdy nickte interessiert. »Solche Fälle hatte ich auch schon, Oliver. Es fasziniert mich immer wieder, wie Kinder es schaffen, grauenvolle Dinge so erfolgreich zu verdrängen. Ein erstaunlicher Überlebenstrick der Natur. Wirklich schade, dass es bei uns Erwachsenen nicht mehr so gut funktioniert.«

»Nun, Margy, das Unterbewusstsein lässt sich aber nicht auf Dauer betrügen«, warf Sadman ein. »Ich habe alte Patienten, die als Kinder die Bomben auf London miterlebt haben und die ihr ganzes Leben niemals Probleme damit hatten. Erst jetzt im Alter, wo sie nicht mehr durch so etwas wie Arbeit abgelenkt werden, da kommt alles raus. Und zwar mit voller Wucht. Hat sich der Verlust des Urvertrauens vorher vielleicht nur in einer Beziehungsunfähigkeit geäußert, so reagieren die Betroffenen jetzt fast so, als wären sie wieder in der traumatischen Situation. Sie zittern, sie weinen, sie reagieren körperlich sehr stark.«

»Geschenkt, Thomas. Aber für Kinder geht es direkt nach dem erlebten Trauma erst mal ums Überleben. Und das würden sie vermutlich nicht so gut hinkriegen, wenn sie nicht so erfolgreiche Verdränger wären«, entgegnete seine Kollegin.

»Wir sind uns aber doch einig, dass Verdrängen nach Möglichkeit durch Aufarbeitung ersetzt werden sollte«, sagte Oliver. »Mir ist klar, dass das nach dem Zweiten Weltkrieg nicht möglich war, aber bei meiner Patientin war das völlig anders. Sie hätte als Kind durchaus Zugang zu Psychotherapeuten haben können, kam aber erst als junge Erwachsene zu mir. In ihrer Kindheit hatte sie ihr Trauma so erfolgreich verdrängt, dass sie für ihren Vater völlig unauffällig war. Hätte man das früher erkannt und sie eher zu mir geschickt, wäre ihr vielleicht einiges erspart geblieben.«

»Sie haben völlig recht, Oliver«, sagte Margret. »Aber die Natur hat Verdrängung als Überlebenskonzept nach einem

Schock vorgesehen. Dagegen kann man sich nur schwer wehren, so etwas macht man ja nicht bewusst. Schon gar nicht als kleines Kind.«

»Haben Sie es schon mit Hypnose bei Ihrer Patientin versucht?«, fragte Thomas Sadman. »Ich habe sehr gute Erfahrungen damit gemacht.«

»Ist die Patientin denn auch stabil?«, mischte sich nun Fred in die Diskussion ein. »Aus meiner Erfahrung kann eine Hypnose labile Patienten weiter verunsichern.«

»Das stimmt.« Sadman nickte.

»Sie ist sehr stabil«, sagte Oliver. »Sie ist seit zwei Jahren bei mir, und ich hatte schon gedacht, dass wir die Sitzungen reduzieren können, weil sie solche Fortschritte gemacht hat. Aber dann wurde jemand in ihrem engen Umfeld ermordet, und die ganze Geschichte warf sie deutlich zurück. Davor hatte sie nur noch ein bis zwei Albträume im Monat, danach kamen sie praktisch wieder mehrmals die Nacht.«

Fred machte ein abwägendes Gesicht. »Hm, hm. Für mich ist sie damit nicht stabil. Ich würde mit einer Hypnose warten. Vielleicht sieht sie unter der Hypnose Dinge, die sie in der jetzigen Trauerphase völlig aus dem Konzept werfen.«

»Konfrontationstherapie?« Margret Birdy sah ihn fragend an. »Bei mir hat sich das schon oft bewährt.«

»Die wende ich normalerweise nur bei Phobien an«, antwortete Oliver nachdenklich. Tatsächlich hatte er diese Therapieform bei Saskia noch nicht in Erwägung gezogen.

»Ja, dafür ist sie ursprünglich ja auch gedacht. Die Konfrontation mit einer großen Spinne hat schon manchen Arachnophobiker geheilt«, sagte Sadman und lachte.

»Ich wende sie aber auch auf anderen Gebieten an, wie du weißt«, entgegnete Margret und schaute ihren Kollegen gespielt strafend an. »Ich habe mal eine Frau betreut, die ihre neugeborenen Säuglinge umgebracht hatte und keinerlei Erinnerung an die Vorfälle besaß. Erst als sie die Bilder der ermordeten Babys sah, deutliche, klare Aufnahmen, kam die Erinnerung.«

»Die Mutter meiner Patientin ist vor siebzehn Jahren verunglückt ...«

»Das macht nichts. Die Polizei müsste eigentlich noch Fotos von der Unglücksstelle und auch vom Leichnam der Frau haben«, meinte Margret Birdy.

»Wenn du willst, stelle ich dir einen Kontakt her«, sagte Fred. »Ich arbeite eng mit der Polizei zusammen.«

»Ach richtig, Fred, Sie sind auch als Notfallseelsorger im Einsatz, nicht wahr?«, fragte die Psychologin aus Manchester, und Fred nickte.

»Ja. Ich werde das aber in Zukunft weniger machen«, sagte er, und Oliver merkte ihm an, wie sehr ihn das Thema belastete. »Wenn du mir ein paar mehr Infos gibst, kann ich dir den passenden Ansprechpartner nennen«, wendete sich Fred dann an ihn. »Du brauchst natürlich die Einwilligung deiner Patientin, aber dann müsstest du eigentlich ein paar Fotos kriegen. Ich ... Ich würde dir sehr gerne helfen.«

Fred stockte, und wieder hatte Oliver den Eindruck, als wenn es seinem Freund nicht besonders gut ginge. Er wirkte niedergeschlagen. Hatte er bei einem seiner Einsätze etwas erlebt, das ihm nun auf der Seele lag? Gerade Notfallpsychologen brauchten manchmal Hilfe, um das Erlebte selbst verarbeiten zu können.

»Danke, Fred.« Oliver sah ihn besorgt an. »Alles in Ordnung?«

Im Gegensatz zu Sadman, der Fred neugierig betrachtete, war seine Kollegin sensibel genug, um zu bemerken, dass sie die beiden besser für ein paar Minuten alleine lassen sollten.

»Komm, Thomas, wir holen uns was zu essen.«

»Ich habe eigentlich gar keinen ...«

»Komm schon!« Sie zog ihn am Ärmel mit und zwinkerte Oliver dabei lächelnd zu.

»Was ist los, Fred?«, fragte er, als sie alleine waren. »Du siehst scheiße aus.«

»Danke.«

»Hast du Probleme?«

Fred zögerte einen Moment und strich sich eine dunkelbraune Haarsträhne aus dem Gesicht.

»Nein, nicht richtig. Aber ...« Er seufzte. »Ach, was soll's. Ich glaube, ich habe meine Fürsorgepflicht vernachlässigt. Ich mache mir schreckliche Vorwürfe.«

»Was ist passiert?«

Sichtbar mitgenommen erzählte Fred ihm von einem Einsatz als Notfallseelsorger vor etwas mehr als drei Wochen. Ein Mann war Zeuge geworden, wie eine Frau aus dem zwanzigsten Stock gefallen und auf seiner Terrasse aufgeschlagen war, offenbar direkt vor seinem Fenster.

»Er lehnte meine Hilfe ab, wollte keine psychologische Betreuung haben. Aber ich hätte mehr darauf bestehen müssen, ich hätte ihm intensiver dazu raten müssen.« Fred atmete hörbar aus, bevor er weitersprach. »Denn jetzt ist der Mann verschwunden, spurlos. Man hat zwar sein Motorrad gefunden, aber von ihm selbst fehlt jede Spur.«

Oliver wusste, was Fred meinte. Ein schwer traumatisierter Mensch schien zunächst völlig normal zu funktionieren und konnte scheinbar ohne Einschränkung seinen Alltag bewältigen. Doch jede harmlose Kleinigkeit konnte ihn aus dem Konzept bringen, konnte Panikattacken und depressive Schübe auslösen.

»Du denkst, er hat sich vielleicht etwas angetan?«

Fred zuckte mit den Achseln. »Wäre nicht das erste Mal.«

Oliver klopfte ihm tröstend auf die Schulter. Wenn Freds Befürchtungen stimmten, erlebte er gerade den Super-GAU eines jeden Psychotherapeuten.

»Vielleicht lebt der Mann ja noch und ist nur abgetaucht. Du weißt ja, wie häufig es das bei traumatisierten Patienten gibt. Die hauen dann einfach ab, weil sie es zu Hause nicht mehr aushalten. Wäre doch möglich.«

Fred nickte. »Klar. Kann natürlich sein. Vielleicht steigere ich mich auch nur in was hinein.«

Dann erzählte er ihm von einem anderen Fall, und während Fred sprach, dachte Oliver darüber nach, wie furchtbar es wäre, wenn einer seiner Patienten Selbstmord begehen würde. Nie wieder würde er dann in seinem Beruf arbeiten können, davon war Oliver überzeugt. Er konnte bloß hoffen, dass er so etwas nie erleben musste.

Sienna liefen die Tränen über die Wangen, direkt in ihren Mundschutz, der langsam nass wurde und an ihrer Haut klebte. Die ganze Nacht über hatte sie im Krankenhaus verbracht, hatte voller Sorge auf den Plastikstühlen im Flur gesessen und darauf gewartet, dass Christophers Operation endlich vorbei war. Ein paar Mal war sie im Wartebereich eingenickt, aber richtigen Schlaf hatte sie nicht gefunden und fühlte sich daher wie gerädert. Jetzt war es schon Vormittag, und endlich konnte sie Christopher auf der Intensivstation sehen.

Es war ein schrecklicher Anblick.

Er musste künstlich beatmet werden, hatte Schläuche im Mund, in der Nase, an den Armen und im Unterbauch. Durch manche strömte Sauerstoff in seinen Körper, durch andere flossen Blut und Flüssigkeiten heraus. Die Ärzte, die ihn über sieben Stunden operiert hatten, hatten ihr gesagt, was für eine Kämpfernatur ihr Mann war. Der Angreifer hatte nur zweimal zugestochen, aber beide Male ein wichtiges Organ verletzt. Die linke Niere hatte einen Stich abbekommen, genauso wie der rechte Lungenflügel. Jede Verletzung an sich war lebensgefährlich gewesen, alle beide zusammen waren normalerweise so etwas wie ein sicheres Todesurteil. Trotzdem hatte Christopher es geschafft. Die Operation seiner Lunge hatte sich zwar als sehr schwierig erwiesen, und ein Teil des Organs musste ihm sogar entfernt werden, dennoch waren die Ärzte zuversichtlich. Sie gingen davon aus, dass er es schaffen würde, sofern es keine größeren Komplikationen mehr gab.

Sienna hielt seine Hand und drückte sie wieder. Sie war immer noch voller Angst, auch wenn es ihr schon besser ging als heute Nacht. Das Krankenhaus hatte sofort die Polizei alarmiert, als Christopher mit dem Rettungswagen eingeliefert wurde, aber durch den Schock war sie nicht in der Lage gewesen, mit dem Beamten ein sinnvolles Gespräch zu führen. Nachdem der Sergeant das Notwendigste notiert hatte, hatte er sie erst mal in Ruhe gelassen und ihr versprochen, heute Vormittag noch mal vorbeizuschauen.

Sienna küsste Christophers Hand. »Alles wird gut«, flüsterte sie. Erst jetzt erkannte sie, wie sehr sie am Ende ihrer Kräfte war. Der Schock, der Schlafmangel, am liebsten hätte sie sich neben Christopher gelegt, sich an seine Seite gekuschelt und einfach nur geschlafen.

Aber sie wusste, dass sie sowieso kein Auge zumachen konnte. Zu viele Fragen gingen ihr durch den Kopf.

Warum hatte der Täter sie nicht ebenfalls angegriffen? Er hatte ihr direkt ins Gesicht gesehen. In dem Moment, in dem Christopher blutend zu Boden ging, hatte der Killer ihr kalt in die Augen geschaut. Und Sienna war unfähig gewesen, sich auch nur zu rühren, sie hatte einfach dagestanden und darauf gewartet, dass das Messer auch sie treffen würde. Doch dann hatte er sich in aller Seelenruhe umgedreht und war gegangen. Er war nicht gerannt oder in Panik geflohen, nein, er war einfach gegangen. Als wäre es für ihn Befriedigung genug gewesen, sie in diesem aufgelösten, auf den Tod wartenden Zustand zu sehen.

Während ihr Mann sterbend in die Knie ging.

Aber er ist nicht gestorben, dachte sie trotzig, du hast nicht gewonnen, Christopher lebt! Und er wird weiterleben!

Das hoffte sie jedenfalls von ganzem Herzen.

Liebevoll strich sie über sein Gesicht, das zwischen den ganzen Schläuchen kaum zu erkennen war. Ob er merkte, dass sie da war? Keiner wusste, was Komapatienten wirklich mitbekamen. Aber sie hoffte, dass er ihre Anwesenheit spürte und ihre Worte irgendwie zu ihm durchdrangen. Sie fühlte eine Mitschuld an Christophers Zustand. Alles hatte mit Jacks Anruf angefangen, und wenn die Vorfälle der letzten Zeit wirklich mit ihm im Zusammenhang standen, dann war sie vielleicht tatsächlich verantwortlich dafür, dass Christopher nun um sein Leben kämpfte. Hätte sie Jack nicht kennengelernt, hätte sie sich nicht in ihn verliebt und mit ihm eine Affäre angefangen – wäre das alles dann womöglich nicht passiert?

»Du wirst leben, Liebling! Alles wird gut!«

Sie zog kurz ihren Mundschutz herunter und küsste ihn auf die Stirn. Dann lehnte sie sich wieder zurück und betrachtete ihren Mann. Zu gerne würde sie mit ihm darüber sprechen, was letzte Nacht passiert war.

Auch über den Vorfall gestern im Garten, als sie vermeintlich überreagiert hatte und auf den armen Kater losgegangen war, nein, auch da hatte sie sich nicht getäuscht. Sie war nicht hysterisch gewesen, der Typ hatte sie schon gestern auf ihrem

Grundstück belauert. Sienna machte sich Vorwürfe, dass sie nicht zur Polizei gegangen waren, sie hätte darauf bestehen müssen, dass Christopher ihre Sorgen ernst nahm. Vielleicht hätten sie das Drama von letzter Nacht sogar verhindern können?

»Tut mir leid, Liebling«, flüsterte sie und wischte sich die Tränen aus den Augen.

Sie schreckte zusammen. Wenn Christophers Angreifer und ihr ungebetener Gast gestern wirklich ein und derselbe Mann waren, dann wusste ein Killer, wo ihre Familie lebte.

Das war nicht gut, das war gar nicht gut.

Die Kinder! Du musst die Kinder wegbringen!

Der Besoffene, der Laura fast vor die Bahn gestoßen hatte, der Kerl, der Leo von der Straße drängte – war das derselbe Mann, der vor wenigen Stunden versucht hatte, Christopher zu töten? Auch wenn sie keinen Beweis dafür hatte, spürte sie genau, dass es so war.

Was wollte der Kerl nur von ihrer Familie? Was hatten sie ihm getan, dass er sie so quälte?

Sie dachte an Jack, dachte daran, dass alles mit seinem Verschwinden angefangen hatte.

Jack.

Der lange Schatten der Vergangenheit hatte sie eingeholt.

»Mrs Johnstone?«

Obwohl die Stimme leise sprach, zuckte Sienna erschrocken zusammen.

»Entschuldigen Sie, ich wollte Sie nicht erschrecken.« Der DS, der sie letzte Nacht schon befragt hatte, stand vor ihr. »Wie geht es ihm?«, fragte er höflich.

»Er wird durchkommen.«

»Das ist das Wichtigste.« Er räusperte sich und schien nach den richtigen Worten zu suchen. »Mrs Johnstone, ich weiß, dass das jetzt vielleicht viel verlangt ist, weil Sie Ihren Mann vermutlich nur ungern alleine lassen wollen. Aber die Erfahrung hat gezeigt, dass eine Täterbeschreibung am besten funktioniert, wenn sie möglichst schnell nach der Tat gegeben wird. Die Erinnerung stellt uns manchmal Fallen, Dinge werden unklar oder verschwinden.«

»Ja. Das kann ich mir vorstellen.« Sienna antwortete wie in Trance. Sie war in Gedanken immer noch bei Jack. Die Frage, was er mit den Ereignissen der letzten Tage zu tun hatte, ließ sie einfach nicht los.

»Wenn Sie mich jetzt aufs Präsidium begleiten und wir ein Phantombild anfertigen können, haben wir die größte Chance, ein möglichst genaues Bild von dem Mann zu kriegen. Sie sagten doch, dass Sie ihn gesehen haben, oder?«

Sienna nickte langsam. »Ja. Ich habe ihn gesehen.« Niemals würde sie sein Gesicht vergessen. Die Augen, diese unglaublich kalten Augen. Und der Mund, der fast fratzenhaft verzogen war, obwohl der Mann keinen Laut von sich gegeben hatte. Hohe Wangenknochen und eine feine Nase, die man unter anderen Umständen hübsch genannt hätte. Nicht das Gesicht eines Mörders, eher das eines Pianisten oder Schauspielers. »Er hat mich direkt angeschaut«, flüsterte sie. »Es schien ihm gar nichts auszumachen, dass ich ihn sehen konnte.« Sie musste schlucken. Warum war das dem Mann so egal gewesen?

Der DS schien ihre Gedanken lesen zu können. »Vielleicht war er angetrunken oder stand unter Drogen. Solche Täter begreifen manchmal gar nicht, dass sie gesehen werden. Denen geht es nur um die Beschaffungskriminalität.«

Doch, dachte sie nur. Der hatte es verstanden. Davon war sie überzeugt.

»Er hat uns nichts geklaut.«

»Auch das ist nicht so ungewöhnlich. Viele Täter hatten die Gewalt eigentlich nicht geplant und sind selbst erschrocken, wenn es zum Äußersten kommt. Im Schock fliehen sie dann ohne Beute.«

Sienna schüttelte energisch den Kopf. »Nein. So war es nicht. Er hat überhaupt kein Geld von uns gefordert. Er hat sofort zugestochen. Ich bin mir sicher, dass er auf uns gewartet hat. Der hat uns aufgelauert! Um Christopher zu töten! Nur aus diesem Grund!«

Der Polizist schaute sie aufmerksam an. »Wurde Ihr Mann in der letzten Zeit bedroht? Hatte er Probleme?«

»Nein.« Sienna zögerte kurz und blickte auf Christopher. Wenn sie dem Sergeant von dem Vorfall mit Laura und von Leos Unfall erzählen würde, würde sie noch nichts von ihrer alten Affäre preisgeben.

»Ich kann mir nicht vorstellen, dass das in einem Zusammenhang steht«, sagte der DS, nachdem sie ihm die Vorfälle geschildert hatte. Dennoch machte er sich eine Notiz. »Wir werden das trotzdem im Hinterkopf behalten und überprüfen, aber wenn der Täter von letzter Nacht auch dafür verantwortlich wäre, würde das ja bedeuten, dass er es auf Ihre ganze Familie abgesehen hätte.« Der Mann schüttelte den Kopf, als halte er das für ziemlich unwahrscheinlich.

Benommen verabschiedete sich Sienna von Christopher und folgte dem Polizisten dann aus dem Krankenhaus, um mit ihm ins Präsidium zu fahren. Seine Worte ließen sie nicht mehr los, die ganze Zeit konnte sie nur einen Gedanken fassen.

Er hat es auf meine ganze Familie abgesehen.

13

Die Vögel zwitscherten, laut und geradezu fröhlich drang der Gesang in ihr Ohr. Ihr Gesicht lag auf etwas wunderbar Weichem, und der Geruch, der ihr in die Nase stieg, war ihr vertraut, roch nach Natur und Freiheit.

So ist es also im Himmel, dachte Noemi und empfand für einen winzigen Augenblick Glück.

Doch der Moment hielt nur so lange an, bis ihr Bewusstsein wieder voll da war. Unbarmherzig schoss wieder der Schmerz durch ihren Körper, ihre Nase und vor allen Dingen durch ihren Hals. Der Kehlkopf tat höllisch weh, sie hatte Mühe, zu schlucken. Innerhalb von Sekunden verstand sie, was passiert sein musste.

Er hat zu früh von dir abgelassen.

Ja, er hatte sein Werk nicht vollendet. Er musste sie für tot gehalten haben. Vermutlich war sie auch mehr tot als lebendig gewesen und hatte keine Anzeichen von Leben mehr gezeigt, sobald er aufgehört hatte, ihr die Kehle zuzudrücken.

Aber er hatte sich getäuscht. Auch wenn ihre Atmung flach und kaum noch wahrnehmbar gewesen sein mochte, sie war noch da gewesen.

Und jetzt war Noemi noch da.

War es wirklich ein Versehen gewesen? Oder hatte er sie vielleicht absichtlich am Leben gelassen? Spielte dieses Monster womöglich ein mörderisches Spiel mit ihr? Vielleicht geilte er sich an ihrem Todeskampf auf, wollte dieses Erlebnis immer und immer wieder haben? Kam er etwa gleich zurück, und die Tortur begann von Neuem?

Noemi wollte aufspringen und weglaufen, aber ihr Körper gehorchte ihr nicht. Sie war mehr tot als lebendig, und so schnell wie in ihren Verstand kam das Leben in ihre Glieder nicht zurück. Ihre Finger krallten sich in den Boden, und es kostete sie einige Mühe, den Kopf zu heben. Kurz darauf ließ sie ihn wieder auf die Erde sinken. Es war zu anstrengend. Aber sie wusste, dass sie hier weg musste. Wenn der Kerl wirklich nur ein perverses Spiel mit ihr spielte, konnte er jederzeit wieder zu ihr zurückkehren.

Sie horchte in sich hinein, versuchte zu erkennen, ob sie sich etwas gebrochen hatte. Zwar hatte sie am ganzen Körper Schmerzen, aber sie konnte ihre Beine und ihre Füße bewegen. Immerhin. Das war ein gutes Zeichen.

Noemi mobilisierte alle ihre Kräfte und wälzte sich auf den Rücken. Sie musste wieder auf die Beine kommen, das war die einzige Chance, von hier zu entkommen. Ob er noch in der Nähe war? Sie womöglich beobachtete?

Sie blickte in den Himmel, den sie zwischen den dicht stehenden Bäumen kaum erkennen konnte, und lauschte angestrengt. Aber sie hörte nichts. Keine Autos, keine Menschen, nichts. Nur das Knacken der Bäume, die sich leicht im Wind bewegten. Sie musste wirklich tief im Inneren des Waldes sein.

Noemi erinnerte sich daran, wie der Kerl sie gejagt hatte, wie er sie zu Boden warf und ihr den Hals zudrückte. Sie wusste noch, wie ihr schwarz vor Augen wurde und wie sie gedacht hatte, dass es das jetzt war. Sie hatte darauf gewartet, dass die schönen Bilder aus ihrer Kindheit vor ihren Augen vorbeiflogen, der berühmte Film, der am Ende des Lebens gezeigt wurde, bevor der Vorhang fiel. Aber sie hatte nichts gesehen. Auch nicht das helle Licht, von dem so viel erzählt wurde, selbst das hatte sie nicht gesehen. Noemi erinnerte sich noch, dass sie für einen Augenblick enttäuscht war, dass sie so sterben musste. Aber dann war sie auch schon weggewesen, ohnmächtig geworden in dem Bewusstsein, dass ihr Leben zu Ende war.

Aber es war nicht zu Ende. Ihr verdammter Mörder hatte es nicht zu Ende gebracht, und sie wollte ihm keine Gelegenheit für einen zweiten Versuch geben.

Selbst wenn er dich beobachten sollte, er kriegt dich nicht kampflos!

Noemi stemmte die Arme in den feuchten Waldboden und versuchte aufzustehen. Erst jetzt merkte sie, wie viele Zweige und Äste auf ihr lagen, auch Laub fiel in großen Mengen von ihr herunter. Ein trockener Husten quälte sie, der ihren Kehlkopf vor Schmerzen fast zerriss.

Hoffentlich ist er nicht gebrochen, dachte sie, war sich aber im selben Moment sicher, dass sie dann vermutlich tot wäre. Einen gebrochenen Kehlkopf überlebte man nicht, daran erstickte man doch, oder? Vielleicht war er angebrochen? Oder gequetscht? Sie versuchte, etwas zu sagen, aber mehr als ein heiseres Krächzen brachte sie nicht über die Lippen.

Keine Panik, sagte sie sich. Du lebst, er hat es nicht zu Ende gebracht, aus welchen Gründen auch immer. Du lebst.

Seit ihrer missglückten Flucht mussten Stunden, vielleicht sogar Tage vergangen sein. Es war dunkel, als sie aus der Jagdhütte geflohen war. Jetzt hingegen stand die Sonne hoch am Himmel. Sie hatte also mindestens zehn Stunden hier im Wald gelegen, vielleicht aber auch zwei Tage. So lange würde er sich niemals hier versteckt halten und sie beobachten.

Er kommt nicht zurück. Er denkt, du bist tot.

Sie setzte sich auf und registrierte erst jetzt, dass sie in einer Mulde lag. Plötzlich wurde ihr klar, warum so viel Laub und Geäst auf ihr gelegen hatten, und für einen Moment dachte sie, vor Entsetzen wieder das Bewusstsein zu verlieren. Aber dann mobilisierte sie alle Kräfte, die sie noch hatte.

Du hast überlebt, verdammt noch mal! Es ist nicht dein Grab!

Noemi stand auf, mühsam und schwach klopfte sie den Dreck von sich ab. Ihr war schwindelig, und sie wusste, dass sie es nicht mehr lange ohne Essen und Trinken aushalten würde.

Sie sah an sich hinunter, ihr Körper schien nach wie vor unversehrt zu sein, von ihrem Hals und ihrer Nase mal abgesehen. Der Typ hatte sie also entführt, um sie umzubringen. Aber warum? Und warum hatte er sie nicht sofort kaltgemacht, sondern sie noch am Leben gelassen?

Noemi versuchte, sich zu konzentrieren. Sie war nicht in die Hände eines irren Vergewaltigers geraten, so viel war ihr inzwischen klar. Plötzlich musste sie wieder an die Bestie aus ihrem Horrortrip denken. Und wenn es gar keiner gewesen war? Wenn das, was sie völlig zugedröhnt in der Wohnung ihrer Eltern erlebt hatte, tatsächlich passiert war?

Der Arm, der auf den Fenstersims aufschlug.

Die roten Flecken an der Scheibe.

Die Fratze auf dem Dach.

Und kurz danach im Hausflur.

Nichts davon war einem Horrortrip geschuldet, alles war real gewesen. Sie hatte einen Mörder gesehen.

Und er sie.

Die Bestie aus dem Horrortrip war keine Bestie gewesen, der Horrortrip kein Trip. Sie hatte beobachtet, wie ein Mörder vom Tatort flüchtete, und deshalb sollte sie sterben. Einen anderen Grund konnte es nicht geben.

Aber warum hatte er sie nicht sofort getötet? Vielleicht war ihm etwas dazwischengekommen, vielleicht musste er noch irgendwelche Vorbereitungen treffen? Noemi wusste es nicht.

Du musst es bis zu den Bullen schaffen, dachte sie, du musst das Schwein anzeigen.

Aber würde sie ihn beschreiben können? Sie hatte sein Gesicht nicht gesehen, nur einmal so halb, damals, als sie auf dem Trip war. Aber da war es auch noch merkwürdig verzerrt gewesen, hatte sich unter dem Eindruck der Drogen zu einer schrecklichen Grimasse verformt.

Eins nach dem anderen, dachte sie. Erst mal musst du es bis zu den Bullen schaffen.

Sie schleppte sich mühsam aus der Mulde heraus und sah sich um. Egal wohin sie auch blickte, überall war nur dichter Wald. Sie war nicht an der Stelle, an der er sie eingeholt hatte, davon war sie überzeugt. Er musste sie hierher geschleppt haben, vermutlich dachte er, er könnte sie so besser entsorgen.

Falsch gedacht, Arschloch.

In welche Richtung sollte sie gehen? Sie glaubte, auf dem Waldboden Schleifspuren zu sehen und überlegte kurz, sie zurückzuverfolgen. Sofort entschied sie sich dagegen. Bloß nicht zurück zu dieser Hütte. Wenn sie ihn noch mal treffen würde …

Dann würde er bestimmt auf Nummer sicher gehen.

Also nahm sie die entgegengesetzte Richtung.

Und wenn ich in Schottland rauskomme, dachte sie trotzig, Hauptsache nicht bei der Hütte.

Noemi ging los, tief hinein in den dunklen Wald. Und

obwohl sie geschwächt und mitgenommen war, obwohl sie immer noch voller Angst war und unter Schock stand, fühlte sie sich auf eine merkwürdige Art auch stark.

Sie hatte die Bestie überlebt. Die Bestie aus ihrem Horrortrip, von dem sie nun wusste, dass es keiner war.

Weil das Leben schlimmer sein konnte als jeder Trip.

»Ich bin froh, dass du es dir anders überlegt hast.«

Max öffnete die Tür zu Ellens altem Büro, trat einen Schritt zur Seite und ließ Saskia den Vortritt.

»Wir können dich hier wirklich gut gebrauchen. Ich bin froh, dass du als stellvertretende Geschäftsführerin jetzt mit an Bord bist. Zu zweit segelt es sich einfach besser.«

»Erst mal ist es ja nur für drei Tage die Woche, wie besprochen«, sagte sie. »Dann kann ich meinen Master noch ein bisschen weiter vorantreiben.«

»Ich freu mich.« Max lächelte sie an. »Auch wenn es natürlich traurig ist, dass meine Alleinherrschaft hiermit endet.«

Sie sah ihn erstaunt an. »Hallo? Du warst es doch, der mich seit Wochen jeden Tag gedrängt hat ...«

»Das war ein Scherz, Schwesterlein.« Max grinste breit. »Ein echter Max-Flynt-Scherz. Du wirst dich wieder daran gewöhnen müssen.«

»Witzig.«

Langsam schritt sie durch das große Büro und blieb etwas zögerlich vor dem glänzenden Schreibtisch stehen.

»Aber es wird dir nicht zu viel, oder?«, fragte Max. Besorgt sah er sie an. »Ich weiß ja, wie wichtig dir das Studium ist.«

»Keine Sorge, ich schaff das schon.« Demonstrativ schwungvoll ließ sie sich in den Schreibtischstuhl fallen. Es fiel ihr immer noch schwer, Ellens Tod zu akzeptieren, weil er ihr so sinnlos erschien. Natürlich war Mums früher Tod auch sinnlos, aber Saskia hatte mit der Zeit gelernt, dass Unfälle nun mal passierten, dass sie so etwas wie ein immerwährendes Risiko im Leben waren. Aber ein Mord? Den zu akzeptieren fiel ihr außerordentlich schwer. Und sie wusste von ihrem Therapeuten, dass Akzeptanz der erste Schritt in Richtung Bewältigung war. Aber dafür war es vermutlich noch viel zu früh.

»Dr. Stinner ...«

»Wer?«, fragte Max, der ihr gerade das Passwort für ihren Computer auf einen Zettel schrieb.

»Mein Therapeut. Dr. Stinner ...«

»Ach so.«

»... hat mir eine Konfrontationstherapie vorgeschlagen.«

»Was soll das sein?« Max klebte den Zettel an den Bildschirm. »Damit kommst du ins Intranet und in alle internen Vorgänge.«

»Danke.«

»Meinst du nicht, es ist zu früh, um schon eine Therapie zu machen? Ich meine, Ellen ist noch keinen Monat tot. Da ist es doch normal, dass man trauert. Jetzt schon einen Seelenklempner ...«

»Es hat nichts mit Ellen zu tun«, unterbrach Saskia ihn.

Sie atmete hörbar aus. Es fiel ihr schwer, mit Max über das Thema zu sprechen. Sie wusste, dass ihren Bruder der Tod der Mutter lange Zeit viel stärker belastet hatte als sie, er aber irgendwann damit abgeschlossen hatte und sich am liebsten nie wieder damit auseinandersetzen würde.

»Es geht noch mal um Mum ...«

»Saskia!« Aus seinen Augen sprach ein einziger Vorwurf. Max war der Meinung, dass auch sie ihre Mutter endlich ruhen lassen sollte.

Aber das konnte sie nicht.

»Er hält es nicht für ausgeschlossen, dass ich damals beobachtet habe, wie Mum verunglückt ist ... Ich war ja mit ihr unterwegs.«

»Oh Mann ...« Max verdrehte die Augen.

»Wenn seine Theorie stimmt«, fuhr Saskia unbeirrt fort, »dann habe ich seitdem alle schlimmen Bilder verdrängt. Durch Ellens Tod kommt jetzt alles wieder hoch ...«

»Sagt dein Therapeut«, meinte Max gedehnt, und es war nicht zu überhören, dass er von dieser Berufsgruppe nicht allzu viel hielt.

»Ja. Dr. Stinner hofft, dass ich mich an alles wieder erinnere, wenn ich mit Fotos von der Unglücksstelle konfrontiert werde. Erst wenn ich mich erinnere, kann ich verarbeiten und abschließen, sagt er.«

Max sah sie eine Weile nachdenklich an. »Fotos von der Unglücksstelle – heißt das auch Fotos von Mum?«

Saskia nickte langsam.

»Das halte ich für totalen Schwachsinn!« Max' Stimme klang geradezu empört. »Die letzte Zeit war doch wirklich nicht einfach für dich. Wenn du dir jetzt noch Fotos von unserer tödlich verunglückten Mutter anschaust ... Nein, Schwesterherz, wirklich, davon kann ich dir nur abraten! Das reißt nur die schlimmsten Wunden wieder auf!« Er schüttelte den Kopf und ging aufgebracht vor ihrem Schreibtisch auf und ab. »Bist du dir sicher, dass dieser Dr. Stinner kein Scharlatan ist?«

»Er ist der Beste, Max. Ich vertraue ihm wirklich sehr.«

»Trotzdem. Ich finde, du solltest dir einfach etwas mehr Zeit geben, bevor du dich in irgendeine Therapie stürzt. Trauer braucht Zeit! Nicht ohne Grund gab es früher das berühmte Trauerjahr. So was geht einfach nicht so schnell!«

Saskia überlegte, ob sie ihm alles genauer erklären sollte.

Sie wusste, dass die Trauer um Ellen noch lange anhalten würde, vielleicht für ihr ganzes Leben. Aber die Konfrontationstherapie machte sie nicht Ellens wegen, bei der ging es ihr einzig und allein um Mum und ihr unverarbeitetes Trauma.

»Denk noch mal darüber nach«, sagte Max eindringlich. »Ich befürchte einfach, dass dich die ganze Sache völlig aus dem Konzept werfen könnte. Ich finde immer, man sollte mehr auf sich selbst hören als auf irgendeinen Seelenklempner. Du kennst ja meine Einstellung zu denen.«

Ja, die kannte sie. Max war damals von einem Jugendpsychiater zum anderen geschickt worden, aber keiner hatte Zugang zu dem Jungen bekommen. Erst als er ganz unten war, hatte ein engagierter Streetworker sein Vertrauen gewinnen können. John oder Jo hatte er geheißen, Saskia wusste es nicht mehr genau, aber sie war sich sicher, dass er diesem Mann sein Leben zu verdanken hatte. Manchmal dachte sie, dass ihr Bruder nur den Weg gehen konnte, den er gegangen war. Dass er als Teenager saufen und kiffen musste wie kein anderer und sich vermutlich auch noch härtere Drogen reingezogen hatte. Dass er durch den Drogensumpf musste, um Mums Tod zu verarbeiten und am Ende wieder Licht zu sehen und Vertrauen zu einem Menschen zu fassen.

Aber ihr Weg war nun mal ein anderer.

Es klopfte, und Anna steckte ihren Kopf durch die Bürotür.

»Entschuldigen Sie die Störung, aber hier ist ein Herr von der Polizei, der Sie beide gerne sprechen würde.«

»Lassen Sie ihn herein, Anna«, sagte Saskia.

Anna Miller trat einen Schritt zurück. »Bitte, Inspector.«

Es war der ältere der beiden Beamten vom CID, die auch bei Ellens Beerdigung gewesen waren. Ernst, aber nicht unfreundlich kam er in den Raum und schüttelte Max und ihr die Hand.

»Gibt es etwas Neues, DI Silver?«, fragte Saskia.

»Sind Sie bei der Suche nach dem Mörder unserer Tante weitergekommen?«, wollte auch Max wissen.

»Bitte, nennen Sie mich doch David.« Er seufzte. »Es tut mir leid, ich befürchte, ich habe keine guten Nachrichten.«

Saskia merkte, wie ihr Herz zu rasen begann. Hoffentlich ist nichts mit Dad, dachte sie nur. Bitte lass ihm nichts passiert sein!

»Eine männliche Leiche ist gefunden worden. Bisher wurde sie noch nicht endgültig identifiziert. Aber es spricht einiges dafür, dass es sich dabei um Ihren Onkel, Mr George Cramer, handelt. Es tut mir sehr leid.«

Die Nachricht traf sie völlig unerwartet. Sie musste schlucken und hatte Mühe, die Fassung zu wahren. George war tot? Auch Max schien die Nachricht zu treffen. Blass setzte er sich auf einen der Sessel, die vor ihrem Schreibtisch standen, und schüttelte fassungslos den Kopf.

»Mein Gott. Das ist ja furchtbar«, sagte er mit belegter Stimme. »Was ist passiert? Ein Unfall?«

»Der Körper ist in Dover, am Fuße der Klippen, gefunden worden. Über die Umstände können wir noch nichts Genaues sagen. Einen Unfall ziehen wir natürlich genauso in Betracht wie alles andere.«

Saskia stockte der Atem, als sie die Worte hörte. Schon wieder war jemand in ihrer Familie durch einen Sturz in die Tiefe ums Leben gekommen. Während sie fast jede Nacht davon träumte, wie sie selbst ins Bodenlose stürzte, war nun schon das dritte Familienmitglied auf diese Art zu Tode gekommen. Es kam ihr fast so vor, als würde ein Fluch über ihrer Familie liegen.

»Man hat keine Ausweispapiere bei ihm gefunden«, fuhr

DI Silver fort. »Ich muss einen von Ihnen bitten, den Leichnam zu identifizieren.«

Max nickte nur abwesend.

»Das heißt, es ist vielleicht gar nicht George?«, fragte Saskia. »Vielleicht ist es ja jemand völlig anderes!«

»Wir haben bei der Leiche allerdings ein Ticket für das Kreuzfahrtschiff gefunden«, sagte DI Silver. »Wir hatten Ihrem Onkel zwar ausdrücklich untersagt, die Reise anzutreten, aber nachdem er verschwunden war, mussten wir davon ausgehen, dass er sich unseren Anordnungen widersetzt hat. Jedenfalls ist das Ticket auf seinen Namen ausgestellt.«

»Vielleicht wollte er vor der Reise noch einen kleinen Spaziergang machen und ist dabei verunglückt«, überlegte Max laut. »Schrecklich.«

»Möglich«, sagte der DI. »Größe, Alter und Augenfarbe stimmen ebenfalls mit Ihrem Onkel überein. Eine offizielle Identifizierung ist das natürlich noch nicht, zumal der Tod bereits am Samstag oder Sonntag eingetreten sein dürfte. Die Leiche wurde aber erst gestern von einem Spaziergänger gefunden und lag somit schon mindestens fünf Tage in der freien Natur. Dennoch sind wir uns ziemlich sicher, dass es sich bei dem Toten um George Cramer handelt.«

»Aber Sie kannten ihn doch auch, haben ihn bestimmt etliche Stunden verhört. Können Sie ihn nicht ...« Saskia hielt inne. Als sie das Gesicht von DI Silver sah, war ihr klar, dass eine herkömmliche Identifizierung nicht mehr möglich war.

»Es gibt eine auffällige Narbe an der Schulter des Toten ...«

Saskia nickte langsam. »Ein Jagdunfall. Vor etwas mehr als fünf Jahren. Wie Sie wissen, waren mein Onkel und meine Tante leidenschaftliche Jäger. Sie haben ja eine eigene Jagd mit

Hütte und allem Drum und Dran. Einmal hat sich bei einem Jagdausflug aus Ellens Gewehr versehentlich ein Schuss gelöst und George an der Schulter getroffen«, erklärte Saskia und überlegte im selben Moment, ob das Ganze damals wohl wirklich ein Unfall gewesen war. Nach allem, was in der letzten Zeit passiert war, konnte sie sich auch einen anderen Hergang vorstellen. Aber das war jetzt egal, das war Vergangenheit.

»Ja, das mit der Jagd war uns bekannt. Wir haben das Cottage im Epping Forest auch durchsucht und Hinweise darauf gefunden, dass sich dort vor Kurzem noch eine Person aufgehalten hat«, sagte der DI.

»Onkel George?«, fragte Max.

»Dazu kann ich Ihnen aus ermittlungstechnischen Gründen leider nichts sagen.«

Max nickte verstehend. »Ich kann Sie nachher begleiten und die Leiche identifizieren«, sagte er, obwohl er immer noch ganz blass um die Nasenspitze war. »Glauben Sie, es war ein Unfall? Oder hat er sich womöglich umgebracht?«, fragte er.

»Das wissen wir nicht.«

»Vielleicht hatte er ein schlechtes Gewissen …«, murmelte Max. Sofort hatte er die volle Aufmerksamkeit des Ermittlers.

»Wie meinen Sie das?«, wollte er wissen.

»Nur so ein Gedanke …«, Max machte eine abwehrende Handbewegung. Doch Silvers Blick schien ihm deutlich zu signalisieren, dass er weitersprechen sollte. »Nun, mein Onkel hatte eine junge Freundin, möglicherweise wollte er meine Tante loswerden. Vielleicht hatte er wirklich etwas mit ihrem Tod zu tun und hat sich jetzt umgebracht, weil ihn die Schuldgefühle zu sehr plagten. Wie gesagt, ist nur so ein Gedanke.«

»Verstehe.« DI Silver machte sich eine Notiz.

Saskia schüttelte energisch den Kopf. »Ich weiß nicht. Er ist nach Dover gefahren, um ein Kreuzfahrtschiff zu besteigen und einmal um die Welt zu reisen. Warum sollte er sich kurz vor der Abreise umbringen? So wie ich George kenne, hätte er das frühestens in der Karibik gemacht.« Wieder schüttelte sie den Kopf. »Nein ... Von einer Klippe zu springen ... Das passt doch nicht zu ihm. Mein Onkel war Jäger! Der hätte sich eher eine Kugel in den Kopf gejagt.«

»Bisschen schwierig mit 'nem Gewehr«, meinte Max.

»Hatten Sie ein enges Verhältnis zu Ihrem Onkel?«, fragte der DI.

»Nein«, antwortete Max. »Ich habe die letzten zwei Jahre mit ihm zusammengearbeitet, wobei zusammenarbeiten eigentlich der falsche Begriff ist. Meine Tante und er waren die Chefs.«

Saskia schaute ihn überrascht an. Täuschte sie sich, oder klang Max' Stimme plötzlich bitter? Sie hatte sich nie Gedanken darüber gemacht, wie ihr Bruder in der Firma behandelt worden war. Immer war sie davon ausgegangen, dass er eine Art Juniorchef-Standing hatte und als einer der Familienerben auch so behandelt wurde. Zumal er im Gegensatz zu Saskia über seine Firmenanteile bereits verfügen konnte. Dass ihr dominanter Onkel George den so viel jüngeren Max als gleichberechtigten Geschäftspartner gesehen hatte, kam ihr jetzt allerdings auch unwahrscheinlich vor.

»Hatten Sie viele Konflikte mit ihm?«, fragte der DI.

Max schüttelte den Kopf. »Nein, gar nicht. Die Verhältnisse waren absolut klar. Dank meiner Firmenanteile hatte ich ein gewisses Mitspracherecht, offenen Streit gab es nicht. Außerdem hat Ellen immer versucht, unsere Konflikte schon im Keim zu ersticken. Ihr lag viel daran, Einigkeit zu demonstrieren.«

Erneut machte sich Silver eine Notiz. »Und wie war Ihr Verhältnis zu George Cramer?«, wandte er sich dann an Saskia.

»Ich war mit meiner Tante immer viel enger ... Mit George hatte ich eigentlich nie viel zu tun. Trotzdem kann ich mir irgendwie nicht vorstellen, dass er sich umgebracht hat. Das passt einfach nicht zu ihm.«

Wenn Saskia sich allerdings überlegte, wie wenig sie ihn wirklich gekannt hatte, dann konnte sie im Grunde nicht ausschließen, dass Onkel George depressiv war. Er neigte zu aggressivem Verhalten, er trank nicht wenig, war offenbar unglücklich im Privat- und Berufsleben.

Trotzdem.

»Vielleicht weil er immer so dominant und selbstbewusst auftrat«, fügte sie noch hinzu und machte ein abwägendes Gesicht. »Andererseits hatte sich seine junge Freundin gerade von ihm getrennt.«

»Die Frau, für die er seine Ehefrau tötet, verlässt ihn. Verzweifelt und voller Schuldgefühle nimmt er sich das Leben«, überlegte Max laut. »Traust du ihm so was wirklich zu?«

»Ich weiß es nicht.«

Ihr Bruder atmete tief durch. »Hat er einen Abschiedsbrief hinterlassen?«, fragte er dann.

»Ja. Wir haben einen Brief bei ihm gefunden, der allerdings an niemanden adressiert war.« Der DI holte einen Zettel aus der Jackentasche, der in eine kleine Plastiktüte gewickelt war. »Es tut mir leid. Ich wollte das nicht«, las er vor und reichte das Tütchen dann an Max weiter. »Ist das die Handschrift Ihres Onkels?«

Max nickte. »Ja. Eindeutig«, meinte er und gab Saskia den eingepackten Zettel.

Ihr wurde ganz flau im Magen, als sie Georges Schrift sah.

Ja, das hatte eindeutig er geschrieben. Die weit ausholende Schrift ihres Onkels war unverkennbar. Saskia hörte das Blut in ihren Ohren rauschen, und die Gedanken rasten durch ihren Kopf. Sie hatte das Gefühl, dass es ihr jetzt zu viel wurde. Dass Ellen einem Mord zum Opfer gefallen war, war unfassbar genug und für sie kaum zu verarbeiten. Dr. Stinner hatte ihr gesagt, dass ein gewaltsamer Tod für die Angehörigen besonders schwer war. Auf einen Krebstod konnte man sich vorbereiten, Unfälle passierten so viele, dass man auch die als grausamen Teil des Lebens akzeptiert hatte. Aber Mord?

Wieder dachte sie an Georges Worte, die er geschrieben hatte: *Es tut mir leid, ich wollte das nicht.* Meinte er damit wirklich Ellens Tod? War er schuld an ihrem Sturz? War er die Person auf dem Video vom Nachbarhaus? Saskia schüttelte sich. Nicht nur, dass ihre Mutter unter so merkwürdigen Umständen von der Aussichtsplattform gestürzt war, nein. Tante Ellen war tot. Und ihr Ehemann war vermutlich ihr Mörder. Sie hatte über Jahre hinweg mit ihm an Weihnachten an einer Tafel gesessen. Vielleicht hatte sie ihn nicht besonders gemocht, aber er war immerhin ihr Onkel. Und er sollte schuld am Tod ihrer geliebten Tante sein?

Drei Familienmitglieder waren von großer Höhe in den Tod gestürzt. Verunglückt, ermordet und freiwillig gesprungen. Sie hoffte inständig, dass dieser Fluch jetzt endlich ein Ende genommen hatte. Immerhin war der Mörder jetzt tot.

George. Ein Mörder?

Einerseits war das unvorstellbar, andererseits würde es erklären, warum er so seltsam distanziert war, als sie ihn kurz nach Ellens Tod besucht hatte. Warum er sofort aus der Firma aussteigen und mit Iza verreisen wollte. Und warum er die junge Frau so hart geschlagen hatte, als sie ihn verlassen wollte. Der Mann hatte sich seit Wochen im Ausnahmezustand befunden und sich dementsprechend benommen. Das passte tatsächlich zusammen.

»Mein Gott«, brachte Saskia nur über die Lippen. »Vielleicht hat er es wirklich getan ...«

Für eine Weile sagte niemand ein Wort, und Saskia hatte den Eindruck, als würde David Silver ihnen etwas Zeit geben wollen, die schreckliche Nachricht sacken zu lassen. Saskia dachte an Iza und fragte sich, wo sie jetzt wohl steckte. Müsste man sie nicht darüber informieren, dass ihr Ex-Geliebter tot war? Dass sie keine Angst mehr haben musste? Aber sie hatte keine Ahnung, wo die Frau sich aufhielt. Sie wusste noch nicht mal ihren Nachnamen. Iza würde es aus den Medien erfahren, dass George nicht mehr lebte.

»Gibt es eine Möglichkeit, dass diese Informationen nicht an die Öffentlichkeit gelangen?«, fragte Max dann, und seine Stimme klang besorgt. »Auch wenn das jetzt vielleicht unpassend klingt, aber wenn herauskommt, dass der ehemalige Geschäftsführer von *Frosty Bag* die Chefin des Unternehmens ermordet hat, dann ist das nicht gerade eine gute Werbung für unser Unternehmen.«

Saskia lag es auf der Zunge, ihrem Bruder zu sagen, dass das doch im Moment mehr als zweitrangig sei. Aber dann wurde ihr bewusst, wie unrecht sie damit hatte. Die Boulevardpresse würde sich auf so eine Meldung stürzen, die Reporter würden in ihrem Privatleben herumschnüffeln und Fotos herauskramen, die ihre Familie in einem unvorteilhaften Licht zeigen würden. Sie würden alles aufbauschen und eine dramatische Familiengeschichte daraus stricken, die mit der Wahrheit vermutlich nicht mehr viel zu tun hatte. Blätter wie die *Sun* oder der *Daily Mirror* schreckten bekanntermaßen vor nichts zurück.

Und das Unternehmen, das Lebenswerk ihrer Großeltern, das Erbe ihrer Mutter und von Ellen, würde unweigerlich

Schaden nehmen. Bei allem Schrecklichen, was passiert war, sollten sie versuchen, wenigstens das zu verhindern.

»In diesem Stadium der Ermittlungen geben wir keine Informationen an die Presse. Erst wenn eine Tat bewiesen ist, besteht bei Nachfrage eine Auskunftspflicht.«

»Ich verstehe. Dann müssen wir etwas vorbereiten, was wir im Fall der Fälle rausgeben können«, sagte Max zu ihr.

Saskia nickte nur und nahm sich vor, gemeinsam mit Anna eine Erklärung aufzusetzen.

»Wir werden uns noch mal im Haus Ihres Onkels umsehen müssen.«

»Natürlich«, sagte Saskia. »Ich kann Sie zum Haus begleiten, wenn Sie möchten.«

Als er noch mal wach wurde, wusste Jack Bernard, dass es so nicht mehr lange gehen würde. Er hatte keine Vorstellung davon, wie viele Tage er schon in seinem Gefängnis war. Eine Woche mindestens, schätzte er, vermutlich länger. Sein linkes gebrochenes Bein hatte sich seit dem Unfall entzündet. Der pochende Schmerz zog sich durch seinen ganzen Körper, und das Bein war so heiß, als läge es auf einem Grill. Seit vermutlich zwei Tagen hatte er auch Fieber. Er fühlte sich schwach, hatte immer wieder Halluzinationen und verbrachte die meiste Zeit in einem dösenden Zustand.

Obwohl die Schmerzen allgegenwärtig und kaum noch zu ertragen waren, wurden sie noch überdeckt von dem ungeheuren Durstgefühl. Zum Glück lief ein kleines Rinnsal die felsige Wand hinab, sodass es ihm möglich war, wenigstens etwas zu trinken. Aber es reichte nicht. Seit gestern musste er nicht mehr urinieren. Der Harndrang hatte sich eingestellt. Jack wusste, was das zu bedeuten hatte.

Seine Nieren hatten aufgegeben.

Und das war vermutlich erst der Anfang.

Seit ein paar Stunden war er sich im Klaren darüber, dass er sterben würde. Zunächst hatte ihn diese Erkenntnis mit Schrecken erfüllt, er hatte geweint, gewimmert und immer wieder nach einem Ausweg gesucht. Langsam hatte er dann akzeptiert, dass es keinen gab, dass sein Leben zu Ende gehen würde, heute, hier in diesem dunklen Verließ.

Nur warum?

Darüber zermarterte er sich immer noch den Kopf. Warum hatte der Kerl ihn von der Straße gerammt und hier eingesperrt? Es konnte nur etwas mit der Sache von damals zu tun haben, das war die einzige Scheiße, die Jack je in seinem Leben gebaut hatte. Wann hatte er das letzte Mal Geld von dem Mann bekommen? Das lag doch mindestens zwei Jahre zurück, glaubte Jack. Wieso dann jetzt das alles? Warum nicht vor zwei Jahren? Alles war damals normal gewesen, es war die letzte Geldübergabe gewesen, so wie sie es vereinbart hatten. Sie hatten sich ohne viel Aufsehens voneinander getrennt, fast wie Geschäftspartner, und für Jack war die Geschichte damit abgeschlossen gewesen. Der andere hatte ihm nicht mit einer Silbe gedroht oder sonst etwas gesagt, was hätte erahnen lassen, dass Jacks Leben in Gefahr war.

Hatte das alles vielleicht doch nichts damit zu tun? Okay, er hatte auch immer wieder mal die eine oder andere Freizeitdroge konsumiert. Aber das war harmlos gewesen, Eigenbedarf, den Stoff von Freunden bekommen, kein Kontakt mit Dealern, keine Schulden oder Betrügereien, nichts.

Damit konnte es nichts zu tun haben.

Hatte er sonst Feinde? Nein, eigentlich nicht. Siennas Mann würde ihn vermutlich hassen, wenn er wüsste, was damals zwischen ihnen gelaufen war. Hatte er ihn beobachtet, wie er zu dem Treffen mit ihr aufgebrochen war? Und ihn dann aus Eifersucht aus dem Weg geräumt? Aber das hier war doch nicht die Tat eines eifersüchtigen Ehemanns. Der hätte ihn doch mit dem Auto überfahren oder ihn zusammengeschlagen, nachdem er ihn zur Rede gestellt hatte. Außerdem lag die Affäre mit Sienna siebzehn Jahre zurück. Wie wahrscheinlich war es, dass der Ehemann nach so langer Zeit so ausrasten würde?

Nein, das passte nicht zusammen.

Es musste etwas mit der Sache damals im Lake District zu tun haben. Eine andere Erklärung fand Jack nicht.

Aber er hatte immer getan, was der Mann von ihm verlangt hatte! Er hatte doch nie Schwierigkeiten gemacht, und außerdem war es doch der Mann selbst gewesen, der ihn angesprochen und ihm das Geld gegeben hatte! Er hatte ihn schließlich nicht erpresst! Also ... Jedenfalls nicht direkt. Vielleicht hatte er mal signalisiert, dass er sonst zur Polizei gehen würde. Vielleicht hatte das diesen Kerl zu sehr unter Druck gesetzt?

Jack versuchte, sich genau an das letzte Treffen mit dem Mann vor zwei Jahren zu erinnern. Hatte er irgendetwas übersehen? Wie immer hatten sie sich im Hyde Park getroffen, wie immer hatte der Mann an dem kleinen Teich gestanden und die Enten gefüttert, seine Schiebermütze dabei tief ins Gesicht gezogen. Jack hatte sich neben ihn gestellt, und der andere hatte ihn gefragt, ob er auch die Enten füttern wollte, so wie immer. Dann hatte er ihm eine Tüte mit Brotresten gegeben, zum allerletzten Mal, und war gegangen, und wie immer hatte das Geld ganz unten in der Tüte gelegen.

Alles so wie immer.

Keine Drohungen, keine boshaften Kommentare, nichts, was darauf hindeuten konnte, dass Jacks Leben in Gefahr war.

War es derselbe Mann, der ihn von der Straße abgedrängt hatte? Jack war sich nicht sicher. Er hatte den Fahrer des Wagens nie richtig erkennen können. Aber es konnte nur dieser Mann gewesen sein, Jack hatte keine andere Erklärung, wer sonst hinter seiner Entführung stecken könnte.

Der Lake District ... Ein trauriges Lächeln huschte über sein Gesicht, als er an die Tage dachte. Es waren die leidenschaftlichsten Tage seines Lebens gewesen. Nie wieder hatte er so fantastischen Sex gehabt wie an diesem Wochenende.

Siennas Mann war mit den Kindern verreist gewesen, und sie waren zu zweit in dieses romantische Landhotel gefahren. Schon während der Anreise hatten sie es einmal getan, im Auto, auf einem Parkplatz, am helllichten Tag. Und als sie endlich in ihrem Hotelzimmer waren, fielen sie sofort erneut übereinander her.

»Ich hab dich geliebt, Sienna«, flüsterte Jack in die Dunkelheit und empfand plötzlich eine große Trauer. Er trauerte um sein Leben und um seine Liebe, die er vor so vielen Jahren verloren hatte.

Wenn er ehrlich war, war Sienna die einzige Frau in seinem Leben gewesen, die er jemals geliebt hatte. Warum hatte er eigentlich nicht mehr um sie gekämpft? Er hätte ihren Kindern ein guter Stiefvater sein können, vielleicht hätten sie noch ein gemeinsames Kind bekommen, wären gemeinsam vor die Tore Londons gezogen, in ein schickes Haus im Grünen, von ihm selbst entworfen. Sie hätten das schaffen können, andere Paare schafften das doch auch!

Aber er hatte nicht gekämpft.

Er hatte die Liebe seines Lebens nicht behalten dürfen, er hatte sie verloren, an diesem Nachmittag am Lake District. Und er würde nie wieder jemanden lieben, das wusste er in diesem Moment ganz genau.

Er spürte, wie ihm die Tränen in die Augen stiegen, und für einen Moment war er überrascht, dass sein Körper dafür noch Flüssigkeit übrig hatte.

Hätten sie das Hotelzimmer doch bloß nicht verlassen.

Wären sie doch einfach in dem großen Himmelbett geblieben, das in dem schönen, dunkel vertäfelten Raum gestanden hatte. Dann wäre alles ganz anders verlaufen, dann hätte sich Sienna vielleicht nicht von ihm getrennt, dann wäre er vielleicht heute noch mit ihr zusammen.

»Es gibt einen See, nur eine Stunde Fußmarsch vom Hotel entfernt«, hatte er zu ihr gesagt.

»Ist das nicht viel zu riskant?«, hatte sie geantwortet. »Was ist, wenn uns ein Bekannter über den Weg läuft?«

Aber er hatte nur gelacht und gemeint, dass das ja wohl nicht sonderlich wahrscheinlich sei.

»Außerdem können wir in dem See nackt baden«, hatte er noch hinzugefügt und sie leidenschaftlich geküsst.

Jack sah die Szene von damals deutlich vor sich. Wie sie sich auszog und nackt in das klare Wasser des Bergsees stieg. Wie ein Fabelwesen war sie ihm vorgekommen, er hatte es nicht abwarten können, bei ihr zu sein, hatte sich die Klamotten vom Leib gerissen und war ihr hinterhergehechtet.

Wie zwei Teenager hatten sie im Wasser herumgetollt und keine Gelegenheit ausgelassen, den anderen zu berühren. Durchgefroren waren sie schließlich wieder an Land gegangen und hatten sich in die Handtücher gekuschelt, die sie aus dem Hotel mitgenommen hatten.

Der See war relativ einsam, nur von einem höher gelegenen Aussichtspunkt hatte man einen guten Blick auf das Ufer, an dem Sienna und er auf einer mitgebrachten Decke lagen. Nackt und nicht in der Lage, die Hände voneinander zu lassen. Schließlich hatte Sienna auf ihm gesessen, und er hatte in den Himmel geschaut, während sie sich leidenschaftlich liebten.

Und dann hatte er es gesehen.

Den Mord, der in den nächsten Tagen als Unglück durch die Zeitungen geistern würde.

Eine gute Stunde später stand Saskia mit DI Silver und seinem Team vor dem Haus. Drei Kriminaltechniker von der Spurensicherung waren noch dabei, um erneut alles gründlich zu durchsuchen. Sie trugen weiße Schutzanzüge, und bevor der DI das Haus betrat, zog auch er sich ein Paar Plastikschoner über die Schuhe. Dann reichte er Saskia ebenfalls welche.

»Wegen der Spuren«, sagte er.

»Danke, David. Ich zeige Ihnen nur den Panicroom und dann bin ich wieder weg. Wie besprochen«, antwortete Saskia und zog sich die Schoner über die Schuhe.

»In Ordnung, Saskia.«

Sie schloss den Sergeants die Tür auf, und gemeinsam betraten sie das Haus. Während die Männer von der Spurensicherung die verschiedenen Räume zunächst fotografierten und dann vorsichtig durchsuchten, ging Saskia in Ellens Arbeitszimmer.

»Hier, hinter dem Bild.« Sie ging zu dem großen Triptychon und öffnete das mittlere Bild wie eine Tür. Sie hatte erwartet, dass der DI erstaunt oder wenigstens überrascht reagieren würde, aber offenbar hatte er solche versteckten Panicrooms schon häufiger gesehen.

»Danke«, sagte er nur.

»Ich mache Ihnen Licht.« Saskia betrat den versteckten Raum und suchte mit der Hand nach dem Lichtschalter. Als sie ihn angeschaltet hatte, bemerkte sie sofort, dass etwas anders war. Das Blümchenkissen, das auf dem weißen Stuhl vor dem hellen Sekretär gelegen hatte, war auf den Boden gefallen. Auch die Kissen auf dem Sofa waren durcheinander.

Hier war jemand, schoss es ihr durch den Kopf. Ihr Herz schlug schneller. Aufmerksam sah sie sich in dem Raum um. Das Chaos auf dem Sekretär war immer noch dasselbe, dort schien sich nichts verändert zu haben. Oder doch? An der Stelle, an der das Fotoalbum gestanden hatte, lagen nun einige Zettel. Hatte jemand den Sekretär durchsucht? Das Sofa durchwühlt?

Ja, jemand war hier gewesen und hatte etwas gesucht. Anders konnte es nicht sein.

Da die Haustür bei ihrer Ankunft sorgfältig verschlossen gewesen war, konnte das nur eins bedeuten: Jemand hatte mit einem Schlüssel das Haus betreten.

Mit Georges Schlüssel? Man hatte bei seiner Leiche keinen gefunden. Die Polizei konnte nicht ausschließen, dass er ihn bei dem Sturz von den Klippen verloren hatte. In seinem Auto und seinem Gepäck, das in der Nähe gefunden worden war, hatte er sich jedenfalls auch nicht befunden.

Aber wer hatte den Schlüssel an sich genommen?

Und warum?

Saskia lief ein Schauer den Rücken herunter. Wenn ihre Überlegungen stimmten, bedeutete das dann auch, dass George gar nicht Selbstmord begangen hatte? Sondern dass ihm jemand den Schlüssel vor seinem Tod abgenommen hatte?

»David!« Sie wusste, wie aufgeregt sie klang.

DI David Silver stand direkt hinter ihr. »Ja?«

»Ich glaube, hier war jemand. Als ich das letzte Mal hier war, sah es anders in dem Raum aus. Das Kissen lag nicht auf dem Boden, und die Sachen sehen so aus, als wenn sie durchwühlt wurden. Vielleicht hat jemand nach etwas gesucht?«, sagte Saskia. »Und dieser Jemand muss mit einem Schlüssel ins Haus gekommen sein. Möglicherweise mit Georges Schlüssel.« Sie atmete tief durch. »Vielleicht hat er gar keinen Selbstmord begangen«, fügte sie hinzu. »Bei Ellen dachte die Polizei doch auch zuerst, dass es Selbstmord war.«

Sie sah dem Mann an, dass er sie ernst nahm, obwohl er ein abwägendes Gesicht machte und als Erstes anmerkte, dass sie das Kissen ja auch versehentlich vom Stuhl geworfen haben könnte, als sie das letzte Mal hier war.

»Wir haben den Tod Ihres Onkels nicht einfach als Selbstmord zu den Akten gelegt«, erklärte er ihr dann. »Unsere Ermittlungen beziehen ein Gewaltverbrechen durchaus mit ein, auch wenn die Umstände seines Todes eher für einen Suizid sprechen. Aber der Fall ist noch lange nicht abgeschlossen.«

»Einen Selbstmord könnte auch jemand vortäuschen. Vielleicht hatte mein Onkel herausgefunden, wer meine Tante ermordet hat, und der Täter wollte ihn jetzt aus dem Weg räumen?«

David Silver nickte. »Glauben Sie mir, diesen Aspekt haben wir durchaus im Auge.«

»Haben Sie die geschäftlichen Verbindungen meines Onkels nach Osteuropa überprüfen können? Vielleicht hat er mit den falschen Leuten Geschäfte gemacht? Und die haben zuerst Ellen ermordet und dann ihn?«

»Auch in dieser Richtung laufen die Ermittlungen noch.«

»Natürlich.« Saskia kam sich vor wie ein kleines Kind, das Polizei spielte. Selbstverständlich ermittelten die Detectives auch in diese Richtung. Wie viele Morde, die als Selbstmorde getarnt wurden, waren DI Silver in seiner beruflichen Laufbahn wohl schon untergekommen? Und wie viele Auftragsmorde von Berufskriminellen? Bestimmt nicht nur einer. Ein so erfahrener Ermittler brauchte wohl kaum jemanden wie sie, um auf so eine Möglichkeit aufmerksam gemacht zu werden.

»Wir nehmen im ganzen Haus Fingerabdrücke«, fuhr Silver fort. »Vielleicht wissen wir dann, ob jemand hier war. Das wird allerdings ein Weilchen dauern. Sie können uns ruhig alleine lassen. Ist wegen der Abdrücke und Spuren eh besser.« Er sah sie auffordernd an.

»Ich weiß«, murmelte Saskia. Sie bückte sich, um das Kissen wieder aufzuheben.

»Lassen Sie bitte alles so, wie es war«, sagte der DI sanft.

»Sorry.« Saskia stand sofort wieder auf. Dabei fiel ihr Blick auf ein Foto, das etwas versteckt im Regal stand. Es war in einem silbernen Rahmen und zeigte sie gemeinsam mit Ellen. Die Aufnahme war vielleicht drei oder vier Jahre alt. Ellen hatte den Arm um sie gelegt, und sie lachten beide fröhlich in die Kamera.

War das nicht an meinem achtzehnten Geburtstag?, ging es ihr durch den Kopf. Ellen hatte sich damals eine besondere Überraschung für Saskia ausgedacht und war mit ihr für zwei Tage nach Paris gefahren. Das Foto musste kurz vor der Fahrt durch den Eurotunnel gemacht worden sein. Sie beide sahen glücklich und zufrieden darauf aus; Saskia erinnerte sich noch gut daran, wie unbeschwert und schön diese zwei Tage in Paris waren.

»Wir haben nur drei Programmpunkte«, hatte Ellen gesagt. »SLR. Mehr wird nicht gemacht.«

»SLR ...«, hatte Saskia überlegt, »warte ... S wie Shoppen?«

Ellen nickte lachend. »Natürlich! Was sonst!«

»Aber L und R ... Wofür stehen die?«

»Louvre und Rotwein! Shoppen, Louvre und Rotwein. Das sind die Programmpunkte, die wir dringend abarbeiten müssen.« Ellen hatte sie lachend in den Arm genommen und an sich gedrückt. »Happy Birthday, Liebes. Das wird ein super Geburtstagswochenende.«

Dann hatte sie ihr Handy genommen und auf den Auslöser gedrückt.

Traurig blickte Saskia auf das Bild. »Du fehlst mir so«, flüsterte sie und versuchte, die aufsteigenden Tränen zu unterdrücken.

Jack Bernard hatte sofort gewusst, dass es ein Mord war, kein Unglück. Er hatte gesehen, wie jemand die Frau in die Tiefe schubste, wie sie sich zunächst noch am Geländer festhalten konnte und wie der Täter dann noch mal mit aller Kraft gegen die Frau stieß.

Jack hatte sie schreien gehört. Und er hatte auch den Aufprall auf dem Felsen gehört, nicht weit von der Stelle, an der er mit Sienna lag. Das Geräusch war ähnlich gewesen wie das, das er beim Aufprall der Frau auf seiner Terrasse gehört hatte.

»Mein Gott, was war das?« Sienna war ängstlich von ihm heruntergesprungen und hatte sich reflexartig ihr T-Shirt übergezogen.

»Scheiße, scheiße, scheiße!«, hatte Jack nur über die Lippen gebracht und sich ebenfalls sofort angezogen. »Da ist jemand den Abhang runtergefallen! Ich glaube, es war eine Frau! Irgendjemand hat die geschubst!«

»Das ist ja …« Sienna war bleich geworden. Sie wirkte durcheinander, fast verwirrt, und suchte panisch nach ihrer restlichen Kleidung.

Jack ging es nicht viel anders. Auch er lief hin und her wie ein Tiger in seinem Käfig.

»Jemand hat die runtergestoßen!«, murmelte er immer wieder. »Wir müssen sofort zurück ins Hotel und die Polizei anrufen!«

Atemlos war er, aufgeregt und völlig durcheinander. Das, was sich gerade vor seinen Augen ereignet hatte, war so ungeheuerlich, dass er es kaum fassen konnte.

»Bist du wahnsinnig? Wir können nicht zur Polizei!« Sienna machte ein geradezu panisches Gesicht »Dann kommt alles raus! Dann fliegen wir auf!«

»Ein paar Hundert Meter von uns liegt eine Frau zerschmettert auf einem Felsen! Wir müssen zur Polizei, Sienna! Das ist unsere gottverdammte Pflicht!«

Sie schüttelte energisch den Kopf und zog sich hektisch weiter an. »Nein. Müssen wir nicht! Es sind genug Wanderer in der Gegend unterwegs! Dann findet man sie halt eine halbe Stunde später! Der armen Frau wird es egal sein, und uns stellt man keine blöden Fragen.«

»Sienna …«

»Jack! Die Polizei schickt mir hinterher bestimmt irgendwas zu, oder sie rufen noch mal an oder sonst was! Die Gefahr, dass Christopher dann alles rauskriegt, ist riesig! Das können wir nicht machen!«

»Aber ich habe gesehen, wie sie jemand gestoßen hat …«

»Hast du gesehen, wer es war?«

»Nein …«

»Ein Gesicht?«

»Nein, ich …«

»Kannst du den Täter irgendwie beschreiben?«

Er schüttelte seufzend den Kopf. »Nein. Dafür war es zu weit weg, und es ging auch viel zu schnell. Ich habe nur gesehen, wie jemand sie gestoßen hat. Zweimal.«

Sienna stopfte die Handtücher in die Tasche. Ihre Hände

zitterten, und sie wirkte den Tränen nah. »Das wird der Polizei nicht helfen.« Dann hielt sie inne und sah Jack flehend an. »Ich weiß, es ist furchtbar. Wahrscheinlich komme ich dir jetzt total abgebrüht vor, aber bitte, lass uns vergessen, was hier passiert ist. Wir können niemandem helfen, wir würden uns nur in Schwierigkeiten bringen. Wenn Christopher von uns erfährt ...«

»Dann wäre ich für dich da ...«

»Gott Jack!« Jetzt weinte sie tatsächlich, und nicht nur deswegen hatte er ihr angesehen, in welcher Zwickmühle sie steckte. Vermutlich hätte sie unter anderen Umständen keine Sekunde gezögert, um der hinabgestürzten Frau zur Hilfe zu eilen. Aber jetzt, mit ihm an ihrer Seite ... »Ich habe drei kleine Kinder! Ich bin verantwortlich für meine Familie! Ich kann das nicht alles riskieren! Der armen Frau ist doch sowieso nicht mehr zu helfen! Lass uns verschwinden! Bitte!«

In diesem Moment hatte er begriffen, dass er sie niemals für sich haben würde, dass sie ihren Mann und ihre Familie niemals für ihn aufgeben und er für sie nie etwas anderes als eine Affäre sein würde. Wie betäubt hatte er auf sie gehört, und noch am selben Tag waren sie nach London zurückgekehrt.

Vermutlich war das der Fehler seines Lebens, dachte Jack jetzt. Damals waren Handys noch nicht so verbreitet wie heute, er hatte zwar eines besessen, aber das nur auf der Baustelle benutzt. Wären die Zeiten anders gewesen, hätte er erst die Polizei gerufen und wäre dann mit Sienna verschwunden.

In den nächsten Tagen hatte er in der Zeitung von dem vermeintlich tragischen Unglück der jungen Mutter gelesen. Sofort hatte ihn wieder das schlechte Gewissen geplagt. Mehrmals war er sogar kurz davor gewesen, doch noch zur

Polizei zu gehen und eine Aussage zu machen. Aber dann hatte er sich immer wieder dagegen entschieden, hatte sich eingeredet, dass die Polizei ihm jetzt vermutlich nicht mehr glauben und dass er sich womöglich nur selbst verdächtig machen würde.

Trotzdem hatte ihn der Fall nicht losgelassen. In der Zeit danach hatte er ein wenig recherchiert, hatte herausgefunden, wer die Tote war und woher sie stammte. Und obwohl er nach wie vor keine Ahnung hatte, wer die Frau in den Tod stieß, musste er bei seinen Recherchen dem Mörder unangenehm nah gekommen sein. Denn kurz darauf stand plötzlich dieser Mann vor ihm und bot ihm viel Geld, wenn er dafür alles vergessen würde.

»Sie hören auf, im Leben meiner Familie herumzuschnüffeln«, hatte der Mann zu ihm gesagt. Ein großer Mann mit schütterem Haar. »Dafür erhalten Sie diese kleine Finanzspritze.«

»Die könnte ich regelmäßig gebrauchen«, war es ihm über die Lippen gerutscht. Bis heute wusste er nicht, wie ihm das passieren konnte. Er war zu einem Erpresser geworden, er hatte einen Mörder erpresst, und der Typ hatte sich schließlich einverstanden erklärt, ihm regelmäßig eine gewisse Summe auszuhändigen, wenn er dafür seine Klappe hielt.

Er hätte das Geld niemals annehmen dürfen.

Er hatte sich von einem Mörder bestechen lassen, das war der Fehler seines Lebens gewesen.

Egal. Jetzt war alles egal.

Jack überlegte, ob er noch aushalten sollte.

Aber warum?

Seine Nieren hatten versagt, er fühlte sich so schwach und kraftlos, dass es nicht mehr lange dauernd konnte, bis sein Herz-Kreislauf-System versagen würde. Vielleicht würde er dann noch eine Weile im Koma liegen – aber es war nur eine Frage der Zeit, bis er sterben würde. Warum sollte er sich durch diese Zeit noch durchquälen?

Das ergab doch keinen Sinn.

»Abschied …«, sagte er leise und dachte darüber nach, bei wem er sich gerne persönlich verabschiedet hätte. Er hatte keine Familie, seine Eltern waren tot, Geschwister hatte er nicht. Und er selbst hatte es nie geschafft, eine Familie zu gründen.

Ich lasse nichts auf dieser Welt zurück, dachte er, und im selben Moment begann seine Unterlippe zu zittern. Noch nie hatte er es so bereut, keine Familie zu haben.

Sienna, dachte er ein letztes Mal, als er sich langsam zur Seite lehnte. Und während er fiel, sah er ihr Gesicht vor sich.

14

Sienna Johnstone saß auf einem Plastikstuhl und starrte auf den Bildschirm.

»Das ist ja unglaublich …«

Neben ihr saß ein Sergeant, ein junger Mann von vielleicht fünfundzwanzig Jahren, der ihr in den letzten anderthalb Stunden verschiedene Nasen, Augenpaare, Lippen und Wangenknochen angeboten hatte. Jetzt blickte Sienna in das fertige Gesicht und war überrascht, wie nah es an den Mann rankam, der Christopher niedergestochen hatte.

»Das ist der Kerl. Ja, so hat er ausgesehen.«

Die Gesichtszüge waren fein, die Nase nicht besonders groß, und die Lippen neigten sich in einem freundlichen Winkel nach oben.

»Fehlen noch die Haare«, sagte der Sergeant.

»Dazu kann ich nichts Genaues sagen«, meinte Sienna. »Er hatte sich die Kapuze ins Gesicht gezogen.«

»Versuchen wir es trotzdem«, entgegnete der junge Mann fröhlich. Er klickte mit seiner Maus, und sofort erschienen an der Seite des Bildschirms unzählige verschiedene Frisuren. »Sie sagten, er war vermutlich nicht älter als Mitte dreißig?«

»Vielleicht auch nur Mitte zwanzig. Ich kann das schwer schätzen, es war ja dunkel.«

»Okay. Dann legen wir die ganzen Halbglatzen und grauen Haare erst mal zur Seite. Haare hatte er doch, oder?«

»Ja, da bin ich mir ziemlich sicher. Ihm fielen ein paar Haare in die Stirn. Aber welche Farbe die nun hatten …«

Der Sergeant klickte wieder mit seiner Maus hin und her, und schließlich hatte das Gesicht eine Kapuze auf dem Kopf, unter der ein paar Haare hervorblitzten.

»Das ist wirklich gut«, meinte Sienna anerkennend. Ein Schauer lief ihr den Rücken herunter, als sie jetzt in das Gesicht sah.

Verdammtes Schwein.

»Sie haben ihn wirklich gut getroffen.«

»Okay, dann belassen wir es dabei. Wir werden das Bild ins System eingeben und gucken, ob es Treffer gibt.« Er tippte etwas auf der Tastatur ein und drehte sich dann zu ihr. »Und Sie haben den Mann wirklich noch nie gesehen? Schauen Sie ihn sich noch mal genau an. Überlegen Sie, denken Sie an Situationen, an die man zuerst vielleicht nicht denken würde. Jemand aus dem Fitnesscenter? Der Hausmeister aus der Schule? Ein Paketbote? Manchmal sind einem vermeintlich wildfremde Menschen erstaunlich nahe.«

Sienna blickte verstohlen auf die Uhr. Natürlich wusste sie, wie wichtig das hier war, aber sie wollte Christopher nicht so lange alleine lassen. Außerdem wollte sie zu ihren Kindern, denen sie bisher nur am Telefon erzählen konnte, was mit ihrem Vater passiert war. Und sie wollte duschen und schlafen, immerhin war sie jetzt schon über vierundzwanzig Stunden auf den Beinen, und so langsam hatte sie das Gefühl, am Ende ihrer Kräfte zu sein.

»Versuchen Sie sich noch einmal zu konzentrieren«, sagte der Sergeant, als könnte er ihre Gedanken lesen.

Sienna seufzte und blickte wieder auf den Bildschirm. Kannte sie den Mann? Sie rutschte mit dem Stuhl näher an den Monitor heran und hatte das Gefühl, als würde die Phantomzeichnung sie direkt anschauen. So wie diese Augen es gestern Abend gemacht hatten … So unglaublich kalt und direkt, ohne jede Scheu.

Aber mit dem Bild werden sie dich kriegen!

Sienna rief sich die verschiedenen Personen aus ihrem täglichen Umfeld ins Gedächtnis. Toni vom Sandwichladen fiel raus, den hätte sie sofort erkannt, genauso wie den Briefträger, einen Inder. Auch in Leos Fußballverein gab es niemanden, der so aussah wie der Mann auf der Phantomzeichnung. An der Schule der Mädchen fiel ihr ebenfalls keiner ein, aber sie war auch schon eine Weile nicht mehr dort gewesen, wie sollte sie wissen, ob der Kerl da vielleicht irgendwo arbeitete? Ein neuer Lehrer, ein Hausmeister? Sie wusste es nicht.

»Nein«, Sienna schüttelte mit dem Kopf. »Ich kenne den Mann nicht. Jedenfalls kann ich ihn nicht zuordnen.«

Der junge Mann machte sich eine Notiz. »Okay. Ist Ihnen sonst noch irgendetwas Ungewöhnliches bei ihm aufgefallen? Ein Akzent oder Dialekt, hat er etwas gesagt?«

»Er hat gar nichts gesagt, nein. Er hat einfach direkt zugestochen.«

»Sonst etwas? Vielleicht hat er gehumpelt, als er weggelaufen ist, oder stark gehustet, oder roch er nach einem bestimmten Parfum?«

Sienna hob den Blick. Das hatte sie fast vergessen.

»Ja«, sagte sie nachdenklich. »Da war etwas. Irgendein merkwürdiger Geruch. Kein Parfum oder so, es war eher ein ungewöhnlicher Tabakgeruch. Irgendwie künstlich, synthetisch, keine normale Zigarette. Das war irgendetwas anderes.«

Erneut machte sich der Sergeant eine Notiz. »Vielleicht hat er vor der Tat einen Joint geraucht? Ein zugedröhnter Täter würde ja durchaus zu dem Überfall passen«, meinte er, während er weiterschrieb.

Sie schüttelte den Kopf. Wie ein Joint roch, das wusste sie genau. Von Leo, von den Mädchen und von früher.

»Nein, das war kein Joint. Das roch anders. Viel künstlicher. Es erinnerte mich eher an Minze.«

»Mentholzigaretten vielleicht«, überlegte der Sergeant. »Je nachdem, was für eine Marke man hat, riechen die ganz schön intensiv. Und die Dinger sind ja momentan recht in, weil sie vielleicht bald vom Markt genommen werden. Auf dem Kontinent sind sie in manchen Ländern schon verboten. Ich nehme das auf jeden Fall mal in die Täterbeschreibung mit auf.«

Kurz darauf konnte Sienna gehen. Als sie ihre Tasche aufnahm und an den Schreibtischen der Polizisten vorbeiging, überlegte sie kurz, ob sie jemanden nach Jacks Verschwinden fragen sollte.

Doch dann dachte sie an Christopher und an ihre Kinder. Sie hatte ganz andere Probleme, als sich um Jack zu kümmern. Und außerdem dürften die Sergeants ihr vermutlich ohnehin keine Auskunft zu diesem Fall geben, beruhigte sie ihr schlechtes Gewissen und verließ das Präsidium.

Als Saskia Flynt sein Sprechzimmer betrat, sah er ihr sofort an, dass etwas vorgefallen war. Seit dem Tod ihrer Tante kam sie häufiger in die Praxis als früher. Vorher hatte sie alle ein bis zwei Wochen einen Termin bei ihm, manchmal auch nur einmal im Monat, aber zurzeit hatte sie das Bedürfnis, Oliver öfter zu sprechen als sonst.

»Alles in Ordnung, Saskia? Sie sehen bedrückt aus.«

»Ja. Bin ich auch.« Dann erzählte sie ihm, dass ihr Onkel womöglich der Mörder ihrer Tante war und unter ungeklärten Umständen nun selbst ums Leben gekommen war. Klein und hilflos sah Saskia aus, wie sie da vor ihm auf dem Stuhl kauerte, die Hände verzweifelt vors Gesicht gehalten, als würde sie weinen. Am liebsten hätte Oliver sie in den Arm genommen.

Aber sie weinte nicht.

Als sie die Hände herunternahm, sah er, dass sie in erster Linie wütend war.

»Allerdings!«, sagte sie, als Oliver sie darauf ansprach.

»Worauf sind Sie so wütend? Auf den Mörder Ihrer Tante?«

»Natürlich bin ich wütend auf George, aber auch auf Ellen! Ich habe mich regelmäßig mit ihr getroffen, wir waren so eng! Und dann bekomme ich von dem größten Drama in ihrem Leben nichts mit! Da ist ihre Ehe so kaputt, dass ihr Mann sie am Ende umbringt, und ich ahne überhaupt nichts von dieser fürchterlichen Situation! Warum hat sie mir nicht einmal davon erzählt? Ich hätte ihr bestimmt helfen können!«

Die Schuldgefühle plagten Saskia immer noch, dachte Oliver. Mit Selbstvorwürfen von Hinterbliebenen hatte er schon viel zu tun gehabt. Am schlimmsten war es bei Angehörigen von Suizidopfern, ihnen die Schuldgefühle zu nehmen war eine langwierige Geschichte. Aber bei Mord sah es auch nicht viel besser aus. Auch hier glaubten die meisten Hinterbliebenen, dass sie die Tat hätten verhindern können. Oliver wusste, dass das nur in den seltensten Fällen möglich gewesen wäre. Wer sich wirklich selbst töten wollte, der fand immer einen Weg, genauso wie die meisten Mörder ihn fanden. Es war eine schwierige Aufgabe, den Patienten klarzumachen, dass man nicht allen Menschen helfen konnte, dass man für vieles, was passierte, nicht verantwortlich war.

»Ihre Schuldgefühle haben sich etwas verändert, richtig? Sie konzentrieren sich jetzt wieder mehr auf Ihre Tante.«

Saskia nickte. »Ja. Oder besser gesagt auf beide. Ach, ich weiß auch nicht ...« Sie wirkte verzweifelt, als wäre ihre ganze Wut mit einem Mal verpufft.

»Sie sollten sich keine Vorwürfe machen«, begann Oliver vorsichtig. »Es gibt viele Menschen, die scheinbar über alles sprechen, aber ihre innersten Probleme doch lieber für sich behalten wollen. Und wenn Ihre Tante die Sorgen nicht teilen wollte, war es für Sie doch völlig unmöglich ...«

»Ich hätte aufmerksamer sein müssen!« Nun klang sie geradezu aufgebracht. »Immer habe ich Ellen nur in Cafés oder Restaurants getroffen! Warum bin ich nicht öfter bei ihr zu Hause gewesen? Dann wäre mir doch aufgefallen, dass diese osteuropäische Schönheit dort im Haus wohnt, dann hätte ich gemerkt, dass George was mit ihr hat, dann hätte ich auf Ellen einwirken können, damit sie dieses Scheusal verlässt! Aber nein, für mich war es ja auch viel bequemer, in der City in einem schönen Café zu sitzen, anstatt zu Ellen rauszufahren! Verdammt!«

Sie ballte ihre Hände zu Fäusten, sodass ihre Knöchel weiß hervortraten.

»Vielleicht wollte Ihre Tante Sie nicht mit diesen Problemen belästigen, vielleicht wollte sie aber auch die heile Fassade nach außen wahren. So etwas erlebe ich in meiner Praxis sehr häufig.«

Wenn er daran dachte, wie viele Patienten er hatte, denen der äußere Schein wichtiger war als alles andere, die ihren Nachbarn und Freunden die perfekte Ehe oder Familie vorspielten, obwohl sie seit Jahren durch die Hölle gingen, dann konnte er es selbst manchmal nicht fassen. Es gab so viele, die ihr persönliches Glück einer falschen, aber nach außen als glücklich deklarierten Fassade opferten. Vielleicht hatte Ellen Cramer zu diesen Leuten gehört?

Saskia starrte ihn an, und er hatte das Gefühl, als würde sie durch ihn hindurchgucken.

»Sie war meine engste Vertraute«, sagte sie tonlos. »Es gab keine Fassade zwischen uns, die jemand hätte aufrechterhalten müssen. Sie hat mir ja viel von sich erzählt, auch von ihren Problemen. Sie litt unter den Wechseljahren, unter Gewichtsschwankungen und Hitzewellen. Es ist ja nicht so, als wenn sie mir das alles verschwiegen hätte!«

Banale Probleme, ging es Oliver durch den Kopf, aber er sagte nichts. Er wollte Saskia nicht das Gefühl geben, als wären die vertrauten Gespräche mit ihrer Ziehmutter nur an der Oberfläche geblieben.

»Da sitze ich stundenlang mit ihr zusammen und ahne nicht, dass sie wenig später zu ihrem zukünftigen Mörder nach Hause fährt! Das kann doch wohl nicht wahr sein!«

»Wenn Ihre Tante die Eheprobleme vor Ihnen verbergen wollte, dann tat sie das bestimmt aus guten Gründen«, sagte Oliver. »Vielleicht wusste sie auch nichts von der Geliebten. Es ist durchaus vorstellbar, dass Ihr Onkel keinerlei Trennungsabsichten geäußert hat und plante, mit dem Erbe zu verschwinden. Sie hatten keine Chance, eine solche Tat zu verhindern, Saskia. Wenn Ihr Onkel wirklich der Täter war. So eindeutig scheint mir die Sachlage da ja noch nicht zu sein.«

Sie nickte langsam. »Ja. Klar.« Ihre Stimme klang nicht überzeugt.

Oliver ließ ihr etwas Zeit, um sich zu sammeln. Er war sich nicht sicher, ob heute der richtige Tag war, um mit der neuen Therapie zu beginnen. Vielleicht war Saskia im Moment zu instabil.

»Vielleicht verschieben wir die Konfrontationstherapie auf unsere nächste Sitzung. Ich möchte Sie heute nicht damit überfordern.«

Sie schüttelte energisch den Kopf. »Auf keinen Fall. Ich will das jetzt hinter mich bringen. Ich will mit der Vergangenheit abschließen und endlich neu starten.« Entschlossen blickte sie ihn an. »Es ist schließlich nicht so, als würde ich um George trauern, keine Sorge. Immerhin ist er Ellens Mörder.« Sie atmete tief durch. »Haben Sie denn was von der Polizei kriegen können?«, fragte sie dann.

Ja, das hatte er. Fred hatte ihm einen Kontakt zu dem DI hergestellt, der Caren Flynts tragischen Tod vor siebzehn Jahren bearbeitet hatte. Dank der Vollmacht, die Saskia ihm gegeben hatte, hatte Oliver Akteneinsicht beantragen können. Auch die Fotos vom Unglücksort durfte er kopieren.

»Wie wäre es, wenn wir heute über den Unfallhergang sprechen und mit den Fotos erst beim nächsten Mal anfangen? Dann ist die Belastung für Sie nicht so groß.«

»Ich bin stabil, Dr. Stinner. Glauben Sie mir. Ich würde meine psychische Verfassung nicht leichtfertig aufs Spiel setzen.«

Er sah sie prüfend an. »Reden wir erst mal, und dann gucken wir, wie weit wir kommen«, sagte er dann und blätterte in seinen Notizen. Anhand der Stichpunkte, die er sich gemacht hatte, rekonstruierte er den Unfallhergang.

»Ihre Familie machte damals Urlaub im Lake District. Zunächst war auch die erweiterte Familie in dem Hotel untergebracht, also die Großeltern und Ihre Tante Ellen mit ihrem Mann.«

»Ja, genau. So hat es uns mein Vater auch immer erzählt.« Saskia hatte ihre Stirn in Falten gelegt. »Aber wir haben kaum was zusammen gemacht, der Unfall passierte ja ziemlich am Anfang des Urlaubs.«

Oliver blickte in die Akten. »Zum Zeitpunkt des Unfalls waren Sie nur noch zu viert. Der Rest der Familie war schon abgereist. Konnten die anderen nicht länger bleiben, oder warum waren sie schon weg?«

Saskia sah ihn nachdenklich an. »Ich ... Ich weiß es nicht. Ich habe keinerlei Erinnerung daran.«

»An dem besagten Nachmittag haben Sie dann mit Ihrer Mutter eine Wanderung unternommen, Ihr Vater war mit Max im Hotel geblieben.«

Saskia nickte langsam und schaute aus dem Fenster.

»Erinnern Sie sich an die Wanderung?«

»Ja ... Irgendwie jedenfalls ...«

»Was sehen Sie, wenn Sie daran denken?«

»Nicht viel. Max und ich haben immer mit den Katzen gespielt, die vor dem Hotel in der Sonne lagen, das weiß ich komischerweise noch ganz genau. Eine graue und eine rotbraune ... Die sind mir hinterhergelaufen, als Mum und ich losgingen. Warum weiß ich das noch so genau, kann mich an den Unfall aber nicht mehr erinnern?«

Oliver erklärte ihr, dass das Spielen mit den Katzen zu den unbeschwerten Momenten des Urlaubs zählte, die vor dem Unglück passiert waren. »Erst als der Unfall geschah, haben Sie alles verdrängt, was damit im Zusammenhang stand. Also alles, was an diesem Tag und in den Tagen danach passierte.« Er schenkte ihr ein Glas Wasser ein und schob es ihr zu. »Wissen Sie noch, warum Sie mit Ihrer Mutter alleine losgegangen sind?«

»Nein. Aber ich habe früher häufiger was mit meiner Mutter alleine gemacht. Wir waren sehr eng. So wurde es mir jedenfalls erzählt, meine Erinnerungen an die Zeit mit ihr sind ja leider ziemlich diffus. Aber sie hatte sich wohl immer eine Tochter gewünscht. Ich glaube, sie konnte mit einem Mädchen einfach mehr anfangen«, überlegte Saskia. »Was nicht heißt, dass sie Max vernachlässigt oder mich bevorzugt hat oder so. Das kann ich mir beim besten Willen nicht vorstellen. Ellen hat mal gesagt, dass Mum Max vergöttert hat. Aber wir hatten halt dieses Mädchending. Mein Dad hat oft erzählt, wie sehr sie es geliebt hat, mir Zöpfe zu flechten oder die Nägel zu lackieren, Sie wissen schon, was Mädchen halt gerne machen. Und es gibt Fotos davon, wie wir uns Blumenkränze für die Haare gebastelt haben. Vielleicht wollten wir an dem Tag zusammen Blumen suchen. Ich weiß es nicht. Leider.«

Sie sah traurig aus, und für einen Moment verspürte Oliver das Bedürfnis, Saskia in den Arm zu nehmen. Schnell verwarf er den Gedanken und räusperte sich.

»Möchten Sie eine Pause machen?«

Sie hob den Blick und lächelte ihn an. »Nein, nein. Alles in Ordnung.«

Oliver nickte und überlegte, wie stark er Saskia heute noch belasten sollte. Er blätterte in seinen Unterlagen und suchte ein Foto heraus, auf dem das Hotel zu sehen war, in dem die Familie Fynt damals untergekommen war. Ein romantisches altes Landhaus, das sich perfekt in die Umgebung fügte.

»Können Sie sich an das Hotel erinnern?«

Sie betrachtete das Foto, und Oliver sah ihr an, dass sie förmlich in sich hineinhorchte.

»Hier vorne auf der Bank lagen immer die Katzen«, sagte sie dann und zeigte auf das Bild. »Aber an sehr viel mehr kann ich mich nicht erinnern. Ich könnte Ihnen jetzt nicht sagen, wo unser Zimmer war oder so was. Nein, da ist nicht viel hängen geblieben.«

»Okay. Welche Gefühle löst das Foto bei Ihnen aus?«

Saskia zuckte mit den Achseln. »Relativ neutral, würde ich sagen …«

Oliver zog ein weiteres Bild aus der Mappe. Es zeigte den Wanderweg im Lake District, den Saskia mit ihrer Mutter gegangen sein musste. Ein schmaler Weg, der einen Berg hinaufführte.

»Sind wir hier entlanggegangen?«

»Ja«, antwortete er. »Jedenfalls hat die Polizei diesen Weg damals rekonstruiert. Sie sind von niemandem gesehen worden. Offenbar gab es keine anderen Spaziergänger zu dem Zeitpunkt.«

»Verstehe …«, murmelte Saskia und starrte eine ganze Weile auf das Foto. »Der Weg sieht aus wie tausend andere.« Sie stockte und schloss für einen Augenblick die Augen, vielleicht um sich besser konzentrieren und erinnern zu können. »Ich weiß noch, dass es ziemlich steil war. Es ging immer ziemlich steil bergauf, wenn wir mit Mum unterwegs waren. Sie wollte jedes Mal auf den Gipfel, egal ob es ein kleiner Hügel oder ein ausgewachsener Berg war. Sie wollte ganz oben sein.« Dann öffnete sie wieder die Augen und strich fast zärtlich über das Bild. »Ist sie hier auch verunglückt?«, fragte sie dann leise.

»Der Weg führt zu einem Aussichtspunkt, von dem es an einer Seite steil in die Tiefe geht«, erklärte Oliver.

»Haben Sie ein Foto davon?«

Er nickte und suchte es aus der Mappe. Bevor er es ihr geben konnte, nahm sie es ihm aus der Hand und blickte mit zusammengekniffenen Augen auf den kleinen kargen Platz, der auf dem Bild zu erkennen war. Der hoch gelegene Aussichtspunkt war mit einem einfachen Holzgeländer gesichert, das an einer Seite durchgebrochen war.

Saskia zeigte auf die Stelle, und er sah, wie sie schlucken musste. »Ist sie hier …?«

Er nickte. »Vielleicht hatte sie sich zu schwer gegen das Geländer gelehnt, vielleicht war sie auch gestolpert, das ließ sich nicht rekonstruieren. Aber dort ist sie abgestürzt, ja.«

Oliver wartete ab und ließ Saskia dabei nicht aus den Augen. Die Stelle zu sehen, an der ein geliebter Mensch den Tod gefunden hatte, war schwer zu ertragen, und er wollte anhand ihrer Reaktionen entscheiden, ob er ihr noch Schlimmeres zumuten konnte oder nicht.

»Erinnern Sie sich an diesen Platz?«

»Ich …« Ihre Stimme stockte, und er sah, wie ihre Augen feucht wurden.

»Sollen wir eine Pause machen?«

»Nein, nein, alles in Ordnung. Ich versuche nur gerade, mir vorzustellen, wie sie sich an das Geländer lehnte. Man kann ja sogar auf dem Bild sehen, wie wacklig es gewesen ist … Warum sollte sie das tun? Wollte sie womöglich für ein Foto posieren? Hab ich das vielleicht sogar von ihr gemacht? Hat sie sich für ein Foto vor ihrer kleinen Tochter aufgestellt und ist deshalb abgestürzt? Habe ich womöglich …«

»Sie sind nicht für den Tod Ihrer Mutter verantwortlich«, unterbrach Oliver sie energisch. »Ganz egal, wie das tragische Unglück zustande kam, Sie sind nicht dafür verantwortlich. Ein fünfjähriges Mädchen trägt keine Schuld, selbst wenn Ihre Mutter an dem Geländer für Sie posiert haben sollte. Es ist wichtig, dass Sie das verinnerlichen, Saskia.«

Sie wirkte überrascht, dass er einen so energischen und entschlossenen Tonfall anschlug. »Okay, okay.« Ihre Stirn legte sich in Falten, und sie sah sich die Stelle, an der das Geländer durchgebrochen war, noch einmal ganz genau an.

»Was sehen Sie?«, fragte Oliver jetzt in einem sanfteren Tonfall. »Erinnern Sie sich?«

Sie schwieg, dann hob sie den Blick und sah ihn ernst an. »Ich möchte sie sehen.«

Oliver wusste sofort, was Saskia meinte.

»Wir müssen heute noch nicht zum Äußersten kommen«,

sagte er. »Wir können mit den anderen Fotos auch das nächste Mal weitermachen.«

»Nein. Jetzt.« Sie nahm einen Schluck Wasser und sah ihn entschieden an. »Ich merke, dass sich da was bei mir tut, Dr. Stinner. Wenn ich die Absturzstelle sehe, dieses durchbrochene Geländer, dann merke ich, dass sich was in mir regt. Da ist irgendwas, da sind Erinnerungen, das spüre ich. Aber ich kann sie noch nicht ausgraben. Irgendeine dicke Schicht verdeckt sie. Und die will ich endlich aufreißen. Auch wenn es wehtut. Ich schaffe das. Ich will das. Bitte.«

Er sah sie prüfend an. »Okay«, sagte er dann. »Versuchen wir es.«

Oliver nahm die Mappe und hielt sie zunächst so, dass Saskia die Fotos nicht sehen konnte. Er überlegte einen Moment, mit welchem Bild er beginnen sollte.

Es gab vier verschiedene Aufnahmen von der Leiche. Nur eine davon zeigte Caren Flynt so, wie sie gefunden wurde. Auf dem Bauch liegend, umgeben von einer riesigen Blutlache, mitten auf einem nackten Felsen. Die anderen Fotos waren erst gemacht worden, nachdem man die Leiche umgedreht hatte, und Oliver fand, dass er Saskia den Anblick des zerstörten Gesichts ersparen konnte. Falls sie als Kind die Tote gesehen hatte, dann vermutlich nur in der Auffindeposition, dachte er. Also konnte allein dieses Foto die Erinnerungen wecken.

Zögerlich nahm Saskia das Bild in die Hand. Zunächst schien es so, als würde sie nicht wagen, es anzuschauen, aber dann betrachtete sie es aufmerksam. Kurz darauf schloss sie die Augen und schüttelte langsam stumm den Kopf.

»Mum«, flüsterte sie schließlich und schien unfähig, ein weiteres Wort zu sagen.

Noemi brauchte eine ganze Weile, bevor sie begriff, wo sie war. Sie lag zugedeckt unter weißen Decken in einem Krankenhauszimmer und starrte gegen eine ebenfalls weiße Wand.

Krankenhaus, dachte sie. Krankenhaus bedeutete Sicherheit.

Sie hatte es geschafft.

Tränen liefen ihr über die Wange, als ihr klar wurde, dass ihr Albtraum nun ein Ende hatte. Dass sie überleben würde, keine Gefahr mehr bestand.

»Na, wieder wach?«, fragte eine ältere Frau aus dem Nebenbett. Sie wirkte burschikos, was aber vielleicht auch an ihren raspelkurzen Haaren lag, die ihr vom deutlichen Übergewicht gerundetes Gesicht noch fülliger erscheinen ließen. »Hast ja ganz schön lange geschlafen, Kleine.«

»Wie lange bin ich schon hier?«

»Seit zwei Tagen. Aber die haste praktisch verpennt.«

Noemi nickte nur und versuchte, sich zu erinnern. Da waren diese Leute gewesen, Pilzsammler wie sie glaubte, jedenfalls hatten sie alle ein Körbchen dabei gehabt, vielleicht aber auch für den Bärlauch, der überall wuchs. Diese Sammler hatten sie gefunden, als sie erschöpft über den Waldboden gekrabbelt war, auf allen vieren, kaum noch in der Lage, die nächsten Meter zu bewältigen. Sie wusste noch, wie sie gedacht hatte, Pilzsammler würden doch sonst immer nur Leichen finden und wie viel Glück sie hatte, dass es dieses Mal anders war. Aber sie war nicht mehr in der Lage gewesen, den beiden Frauen und dem älteren Mann zu sagen, wer sie war und was ihr passiert war. Sie war sofort zusammengebrochen, als die drei bei ihr waren, fast so, als hätte ihr Körper beim Anblick der Retter endgültig kapituliert.

Im Rettungswagen war sie noch mal kurz wach geworden, eine Sauerstoffmaske auf dem Gesicht und eine Infusion im

Arm. Sie erinnerte sich, wie der Notarzt sie angesprochen hatte, aber was er sie gefragt hatte, das wusste sie nicht mehr. Auf der Fahrt zum Krankenhaus musste sie immer wieder das Bewusstsein verloren haben.

»Die Schwester meint, dir wär was Schlimmes passiert, Mädchen?«, fragte ihre Zimmernachbarin mitfühlend, aber auch von einer gewissen Neugier getrieben.

Unwillkürlich fasste sich Noemi an den Hals. Die Stellen, an denen er mit seinen Händen zugedrückt hatte, schmerzten immer noch.

Die Frau nickte bedauernd. »Der ist grün und blau.« Sie schüttelte fassungslos den Kopf. »Wer hat dir das bloß angetan?«

»Das würde uns auch interessieren.«

Noemi hatte gar nicht gemerkt, dass die zwei Polizisten das Zimmer betreten hatten. Sie stellten sich vor als Detective Inspector Silver und Detective Sergeant Cohen, erkundigten sich nach ihrem Befinden und ob sie sich in der Lage fühle, einige Fragen zu beantworten.

»Ja, ich glaube, es geht schon.«

»Gut.« DI Silver wandte sich an Noemis Mitpatientin. »Können Sie uns für einen Moment alleine lassen?«

»Was?« Die Frau schien ernsthaft erschrocken. »Aber ich komme alleine doch gar nicht aus dem Bett!«

»Sie kann gerne hierbleiben«, meinte Noemi. »Das stört mich nicht. Wirklich.«

»Okay«, sagte DI Silver. »Wir ermitteln im Moment in einem anderen Fall, in dem Sie als Zeugin gesucht wurden. Seit Tagen läuft bereits die Fahndung nach Ihnen.«

Noemi sah ihn überrascht an. »Das wusste ich nicht.«

»Konnten Sie ja auch nicht. Wegen des anderen Falls werden wir Sie zu einem späteren Zeitpunkt noch gesondert befragen«, sagte DI Silver mit Blick auf ihre Bettnachbarin. »Jetzt geht es erst mal um das, was Ihnen passiert ist. Können Sie uns erzählen, wie Sie in den Wald gekommen sind und was dort geschehen ist, Miss Redcliff?«

Noemi zögerte. Es war ihr peinlich, die ganze Geschichte zu erzählen, besonders in Anwesenheit der älteren Dame. Jetzt, nüchtern und runter vom Rauschgift, war es ihr unangenehm, dass sie anschaffen gegangen war, dass sie eine Junkie-Nutte war, die über ihr Leben die Kontrolle verloren hatte. Würde man sie dann nicht sofort vorverurteilen? Wer glaubte schon einer Drogenabhängigen, die anschaffen ging?

So vage wie nur möglich versuchte sie zu beschreiben, was an dem Abend passiert war, als sie in den roten Wagen stieg und ihr Albtraum begann.

»Sie haben sich als Prostituierte auf der Straße angeboten?«, unterbrach dieser Cohen sie.

»Ähm ... Also ... Sozusagen, ja«, sagte sie leise. »Aber es war eine Ausnahme, ich habe das sonst nie gemacht.«

»Klar.« Die Stimme des DI klang neutral. »Können Sie den Mann in dem roten Wagen beschreiben?«

»Nein, leider nicht. Ich habe sein Gesicht nicht erkennen können. Ich ... ich war nicht gerade nüchtern, wenn Sie verstehen.«

Der Mann nickte. Dann erzählte sie den beiden Polizisten, wie der Kerl sie in dem Cottage gefangen hielt und sie schließlich durch den Wald jagte.

»Dann hat er versucht, mich umzubringen«, schloss Noemi ihre Schilderung stockend. »Er wollte mich erwürgen ... Und als er dachte, dass ich tot bin, hat er mich einfach in eine Mulde im Waldboden gelegt ...«

»Mein Gott«, entfuhr es ihrer Zimmernachbarin schockiert. Aufmerksam hatte sie sich Noemis Bericht angehört und schüttelte jetzt fassungslos mit dem Kopf. »Die Welt ist wirklich so gefährlich geworden!«

»Wir werden eine Anzeige wegen Menschraub und versuchtem Mord aufgeben«, sagte DI Silver und machte sich eine Notiz. Dann nahm er ein iPad aus der Tasche und tippte auf dem Display herum, bevor er es ihr reichte. »Moment ... So, hier. Ist das der Mann, der Sie entführt hat?«

Sie blickte auf das Bild eines Mannes mit Glatze, den sie auf vielleicht fünfzig schätzte. Noemi stockte. Irgendwo hatte sie den Kerl schon mal gesehen. Aber wo? Plötzlich fiel es ihr ein.

»Nein. Aber in diesem Haus, in dem ich gefangen gehalten wurde, hing ein Foto von ihm. Ich schätze, die Hütte gehört ihm.«

Die beiden warfen sich einen Blick zu. Dann beugte sich der jüngere von ihnen über das Tablet und tippte erneut auf dem Display, bis dort eine ganze Reihe von Fotos erschien. »Das sind Fotos von Gewaltverbrechern, die sich in den letzten Jahren immer wieder an Frauen vergriffen haben ...«

»Er hat mich nicht missbraucht.«

»Trotzdem hat er offenbar gezielt eine Frau entführt. Und in dem anderen Fall, in dem wir Sie als Zeugin gesucht haben, kannte er das Opfer.«

»Aber ...«

»Vielleicht hat der Mann, den Sie auf dem Foto erkannt haben, mit jemandem zusammengearbeitet. Es ist nur ein Anhaltspunkt, reine Routine«, sagte der ältere Polizist mit einfühlsamer Stimme. »Schauen Sie sich einfach in Ruhe die Fotos an. Vielleicht erkennen Sie ja jemanden. Vielleicht aber auch nicht.«

Noemi strich über das Display, und ein Übeltäter nach dem anderen tauchte auf. Dicke, dünne, schwarze, weiße, alte und junge. Gewaltverbrechen gegen Frauen gab es in allen Schichten.

Nach einer Weile schüttelte sie den Kopf. »Nein, ich erkenne hier niemanden.« Dann hob sie den Blick und räusperte sich. Sie wusste nicht genau, wie sie die Detectives fragen sollte, weil sie Angst hatte, erneut etwas von ihrer Glaubwürdigkeit einzubüßen.

»Dieser andere Fall, von dem sie sprachen ...«, begann sie zögerlich.

DI Silver warf Noemis Zimmernachbarin erneut einen Blick zu. Die Frau seufzte laut und schien zu verstehen.

»Schon gut, schon gut. Wenn Sie mir in den Rollstuhl helfen, dann fahre ich auf den Hof eine rauchen. Auch wenn mich die Geschichte wirklich brennend interessiert hätte. Aber vielleicht können Sie es mir ja nachher erzählen, Schätzchen.« Sie zwinkerte Noemi verschwörerisch zu.

Der DI sah die alte Frau dankbar an. Gemeinsam mit seinem Sergeant half er ihr in den Rollstuhl, der neben dem Bett stand. Wenige Augenblicke später war Noemi mit den Polizisten allein.

»Sie wissen also, weshalb wir Sie als Zeugin gesucht haben?«, fragte DS Cohen dann.

»Ich ... Ich glaube schon ... Geht es dabei um ... Also ... Stürzte das Opfer vom Dach eines Hochhauses? Dem Haus, in dem meine Eltern leben?«

DS Cohen nickte. »Richtig. Ihre Eltern haben ausgesagt, dass Sie zum Zeitpunkt des Mordes im Haus waren. Deshalb wollten wir Sie als Zeugin befragen. Haben Sie gesehen, was passiert ist?«

»Nun ... Es liegt schon einige Zeit zurück ... und ich weiß wirklich nicht, ob es Ihnen weiterhilft, aber ...«

Zögerlich erzählte sie den Detectives von dem Horrortrip.

Von dem blutigen Arm, der gegen das Fenster schlug und von der Bestie, die vor der Wohnungstür hockte.

»Aber offenbar war das alles gar nicht Teil meines Trips ...«

Die beiden Polizisten warfen sich erneut wissende Blicke zu. »Nein. Nach unserem jetzigen Ermittlungsstand ist es so ähnlich tatsächlich passiert«, sagte DS Cohen.

Noemi nickte. »Ja. Und ich glaube, es war dieselbe Person, die mich entführt hat. Ich ... Ich habe ihn gesehen. Auf dem Dach. Aber ich kann mich nicht an sein Gesicht erinnern. Es war zu weit weg, und ich ...« Sie seufzte. Nie wieder würde sie dieses Dreckszeug anfassen.

Der Sergeant sah sie ernst an. »Er wollte eine Zeugin aus dem Weg räumen? Meinen Sie das? Hatte er es deswegen auf Sie abgesehen?«

Noemi schluckte. »Ja.«

Sie wusste nicht, ob die Polizisten ihr glaubten oder ob sie dachten, sie hätten es mit der durchgeknallten Fantasie eines Junkies zu tun. Aber dann meinte sie, in den Gesichtern der Männer Anzeichen von Besorgnis zu erkennen.

Schlagartig breitete sich wieder die Angst in Noemi aus. Was, wenn der Kerl herausfinden würde, dass sie noch lebte?

Dann war sie immer noch in großer Gefahr.

15

»Mum, der Überfall hat doch nichts mit uns zu tun!«

»Wir haben in zwei Wochen die letzten Prüfungen! Wir können nicht einfach so fehlen!«

»Ich bin morgen Abend auf einer Party eingeladen! Wie soll ich denn von Grandma aus dorthin kommen, bitte schön?«

Seit einer Stunde ging das jetzt so. Megan, Laura und Leo beschwerten sich in einer Tour. Der Überfall auf Christopher hatte sie zunächst völlig aus der Bahn geworfen. Die Mädchen hatten stundenlang geweint und sich gar nicht mehr beruhigen können, während Leo einfach nur totenbleich dagesessen hatte. Aber jetzt, drei Tage nach der Attacke, waren die Kinder trotz der großen Sorge um ihren Dad wieder in ihrem Alltag. Sienna kam das fast wie ein Schutzmechanismus vor, die alltäglichen Aufgaben und Pflichten hielten die Kinder davon ab, den ganzen Tag voller Sorge und Angst zu verbringen. Und das war auch gut so. Vielleicht wollten sie auch deshalb nicht einsehen, warum sie London verlassen sollten. Ein Aufenthalt bei den Großeltern bedeutete automatisch, dass sich die Sorge um ihren Dad wieder verstärken und die Ablenkung durch Schule und Freunde weniger wurde. Trotzdem. Sienna war überzeugt, dass es das einzig Richtige war.

»Mit euren Lehrern habe ich alles geregelt. Sie schicken euch die Aufgaben per Mail, und falls ihr zu den Prüfungen noch nicht zurück sein solltet, könnt ihr sie nachholen«, sagte Sienna. Sie bemühte sich, ruhig und sachlich zu sprechen, obwohl ihr das Adrenalin nur so durch den Körper schoss. Zum Glück hatte sich die Schule der Mädchen als sehr verständnisvoll erwiesen, als Sienna um die Beurlaubung ihrer Töchter bat.

Das Phantombild von Christophers Angreifer sollte morgen veröffentlicht werden, und offenbar war Siennas Angst, der Mann könnte ihren Kindern aus Rache auflauern, für die Lehrer nachvollziehbarer als für ihre Töchter.

»Außerdem würde ich gerne Dad besuchen«, sagte Leo, der neben ihr auf dem Beifahrersitz saß.

»Ich weiß. Aber im Moment ist er noch in einem künstlichen Tiefschlaf. Er würde eh nicht merken, wenn ihr bei ihm seid.« Sie atmete hörbar aus. »Kinder, bitte. Es ist ja nur für ein paar Tage. Die Polizei geht davon aus, dass sie den Täter nach der Veröffentlichung des Phantombildes schnell kriegen wird. Und so lange ist es einfach besser, wenn ihr nicht in London seid.«

»Hat die Polizei das gesagt?«, fragte Megan.

Nein, das hatte sie nicht. Sie hatte dem Polizisten angesehen, dass er es für übertrieben hielt, die Kinder aus der Stadt zu bringen. Vermutlich ermittelte die Polizei immer noch in Richtung Straßenraub und verstand nicht, warum Sienna solche Vorsichtsmaßnahmen traf.

Aber das war ihr egal.

»Die Polizei ist damit einverstanden«, wich sie der Frage ihrer Tochter aus. »Wir sind gleich da.«

Kurz vor dem Ortseingang von Guildford lenkte Sienna den Wagen auf eine kleine Landstraße, an der nur wenige Häuser standen. Eines davon war ihr Elternhaus, ein frei stehender Bungalow, der schon bessere Zeiten gesehen hatte.

»Vielleicht kannst du Grandpa mit dem Dach helfen«, meinte sie zu Leo und zeigte auf die fehlenden Ziegel.

»Mit meinem Fuß?«

»Du sollst ja nicht aufs Dach klettern. Aber ihr könnt euch doch ein bisschen nützlich machen!«

»Na großartig.« Leo verdrehte die Augen.

Ihre Eltern standen in der offenen Haustür und warteten schon auf sie. Während sie die Enkelkinder ausgesprochen herzlich willkommen hießen, fiel die Begrüßung mit Sienna etwas kühler aus, wenngleich auch nicht unfreundlich. Seit ihrer Teenagerzeit hatte sich daran nichts geändert. Das Verhältnis zu ihren Eltern war zwar nicht direkt distanziert zu nennen, aber sie lebten in so unterschiedlichen Welten und hatten früher so viele Konflikte gehabt, dass eine innigere Beziehung wohl für beide Seiten kaum mehr vorstellbar war.

»Dann kümmere dich jetzt um deinen Mann, mein Kind«, sagte ihre Mutter und klopfte ihr aufmunternd auf die Schulter, so wie man es bei einem guten Bekannten machen würde.

Als Sienna wieder im Auto saß und zurück nach London fuhr, war sie erleichtert. Zum einen ging ihr das immer so, wenn sie von ihren Eltern wegfuhr. Im Grunde kamen sie ziemlich problemlos miteinander aus. Außenstehende würden bestimmt denken, dass sie sich eigentlich immer gut verstanden hatten. Aber die in Siennas Augen übertriebene Frömmigkeit, die ihre Eltern an den Tag legten, hatte sie über die Jahre immer mehr voneinander entfernt. Ihre Mutter ging inzwischen täglich zur Messe, ihr Vater auch mindestens zwei Mal die Woche, und ihre ganze Erziehung war stark religiös geprägt gewesen. Vermutlich war das letztendlich nur die Reaktion ihrer Eltern darauf, dass sie als Katholiken so sehr in der Minderheit waren: Sie hatten ihr Heil einfach in der Gemeinschaft gesucht. Doch Sienna hatte sich durch diese offensiv zur Schau gestellte Andersartigkeit immer wahnsinnig isoliert gefühlt. Und als die Eltern ihre erwachende Sexualität in der Pubertät als etwas Schlechtes ansahen und sie das auch häufig spüren ließen, wurde das Ganze für sie endgültig zum Problem.

Vielleicht war auch das der Grund, warum ich mich auf eine Affäre mit Jack eingelassen habe, ging es ihr durch den Kopf, als sie den Wagen wieder auf die A3 Richtung London lenkte. Wer in einem Elternhaus groß wurde, wo bei jeder Kussszene im Fernsehen umgeschaltet wurde, der musste sich doch irgendwann ausleben.

Aber ihre Kinder waren dort gut aufgehoben. Ihre Eltern würden aufpassen, über sie hatten sie schließlich auch mit Argusaugen gewacht.

Wie es Jack wohl gehen mochte?, ging es ihr durch den Kopf. Zwei Wochen lag es jetzt zurück, dass sie sich mit ihm treffen wollte. Zwei Wochen ohne ein einziges Lebenszeichen.

Du hattest vorher jahrelang kein Lebenszeichen von ihm!

Das stimmte. Aber auch wenn sie es sich nicht eingestehen wollte, musste sie zugeben, dass sie in den letzten Jahren manchmal an ihn gedacht hatte. Sehr selten zwar und nicht mit dem Hintergedanken, ihre Affäre wieder aufleben zu lassen, oh nein, das war zu keinem Zeitpunkt für sie infrage gekommen. Es war mehr ein melancholisches Zurückblicken gewesen, ein Erinnern an die leidenschaftliche Zeit, die sie beide für immer verbinden würde.

Das Wichtigste ist, dass es Christopher wieder gut geht! Konzentrier dich auf deine Familie!

Ja, das hatte jetzt oberste Priorität. Die Kinder waren in Sicherheit, jetzt musste nur noch Christopher schnell wieder gesund werden. Zum Glück waren die Ärzte recht optimistisch, die Chance, dass er vollständig genesen würde, war groß.

Morgen würde das Phantombild erscheinen. Dann würden sie ihn schnell kriegen, und der Albtraum hatte endlich ein Ende. Dann würde der Kerl hinter Gitten kommen, der es auf ihre Familie abgesehen hatte.

Sie musste schlucken. Vermutlich nicht unbedingt auf ihre Familie, dachte Sienna. Sie wusste nicht, ob sie sich in etwas hineinsteigerte, aber sie war inzwischen davon überzeugt, dass die Anschläge vor allen Dingen ihr galten. Sie war die Einzige, die Schuld auf sich geladen hatte. Weder Christopher und erst recht nicht die Kinder hatten etwas getan, was solche Taten erklären könnte. Nur sie. Auch wenn sie selbst damals den Mörder dieser Frau nicht gesehen hatte, so war es doch sie gewesen, die Jack davon überzeugt hatte, nicht zur Polizei zu gehen. Wenn die Frau nicht sofort tot gewesen war, wenn sie noch gelebt hatte und hätte gerettet werden können, dann war es hauptsächlich ihre Schuld, dass sie hatte sterben müssen. Jack war allein, er hatte niemanden, der in den Racheplan des irren Täters mit hineingezogen werden konnte. Aber sie hatte ihre Familie. Und jeder, der eine Familie hatte, wusste, dass es nichts Schlimmeres gab, als wenn dieser etwas passierte.

Sienna schüttelte den Kopf. Vielleicht täuschte sie sich doch. Vielleicht war Christopher Opfer eines normalen Überfalls geworden, Leo in einen Verkehrsunfall verwickelt gewesen, wie er tagtäglich in London passierte, und Laura einfach vor die Tube gestolpert.

Aber ihr Gefühl sagte ihr, dass das nicht so war. Und deshalb war es gut, wenn die Kinder bei ihren Großeltern und sie selbst in ein paar Stunden ebenfalls von der Bildfläche verschwunden war.

Für die nächste Zeit würde sie bei Maite unterkommen, ihrer engsten Freundin und Patentante von Leo. Als sie ihr die Situation am Telefon schilderte, hatte sie ihr sofort das Gästezimmer in ihrer kleinen Wohnung angeboten. Jetzt wollte sie nur noch mal kurz zu Hause vorbei, ein paar frische Sachen für Christopher holen und ihre eigenen in den Koffer packen.

Und danach würde sie gleich in die Klinik fahren. Wenn Christopher aus dem künstlichen Koma erwachte, wollte sie unbedingt bei ihm sein.

Sienna parkte ihren Wagen am Bürgersteig, stieg aus und ging auf das Haus zu, während sie ihre Tasche nach dem Türschlüssel durchsuchte. Die Straßenlaterne, die normalerweise den Zugang zum Haus beleuchtete, war kaputt, sodass sie Mühe hatte, ihren Schlüssel in der Tasche zu finden.

Natürlich, er war bis ganz nach unten gerutscht, wie konnte es auch anders sein.

Als sie ihn endlich gefunden hatte und im Haus war, drückte sie auf den Lichtschalter, der links neben dem Eingang an der Wand angebracht war. Nichts passierte.

»Auch kaputt«, sagte sie stöhnend und warf die Tür ins Schloss.

Aber sie konnte auch so noch genug erkennen, da ein wenig Licht durch die anderen Räume in den fensterlosen Flur fiel.

Als sie gerade ins Schlafzimmer gehen wollte, um die Sachen für sich und Christopher zusammensuchen, roch sie es. Und bekam einen Wimpernschlag später schweißnasse Hände.

Der Fluchtreflex in ihr funktionierte noch. Panisch drehte sie sich auf dem Absatz um. Sie hatte schon die Türklinke in der Hand, als sie einen heftigen Schlag gegen den Hinterkopf spürte und lautlos zusammensackte.

Nachdenklich saß Saskia in Ellens Büro, das nun ihres war. Sie drehte sich mit dem hellen Ledersessel von einer Seite zur anderen und musste die ganze Zeit an die Sitzung bei Dr. Stinner denken.

Es war nicht nur das Foto von Mums zerschmettertem Körper, das sie nicht mehr losließ, es war vor allen Dingen der Obduktionsbericht, der sich in ihren Kopf festgebrannt hatte.

»Sie war nicht sofort tot«, hatte Dr. Stinner ihr erklärt und dabei selbst bestürzt gewirkt. Vermutlich hatte er geahnt, was diese Information in ihr auslösen würde. »Die Verletzungen waren zwar gravierend, aber wenn man sie eher gefunden hätte, hätte sie vielleicht überleben können.«

Saskia war fast schlecht geworden, als sie das gehört hatte. Wenn sie wirklich gesehen hatte, wie ihre Mutter abgestürzt war, dann hätte sie sie theoretisch retten können. Wäre sie ein bisschen mutiger gewesen, wäre sie nicht das kleine verängstigte Mädchen gewesen, hätte sie Mum retten können. Kein Wunder, dass sie von Schuldgefühlen geplagt war.

»Noch wissen wir gar nicht, ob Sie überhaupt dabei waren, als es zu dem Unglück kam«, hatte Dr. Stinner versucht, sie zu beruhigen. »Und wie ich schon gesagt habe: Ein fünfjähriges Mädchen trägt keine Schuld. Das kann es gar nicht. Sie sind unschuldig, das müssen Sie unbedingt verinnerlichen.«

Aber sie konnte an nichts anderes mehr denken. Wenn sie wirklich dabei gewesen war, hätte sie Mum vielleicht retten können.

Sie fühlte sich wie eine Versagerin.

Das hatte sie so durcheinandergebracht, dass sie sich kaum mehr auf etwas anderes konzentrieren konnte. Sie glaubte, dass ein paar Erinnerungsfetzen in ihr hochkamen, meinte, sich an den Weg erinnern zu können, an Mums Schreie ... Oder spielte ihr Gedächtnis ihr da einen Streich? Vielleicht vermischten sich die Bilder aus Filmen, Büchern und aus dem Fernsehen auch gerade mit ihrer Erinnerung – oder dem, was sie dafür hielt. Sie wusste es nicht, und Dr. Stinner hatte irgendwann gemeint, sie sollte erst mal alles sacken lassen, sie würden nächstes Mal weitersehen.

Vielleicht hatte Max doch recht, dachte Saskia, vielleicht hätte sie sich dem nicht aussetzen sollen. Jedenfalls ging es ihr seit der letzten Sitzung nicht besser, im Gegenteil.

Es klopfte an der Bürotür, und Anna Miller kam herein, zwei Aktenordner in der Hand.

»Ich glaube, ich habe die Sachen gefunden, die Sie gesucht haben.« Mit Schwung ließ sie einen der Ordner auf Saskias Schreibtisch fallen, sodass sie vor Schreck zusammenzuckte.

Saskia brauchte einen Moment, um zu verstehen, wovon die Assistentin sprach. »Meinen Sie die Abrechnungen der Firmenkreditkarte?«

Anna nickte. »Genau.«

»Waren die nicht verschwunden?«

Wieder nickte Anna. »Ja. Aber ich habe bei der Bank angerufen und Druck gemacht. Und siehe da, schon können sie Duplikate der Abrechnungen schicken.«

Saskia blätterte durch die Seiten. »In erster Linie sind das Georges Abrechnungen, wenn ich das richtig sehe. Tante Ellen hat ihre Karte ja kaum benutzt. Haben Sie die Abrechnung schon überprüft?«

»Nein, nur überflogen«, sagte Anna. »Und hier sind übrigens auch die Bilanzen, die Sie angefordert haben.«

Saskia nahm den nächsten Ordner entgegen, deutlich umfangreicher als der erste. Endlich würde sie sich einen Überblick über die Zahlen des Unternehmens verschaffen können. »Danke. Wissen Sie, wann mein Bruder kommt?«

»Nein. Er ist aber sicher am späten Nachmittag im Büro, hat vorher Termine.«

Saskia nickte. »Okay. Dann versuche ich mal, mich durch die Zahlen zu kämpfen.«

»Rufen Sie mich, wenn Sie Hilfe brauchen.«

»Danke, Anna.«

Als Saskia wieder alleine war, blickte sie neugierig auf die Akten. Im Gegensatz zu vielen anderen Leuten, die sie kannte, machte es ihr nichts aus, Bilanzen zu überprüfen. Sie konnte schon immer gut mit Zahlen umgehen und empfand es nicht als schwierig, den komplexen Geschäftsbericht zu studieren. Sich seitenweise in Zahlen zu vertiefen hatte manchmal fast etwas Meditatives, wie sie fand.

»Dann wollen wir mal ...«, sagte sie zu sich und klappte zuerst den dicken Ordner mit den Bilanzen auf.

Nach einer guten Stunde hatte sie sich einen ersten groben Überblick verschafft. Die Geschäfte liefen gut, Ellen hatte sinnvolle Investitionen getätigt, besonders die Kooperation mit einem Zulieferer aus Asien schien sich ausgezahlt zu haben. Allem Anschein nach war das Ehepaar Cramer in der Geschäftsleitung wirklich eine gute Besetzung gewesen.

Saskia nahm sich die zweite Akte vor und blätterte durch die Abrechnungen der Firmenkreditkarten. Das Konto, auf das George und Ellen Zugriff hatten, war jedenfalls in einem dicken Plus. Wenn sie es richtig verstand, hatte Ellen die Kreditkarte in erster Linie auf Geschäftsreisen benutzt, hatte Essenseinladungen für Kunden damit bezahlt und Taxi- und Bahnrechnungen beglichen – aber so selten, dass ihre Ausgaben nur ein paar Blatt Papier füllten.

Bei George sah es etwas anders aus. Es war ein offenes Geheimnis gewesen, dass ihr Onkel private Investitionen über die Firma abzuwickeln pflegte. Autos, Reisen, selbst Mobiliar aus dem Privathaus wurde darüber abgebucht. Klar, dass George die Auszüge hatte verschwinden lassen, als er die

Firma verließ. Vermutlich hatte er keine Lust, dass es im Nachhinein noch zu Gerede kam.

Saskia entdeckte als Erstes die Kreuzfahrt, die mit der Karte bezahlt worden war. In der Abrechnung war sie als Promotiontour vermerkt worden. Mit einem guten Steuerberater ließen sich diese Ausgaben bei einer Prüfung sicherlich rechtfertigen, für einen Kofferunternehmer konnte eine Kreuzfahrt ja tatsächlich werbewirksam sein. Auch die ständig wechselnden Firmenwagen ließen sich vermutlich irgendwie erklären.

Aber dann stutzte Saskia.

»Das ist merkwürdig«, murmelte sie und überflog noch mal die Abrechnung.

Jedes Jahr hatte George mit der Kreditkarte der Firma einmal im Jahr Bargeld abgehoben und zwar immer die bemerkenswerte Summe von fünfzehntausend Pfund. Was wollte er mit einer so großen Summe? Hatte er das Geld versoffen? Im Puff verjubelt? Aber das hätte Ellen doch merken müssen! Ellen war genau wie Saskia immer ein Zahlenmensch gewesen, sie war eine hervorragende Geschäftsfrau, niemals hätte sie es George durchgehen lassen, dass er so viel Firmengeld einfach durchbrachte.

Und wenn sie gar nichts davon gewusst hatte? Vielleicht hatte er ihr die Abrechnungen immer vorenthalten, um sich in Ruhe bedienen zu können? Aber hätte das Finanzamt von den Barabhebungen nicht etwas merken müssen? Erst vor zwei Jahren hörten die Abhebungen auf, kurz nachdem Max ins Controlling kam. War er seinem Onkel auf die Schliche gekommen?

Saskia griff zum Telefon. »Anna? Könnten Sie noch mal kurz kommen? Danke.«

Kurz darauf stand Anna Miller wieder vor ihrem Schreibtisch, und Saskia erzählte ihr, was sie entdeckt hatte.

»Wissen Sie was von dem Geld? Ich meine, das konnte doch nicht geheim bleiben. Über die ganzen Jahre sind das ja immerhin …«, Saskia rechnete schnell, »255 000 Pfund! Es muss doch eine offizielle Erklärung gegeben haben, was mit dem Geld passiert ist, sonst hätte doch längst das Finanzamt vor der Tür gestanden!«

Anna nickte. »Ja, das wurde von unserem Justiziar auch bemängelt. Aber ihr Onkel sagte, dass er das Bargeld als Handgeld brauchen würde. Er hob einmal im Jahr die Summe am Stück ab, um auf seinen Reisen jederzeit flüssig zu sein. Besonders für seine Geschäfte in Osteuropa. Da muss man Kunden schon mal öfters einladen.«

»Verstehe.« Saskia wusste, dass es genug Geschäftsleute gab, die sich immer noch in teure Restaurants oder Hotels einladen ließen und erst danach entschieden, ob sie mit jemandem zusammenarbeiten wollten oder nicht. Aber fünfzehntausend Pfund für Restaurantbesuche und Hotelübernachtungen?

»Warum gibt es dann keine Quittungen?«, hakte sie nach.

»In manchen Ländern ist das wohl etwas schwierig«, sagte Anna. »Aber Sie haben recht, so über die Jahre gesehen ist die Summe sehr hoch. Möglicherweise hat er noch private Ausgaben damit getätigt, das kann ich Ihnen nicht sagen. Sind Sie sicher, dass es wirklich über eine Viertelmillion Pfund sind?«

Saskia blickte noch mal auf die Abrechnung. »Ja. Das erste Mal wurde die Summe vor siebzehn Jahren abgehoben …« Saskia hielt inne. Ihr Mund war schlagartig trocken geworden. Sie blickte irritiert auf die Akten, blätterte noch mal vor und zurück und merkte, wie ihr Herz schneller schlug.

»Alles in Ordnung?«, fragte Anna. »Kann ich noch was für Sie tun?«

»Nein. Danke.« Saskia hob den Blick und bemühte sich um ein Lächeln. »Alles in Ordnung, Anna«, log sie dann.

Die Assistentin nickte ihr zu und verließ dann das Büro. Sekundenlang starrte Saskia ihr hinterher. Dann schüttelte sie den Kopf und blickte wieder auf die Akte.

»Das kann doch kein Zufall sein …«, murmelte sie.

Das erste Mal, dass George so viel Bargeld abgehoben hatte, war in dem Jahr gewesen, als Mum starb, nur wenige Wochen nach dem Unglück.

Danach hob er das Geld immer am neunzehnten März ab, jedes Jahr, immer an diesem Datum.

Immer an Mums Todestag.

»Auch wenn Sie das Ganze körperlich recht gut überstanden haben, rate ich Ihnen dringend, mit einem Psychologen zu sprechen«, sagte der Arzt, der mit besorgter Miene an Noemis Bett stand. »Zum einen haben Sie das Trauma einer schweren Gewalttat zu verarbeiten, zum anderen haben Sie während der Entführung einen kalten Entzug durchgemacht, auf dem Sie aufbauen sollten. Jetzt ist die Chance, ein drogenfreies Leben zu beginnen.«

Noemi nickte langsam. Ja, sie war clean. Zum ersten Mal seit langer Zeit bestimmten nicht mehr die Drogen jede Minute des Tages. Früher kreisten alle ihre Gedanken nur um die Steine. Das war jetzt nicht mehr so.

Jetzt drehte sich alles in ihrem Kopf um die Bestie.

»Auch wenn Sie sich im Moment vielleicht nicht darüber im Klaren sind«, fuhr der Doc fort, »aber es gab Gründe, warum Sie drogenabhängig geworden sind. Viele Abhängige geraten durch eine gewisse Lebensangst, wie ich es immer formuliere, in die Sucht. Und durch das, was Sie in den letzten Tagen erlebt haben, könnte sich diese Angst um ein Vielfaches verstärken.«

»Ich werde versuchen clean zu bleiben«, sagte Noemi. Ihr stand jetzt nicht der Sinn nach irgendwelchem Psychogequatsche. Der Doc nickte.

»Okay. Denken Sie in Ruhe darüber nach. Ohne Hilfe wird das sehr schwer werden. Vielleicht entscheiden Sie sich ja doch noch für eine Therapie.«

Noemi nickte. Eigentlich hatte sie keine gute Meinung von diesen Seelenklempnern. Ihr Dad hatte sie vor ein paar Jahren mal zu einem geschleppt, als das mit dem Kiffen immer schlimmer wurde und langsam auch andere Drogen ins Spiel kamen. Aber sie hatte den Typen überhaupt nicht ernst nehmen können, dieses ganze Gelaber, dass sie mit den Drogen vor ihrem Leben fliehen wollte, hatte sie als völligen Schwachsinn angesehen. Sie hatte sich zugedröhnt, weil es geil war. Punkt. Jedenfalls hatte sie das damals so gesehen.

Heute, nach allem, was passiert war, hatte sie eine etwas andere Sicht auf die Dinge. Und sie wusste, dass das, was sie im Wald erlebt hatte, durchaus für einen schnellen Rückfall sorgen konnte.

Ein Schauer lief ihr den Rücken herunter, als sie daran dachte, was sie alles dafür getan hatte, um an Geld für die Steine zu kommen. Nie wieder wollte sie einen Mann befriedigen, nur um an dieses Zeug zu kommen. Bah.

Ich bin der verdammten Bestie entkommen, dann werde ich doch auch den Scheißdrogen für immer entkommen können!, dachte sie trotzig.

Als Sienna wach wurde, dröhnte ihr Schädel. Stöhnend fasste sie sich an den Hinterkopf und spürte die dicke Beule, die sich dort gebildet hatte und die auch etwas zu nässen schien. Jedenfalls war dort eine feuchte Stelle. War es Blut? Oder Wundwasser? Sie wusste es nicht. Um sie herum war es stockfinster.

Wo bin ich?

Sie konnte nichts um sich herum erkennen und hatte keine Vorstellung davon, wo sie war.

Sie musste schlucken, als ihr klar wurde, was passiert sein musste.

Er hat dich. Das Schwein hat dich erwischt.

Sie bemühte sich, ihre hektische Atmung zu kontrollieren.

Jetzt bloß nicht in Panik geraten! Bloß nicht durchdrehen! Denk nach, denk nach!

Er hatte sie niedergeschlagen, in ihrer eigenen Wohnung, und dann hierhergebracht. Wie konnte er das schaffen, ohne dabei gesehen zu werden? Ohne dass die Nachbarn etwas davon mitbekommen hatten?

Vorsichtig setzte sie sich auf, wodurch sich ihre Kopfschmerzen schlagartig verschlimmerten. Mit den Händen tastete sie ihre Umgebung ab und stellte erschrocken fest, dass es rechts von ihr nichts gab. Sie musste auf so etwas Ähnlichem wie einen Steg oder einem Brett sitzen, links die Wand, rechts das Nichts.

Es war schon ziemlich dunkel gewesen, als es passiert war, dachte sie dann. Vermutlich hatten die Nachbarn nichts von ihrer Entführung mitbekommen und somit auch nicht die Polizei informiert.

Schlagartig wurde ihr klar, dass ihr Verschwinden wahrscheinlich erst einmal niemandem auffallen würde. Christopher lag noch im künstlichen Koma, die Kinder waren bei ihren Eltern, und jeder, der sie telefonisch nicht erreichen konnte, würde denken, dass sie im Krankenhaus am Bett ihres Mannes wachen würde. Wann würde Christopher aufwachen?

Heute noch? Oder erst morgen? Und würde er dann sofort bemerken, dass sie nicht bei ihm war, und nach ihr fragen? Oder würde er noch so benommen sein, dass er gar nicht verstand, was los war?

Sienna suchte ihre Jacke ab. Ihr Handy ... verschwunden. Natürlich hatte er es ihr abgenommen, der Kerl war ja offensichtlich kein Idiot. Und gut vorbereitet.

Aber auf was eigentlich?

Warum hatte er sie hier eingesperrt? Er hätte sie doch auch einfach töten können, wenn es ihm darum ging.

Vielleicht ging es ihm ja gar nicht um ihren Tod, dachte Sienna, und etwas Hoffnung keimte in ihr auf.

Sie versuchte wieder, sich auf ihre Situation zu konzentrieren.

Hatte sie irgendetwas dabei, was ihr helfen könnte? Sie suchte ihre Hosentaschen ab und kontrollierte erneut ihre Jacke, aber sie konnte nichts finden. Normalerweise hatte sie immer allerhand Zeugs dabei, von Taschentüchern über Lippenstift bis hin zum Schlüsselbund, aber offensichtlich hatte er alles an sich genommen.

Erneut stieg die Angst in ihr hoch.

Er hat dich hier eingesperrt und dir alles genommen, was dir helfen könnte.

Warum hatte er das getan?

Sie musste tief durchatmen und verdrängte den Gedanken schnell wieder. Sie wollte nicht weiter darüber nachdenken, warum ihr Entführer sie in dieses Loch gesperrt hatte, in diese Dunkelheit, in der es nichts zu geben schien. Aber ihr war nun endgültig klar, dass ihr Gefühl sie nicht getäuscht hatte. Es war kein Zufall gewesen, was ihren Kindern und Christopher passiert war. Jemand hatte es auf ihre Familie abgesehen, und nun war sie an der Reihe. Verdammt! Sie hatte es geahnt und doch nicht verhindern können.

In dem Moment registrierte sie den unangenehmen Geruch, der aus dem Nichts neben ihr aufstieg. Er war irgendwie süßlich und faulig zugleich und löste einen Würgreflex bei ihr aus, den sie nur schwer kontrollieren konnte.

Was zur Hölle stank hier bloß so? Hatte er sie in eine alte Sickergrube geworfen? War sie in der Nähe eines Klärwerks?

Der Gestank war widerlich, und je mehr sie darüber nachdachte, desto ekelhafter fand sie ihn.

Sie schrie laut um Hilfe und war im nächsten Moment erschrocken von dem Echo, das von den Wänden und aus dem Nichts neben ihr widerhallte.

»Hallo! Ist das draußen jemand? Kann mich irgendjemand hören? Hilfe!«

Trotz des Gestanks versuchte sie so laut wie nur möglich zu schreien, auch wenn sie dazu tief Luft holen musste. Nach zehn, vielleicht auch fünfzehn Minuten gab sie auf. Ihre Stimme war kratzig, fast heiser geworden, und bis auf das Echo hatte niemand auf ihre Schreie geantwortet.

Sienna lauschte in die Dunkelheit hinein. Aber sie hörte nichts, keine Schritte, keine Stimmen, absolut nichts.

Sie bemühte sich, ihre Angst zu kontrollieren.

Du musst hier raus!

Mit flachen Händen tastete sie die Wand neben sich ab. Es schien eine Steinwand zu sein, an der ein kleines Rinnsal hinunterlief. Die feuchte lehmige Wand schien an vielen Stellen brüchig, so als wären einige Brocken abgerissen worden. Oder täuschte sie sich?

Vorsichtig tastete sie weiter die Wand ab. Nein, eindeutig, hier waren Rillen, Kratzer und kleine Löcher.

Aber warum?

Sie griff mit der Hand in eine brüchige Stelle und spürte,

dass ihre Finger genau in die Rillen passten. Schlagartig wurde ihr schlecht.

Eine andere Hand hatte die Löcher in der Wand hinterlassen.

Sie musste schlucken, als sie verstand. Und jetzt konnte sie ihre Angst nicht mehr unterdrücken. Panik rauschte durch ihren Körper, und sie merkte, wie sie überall zitterte.

Sie war nicht die erste Gefangene in diesem Verlies. Und derjenige, der vor ihr hier eingesperrt war, hatte vor lauter Verzweiflung versucht, sich an den Wänden hochzuziehen, hatte seine Finger tief in die Wand gekrallt, um hier rauszukommen.

Voller Angst fragte sich Sienna, ob er es geschafft, ob er überlebt hatte.

Und ob sie überleben würde.

»Würde es Ihnen etwas ausmachen, mich in den Park zu schieben, Schätzchen?«, fragte Noemis Zimmernachbarin und hielt dabei erklärend eine Packung Zigaretten hoch.

»Etwas frische Luft schadet ja bekanntlich nicht.« Die alte Dame lächelte sie an. »Sie können doch gehen, oder?«, fügte sie dann noch hinzu.

»Ja, das ist kein Problem. Ich kann laufen.«

Noemi schlug die Bettdecke zur Seite und stand auf. Sofort wurde ihr schwindelig, und sie geriet ins Schwanken. Besorgt sah ihre Nachbarin sie an.

»Alles okay?«, fragte sie. »Ich möchte nicht, dass Sie wegen mir aus den Latschen kippen.«

»Es geht schon wieder. Mir war nur kurz etwas schummrig.«

»Sicher?«

Noemi nickte und half der Frau in ihren Rollstuhl. In Momenten wie diesen fühlte sie, wie sehr ihr die Steine fehlten, wie sehr die Gier nach der Droge immer noch ihr Denken bestimmen konnte.

Vielleicht sollte ich auch eine rauchen, ging es ihr durch den Kopf. Sie hatte schon lange nicht mehr geraucht, und wenn, dann nur einen Joint. Aber vielleicht würde das Nikotin sie etwas ablenken.

Während die alte Dame ununterbrochen von ihrer bevorstehenden Hüftoperation sprach, schob Noemi sie durch den langen Flur, bis sie durch eine Nebentür die weitläufige Parkanlage erreichten. Junge Birken waren um eine kreisförmige Rasenfläche gepflanzt worden, an dessen Rand dunkle Holzbänke zum Verweilen einluden.

»Wollen wir uns da vorne hinsetzen?«, fragte ihre Zimmernachbarin und steckte sich eine Zigarette in den Mund. Noemi nickte, schob den Rollstuhl zu einer der Bänke und setze sich.

»Haben Sie für mich auch eine?«, fragte Noemi und knetete ihre Hände. »Irgendwie brauche ich das jetzt.«

»Das kenn ich. Seit fast fünfzig Jahren will ich aufhören. Klappt aber nicht«, sagte sie und reichte ihr die Packung. »Es sind allerdings Mentholzigaretten. Ist nicht unbedingt jedermanns Sache.«

»Kein Problem. Hauptsache 'ne Kippe.«

Die alte Dame gab ihr Feuer, danach zündete sie sich selbst eine an. Sie nahm einen tiefen Zug, bevor sie weitersprach. »Ich hab ja auch schon eine Menge in meinem Leben mitgemacht. Aber noch nicht in Ihrem Alter. Geht es Ihnen denn etwas besser, Schätzchen?«

Noemi nickte langsam und zog an der Zigarette. Sie fühlte sich plötzlich wie erstarrt, unfähig, auch nur ein Wort zu sagen.

Was ist nur los?

Ihr Herz raste, und ihre Hände waren mit einem Mal schweißnass.

Lag es am Nikotin? Vertrug sie keine Kippen mehr?

Ihre Zimmernachbarin nahm einen erneuten Zug. »Mit meinem ersten Mann fing das Elend an. Ich weiß nicht, wie oft der mich betrogen hat. Ach, im Prinzip habe ich mich immer in den Falschen verguckt …«

Noemi drehte die Zigarette zwischen ihren Fingern hin und her, in der Hoffnung, das Zittern dadurch unter Kontrolle zu kriegen. Aber es war unmöglich. Jetzt zuckten auch ihre Arme und Beine, fast schon unkontrolliert, und ihr war klar, dass die alte Dame das bemerken würde.

»Alles okay?«, fragte sie in dem Moment auch schon. »Ist Ihnen kalt? Sie zittern ja.«

»Nein … Alles … Okay … «

Nichts ist okay!

Als die Frau ihr beruhigend die Hand auf den Arm legen wollte, fuhr sie erschrocken zurück.

»Entschuldigung. Ich wollte Sie nicht …« Sie verstummte und blickte auf Noemis Beine. »Schätzchen, Sie sollten besser zur Toilette …«, sagte sie besorgt, ohne den Satz zu Ende zu sprechen.

Noemi spürte, wie sie sich einnässte, wie der Urin an ihren Beinen herablief.

Aber es war ihr egal.

Irgendetwas hatte sie völlig aus der Fassung gebracht, aber sie wusste nicht, was.

Sie wusste nur, dass es etwas mit ihrer Entführung zu tun hatte.

Noemi konnte nicht mehr klar denken. Sie wollte nur noch weg. Und zwar schnell!

Sie stand auf und musste sich kurz an der Bank festhalten, weil ihr wieder schwindelig wurde.

»Tut mir leid ... Ich muss mich umziehen ...«, stotterte sie und warf die Zigarette weg.

Ihre Zimmernachbarin sah sie prüfend an. »Sie sehen völlig verängstigt aus! Was ist denn plötzlich los?«

Noemis Atmung ging kurz und flach, war kaum noch zu kontrollieren. Sie merkte, wie die Panik immer größer wurde.

Der Geruch, ging es ihr durch den Kopf. Es war der Geruch, der sie so aus der Fassung gebracht hatte. Sie hatte ihn gerochen, als sie in den roten Wagen gestiegen war, hatte ihn wahrgenommen, als der Kerl im Wald auf ihr gesessen hatte und sie umbringen wollte.

Es war der Geruch ihres Mörders.

16

Saskia war etwas zu früh dran und musste noch ein wenig warten, bevor die Sitzung mit Dr. Stinner anfangen sollte. Nachdenklich saß sie im Wartezimmer. Würde die heutige Therapiestunde sie wieder so aufwühlen wie die letzte? War sie dem Ganzen gewachsen?

Sie seufzte. Bisher hatte sie mit niemandem über die letzte Sitzung gesprochen. Sie hatte überlegt, Max und ihrem Vater davon zu erzählen, hatte sich dann aber dagegen entschieden. Max war von Anfang an gegen diese Form der Therapie gewesen, und wenn Dad wüsste, dass sie Bilder von Mums Leiche gesehen hatte, dann würde das bestimmt nur alte Wunden in ihm aufreißen.

Hatte es bei ihr ja schließlich auch.

Vielleicht hatte Max sogar recht gehabt, dachte sie. Sie war sich nicht sicher, ob die Konfrontationstherapie wirklich das Richtige für sie war. Ja, sie hatte gewisse Erinnerungen bei ihr wach gerufen, aber eben keine, die sie wirklich weiterbrachte. Dafür quälte sie nun die Vorstellung, dass Mum zu retten gewesen wäre, wenn sie selbst damals schneller Hilfe geholt hätte.

Hatte sie aber nicht.

Das Piepsen ihres Handys riss sie aus den Gedanken. Offenbar war eine SMS eingegangen. Sie nahm ihre Handtasche auf den Schoß und verfluchte sie im nächsten Augenblick. Nicht zum ersten Mal: Die beutelartige Tasche hatte keine Fächer, alle Gegenstände in ihr wurden grundsätzlich munter durcheinandergewürfelt. Was ausgesprochen lästig war, zumal die Tasche so groß war, dass sie einige Dinge vermutlich nie wiederfinden würde, dachte sie. Mit Grausen erinnerte sie sich an einen Schokoriegel, den sie mal am Boden der Tasche gefunden hatte und der inzwischen in dieser Form gar nicht mehr zu kaufen war. Verpackung und Name des Riegels hatten sich längst geändert, vermutlich hatte er zwei Jahre in ihrer Tasche gelegen. Andererseits hatte die Tasche nun mal ihre Lieblingsfarbe, und in keine andere passte alles rein, was man für einen langen Unitag eben so brauchte.

Endlich hatte sie ihr Handy gefunden. Eine SMS von Max, der wissen wollte, wann sie im Büro sei. Sie antwortete ihm, dass sie in spätestens zwei Stunden da sein würde.

Als sie das Handy zurück in die Tasche gleiten ließ, fiel ihr Blick auf den Umschlag.

»Dich hab ich ja völlig vergessen«, murmelte sie und zog ihn hervor. Es war der Umschlag aus dem Fotoalbum, das sie in Ellens Sekretär gefunden hatte.

Neugierig öffnete sie ihn. Einen winzigen Moment hielt sie inne und überlegte kurz, ob das Öffnen des Umschlags Ellens Privatsphäre verletzen würde, so wie es das Lesen eines Tagebuchs tat.

Bevor du nicht weißt, was in dem Umschlag ist, brauchst du dir solche Gedanken gar nicht zu machen, dachte sie dann. Schließlich könnten ja auch einzelne Fotos oder Bargeld darin sein. Kurz darauf hatte sie einige handgeschriebene Zettel in der Hand.

Es waren Briefe, ganz offensichtlich mehr als einmal gelesen.

Neugierig strich sie einen davon glatt. Die Schrift erinnerte sie an eine Jungsschrift, etwas krakelig und unordentlich, vielleicht die eines Jugendlichen.

Ich war noch nicht mal geboren, als der geschrieben wurde, dachte sie und begann, den ersten Brief zu lesen.

23. 4. 1988
Ellen,
seit unserem letzten Treffen kann ich nur noch an dich denken.
Ich sehe dich vor mir, ich fühle dich, ich rieche dich, ich schmecke dich.
Wann werde ich dich wiedersehen?
Wieder fühlen, wieder riechen, wieder schmecken?
Du hast gesagt, bei uns war es Liebe auf den ersten Blick.
Ich sage: Bei uns ist es wahre Liebe.
Ich küsse dich. Überall.
In Liebe …

Die Unterschrift konnte Saskia nicht entziffern, da sie genau in der Knickfalte lag.

Sie musste grinsen. Ellens große Liebe, dachte sie. Offensichtlich war das vor George gewesen, dachte Saskia. Ellen war im April 1988 knapp zwanzig Jahre alt gewesen, und Saskia wusste, dass sie George erst mit 22 oder 23 kennengelernt hatte. Auch wenn es schon so lange zurücklag, freute es sie, dass ihre Tante früher mal eine glückliche Beziehung geführt hatte und dass ihr betrügender und womöglich sogar gewalttätiger Ehemann nicht die einzige Liebe in ihrem Leben war.

Sie zog einen weiteren Brief hervor.

13. 4. 1988

Ellen, geliebte, schöne und so sehr vermisste Ellen.

Der wievielte Liebesbrief ist das, den ich dir hier schreibe?

Eines Tages werden wir zusammensitzen, grau und alt. Und dann werden wir all diese Briefe gemeinsam lesen.

Vielleicht lesen wir sie sogar unseren unzähligen Enkeln vor?

Ich weiß, ich habe neulich scheiße reagiert, als du von Familie gesprochen hast.

Verzeih. Ich war überfordert. Aber nur in dem Moment.

Natürlich will ich eine Familie haben! Mit dir! Nur mit dir!

In tiefer, aufrichtiger Liebe,

dein Riley.

Schlagartig wurde Saskia schlecht. Das konnte nicht sein, oder? Das war unmöglich.

Hektisch, ja fast panisch, überflog sie die anderen Briefe, die alle in einem ähnlichen, romantisch-verklärten Tonfall geschrieben waren.

Die Schrift ... War es die Schrift ihres Vaters? Sie konnte es nicht sagen. Das hier war klar die Schrift eines Teenagers, ungeformt und hastig, ihr Vater hatte dagegen die eines Erwachsenen, sauber und ordentlich.

Es gab Millionen Rileys auf der Welt! Millionen! Wer sagt denn, dass es Dad ist? Es kann doch jemand ganz anderes sein!

Und wenn nicht? Bedeutete das dann, dass ihr Vater eine Beziehung mit Ellen hatte, bevor er mit Mum zusammengekommen war?

Nein, das konnte nicht sein. Das war schlicht unmöglich!

In diesem Augenblick wurde sie aufgerufen. Sie versuchte, sich zu sammeln und die Gedanken an die Liebesbriefe zu verdrängen.

Vielleicht war alles ganz harmlos, vielleicht gab es eine andere, ganz einfache Erklärung für diese Briefe.

Aber sie spürte, nein, sie wusste, dass es nicht so war.

»Saskia, schön, Sie zu sehen.«

Dr. Stinner reichte ihr die Hand und legte dabei seine linke auf ihre rechte. Sein Händedruck war fest, kühl und ausgesprochen angenehm. Sie war immer wieder überrascht, was für eine beruhigende Wirkung dieser Mann auf sie hatte.

»Wie haben Sie unsere letzte Sitzung verarbeitet?«

Mit einer Handbewegung bat er sie, Platz zu nehmen, und setzte sich dann selbst an den Schreibtisch.

Saskia versuchte sich zu konzentrieren. »Es hat mich schon ... sehr mitgenommen.«

»Ja. Da haben Sie recht. Es ist nicht leicht, sich so direkt und hart der Vergangenheit zu stellen. Wie hat sich das auf Ihre Albträume ausgewirkt?«

Saskia war immer noch durcheinander. »Die Albträume ... ja, nein, da hat sich nichts verändert. Entschuldigen Sie, könnte ich einen Kaffee haben?«

»Natürlich.« Dr. Stinner sah sie prüfend an und ging dann zu dem Sideboard, das an der rechten Seite des Raumes stand und auf dem ein verchromter Kaffeeautomat glänzte. »Mit Milch, richtig?«

»Ja, danke.«

»Was ist los?«, fragte er, während der Kaffee in die Tasse lief.

»Ich weiß nicht ...« Sie überlegte kurz, ob sie ihm von den Briefen erzählen sollte. Doch dann entschied sie, dass es noch andere, viel wichtigere Dinge gab, die sie mit ihm besprechen wollte. »Es passieren gerade so viele verwirrende Sachen.«

Dr. Stinner nickte verständnisvoll. »Erzählen Sie einfach, was Ihnen durch den Kopf geht.«

Er nahm den Kaffee und reichte ihn Saskia. Nachdem sie einen Schluck genommen hatte, fühlte sie sich etwas besser.

»Was beschäftigt Sie gerade am meisten?«, fragte Dr. Stinner.

»Es geht um meinen Onkel«, begann Saskia und erzählte dann, wie George über Jahre hinweg eine hohe Summe Bargeld abgehoben hatte, immer am Todestag ihrer Mutter. »Das kann doch kein Zufall sein!«, schloss sie ihre Erzählung. »Wieso immer an dem Datum?«

»Das ist in der Tat merkwürdig.« Dr. Stinner drehte sich auf seinem Schreibtischstuhl nachdenklich hin und her.

»Ich weiß nicht, was Sie davon halten, aber für mich sieht das schwer danach aus, als hätten diese Geldbeträge irgendetwas mit dem Tod meiner Mum zu tun.«

Dr. Stinner nickte. Er schien konzentriert nachzudenken. »Und was könnten sie Ihrer Meinung nach damit zu tun haben?«

Saskia holte tief Luft. Sollte sie das Ungeheuerliche aussprechen, das zunächst nur ein diffuses Gefühl war und jetzt immer mehr zur Gewissheit wurde? »Er ... George ... Vielleicht hat er nicht nur was mit Ellens Tod zu tun ... Wenn er es wirklich war. Noch gibt es keine Beweise. Aber wenn er sie tatsächlich umgebracht hat ... vielleicht hatte er dann auch beim Tod meiner Mutter die Finger im Spiel«, sagte sie leise.

Dr. Stinner sah sie ernst an. »Können Sie sich an etwas erinnern? Von damals, von dem Tag, als es passierte?«

»Nein. Aber wir waren doch mit George im Lake District ...«

»Und mit Ihrer Tante und Ihren Großeltern.«

»Ich weiß. Und sie waren alle schon abgereist, als es passierte. Vielleicht hat George ... Vielleicht hat er jemanden dafür bezahlt, dass er meine Mutter umbringt?«

»Und dieser Jemand verlangt in den Jahren danach immer wieder Geld, damit er seinen Mund hält«, dachte Dr. Stinner laut nach.

»Das wäre doch zumindest möglich! Und vielleicht war Ellen jetzt dahintergekommen, was ihr Mann damals angerichtet hat ...«

»Und deshalb musste sie sterben«, führte Dr. Stinner ihren Satz fort. »Bis dahin kann ich Ihnen folgen. Aber warum sollte sich dann Ihr Onkel selbst töten? Wenn man fast zwanzig Jahre gut damit leben kann, die eigene Schwägerin umgebracht zu haben ...«

»Die Polizei ist sich gar nicht sicher, ob es überhaupt Suizid war«, unterbrach Saskia ihn. »Sie können ein Gewaltverbrechen nicht ausschließen. Ich habe allerdings keine Ahnung, wer als Tatverdächtiger für sie infrage kommt.«

Dr. Stinner sah sie ernst an. »Wir können Ihren Onkel nicht mehr fragen. Und vermutlich wird es schwierig sein, die Person ausfindig zu machen, die die ganzen Jahre das Geld von ihm bekommen hat.«

Saskia nickte. Sie ahnte, was er ihr vorschlagen wollte, und sie war sich nicht sicher, wie sie dazu stand. Brachte diese Konfrontationstherapie wirklich etwas?

»Sie würden gerne da weitermachen, wo wir das letzte Mal aufgehört haben.« Saskia formulierte den Satz weniger als Frage, sondern mehr wie eine Feststellung.

»Sie haben sich letztes Mal wenigstens in Teilen an einige Dinge erinnern können«, sagte Dr. Stinner. »Es ist möglich, dass wir damit weiterkommen. Aber ich kann Ihnen nichts versprechen.«

Saskia presste die Lippen zusammen und schluckte. »Ich weiß«, sagte sie leise.

»Möchten Sie weitermachen?«

»Ja.«
»Auch wenn es schmerzhaft wird?«
»Das wird es sowieso. Machen wir weiter.«

Das Arztzimmer war im kühlen Weiß gehalten. Ein Medikamentenschrank mit Probepackungen der Pharmaindustrie stand neben einem hellen Sideboard, an dem DS Cohen mit verschränkten Armen lehnte. Er war sofort gekommen, nachdem Noemi ihn angerufen hatte.

»Sie sagten, Sie haben denselben Geruch wahrgenommen wie bei Ihrer Entführung«, sagte er, und Noemi nickte. Sie hatte immer noch Schwierigkeiten, klar zu denken und ihre Angst unter Kontrolle zu bekommen. Zum Glück hatte sie in der Zwischenzeit ihre Kleidung wechseln können, seitdem fühlte sie sich etwas besser.

»Konnten Sie den Geruch einordnen? War es ein Aftershave oder ein Parfum?«

»Nein, es war kein Aftershave. Es war etwas anderes ...«, überlegte Noemi. »Aber da war niemand. Ich saß ganz alleine mit der alten Dame im Park. Wir haben eine Kippe geraucht und ...« Sie hielt inne und hob den Blick. »Mentholzigaretten ...«, sagte sie dann nachdenklich.

DS Cohen sah sie stirnrunzelnd an. »Moment mal. Der Mann, der Sie entführt hat, roch nach Mentholzigaretten?«

Noemi nickte, und sofort wurde ihr wieder beklommen. Sie fand es erstaunlich, wie ihr Körper auf diesen Geruch reagierte. Ausschließlich mit Angst.

DS Cohen zog sein Tablet aus der Tasche und tippte etwas auf dem Display. »Der Kollege hat mir doch erst gestern davon erzählt ...«, murmelte er. Immer wieder strich er mit dem

Finger darüber, bis er gefunden zu haben schien, wonach er suchte.

»Da ist es … Bei einem anderen Gewaltdelikt wurde dem Täter ebenfalls ein solcher Geruch zugeschrieben«, erklärte DS Cohen ihr dann. »Auch wenn Mentholzigaretten im Moment ziemlich angesagt sind, finde ich das einen merkwürdigen Zufall.«

Der Sergeant tippte erneut auf dem Display, bevor er das Tablet Noemi reichte. »Den Mann auf dieser Phantomzeichnung, haben Sie den schon einmal gesehen?«

Noemi starrte auf das Display.

Sie hatte den Mentholgeruch eindeutig wiedererkannt, daran gab es keinen Zweifel. Das hatte sie auch an den Reaktionen gemerkt, die automatisch in ihrem Körper losgetreten wurden. Angst, Zittern, Herzrasen – alles nur wegen dieses Geruchs.

Aber war es der Kerl vom Phantombild?

Sie versuchte sich noch einmal genau zu erinnern. Als sie zu dem Kerl in den roten Wagen gestiegen war, hatte sie ihn nicht erkennen können. In der Jagdhütte und später bei ihrer Flucht … Nein, auch da hatte sie ihn nicht gesehen.

Nur als sie vollgedröhnt in der Wohnung ihrer Eltern gewesen war. Die Fratze auf dem Dach, die Bestie im Hausflur.

»Es ist möglich«, sagte sie zögerlich und starrte in die kalten Augen des Mannes. »Ich kann es nicht genau sagen, ich war … Ich war nicht ganz bei mir, als ich ihn gesehen habe. Aber er könnte es sein … Wer ist der Mann?« Entschlossen hielt sie, dem Sergeant das Tablet hin. Sie wollte nichts mehr sehen.

»Das wissen wir noch nicht. Sein Fahndungsaufruf samt Zeichnung wird morgen veröffentlicht.«

»Glauben Sie …« Noemi stockte. Sie musste tief durchatmen, bevor sie weitersprechen konnte. »Glauben Sie, er könnte mir immer noch gefährlich werden?«

»Machen Sie sich keine Sorgen. Niemand weiß, dass Sie hier sind. Außerdem ist das Krankenhaus ein ganzes Stück von der City entfernt, ich wüsste nicht, wie der Mann Sie hier finden sollte. Aber zur Sicherheit werden wir einen Beamten vor der Tür platzieren, okay?«

Noemi nickte nur.

»Soll ich Sie auf Ihr Zimmer begleiten?«

Sie schüttelte den Kopf. »Nein, das schaffe ich schon alleine.«

»Der Kollege, der vor Ihrem Zimmer sein wird, müsste in spätestens einer Stunde hier sein.«

»Gut.« Noemi blickte den Polizisten besorgt an. »Glauben Sie wirklich, der Kerl kommt zurück, um mich zu töten?«

DS Cohen schwieg für einen Moment. »Ich halte das Risiko für minimal. Ernsthaft, woher sollte er wissen, dass Sie hier sind? Und wenn er es doch rauskriegen sollte …« Er stockte kurz. »Wir werden alles tun, um Sie zu schützen«, sagte er dann.

Mit klopfendem Herzen saß Saskia ihrem Vater gegenüber. Er schenkte ihr eine Tasse Tee ein und sah sie erwartungsvoll an. Sein Blick fiel auf ihren Hals. Heute trug sie die Kette mit dem Anhänger. Auch danach wollte sie ihn fragen.

»Was wolltest du denn so dringend mit mir besprechen?« Er nippte an seinem Tee und zuckte im nächsten Augenblick zurück. »Ah. Viel zu heiß.«

Saskia wusste nicht, wie sie anfangen sollte. Es war ihr ein bisschen unangenehm, in der Vergangenheit ihres Vaters gewühlt zu haben, und gleichzeitig musste sie doch dringend mehr wissen über das, was sie dort gefunden hatte.

»Hast du eine neue Kette?«, fragte Dad in dem Moment.

»Ellen hat sie mir geschenkt. Kurz vor ihrem Tod«, antwortete Saskia. »Ich hab auf einem der alten Fotos gesehen, dass Mum auch so einen Anhänger hatte?«

Ihr Vater nickte. »Ja. Deine Großmutter hatte ihren Töchtern den gleichen Anhänger geschenkt, weil sie fand, dass sie wie Yin und Yang waren. Ich weiß noch, wie Cilly ihn in Mums Sarg gelegt hat ...« Er schluckte, fing sich aber schnell und lächelte sie aufmunternd an. »Tja, und den anderen hast du jetzt also.«

Saskia ließ die Worte ihres Vaters kurz sacken. Ellen hatte ihr den gleichen Anhänger geschenkt, mit dem Mum beerdigt wurde. Damit bekam das Schmuckstück für Saskia eine noch größere Bedeutung. Sie würde es für immer in Ehren halten.

Danke, Ellen.

Saskia zog den Umschlag mit den alten Liebesbriefen aus der Tasche und legte sie ihrem Vater hin.

»Was ist das?«, fragte er.

»Briefe. Herzzerreißende Liebesbriefe. Von dir.«

Sie sah, wie ihrem Vater die Röte ins Gesicht stieg. Er räusperte sich und zog einen der Briefe aus dem Umschlag. Nachdem er ihn überflogen hatte, faltete er ihn wieder zusammen und räusperte sich erneut.

»Ja. Richtig. Ähm. Die sind von mir. Wo hast du die gefunden?«

Aber Saskia hatte keine Lust, darauf zu antworten. Die fast beiläufige Bestätigung ihres Vaters, dass er und Ellen früher mal ein Paar waren, traf sie mehr, als sie erwartet hatte. Auch wenn sie es sich schon gedacht hatte.

»Kannst du mir das erklären?«, fragte sie heiser. »Du und Ellen? Ich meine ... Wann?«

Ihr Vater seufzte. »Vielleicht hätte ich es euch mal erzählen sollen …«

»Allerdings!«

»… aber ihr wart so klein. Und nach Mums Tod …«

»Es gab zig Gelegenheiten, es uns zu sagen!« Sie war wütend und nahm es ihrem Vater wirklich übel, dass er diese Geschichte vor ihr verborgen hatte.

Ihr Vater nickte. »Stimmt. Aber Ellen hat es dir ja offensichtlich auch nie gesagt«, meinte er dann und wich ihrem Blick aus.

Saskia musste schlucken. Die Worte ihres Vaters trafen sie wie ein Stich ins Herz. Es stimmte, Ellen hatte diese Geschichte auch immer vor ihr geheim gehalten. Wieder etwas, das sie ihr verschwiegen hatte, sie, die größte Vertraute in Saskias Leben, mit der sie alles teilen konnte.

Ellen hatte das offenbar nicht gekonnt.

»Für sie war es vermutlich schwierig, mir davon zu erzählen …«, begann sie, ihre Tante zu verteidigen.

»Und meinst du, für mich nicht?«, unterbrach ihr Vater sie. »Du musst nicht glauben, dass ich stolz auf diese Episode in meinem Leben bin. Aber nach Mums Tod wurde das alles unwichtig. Du und dein Bruder, ihr wart das Einzige, was noch wichtig für mich war.«

Saskia nickte. Auch wenn sie immer noch wütend auf ihren Vater war, sah sie ein, dass es für ihn schwer gewesen sein musste, Max und ihr von einer früheren Beziehung zu Ellen zu erzählen. Wann wäre schon der richtige Zeitpunkt dafür gewesen? Als sie Jugendliche waren? Nein, Max hatte damals viel zu viele Probleme. Als junge Erwachsene? Aber dann starben die Großeltern, und wieder war alles in Max' und ihrem Leben durcheinander geraten. Vielleicht hatte ihr Dad auch recht? Vielleicht gab es wirklich keinen Grund, diese Episode aus seinem Privatleben mit seinen Kindern zu teilen.

»Erzählst du mir trotzdem jetzt, was damals war?«, bat Saskia deshalb versöhnlich.

Ihr Vater nahm noch einen Schluck von seinem Tee und atmete dann tief durch.

»Das Ganze war damals etwas schwierig«, begann er. »Tatsächlich habe ich zuerst Ellen kennengelernt. Wir waren auf derselben Schule, sie ging in die Parallelklasse. Aber erst nach unserem Abschluss sind wir uns nähergekommen. Ich glaube, wir waren neunzehn oder zwanzig. Eine kleine Teenagerliebelei, nichts Weltbewegendes.«

Saskia schüttelte energisch den Kopf. »Ach komm! In den Briefen steht was von Familie und Kindern!«, sagte sie. »Das war nicht einfach nur ein Flirt. Das war doch viel ernster!«

Ihr Vater machte ein abwägendes Gesicht. »Ellen hatte zu der Zeit ihre romantische Phase, sie träumte ständig von einer Prinzessinnenhochzeit und einer eigenen Familie. Aber wir waren nicht mal ein Jahr zusammen! Wenn überhaupt, ich glaube, es waren nur ein paar Monate. Da kann man wohl kaum von großer Liebe sprechen.«

Wieder nickte Saskia und gab ihrem Vater in Gedanken recht. Eine Beziehung von ein paar Monaten kam in dem Alter häufiger vor, selbst große Liebesschwüre mussten da nichts bedeuten. Aber auch wenn sie selbst noch nie eine richtige Beziehung hatte, wusste sie von ihren Freundinnen, dass die wenigsten in so einem Fall schon von Familie und Kindern sprachen.

»Für mich war es jedenfalls nie die große Liebe«, erzählte ihr Dad weiter. »Ellen war schwierig, wahnsinnig eifersüchtig und besitzergreifend. Komischerweise wollte sie nie, dass ich sie zu Hause besuche. Als ich dann eines Tages bei deinen Großeltern spontan vor der Tür stand, wusste ich auch, warum.«

»Mum?«

Er nickte, ein trauriges Lächeln ging über sein Gesicht.

»Ja. Sie machte mir die Tür auf, und es war wirklich Liebe auf den ersten Blick. Sie hat mich fast umgehauen mit ihrer Ausstrahlung. Deine Mutter war wirklich etwas ganz Besonderes, Schatz.«

Saskia lächelte ihren Vater an. Es rührte sie, dass ihr Vater sich sofort in Mum verliebt hatte, und sie sah ihm an, dass er immer noch um sie trauerte. Nach all den Jahren noch.

Dennoch wurde ihr in diesem Moment zum ersten Mal bewusst, in was für einer Konkurrenz die beiden Schwestern gestanden hatten. Sie dachte an das Gespräch, das sie neulich mit Dad und Max im Garten geführt hatte, als sie sich das Fotoalbum angeschaut hatten. Damals hatte Dad von Ellens überzogener Eifersucht Mum gegenüber gesprochen, und Saskia hatte das für Quatsch gehalten. Aber jetzt wurde ihr klar, wie sehr Ellen gelitten hatte, und sie fand, dass es von Mum auch ein starkes Stück war, der eigenen Schwester den Freund auszuspannen. Wäre Saskia an Ellens Stelle gewesen, hätte sie nicht gewusst, ob sie so etwas ihrer Schwester je hätte verzeihen können.

»War es für Mum auch Liebe auf den ersten Blick?« Saskia hoffte, dass es so war. Sie hatte das Gefühl, das Verhalten ihrer Mutter Ellen gegenüber damit besser nachvollziehen zu können. Gegen die Liebe war man schließlich irgendwie auch ein Stück weit machtlos.

»Ich glaube schon, doch ja, es hat bei uns beiden direkt gefunkt. Trotzdem hat es noch über ein Jahr gedauert, bevor wir ein Paar wurden. Auch wegen Ellen haben wir uns zurückgehalten.« Er blickte aus dem Fenster und schien mit seinen

Gedanken in der Vergangenheit zu sein. »Erst durch deine Mutter wurde mir klar, was wahre Liebe überhaupt ist, wie sich das anfühlt, wenn man richtig liebt. Das wusste ich bis dahin gar nicht.«

Er räusperte sich, und Saskia ließ ihm einen Moment, um sich zu sammeln. Die Lücke, die Mum in ihrer Familie hinterlassen hatte, war bis heute groß.

»Wie hat Ellen darauf reagiert?«, fragte sie dann und spielte mit ihren Fingern an dem Anhänger, der um ihren Hals hing. Sie spürte, dass sie aufgeregt war.

Er seufzte. »Wie gesagt, deine Mutter und ich hatten uns noch ein Jahr Zeit gelassen, bevor wir offiziell zusammengekommen sind. Deine Grandma hätte das sonst vermutlich auch nicht besonders lustig gefunden …« Er grinste schief. »Die Sache mit Ellen war also längst zu Ende. Klar, als ich Schluss gemacht hatte, war das schon ein Schock für sie. Aber ich glaube, dann kam sie gut damit zurecht.«

»Hast du später nie wieder mit ihr darüber gesprochen?«

Ihr Vater zögerte. »Ehrlich gesagt habe ich das Thema immer gemieden …«

Saskia verdrehte die Augen. Typisch Dad! Er war schon immer relativ konfliktscheu gewesen. Das zog sich wie ein roter Faden durch ihr Leben, schon in ihrer Kindheit war es so gewesen. Dad gehörte zu der Sorte Eltern, die als Erziehungsmaßnahme immer irgendetwas androhten, es dann aber bei dem leisesten Protest grundsätzlich nie durchzogen. Der Streit mit George war eigentlich der einzige Konflikt, dem er sich störrisch gestellt hatte. Jedenfalls für eine Weile, dann hatte er die Firma verlassen und keinen Kontakt mehr zu ihm gehabt.

»Wie konntet ihr denn später wieder normal miteinander umgehen?«, fragte Saskia. »Stand das nicht immer zwischen euch?«

Ein verlegenes Grinsen huschte über sein Gesicht, schnell wurde er wieder ernst.

»Eigentlich nicht. Kurz nach der Trennung von Ellen war es schwierig, sie hat sich damals regelrecht an mich geklammert, es war nicht einfach, mich von ihr zu trennen. Es herrschte lange Funkstille zwischen uns, selbst in der Firma. Aber irgendwann hatte sie dann George kennengelernt und ihn geheiratet. Und nach Mums Tod ist sie auf mich zugekommen und hat mir ihre Hilfe und Unterstützung angeboten. Ich denke, für sie war zu dem Zeitpunkt auch längst Gras über unsere Affäre gewachsen.«

»Und Mum hatte nie was dagegen, dass du erst mit ihrer Schwester und dann mit ihr …?«, fragte sie.

»Das war ja kein fliegender Wechsel!« Nun war es Dad, der sie empört ansah. »Und wir waren beide total verknallt. Was sollten wir machen?«

»Na super.« Saskia sah ihren Vater kopfschüttelnd an. »Das erklärt auf jeden Fall, warum sich die Schwestern irgendwann nicht mehr ausstehen konnten.«

»Ihre Beziehung war auch vorher schon schwierig«, antwortete er. »Aber es stimmt schon, nachdem ich mit Caren zusammenkam, war Ellen auf deine Mutter erst recht nicht mehr gut zu sprechen. Und auf mich auch nicht, wie man sich denken kann.«

»Und was hat Grandma zu der ganzen Geschichte gesagt? Sie muss dich doch unmöglich gefunden haben!«

Ihr Vater zuckte mit den Achseln. »Sie war zunächst natürlich nicht begeistert. Aber wie gesagt, mit Ellen war schon ein Jahr Schluss, als deine Mum und ich ein Paar wurden. Und du weißt doch, wie deine Großmutter war: eine moderne, durch und durch pragmatische Frau. Und als Ellen mit George zusammenkam, war die Sache für sie ohnehin erledigt. Beide

Töchter hatten einen Mann gefunden, die eine vielleicht über ein paar Umwege, aber am Ende schienen dann alle glücklich zu sein. Das war das Einzige, was für Cilly zählte.«

Saskia nippte an ihrem Tee und versuchte, ihre Gedanken zu ordnen. Ihr Vater war so ganz anders als Onkel George. Nicht nur optisch waren sie völlig unterschiedlich, ihr Vater war eher der nordische Typ, groß und blond, mit einem kantigen Kinn, während George mit seinem schütteren Haar immer älter gewirkt hatte, als er eigentlich war. Aber auch ihr Charakter unterschied sich deutlich voneinander. Dad, der eher inkonsequente, weichere Typ, und George, der knallharte Karriererist. Saskia konnte sich überhaupt nicht vorstellen, wie man sich nacheinander in so unterschiedliche Männer verlieben konnte.

»Kann es sein, dass du trotzdem Ellens große Liebe warst?«, fragte sie deshalb. Vielleicht hatte sich Ellen nach der schmerzhaften Trennung George geschnappt, um möglichst schnell über Dad hinwegzukommen.

»Ach, vielleicht, ich weiß nicht. Direkt nach unserer Trennung hat sie das ja immer gerne behauptet. Aber später habe ich nie wieder mit ihr über diese Zeit gesprochen.« Er fügte noch hinzu, dass er und Mum dann relativ schnell geheiratet hätten und sich schon bald Max angekündigt habe. »In der Zeit hatten wir nur über das Geschäft Kontakt zu Ellen. In erster Linie eigentlich nur ich. Deine Mutter hatte sich auch aus der Firma zurückgezogen, weil ihr noch so klein wart. Sie wollte einfach für euch da sein.«

Saskia musste schlucken. Es machte ihr immer noch etwas aus, wenn sie hörte, was für eine liebevolle Mutter ihre Mum doch gewesen war, und sie bedauerte es zutiefst, wie wenig Erinnerungen sie an sie hatte.

»Wie kam es dann, dass wir damals alle zusammen in den

Lake District gefahren sind?«, fragte sie nachdenklich. »Auch wenn angeblich alles klar war zwischen euch, die besten Freunde wart ihr ja wohl nicht.«

»Es war der ausdrückliche Wunsch deiner Großmutter«, sagte ihr Vater. »Ihr Kinder wart aus dem Allergröbsten raus, du warst fünf, dein Bruder neun. Cilly fand, dass es an der Zeit für deine Mutter war, ins Unternehmen zurückzukehren.«

»Und zwischen Mum und Ellen war wirklich wieder alles in Ordnung?«

»Ein paar atmosphärische Störungen gab es schon noch, aber eigentlich eher zwischen George und mir. Deshalb wollte Cilly ja auch, dass wir alle zusammen wegfahren. Damit wir uns endlich richtig zusammenraufen …« Er ließ seinen Kopf hängen. »Leider kam es ja ganz anders.«

Für eine Weile schwiegen sie beide.

»Warum ist Ellen damals abgereist?«, fragte Saskia dann.

Dad machte eine abwehrende Handbewegung. »Ach, das war eine dumme Geschichte. Am Vorabend ihrer Abreise … nun, ich glaube, sie hatte zu viel getrunken … wie dem auch sei, jedenfalls hatte ich das Gefühl, dass Ellen mit mir flirten würde. Vielmehr hatte deine Mutter das Gefühl, und so kam es zum großen Streit. Wahrscheinlich haben wir alle überreagiert, doch Ellen reiste mit Pauken und Trompeten ab, ein paar Stunden bevor Mum verunglückte.« Enttäuscht über den missglückten Trip seien dann auch die Großeltern nach Hause aufgebrochen. »Deine Mum hatte sich fürchterlich über die ganze Sache aufgeregt. Ihr zwei habt dann einen Spaziergang gemacht, während ich mit Max im Hotel geblieben bin. Wir wollten eigentlich zusammen ein Fußballspiel gucken, aber dann bin ich vorm Fernseher eingeschlafen …« Er schüttelte den Kopf, als könne er immer noch nicht fassen, was damals passiert war. »Du glaubst gar nicht, was ich mir für Vorwürfe gemacht habe«, sagte er leise. »Im Prinzip mache ich sie mir heute noch.«

Saskia war voller Mitgefühl. Sie wusste genau, wie er sich fühlte, schließlich ging es ihr ja nicht anders. Auch sie machte sich Vorwürfe, obwohl sie wusste, dass sie den Tod ihrer Mutter nicht hätte verhindern können.

»Du konntest doch nichts dafür, Dad.«

»Nein, aber vielleicht hätte ich es verhindern können, wenn ich nicht im Hotel eingeschlafen wäre. Und selbst wenn ich deine Mutter nicht retten konnte, dann hätte ich wenigstens dir und Max beistehen können, anstatt in einem Hotelbett das ganze Unglück zu verschlafen.«

»Dad … Du warst in der Zeit danach immer für uns da …«

»Aber nicht an dem Nachmittag, nicht, als es wirklich gezählt hat. Ich habe geschlafen … Und du und dein Bruder … Ihr musstet alleine den Weg zurückfinden …« Er fuhr sich mit der Hand durchs Gesicht, wischte sich ein paar Tränen weg. »Das werde ich mir nie verzeihen.« Er schüttelte sich, als wollte er die alten Erinnerungen abwerfen, und hob dann den Blick. Niedergeschlagen sah er sie an. »Weißt du eigentlich, dass ich seit damals nie wieder tagsüber geschlafen habe? Nie wieder …«

Saskia legte ihm die Hand auf den Arm. »Ach Dad. Es tut mir so leid.«

»Nein, mir tut es leid. Mir tut es leid, dass ihr so etwas in so jungen Jahren erleben musstet. Dass ihr nicht in einer heilen Familie aufwachsen konntet …«

Für eine Weile saßen sie schweigend da, verbunden durch die Trauer, die sie beide fühlten.

Dann fiel Saskia etwas auf. »Du hast eben gesagt, Max wäre bei mir gewesen, als ich zurück zum Hotel kam …«, sagte sie nachdenklich. »Weißt du noch, wann er mir hinterhergelaufen ist?«

»Nein, ich habe ja leider geschlafen ...«

»Könnte es sein«, unterbrach sie ihn, »dass Max auch dabei war, als Mum verunglückte?«

Ihr Vater zuckte traurig mit den Achseln. »Ich weiß es nicht. Er hat nie über diesen Nachmittag gesprochen. Auch mit seinem Therapeuten nicht. Aber ich denke, möglich wäre es. Da ich schnell eingeschlafen bin, könnte es durchaus sein, dass er euch direkt gefolgt ist. Später hat er sich diesem Streetworker mal anvertraut, der ihn aus dem Drogensumpf gezogen hat, diesem ...«

»Jonathan, oder?«

»Ja, genau. Jonathan Rothcliff oder Redcliff. Der meinte damals, dass Max wahrscheinlich alles verdrängt hat. Vielleicht auch besser so ...«

»Vielleicht aber auch nicht.« Saskia spürte, wie die Wut wieder in ihr hochkam. Aus falscher Rücksicht auf die labile Psyche der beiden Geschwisterkinder waren alle in ihrer Familie immer davon ausgegangen, dass ein Verdrängen dieses schrecklichen Unglücks das Beste war. Aber wenn es gar kein Unfall war? War durch das ewige Schweigen womöglich ein Mörder gedeckt worden? Sie wusste es nicht, und sie wollte ihrem Vater nichts von ihrem ungeheuerlichen Verdacht erzählen. Seine Schuldgefühle würden dadurch nur noch schlimmer. Aber Saskia war sich sicher, dass eine richtige Aufarbeitung der Tragödie die zahlreichen Stunden bei Dr. Stinner vielleicht überflüssig gemacht hätten – was allerdings auch irgendwie schade gewesen wäre, dachte sie insgeheim und schluckte ihre Wut herunter.

Saskia wusste, dass ihr Vater, ihre Großeltern und auch Ellen nur das Beste für sie gewollt hatten. Und sie hatten nun mal gedacht, das Beste sei, den furchtbaren Tod der Mutter einfach nicht ständig zu thematisieren. Dafür wurde oft darüber gesprochen, dass Mum nun im Himmel und somit auch immer bei ihnen sei.

Vielleicht war das auch kindgerechter, dachte Saskia. Vielleicht würde sie es bei ihren eigenen Kindern nicht anders gemacht haben.

Wenigstens wusste sie jetzt, warum Max dauernd in ihren Albträumen auftauchte, und sie war überrascht, wie viel mehr ihr Unterbewusstsein offenbar wusste. In ihren Träumen war es schon lange eine Tatsache gewesen, dass sie mit ihrem Bruder zusammen war, als Mum starb. Nur ihr Bewusstsein hatte keine Ahnung davon gehabt.

Aber wäre es wirklich besser gewesen, wenn sie sich genau hätte erinnern können? Vielleicht hätten die Bilder im Kopf sie auch schwer belastet. Max, der vier Jahre älter war als sie, hatte auch so schon große Schwierigkeiten gehabt, das Erlebte zu verarbeiten, Verdrängung hin oder her. Sie war sich sicher, dass seine Flucht in Drogen und Alkohol in direktem Zusammenhang mit Mums Tod stand. Und sie war immer noch froh darüber, dass er den Absprung irgendwann geschafft hatte und heute die Finger von allen Rauschmitteln ließ.

Aufgewühlt kam Saskia von ihrem Vater in die Wohnung zurück. So viel Neues hatte sie in den letzten Tagen erfahren, zu viel Verwirrendes war passiert. Die Liebesbriefe von Dad, der Tod von George, die mysteriösen Geldentnahmen an Mums Todestag – wie hing das alles zusammen?

Während sie sich ein Bad einließ, spielte sie verschiedene Szenarien in ihrem Kopf durch.

War es denkbar, dass George damals nach seiner Abreise

noch mal zurückgekehrt war, um Mum umzubringen? Vielleicht wurde er dabei beobachtet und musste von da an einen potenziellen Zeugen bestechen? Oder hatte er jemand angeheuert? Hatte er dafür das ganze Geld gebraucht? Vielleicht hatte er gedacht, er könne Ellen danach so weit ausnehmen, dass er sich mit ihrem Geld ein luxuriöses Leben leisten konnte.

Saskia warf ein paar Badeperlen ins Wasser, die sich sprudelnd auflösten und ihren angenehmen Duft freigaben. Sie zog sich aus und stieg vorsichtig in die Wanne.

Mum wollte in die Firma zurück, die Ellen und George jahrelang mehr oder weniger alleine geführt hatten, dachte sie, als sie in das heiße Wasser tauchte. George musste befürchten, dass er dadurch weniger Macht haben würde, vielleicht hatte er auch Sorge, dass Mum seine ganzen Extrawürste, die zahlreichen Autos und Privatreisen, die er über das Unternehmen laufen ließ, unterbinden würde.

Hatte er sie deshalb umgebracht?

Und Ellen? Musste Ellen sterben, weil sie hinter die Machenschaften ihres Mannes gekommen war?

Mit geschlossenen Augen lag Saskia ganz ruhig im Wasser und versuchte, genau das zu tun, was Dr. Stinner ihr gesagt hatte.

Meine Arme sind schwer, ganz schwer …, dachte sie und arbeitete sich so durch alle Gliedmaßen, bis sie das Gefühl hatte, tiefenentspannt dazuliegen. Dann versuchte sie, sich so intensiv wie nur möglich die Bilder in Erinnerung zu rufen, die Dr. Stinner ihr gezeigt hatte.

Der Weg am Berg.

Das durchbrochene Geländer.

Mum.

Bei ihrer letzten Stunde hatte ihr Dr. Stinner alle Aufnahmen von dem Leichnam gezeigt. Es war schrecklich für sie gewesen, aufwühlend und beängstigend. Aber vor allen Dingen waren sie und Dr. Stinner zu einer wichtigen Erkenntnis gekommen, die sie jetzt, als sie die Bilder wieder hervorrief, bestätigt sah.

Sie erinnerte sich nicht.

Die Fotos von Mums zerschmetterten Körper lösten keinerlei Erinnerung in ihr aus. Dr. Stinner empfand das als sehr ungewöhnlich.

»Ich glaube nicht, dass Sie sie gesehen haben«, hatte er nachdenklich zu ihr gesagt und ihr erklärt, dass der Anblick der toten Mutter so einprägsam sei, dass durch die Konfrontation mit einem Foto wenigstens die damals verdrängten Gefühle wieder hervorkommen müssten.

Und selbst jetzt, hier in der Badewanne und mit voller Konzentration auf den Anblick der toten Mutter, tat sich bei ihr nichts.

Saskia tauchte mit dem Kopf unter Wasser.

Ich habe sie nicht gesehen.

Einerseits erleichterte sie diese Erkenntnis. Die Vorstellung, als Fünfjährige so etwas Schreckliches gesehen zu haben, hatte sie immer grausam gefunden.

Andererseits ...

Schlagartig tauchte Saskia wieder auf und atmete schnappend ein. Sie wischte sich den Schaum aus den Augen und versuchte, ihre Atmung zu beruhigen.

Ich habe sie nicht gesehen.

Okay, das war die eine Erkenntnis.

Aber sie und Max waren dabei gewesen, das schien sicher zu sein.

Warum habe ich sie dann nicht gesehen?

Wäre es nicht eine natürliche Reaktion gewesen, zu der Absturzstelle zu laufen und zu gucken, wie Mum den Sturz überstanden hatte? Sie hatten doch nicht wissen können, dass sie so tief fallen würde, theoretisch hätten es ja auch nur ein, zwei Meter sein können. Max hätte doch sofort Saskia am Arm gepackt, und sie wären zu der Absturzstelle gerannt, hätten laut nach ihrer Mutter gerufen! Jeder hätte das doch getan, und sie, Mums Kinder, doch wohl erst recht! Jedes Kind wollte zu seiner Mutter, kein Kind der Welt würde einfach nach Hause gehen, wenn die eigene Mutter gerade einen Abhang hinuntergestürzt wäre!

Warum waren sie also nicht zum Geländer gelaufen und hatten nachgeschaut?

Trotz des warmen Badewassers lief Saskia ein Schauer den Rücken herunter, als ihr klar wurde, was das zu bedeuten hatte, was das bedeuten musste.

Mums Mörder hat uns davon abgehalten. Und Max und ich – wir beide wissen, wer ihr Killer ist.

17

Oliver Stinner saß noch spät am Abend an seinem Schreibtisch.

»Scheiß Konfrontationstherapie«, sagte er und packte genervt die Fotos weg, die er nach Praxisschluss noch einmal hervorgenommen hatte.

Er war nicht besonders zufrieden mit dem Ergebnis. Die Tatsache, dass Saskia sich kaum erinnert hatte, ließ ihn an der Methode zweifeln. Hatte er sie womöglich unnötig den Belastungen ausgesetzt, die durch diese Therapieform zwangsläufig auftreten mussten? Hätte er ihr das alles ersparen können?

Mehr als nur vage Rückschlüsse ließen sich nicht ziehen, dafür waren die Reaktionen von Saskia nicht stark genug gewesen. Entweder hatte sie ihre Mutter wirklich nicht gesehen, nachdem diese verunglückt war, oder die Konfrontationstherapie funktionierte bei Saskia einfach nicht besonders gut. Jedenfalls fand Oliver die Ergebnisse alles andere als aufschlussreich.

Du musst mehr über den Mord an ihrer Tante herausfinden, ging es ihm durch den Kopf. Diese Tat hatte seine Patientin zurückgeworfen, hatte Wunden wieder aufgerissen, die eigentlich längst verheilt waren. Jedenfalls fast verheilt.

Oliver klickte sich ins Internet und tippte »Mord Ellen Cramer« in die Suchmaske ein. Man konnte über die reißerischen News-Blätter sagen, was man wollte, sobald es um einen brutalen Mord ging, warfen sie aber zehnmal so viele Informationen aus wie die seriösen Zeitungen. Fast alle hatten der brutalen Tat zumindest einen Artikel gewidmet, die *Sun* und die *Daily Mail* hatten sich aber am intensivsten mit dem Fall beschäftigt. Zwei Bewohner des Hauses, von dessen Dach Ellen Cramer gestürzt war, wurden kurz nach der Tat vermisst, schrieben beide Zeitungen. Es handelte sich dabei um eine junge Frau und um einen Mann mittleren Alters. Ausführlich wurde über eine Liebesbeziehung zwischen den beiden spekuliert, an einem Tag wurden die beiden sogar als eine Art Bonny und Clyde beschrieben, die in den Mord an Ellen Cramer verwickelt waren. Schon kurz danach rückte die Skandalpresse von dieser irren Geschichte aber wieder ab, der jungen Frau wurden Drogenprobleme zugeschrieben. Offenbar war es nicht das erste Mal, dass sie für ein paar Tage von der Bildfläche verschwand.

Das Verschwinden des Mannes bereitete den Zeitungen dagegen mehr Kopfzerbrechen, zumal die Leiche von Ellen Cramer vor seiner Wohnung gefunden wurde. Besonders die *Sun* ließ sich zu wilden Fantasiegebilden hinreißen, mutmaßte, dass vielleicht nur der Mann etwas mit der Tat zu tun habe. Angeblich hatte er als Architekt mit großen Mengen Schwarzgeld seine Selbstständigkeit finanziert, wie die Zeitung von »Freunden« des Mannes gehört haben wollte, was eine kriminelle Vergangenheit nach Meinung der *Sun* so gut wie sicher erscheinen ließ.

Oliver kratzte sich nachdenklich am Kopf. Was konnte er davon glauben, und was war der kranken Fantasie eines sensationsgeilen Reporters entsprungen? Er wusste es nicht. Sollte er mit Saskia darüber sprechen? Die Informationen waren nicht geheim, sie hatten bereits in der Zeitung gestanden. Und auch wenn er sich sicher war, dass Saskia diese Art von Blättern nicht lesen würde, war es durchaus möglich, dass sie diese Dinge längst wusste.

Es war kurz nach neun, spät, aber noch nicht zu spät, um Saskia anzurufen. Sollte er das wirklich tun? Oder *wollte* er es in erster Linie tun? Oliver wusste, dass er sich dieser Frage stellen musste. Handelte er zum Wohle seiner Patientin oder suchte er nach einem Vorwand, um sie sehen zu können?

Er seufzte. Dann gab er ihre Nummer ein und rief sie an.

Noemi legte sich ins Bett und wickelte sich in die Decke ein. Es war schon spät, doch sie spürte keine Müdigkeit. Obwohl sie froh war, jetzt ein Einzelzimmer zu haben, kam sie nicht richtig zur Ruhe. Auch wenn dieser DS Cohen ihr versichert hatte, dass alles für ihre Sicherheit getan würde, fühlte sie sich irgendwie unwohl. Vielleicht lag es auch an den monotonen Schnarchgeräuschen, die vom Flur in ihr Zimmer drangen und eindeutig dem Wachmann zuzuschreiben waren, der vor ihrer Tür auf einem Stuhl Platz genommen hatte. Erstaunlich, wie hellhörig so ein Krankenhaus war.

Noemi zog die gestärkte Decke höher und fixierte einen Punkt an der Wand. Eigentlich war sie kein ängstlicher Typ, dafür hatte sie schon viel zu viel Mist in ihrem Leben erlebt. Oder doch? Der Arzt hatte sie nach den Gründen ihrer Drogensucht befragt, aber sie hatte ihm keine Antwort geben können. Er hatte von Lebensangst gesprochen, was immer er damit auch meinte. Lebensangst. Blödsinn. Oder?

Wie konnte sie so abrutschen? Klar, irgendwie war es geil gewesen, völlig berauscht zu sein. Jedenfalls am Anfang. Aber da war es ja auch nur am Wochenende gewesen, später hatte sie schon nachmittags nach der Schule angefangen, irgendwann dann sogar davor. Das konnte man nicht mehr damit schönreden, dass ein Rausch geil war, das wurde ihr jetzt zum ersten Mal richtig bewusst, jetzt, wo die Sehnsucht nach der Droge besonders groß war. Denn auch wenn sie keine Entzugserscheinungen mehr hatte, war da trotzdem noch die Stimme in ihrem Kopf, die nach der Droge rief, die ihr sagte, dass sie alles vergessen würde, wenn sie ein paar Steine rauchen könnte, die Sache im Wald wäre dann wie weggeblasen.

Jetzt, wo sie nüchtern und alleine im Bett lag, kamen die Erinnerungen mit aller Kraft zurück, und sie wusste genau, dass sie so niemals einschlafen würde. Wenn ihr in diesem Moment jemand was anbieten würde, würde sie sofort zugreifen.

Noemi wälzte sich auf die andere Seite und versuchte, nicht mehr an die Sache im Wald zu denken, obwohl die Schmerzen an ihrem Hals sie jede Sekunde daran erinnerten.

Wie war das eigentlich passiert damals, als sie in den Drogensumpf abrutschte? Klar, sie war ein schwieriger Teenager gewesen, hatte vor allen Dingen mit ihrer Mutter viele Probleme gehabt. Noemi wusste nicht mehr genau, wann die Diskussionen anfingen, vermutlich mit dreizehn oder vierzehn. Sie sollte sich nicht so nuttig anziehen, sollte sich nicht so krass schminken und nicht so viel Schmuck tragen – der ganze Scheiß halt. Und das jeden Tag. Dad hatte sich immer zurückgehalten, war viel verständnisvoller gewesen, was Mum dann erst recht auf die Palme gebracht hatte.

Okay, Pubertätsprobleme mit der Mutter erklärten vielleicht, warum sie mit vierzehn Jahren schon regelmäßig Marihuana geraucht hatte. Den Schritt zum Crystal konnte sie dagegen nicht mehr richtig rekonstruieren. Ja, sie wollte irgendetwas vergessen, damit hatte der Doc wohl recht gehabt, wahrscheinlich ging es um die ganzen Streitereien mit ihrer Mum, sie hatte keine Ahnung.

Ein Geräusch riss Noemi aus ihren Gedanken. Sie spürte, wie ihr Herz schneller schlug und sich ein Schweißfilm auf ihrer Stirn bildete.

Was war das?

Sie glaubte, Schritte auf dem Flur zu hören. Reg dich nicht auf, versuchte sie sich zu beruhigen, in einem Krankenhaus hört man doch dauernd Schritte auf den Fluren. Warum hatte sie dann bloß solche Angst?

Vielleicht weil diese Schritte anders waren, verhaltener, als das eilige Trappeln der Schwestern, leiser, so als wenn sich jemand bemühte, nicht gehört zu werden.

Er sucht dich!

Sie wusste nicht, ob es stimmte, ob es wirklich so war, dass ihr Mörder draußen auf dem Flur nach dem Zimmer suchte, in dem sie lag. Woher sollte er wissen, dass sie hier war? Er musste doch schließlich davon ausgehen, sie wäre tot, er hatte keinen Grund, sie zu suchen. Niemand wusste, dass sie in diesem Krankenhaus lag.

Wirklich niemand?

Vor gut zwei Stunden hatte sie auf Anraten des Sergeants mit ihren Eltern telefoniert, und sie hatte alle ihre Überredungskünste aufbringen müssen, damit Mum und Dad nicht sofort ins Auto sprangen und herkamen. Gleich morgen früh wollten sie kommen, und Noemi war froh, dadurch wenigstens ein paar Stunden Ruhe gewonnen zu haben. Denn die Vorstellung, ihnen erklären zu müssen, wie sie in diese Situation geraten war, machte ihr jetzt schon zu schaffen.

Und wenn ihr Mörder das Telefon ihrer Eltern abhörte? Und dadurch herausgefunden hatte, wo sie war?

Beruhige dich. So einfach kann man kein Telefon abhören. Außerdem hat er keinen Grund, das zu tun. Du steigerst dich in etwas hinein.

Und wenn nicht?

Noemi starrte auf die Tür und überlegte fieberhaft, was sie tun könnte. Das Schnarchen des Wachmannes drang unverändert von außen in ihr Zimmer, er hatte offensichtlich nichts bemerkt.

Sollte sie ihn rufen? Vielleicht konnte er den Kerl dann an Ort und Stelle verhaften?

Im selben Moment sah sie, wie die Türklinke langsam und nahezu lautlos nach unten gedrückt wurde.

Jetzt zitterte Noemi am ganzen Leib. Sie versuchte zu schreien, brachte aber nur ein heiseres Krächzen heraus, aus Angst, aus Panik und weil ihr Hals immer noch schmerzte.

Du bist nicht allein! Du bist in einem Krankenhaus mit Hunderten anderer Menschen! Er kann dir nichts tun!

Hektisch suchte sie in der Dunkelheit nach dem Alarmknopf, der an einem Kabel neben ihrem Bett hing. Sie drückte und drückte immer wieder darauf, wohl wissend, dass schon beim ersten Alarm im Flur ein Licht über ihrer Tür aufleuchten würde, um den Schwestern zu signalisieren, woher der Ruf kam. Tatsächlich ging die Klinke im selben Moment wieder hoch, und Noemi hörte, wie sich die Schritte von ihrem Zimmer entfernten.

Kurz darauf hörte auch das Schnarchen auf, dann ging das Licht an. Die Nachtschwester stand bei ihr am Bett, neben ihr der verschlafene Wachmann.

»Alles in Ordnung, Miss Redcliff?«, fragte die Schwester besorgt. »Sie sind ja ganz verschwitzt.« Sie legte die Hand auf ihre Stirn. »Fieber haben Sie nicht …«

Noemi schüttelte den Kopf. »Mir geht es gut. Aber …« Sie schluckte und versuchte, sich zusammenzureißen, um nicht übertrieben panisch zu wirken. »Haben Sie zufällig jemanden vor der Tür gesehen? Wollte jemand in mein Zimmer?«

Die Schwester schüttelte den Kopf. »Ich bin zwar im Moment alleine auf Station, aber das hätte ich bestimmt bemerkt. Nein, da war niemand. Außerdem sind Sie doch auch gut bewacht.« Sie warf einen Blick auf den Polizisten, der sofort eifrig nickte.

»Niemand, da war niemand, bestimmt nicht«, brummte er.

»Soll ich Ihnen etwas zum Schlafen geben?«, fragte die Schwester freundlich, aber Noemi schüttelte entschlossen den Kopf. Nein, sie wollte sich nicht mehr betäuben, und jetzt schon gar nicht. Sie wollte einen klaren Kopf behalten, selbst wenn sie die ganze Nacht wach bleiben würde.

Erschrocken zuckte sie zusammen, als sie plötzlich einen dunklen Schatten in der Tür stehen sah. Sie musste ein extrem verängstigtes Gesicht gemacht haben, denn die Krankenschwester und der Wachmann drehten sich sofort um.

»Wer ist da?«, fragte der Polizist streng.

Ohne zu zögern trat der dunkle Schatten in den Raum, das schwache Nachtlicht des Zimmers gab allerdings nur langsam seine Konturen frei.

»Dad?«, fragte Noemi ungläubig, aber auch erleichtert.

»Tut mir leid, ich wollte dich nicht erschrecken.« Ihr Vater sah sie entschuldigend an. »Deine Mum und ich haben uns bloß solche Sorgen um dich gemacht, da konnte ich einfach nicht bis morgen warten.«

»Sie können hier nicht mitten in der Nacht in ein Patientenzimmer reinschneien«, sagte die Krankenschwester streng. »Sie hätten sich bei mir anmelden müssen.«

Ihr Vater nickte zerknirscht. »Ich wollte keine Umstände machen, tut mir wirklich leid. Ich wollte nur einmal kurz meine Tochter sehen.«

Die Schwester seufzte. Dann lächelte sie ihn an. »Das verstehe ich. Eine Viertelstunde, okay? Ihre Tochter muss dringend schlafen.«

Er nickte, und die Schwester verließ gemeinsam mit dem Polizisten das Zimmer. Ihr Vater setzte sich zu Noemi auf die Bettkante und nahm vorsichtig ihre Hand.

»Gott, Liebes, ich habe mir solche Sorgen gemacht. Geht es dir gut?«

Noemi nickte. »Ja, geht schon.«

»Dein Hals sieht schlimm aus. Ich verstehe überhaupt nicht, wie das alles passieren konnte!«

Und während ihr Vater leise davon sprach, wie schlimm und gefährlich die Welt doch geworden war, rasten die Gedanken durch Noemis Kopf.

Dad hatte die Türklinke heruntergedrückt, sie hatte Angst bekommen, den Alarm ausgelöst ... und er war verschwunden.

Bloß warum?

Erst Minuten später hatte er sich entschlossen, doch in ihr Zimmer zu kommen.

Warum war er nicht einfach in der Tür stehen geblieben, hatte dem Polizisten erklärt, warum er hier war, und ganz offiziell seine Tochter besucht?

Wieso war er so fluchtartig verschwunden, nachdem sie den Alarmknopf gedrückt hatte?

Sie fand keine Erklärung für sein merkwürdiges Verhalten. Und zu ihrer eigenen Verwunderung traute sie sich nicht, ihren Vater danach zu fragen.

Es war nicht weit von seiner Praxis bis zu Saskia Flynts Wohnung. Den ganzen Weg über hatte er darüber nachgedacht, ob es wirklich richtig war, Saskia in seine Überlegungen miteinzubeziehen. Es war ja nicht so, als könnte er ihr neue Ermittlungsergebnisse präsentieren, er hatte nur ein wenig recherchiert und sich Gedanken gemacht, Schlüsse gezogen, die für andere vielleicht schon lange offensichtlich waren. Rechtfertigte das einen persönlichen Besuch bei einer Patientin? Um diese Uhrzeit?

Oliver schluckte. Nein, natürlich nicht.

Es gab nur einen Grund, warum er Saskia Flynt jetzt noch aufsuchte.

Er wollte sie gerne sehen.

Reiß dich zusammen, dachte er. Es gibt kein größeres Tabu, als sich in eine Patientin zu verlieben. So etwas darf dir nicht passieren!

Außer Atem kam er im obersten Stockwerk des viktorianischen Mehrparteienhauses an. Am liebsten hätte er noch ein paar Minuten gewartet, bis sich seine Atmung beruhigt hatte und der Schweiß auf seiner Stirn getrocknet war, bevor er klingelte. Aber Saskia hatte ihn offenbar schon gehört und stand bereits in der geöffneten Wohnungstür. Oliver schämte sich kurz für seine schlechte Kondition.

»Tut mir leid, dass ich hier abends bei Ihnen auftauche«, entschuldigte er sich, als sie ihn in ihre gemütliche Wohnung ließ.

»Das ist völlig in Ordnung.« Saskia lächelte ihn an. »Ich freue mich, dass Sie hier sind.«

Er erwiderte ihr Lächeln. Dann räusperte er sich und bemühte sich um einen professionellen Gesichtsausdruck. »Darf ich mich setzen?«

Als sie im Wohnzimmer saßen, begann er zu erzählen, von den Zeitungsartikeln, von dem Mann, der spurlos verschwunden war und der angeblich über ungewöhnlich große Mengen Bargeld verfügte. »Auf der Terrasse dieses Mannes starb Ihre Tante«, schloss er seine Erzählung.

Still saß Saskia da und knetete gedankenverloren ihre Hände.

»Ich hatte davon gehört, dass der Mann verschwunden ist. Es ist tatsächlich ein merkwürdiger Zufall, dass er kurz nach dem Mord plötzlich wie vom Erdboden verschluckt ist … Und woher soll er das ganze Geld gehabt haben?«

»Darüber wurde nur spekuliert. Aber aufgrund der ganzen Umstände kann ich mir irgendwie nicht vorstellen, dass er es bei Pferdewetten gewonnen hat.«

Saskia nickte. »Da haben Sie recht. Meinen Sie, es ist eine Art Schweigegeld?«

Oliver zuckte mit den Achseln. »Weil er den Mörder kannte? Möglich.«

»Vielleicht hat er ihn erpresst?«

»Ich weiß es nicht. Angeblich hatte er aber schon seit Jahren diese *mysteriöse Geldquelle*, wie die *Sun* es nannte. Hat die Polizei Sie nie nach diesem Mann befragt?«

»Doch«, antwortete Saskia. »Nachdem er verschwunden war, hatten sie mich und Max gefragt, ob wir ihn kannten. Von dem Geld hat die Polizei allerdings nie gesprochen.« Sie machte ein nachdenkliches Gesicht. »Mich würde interessieren, ob es irgendetwas mit dem Geld zu tun hat, das mein Onkel regelmäßig vom Firmenkonto entnommen hat …« In kurzen Sätzen erklärte sie ihm, dass ihr diese Geldentnahmen bei der Überprüfung der Geschäftsunterlagen aufgefallen waren.

Sie sah ihn mit ihren klaren Augen an. Sie wirkte aufgeregt und dabei gleichzeitig ruhig, so wie Oliver es früher bei schweren Klausuren immer war. Aufgeregt aufgrund der Prüfung, ruhig, weil er wusste, dass er kurz vor der Lösung stand.

»Dann müsste Ihr Onkel diesen Mann gekannt haben. Aber davon wissen wir nichts.«

Saskia zuckte mit den Achseln. »Ich habe den Eindruck, ich weiß insgesamt herzlich wenig über das Leben meines

Onkels. Und da bin ich beileibe nicht die Einzige. Seit ewigen Zeiten bedient er sich freigiebig am Firmenkonto, aber keiner weiß genau, wofür er dieses Geld brauchte. Und dann ist da dieser Jack Bernard, auf dessen Terrasse Ellen stirbt und der zufälligerweise jahrelang über eine geheime Geldquelle verfügt.«

»Okay, dann spekulieren wir eben ein bisschen.« Oliver atmete tief durch. »Warum bezahlt Ihr Onkel diesen Mann?«

»Weil der etwas weiß, was George getan hat?«

»Denkbar. Und es muss etwas Heftiges gewesen sein, sonst hätte Ihr Onkel sich nicht so lange von ihm erpressen lassen.«

Ihre Blicke trafen sich, und Oliver sah ihr an, dass sie dasselbe dachte wie er.

Der Tod von Saskias Mutter war alles andere als ein Unfall.

»Vielleicht hat Ellen herausgefunden, was ihr Mann damals getan hat«, sagte er dann. »Vielleicht musste sie deshalb sterben. Und vielleicht sollte das diesem Jack Bernard eine Warnung sein.«

»Möglich …«, sagte Saskia. »Das würde also bedeuten, George hätte Mum und Ellen …« Sie stockte, stand auf und ging nachdenklich zum Schrank, blieb davor stehen, als wüsste sie nicht mehr, was sie da wollte, drehte sich abrupt um und kam wieder zurück. »Aber was ist dann mit George passiert? Wenn der zwei kaltblütige Morde begangen hat, wird er sich danach nicht plötzlich mit schlechtem Gewissen in den Tod stürzen. So ein abgebrühter Killer begeht doch keinen Selbstmord!«

»Das weiß ich nicht. Ich würde das aber nicht grundsätzlich ausschließen.« Er erzählte ihr von Patienten, die er früher in der geschlossenen Psychiatrie betreut hatte. Darunter waren einige gewesen, die mit dem, was sie getan hatten, nicht mehr zurechtkamen und diverse Suizidversuche unternommen hatten. Die Schwere ihrer Verbrechen war dabei ganz unterschiedlich gewesen. Er erinnerte sich noch gut an einen Mann, der mit dem sogenannten Enkeltrick unzählige Senioren betrogen und um ihr Geld gebracht hatte. Jahrelang hatte er gut davon gelebt, bis er erfahren hatte, dass sich eines seiner Opfer aus Verzweiflung über den Verlust der gesamten Ersparnisse das Leben genommen hatte. Von da an war es auch um den Betrüger geschehen. Die Schuld fraß ihn auf, er konnte an nichts anderes mehr denken als an seinen eigenen Tod.

»Seine junge Geliebte hatte ihn verlassen. Vielleicht war das ein Schlüsselmoment für ihn«, schloss Oliver seine Ausführung.

Saskia schaute ihn zweifelnd an. »Sie haben George nicht gekannt. Er war nicht der Typ für einen Selbstmord.«

Oliver sagte nichts. Aus Erfahrung wusste er, dass die meisten Angehörigen von Selbstmördern sich einen Suizid niemals hätten vorstellen können.

»Und wenn es kein Selbstmord und kein Unfall war ...«, fuhr Saskia fort, und ihre Stimme zitterte ein wenig. »Dann wurde George auch ermordet ...«

Oliver hob den Blick und sah die Angst in ihren Augen.

»Dad ...«, sagte sie endlich leise.

Er sah sie überrascht an. »Sie meinen, Ihr Vater könnte George ermordet haben?«

Saskia atmete hörbar aus. »Normalerweise würde ich ihm eine solche Tat niemals zutrauen. Aber wenn George meine Mutter getötet hat ... und dann noch Ellen, die für Max und besonders für mich wie eine Mutter war ...« Sie schwieg für einen Augenblick und schien wie in Gedanken versunken. Dann schüttelte sie heftig den Kopf. »Gott nein, das ist zu verrückt. Doch nicht Dad ...«

Er sah ihr an, wie mitgenommen sie war.

»Und dieser Jack Bernard ist immer noch verschwunden?«, fragte Saskia schließlich.

Oliver nickte. »Soviel ich weiß ja. Warten Sie ...« Er stand auf, zog sein Handy aus der Tasche und öffnete das Foto von Jack Bernard, das er in der Praxis noch gegoogelt hatte. »Habe ich eben noch aus dem Netz gezogen. Ich weiß, Sie waren damals noch ein kleines Mädchen. Aber vielleicht erinnern Sie sich ja doch. Haben Sie ihn gesehen? An dem Tag, als Ihre Mum starb? Vermutlich sah er da deutlich jünger aus. Erkennen Sie ihn?«

Nachdenklich nahm sie ihm das Handy aus der Hand, wobei sich ihre Finger kurz berührten.

»Ich weiß es nicht«, sagte sie, nachdem sie eine Weile auf das Foto gestarrt hatte. »Es ist möglich ... Aber ich könnte es nicht beschwören.«

Sie gab ihm das Handy zurück. Ganz dicht stand sie jetzt vor ihm. Oliver wusste, dass er einen Schritt zurückgehen sollte. Trotzdem blieb er stehen.

»Ich denke, ich werde der Polizei von unseren Überlegungen erzählen«, meinte er dann. »Vielleicht verrennen wir uns da in was, aber irgendwas sagt mir, dass das alles zusammenhängt.«

»Ja. Irgendein Zusammenhang scheint tatsächlich mehr als wahrscheinlich zu sein. Wobei ich die Dinge immer noch nicht klar sehe. War dieser Jack Bernard womöglich ein Auftragskiller? Angeheuert von meinem Onkel? Hat *er* meine Mum vielleicht ...?«

Oliver zuckte mit den Schultern. »Halte ich nicht für unmöglich.«

Saskia nickte und ging zum Fenster. Für einen Moment starrte sie in den Himmel über London, der in der Dunkelheit von den Lichtern der Stadt angestrahlt wurde.

Dann drehte sie sich wieder zu ihm um.

»Eines scheint jedenfalls klar zu sein«, sagte Saskia leise, und er sah, wie ihre Augen feucht wurden. »Es war kein Unfall damals. Jemand hat meine Mutter umgebracht.«

18

Lachend und schwitzend laufen sie den Berg hoch. Max hat sie eingeholt und versucht immer wieder, sie von hinten mit einem Stock zu pieken.

»Hör auf damit!«, ruft sie lachend und versucht, ihrem Bruder auszuweichen. Sie kann Mum nicht mehr sehen, die bereits um eine Kurve gegangen ist, und rennt schnell weiter, um sie wieder einzuholen. Dicht gefolgt von ihrem lachenden Bruder stürmt sie den Weg hoch. Immer höher, immer weiter.

Plötzlich ein Schrei.

Die beiden Kinder bleiben stehen. Ängstlich klammert sich Saskia an ihren Bruder und schaut nach oben.

Sie starrt in das Gesicht. In die blauen Augen, die nicht zur fratzenhaft verzerrten Miene passen wollen …

Schweißgebadet schreckte Saskia in ihrem Bett hoch.

»Okay, ein Traum, nur ein Traum«, murmelte sie und schaltete das Licht an.

Wieder einer dieser verdammten Albträume. Automatisch griff sie nach dem Stift, der immer auf ihrem Nachttisch lag, um den Traum in ihrem Notizbuch aufzuschreiben. Schon ihr zweites, seitdem sie bei Dr. Stinner in Behandlung war, dachte sie mit einem resignierten Lächeln.

Es war kurz vor sechs. Aufgewühlt stand sie auf und ging ins

Bad. Jetzt würde sie sowieso nicht mehr schlafen können, dachte Saskia und versuchte den Albtraum so schnell wie möglich wieder zu vergessen. So wie sie es jeden Morgen tat, nachdem sie ihn aufgeschrieben hatte.

Aber diesmal gelang es ihr nicht, die Traumbilder aus ihrem Kopf zu verbannen.

Sie stellte sich unter die Dusche und ließ das Wasser auf ihren Kopf prasseln.

Wessen Gesicht war das oben auf dem Berg gewesen? Und hatte sie dort wirklich jemanden gesehen, oder handelte es sich nur um eine neue Variante ihres immer gleichen Albtraums?

Saskia drückte sich eine walnussgroße Menge Shampoo in die Hand und begann, ihre Haare zu waschen.

Du musst diese Träume loslassen, dachte sie dabei. Es hatte keinen Zweck, jeden Traum zu hinterfragen und sich zu überlegen, was davon wahr sein könnte und was nicht. Sie sollte sich besser auf die Fakten konzentrieren. Sie hatte Dr. Stinner von seiner Schweigepflicht befreit, damit er der Polizei Auskunft über ihre Therapiegespräche geben konnte. Aber vielleicht wäre es sogar besser, wenn sie ihn auf das Revier begleiten würde?

Sie beschloss, ihn nachher anzurufen und das mit ihm zu besprechen. Stark genug für ein Verhör fühlte sie sich jedenfalls.

Als sie aus der Dusche kam und sich abgetrocknet hatte, zog sie sich an und machte sich einen Tee. Dann nahm sie ihr iPad und klickte sich in die News-Seiten.

Als sie eine Regionalseite überflog, schrie sie plötzlich erschrocken auf.

»Max!«

Ihr wäre fast das iPad aus der Hand gefallen, so sehr erschrak sie, als sie das Foto sah.

»Max …?«

Fassungslos starrte sie auf das Bild und las den dazugehörigen Text laut vor.

»… steht unter dem dringenden Tatverdacht, den Familienvater durch Messerstiche lebensgefährlich verletzt zu haben«, las sie laut. Dann schüttelte sie ungläubig den Kopf. »Das ist doch völlig unmöglich! Da muss eine Verwechslung vorliegen.«

Sie griff nach ihrem Handy, das neben ihr auf dem Tisch lag und wählte Max' Nummer.

»Ich hoffe, ich hab dich nicht geweckt«, sagte sie, nachdem er rangegangen war. »Hast du heute schon in die Zeitung geguckt?«

Sie hörte, wie er gähnte. Vermutlich hatte sie ihn doch geweckt.

»Nein. Wieso?«

»Da ist ein Phantombild von irgend so einem Messerstecher, und ehrlich gesagt sieht der Typ genauso aus wie du!«

Sie erwartete ein Lachen, einen spöttischen Spruch oder eine lustige Bemerkung. Aber am anderen Ende der Leitung war nur Stille.

»Max? Bist du noch dran?«

»Ich … Äh … Ich muss Schluss machen. Sorry.«

»Max?«

Aber die Leitung war tot.

Irritiert ließ Saskia ihr Handy sinken. Dann starrte sie wieder auf das Phantombild.

»Das kann doch nicht …«

Ruckartig sprang sie auf, schnappte sich ihre Schlüssel und eilte aus der Wohnung.

Keine zwanzig Minuten später war sie in Max' Apartment. Sie hatte mehrmals klingeln müssen, bevor er sie reingelassen hatte. Jetzt stand sie hilflos in dem nach kalter Asche stinkendem Wohnzimmer und sah ihm dabei zu, wie er hektisch einige Sachen zusammenpackte.

»Max! Verdammt noch mal! Was ist los? Jetzt sag mir endlich, was los ist! Dieses Phantombild ... Das bist doch nicht du! Das kannst du gar nicht sein!«

Max blieb stehen und vergrub das Gesicht hinter den Händen. Sie glaubte, ihn schluchzen zu hören. Normalerweise würde sie ihren Bruder jetzt in den Arm nehmen, aber Saskia war zu durcheinander, um zu reagieren. Sie konnte an nichts anderes denken als an die Phantomzeichnung und den dazugehörigen Artikel.

Max.

Dann erwachte sie aus ihrer Schockstarre. »Was ist da passiert? Das kann nur ein Missverständnis sein! Du hast doch nichts mit der Sache zu tun, oder?!«, sprudelte es aus ihr heraus. Ihr Herz begann zu rasen. »Max! Jetzt sag endlich mal was!«

Das war unmöglich! Max sollte einen Familienvater niedergestochen haben? Das war völlig undenkbar! Warum sollte er so etwas tun? War er doch wieder rückfällig geworden? Rauchte er nicht nur Zigaretten, sondern womöglich andere Drogen? Die ihn im Rausch zum Verbrecher werden ließen? Nein, doch nicht Max! Nicht ihr großer Bruder, der immer für sie da war, der sich um sie kümmerte, wenn es ihr schlecht ging, mit dem sie ein Herz und eine Seele war!

»Max!« Jetzt schrie sie fast.

Langsam hob er den Kopf. So wie er vor ihr stand, in sich zusammengesunken mit verweinten Augen und wirrem Haar, erinnerte er sie an früher, als er im Teenageralter so viele Probleme hatte, Drogen nahm, Unmengen von Alkohol trank und sich immer wieder selbst verletzte. Dieser Anblick ließ sie wieder das tun, was sie damals in solchen Situationen getan hatte. Tröstend legte sie den Arm um ihn.

»Was ist passiert, Max? Du weißt, dass du mit mir über alles reden kannst«, sagte sie.

»Du musst mir helfen …«, brachte er stotternd hervor.

»Natürlich helfe ich dir. Das weißt du doch. Ich werde dir immer helfen. Aber jetzt sag mir erst, was du mit diesem Mann zu tun hast. Du hast ihn bestimmt nicht niedergestochen, oder?«

Für einen Moment wich er ihrem Blick aus. Dann sah er sie ernst an und die Tränen in seinen Augen versiegten.

»Doch.«

Reflexhaft zog sie ihren Arm zurück. »Was?«

Was redete er da? Das konnte nicht stimmen, dafür *musste* es eine Erklärung geben! Ihr Bruder war doch kein Gewaltverbrecher, der harmlosen Leuten in der Dunkelheit auflauerte, um mit einen Messer auf sie einzustechen!

Er starrte auf den Boden. »Ich habe ihn niedergestochen«, sagte er dann leise.

»Aber … Aber warum? Warum hast du das getan, um Himmelswillen?«

»Weil sie es verdient haben …«, brachte er hasserfüllt hervor.

»Sie?« Saskia war nun völlig verwirrt. »Wieso sie?«

Er schwieg. Die Stille brachte sie noch mehr aus der Fassung.

Vielleicht weil sie befürchtete, dass sie mit ihrer Vermutung richtig lag.

»Hast du mehrere Personen überfallen?«, sagte sie deshalb und merkte, wie belegt ihre Stimme klang. Sie räusperte sich und versuchte, die Fassung zu wahren. »Max, jetzt rede endlich mit mir! Sag mir, was passiert ist! Bitte!«

Langsam ging Max zu dem Regal, in dem diverse Flaschen unterschiedlicher Alkoholika standen. Scheinbar wahllos nahm er eine Flasche heraus, schenkte sich ein Glas mit der durchsichtigen Flüssigkeit ein und starrte es ausdruckslos an, ohne auch nur einen Schluck davon zu trinken. Nach einer gefühlten Ewigkeit sah er sie mit geröteten Augen an.

»Versprichst du mir, mich nicht zu hassen?«, sagte er zögerlich.

Sie sah ihn kopfschüttelnd an. Wie konnte er so etwas überhaupt denken!

»Max! Wie könnte ich! Ich werde immer zu dir halten, das weißt du genau!«

Er seufzte. »Ja, du hast recht. Ich konnte mich immer auf dich verlassen. Es tut mir so leid, Saskia.«

Und dann fing er an zu erzählen.

»Ich habe herausgefunden, was damals passiert ist. Und als ich alles wusste, musste ich handeln.«

»Was meinst du mit damals?«, fragte Saskia irritiert, obwohl sie sofort wusste, was er meinte. »Mum? Du weißt, was mit Mum ...?« Schlagartig fingen ihre Hände an zu zittern. Ihr wurde fast schlecht vor Aufregung.

Was hatte er herausgefunden? Und was hatte das alles mit diesem schwerverletzten Familienvater zu tun?

»Sag es mir.« Sie flehte ihn fast an. Würde sie jetzt endlich erfahren, was damals passiert war?

»Ja.« Er lächelte sie traurig an. »Du warst damals noch so klein ...«

»Du auch.«

Er nickte. »Ich hatte euch eingeholt, dich und Mum. Ihr wart schon fast oben auf dem Berg angekommen, als ich euch endlich eingeholt hatte.« Er atmete tief durch. »Wir waren nicht allein mit Mum da, Saskia ...«

»Ich weiß. George war auch dabei, oder?« Ihre Stimme zitterte fast.

»Nein.« Er sah sie ernst an, so als wollte er sicherstellen, dass sie verkraften würde, was er ihr als Nächstes sagen wollte. Und während er weitersprach, erschienen vor ihren Augen langsam die Bilder.

Erinnerte sie sich?

Oder produzierte ihr Gehirn nur die passenden Bilder zu Max' Erzählung?

Sie wusste es nicht. Aber während Max sprach, sah sie alles genau vor sich.

Wie sie den Hang hochgerannt war und plötzlich einen leichten Stich im Rücken spürte.

»Ich hab dich!«, rief Max außer Atem. Er hatte einen Stock in der Hand und versuchte, sie damit zu erwischen.

»Hör auf! Mum! Mummy! Max ärgert mich!«

Aber Mum drehte sich nicht um. Sie bekam nicht mit, dass ihre Kinder sich zankten. Sie war viel zu sehr mit ihrem eigenen Streit beschäftigt.

»Du führst das Leben, das ich eigentlich führen sollte!«

Ellen.

Sie schrie Mum nicht an, es war vielmehr ein lautes und aggressives Zischen. »Du hast mir meins versaut, einfach so, aus einer Laune heraus!«

»Das ist doch Quatsch! Wenn ich nicht mit Riley zusammengekommen wäre, wäre es mit euch trotzdem kaputtgegangen! Er hat dich schließlich nie geliebt!« In Mums Stimme schwang ein spöttischer Unterton mit.

Während die beiden Schwestern sich stritten, entdeckte Max einen Käfer, riesengroß und grünlich schimmernd. Als er ihr jetzt davon erzählte, sah Saskia das Insekt genau vor sich. Kurz vor der Aussichtsplattform hatte ihr Bruder das Tier entdeckt, und staunend waren sie beide stehen geblieben, um es zu bewundern.

»Du musst das jetzt mal ad acta legen«, hörten sie Mum etwas entfernt sagen. Ellen und sie waren oben angekommen, Mum stützte sich auf den Knien ab und atmete tief durch. »Ich werde zum ersten Juni wieder ins Unternehmen kommen. Wir sind dann gleichberechtigte Geschäftsführer und werden zwangsläufig miteinander auskommen müssen. Also reiß dich zusammen.«

»Ich soll mich zusammenreißen? Ich?« Ellens Stimme klang nun noch aufgebrachter. »Du hast dich in deinem ganzen Leben noch nie zusammengerissen! Das kleine, niedliche Nesthäkchen, das alles in den Arsch geschoben bekommt!«

»Was redest du denn ...«

Aber Ellen ließ sie nicht zu Wort kommen. »Ich musste immer die besten Noten schreiben, bei dir reichten mittelmäßige schon aus! Ich musste nach dem Abschluss direkt zum Wirtschaftsstudium, aber unser Nesthäkchen durfte erst durch halb Australien reisen! Ich ackerte wie eine Wahnsinnige für die Prüfungen, während Madame mir meinen Freund ausspannt und einen auf Familienglück macht! Und jetzt habe ich das Unternehmen endlich richtig auf Kurs gebracht, und wer will nun in die Firma einsteigen, um den ganzen Ruhm zu ernten?«

Ein Greifvogel flog über die Plattform hinweg. Ein relativ großes Tier. War es ein Bussard oder ein Falke? Jedenfalls sorgte er dafür, dass die Frauen einen Augenblick lang verstummten.

Saskia blickte dem Vogel nach und glaubte, dass der Streit vorbei war. Sie stand auf und wollte zu ihrer Mutter laufen.

»Weißt du noch, wie wir am Colca-Canyon waren?«, sagte Ellen in diesem Moment.

»Ja.« Die Stimme ihrer Mutter klang etwas belegt.

»Die Kondore kreisten über der Schlucht. Und wenn man sie zu lange beobachtet hat, war man fast wie hypnotisiert. Kein Wunder, dass früher so viele Leute in den Canyon gestürzt sind.«

»Und der Kondor hat ihre Seelen geholt ...«

Ellen nickte.

Plötzlich, ohne jede Vorankündigung und ohne ein Wort zu sagen, stürzte sie auf Mum zu und stieß sie gegen das Geländer. Es krachte, Saskia hörte Holz splittern, sah, wie ihre Mutter ins Straucheln geriet. Verzweifelt versuchte sie, sich irgendwo festzuhalten. Aber dann trat Ellen noch einmal gegen die Holzabsperrung, und das Geländer brach endgültig.

Ein Schrei, ein schreckliches Geräusch, Stille.

»Ellen.«

Saskia hatte das Gefühl, selbst ins Leere zu fallen. Unwillkürlich musste sie sich am Tisch festhalten, und für einen Moment hatte sie Angst, ohnmächtig zu werden.

»Ja. Ellen hat sie in die Tiefe gestoßen. Einfach so. Ohne viel Aufsehen zu machen, als wäre es das Selbstverständlichste von der Welt.« In Max' Stimme war so viel Hass und Kälte, wie Saskia es noch nie erlebt hatte. Ihr eigener Bruder war ihr fremd geworden.

»Mein Gott ...« Saskia konnte keinen klaren Gedanken mehr fassen. Momente aus der Vergangenheit rauschten durch ihren Kopf. Schöne Momente, vertraute Gespräche, unterhaltsame Spaziergänge.

Ellen.

Ihre Ersatzmutter, ihre Vertrauensperson, die Frau, mit der sie alles besprechen konnte.

Die Mörderin ihrer Mutter.

»Seit ... Seit wann weißt du es?« Sie flüsterte fast.

»Seit ungefähr zwei Jahren. Als ich in der Firma als Controller angefangen habe.« Auch Max' Stimme klang mitgenommen.

Sie sah ihn fragend an. »Wie? Wie hast du es herausgefunden?«

»Ich habe das gemacht, was mein Job war, und die Bilanzen kontrolliert. George und Ellen waren damals viel unterwegs, um neue Zulieferer aus Asien zu suchen. In der Zeit arbeitete ich mich durch alle Akten und Dateien. Irgendwann hatte ich dann einen Ordner in der Hand, bei dem mir hohe Bargeldentnahmen auffielen ...«

Saskia nickte. »Immer an Mums Todestag.«

Max sah sie erstaunt an. »Du wusstest davon? Nachdem ich die beiden darauf angesprochen hatte, waren die Unterlagen nämlich plötzlich verschwunden ...«

»Anna hat Kopien angefordert. Fürs Finanzamt.« Sie war immer noch wie in Trance.

»Verstehe. So wie die beiden auf meine Entdeckung reagiert haben, war mir jedenfalls sofort klar, dass an der Sache irgendwas nicht stimmte. Sie fühlten sich danach geradezu verfolgt von mir, waren die ganze Zeit misstrauisch und nervös. Und sie entnahmen plötzlich kein Geld mehr. Dabei wusste ich da ja noch gar nicht, wofür sie die Kohle überhaupt brauchten. Zuerst dachte ich an den üblichen Scheiß, Drogen, Frauen, was weiß ich was.«

»Aber dafür war das Geld nicht gedacht ...«

»Nein.«

Schweigend standen sie da und blickten aneinander vorbei ins Nichts.

»Und weiter?« Saskia flüsterte fast.

»Ich habe ein bisschen in dem ganzen Schmutz gewühlt, und irgendwann war mir klar, dass ich mir damals nichts eingebildet hatte, dass mir meine Erinnerung keinen Streich gespielt hat, dass alles, was ich als Teenager mit Drogen und Alkohol bekämpfen wollte, nicht zu verdrängen war. Die Wirklichkeit hatte mich eingeholt.« Max sah jetzt geradezu zornig aus.

Saskia versuchte, die neuen Informationen richtig einzuordnen. Aber es gab immer noch so viele ungeklärte Fragen.

»Warum sind wir alleine zurück zum Hotel gegangen?«

»Ellen ist davon ausgegangen, dass wir nichts mitbekommen hatten. Sie schickte uns zurück ins Hotel und trichterte uns vorher noch ein, dass wir dort sagen müssten, dass Mum gestürzt sei, sonst würden die keinen Notarzt schicken. Und dann wären wir schuld an Mums Tod.«

Saskia lief ein Schauer den Rücken herunter. Wie konnte man kleinen Kindern so etwas sagen? Rührten daher ihre unbarmherzigen Schuldgefühle?

»Vielleicht konnte ich mir damals auch nicht vorstellen, dass Ellen zu so etwas Schrecklichem in der Lage war, vielleicht war ich mir auch nicht sicher, ob ich mich nicht doch getäuscht hatte. Oder vielleicht war einfach der Schock zu groß und ich noch zu klein. Jedenfalls glaubte ich ihr.«

»Aber wir hätten doch Dad erzählen können, dass sie dabei war«, sagte Saskia. »Es war ein enormes Risiko für sie, wir hätten sie schließlich jederzeit verpfeifen können.«

»Oh, das haben wir auch.« Dann erzählte Max, wie sie Dad gesagt hatten, dass Ellen bei Mums Todessturz dabei war. »Dummerweise erwähnten wir auch den riesigen grünen Käfer und erzählten ihm was von einem gigantischen Greifvogel, der Mums Seele geholt habe. Uns hat keiner geglaubt. Außerdem war Ellen ja angeblich schon vor Stunden abgereist. Und sie hatte ein Alibi.«

»George?«

Max nickte.

»Mein Gott …« Saskia fühlte sich immer noch ganz benommen. Ellen hatte Mum in den Tod gestürzt. Sie konnte diese Neuigkeit kaum verarbeiten.

Aber dann fiel ihr ein, warum Max ihr das alles überhaupt erzählt hatte.

»Was hat das alles mit diesem Familienvater zu tun?«, fragte sie ihn. »War er mit schuld an Mums Tod? Hast du ihn deshalb niedergestochen?«

»Das ist alles sehr kompliziert …«

»Dann erklär es mir!« Plötzlich kam ihr ein weiterer Gedanke. Erschrocken sah sie ihn an. »Max … Hast du …? Hast du Ellen …?« Sie konnte den Satz nicht zu Ende sprechen.

Obwohl er sie ansah, schien er sie nicht wahrzunehmen, sondern direkt durch sie hindurchzuschauen. Mit monotoner Stimme sprach er schließlich weiter und erzählte ihr, wie er herausgefunden hatte, dass George jahrelang einen gewissen Jack Bernard für sein Schweigen bezahlte.

»Erinnerst du dich noch an Jonathan?«

»Den Streetworker?«

»Genau. Der mich damals aus der Scheiße gezogen hat. Ich habe den Kontakt zu ihm immer gehalten. Und irgendwann ist er in dieses Haus gezogen. In das Hochhaus, in dem auch dieser Jack Bernard wohnte. Bei einem meiner Besuche bei Jonathan las ich auf einmal diesen Namen an einer Wohnungstür. Jack Bernard – über den hatten sich George und Ellen mal so richtig heftig gestritten, aber hinterher so getan, als hätte ich mich einfach nur verhört. Jedenfalls, das war der Moment, in dem ich intensiv zu recherchieren begann. Ich fand heraus, dass dieser Kerl damals alles beobachtet hat, als er mit seiner Affäre heimlich am See rumvögelte.« Voller Hass war er jetzt, es kam Saskia fast so vor, als wenn ihr Bruder für diesen Jack noch mehr Verachtung hatte als für seine Tante und seinen Onkel. »Und irgendwann wusste ich alles. Dann bin ich mit Ellen zu diesem Jack gefahren. Ich wollte, dass alles rauskommt, dass endlich die Wahrheit ans Licht kommt.«

»Du bist mit ihr aufs Dach gegangen?« Entsetzt schlug Saskia die Hände vors Gesicht. Ihr Bruder? Ihr Max? »Was hast du denn geglaubt, was da oben für eine Wahrheit ans Licht kommt?« Verzweifelt sah sie ihn an. »Du wolltest sie umbringen, oder? Du wolltest nicht mit ihr reden oder irgendeine Wahrheit hören! Du wolltest Mum rächen!«

Ihr Bruder schwieg und wich ihrem Blick aus. Er kam ihr so fremd vor, so anders, als hätte er ein zweites Gesicht. Das war doch nicht ihr großer Bruder, nicht der Max, der sie früher immer getröstet hatte, wenn sie nachts aus einem Albtraum hochschreckte, der ihr zu Weihnachten immer belgische Pralinen schenkte, weil er wusste, dass sie sich über nichts mehr freute und sich die teuren Dinger niemals selbst kaufen würde.

Und dieser Max hatte Ellen vom Dach gestoßen?

»Was hat Ellen zu dir gesagt?«, fragte sie leise und mit brüchiger Stimme. »Oben auf dem Dach? Warum hat sie Mum getötet?«

»Sie hat sie gehasst«, sagte Max tonlos und starrte ins Nichts. »Viele Jahre lang. Sie glaubte, dass Mum der Liebling von Grandma und Grandpa war, dass ihr immer alles in den Schoß gefallen ist, wofür sie selbst hart kämpfen musste. Die Sache mit Dad hatte sie ihr auch nie richtig verziehen, zumal Ellen George nie so geliebt hat, wie sie Dad liebte. Irgendwann hatte sie sich trotzdem mit der Situation arrangiert, war zufrieden mit ihrem Job als alleinige Chefin und wollte sich voll auf ihre Karriere konzentrieren. Aber dann …« Max stockte.

»... dann wollte Mum wieder ins Unternehmen einsteigen.«

»Ganz genau. Und das wollte Ellen unter allen Umständen verhindern. Hat sie dann ja auch ...«

Saskia seufzte. »Sie hat Mum also wegen des Geldes getötet.«

Max nickte. »Ja. Auch. Aber eigentlich aus Hass. Sie sagte, sie hätte die Vorstellung nicht ertragen können, Mum und Dad Tag für Tag in der Firma sehen zu müssen. Das perfekte Paar mit den perfekten Kindern.«

Saskia schwieg für eine Weile und ließ die neuen Informationen sacken. »Hat sie ... Hat sie gesagt, dass es ihr leidtut?«, fragte sie dann leise. Es war ihr selbst nicht klar, warum sie das wissen wollte.

»Nein. Ich bin mir sicher, dass es keine Tat im Affekt war. Sie ist mit Mum den Berg hoch gewandert, um sie runterzustoßen. Nein, sie hat es nicht bereut. Das Einzige, was ihr leidtat ...« Er schien sich kurz sammeln zu müssen.

»War was?«

»Ich glaube, es tat ihr schon leid, dass wir ohne Mum aufwachsen mussten. Wahrscheinlich hat sie sich aus schlechtem Gewissen all die Jahre um uns gekümmert. Aber vielleicht hat sie das auch nur gesagt, weil sie hoffte, ich würde sie dann verschonen ...« Er grinste grimmig, kalt, fast böse.

Saskia lief ein Schauer den Rücken herunter.

»Hat sie ... Hat sie von mir gesprochen?«, fragte sie zögerlich.

Max lachte spöttisch auf. »Nein, Schwesterlein.« Dann wurde er wieder ernst und warf ihr kurz einen mitfühlenden Blick zu. »Tut mir leid, Kleine. Ich weiß, dass du sie gern gehabt hast, und bestimmt mochte sie dich auch. Aber das hat sie nicht davon abgehalten, Mum zu töten. Jetzt hat sie ihre Strafe bekommen ... So wie alle anderen auch ...«

Die Angst kroch in ihr hoch. Sie erkannte ihren Bruder nicht wieder. Wenn er zu diesen furchtbaren Taten fähig war, hieß das nicht …? War sie womöglich in Gefahr? War es denkbar, dass Max ihr auch etwas antun würde? Sie war jetzt eine Mitwisserin, sie könnte ihn jederzeit bei der Polizei anzeigen. Jedenfalls konnte er das denken. Und sie deshalb …?

Max nahm eine Packung Zigaretten aus seiner Tasche und zündete sich eine an. Eine Mischung aus Menthol und Tabak zog durch ihre Küche. Saskia wedelte den Nebel nervös weg.

»Aber diese Phantomzeichnung von dir in der Zeitung …«, sagte sie dann tonlos. »Was hast du mit diesem Familienvater zu tun?«

Er nahm einen tiefen Zug, und sie überlegte einen Augenblick, ob sie ihm die verdammte Raucherei einfach verbieten sollte.

»Sienna Johnstone«, sagte Max verächtlich. »Er ist ihr Mann.«

Saskia sah ihn ratlos an. »Wer ist diese Sienna? Und wie steckt sie in dieser ganzen Sache drin?«

»Sie war die Geliebte von Jack Bernard. Sie haben gesehen, wie Mum ermordet wurde. Und sie haben geschwiegen, allein, um ordentlich abkassieren zu können.«

Saskia wurde fast schwindelig. Max. Ihr geliebter Bruder war auf einem mörderischen Rachefeldzug. Während er sie wegen Ellens Tod tröstete, während sie gemeinsam Apfelkuchen in Dads Garten gegessen hatten, während sie in der Firma über geschäftliche Dinge sprachen, während dieser ganzen Zeit hatte er noch einen anderen Plan im Kopf gehabt. Einen mörderischen Plan, den er ohne jede Skrupel ausführte. Womöglich hatte sie noch mit ihm gesprochen, kurz bevor er einen Mord begangen hatte oder zu einem aufbrach.

»Du … Du hast sie alle umgebracht?«, fragte sie verzweifelt. »Ellen … George … Diesen Jack …«

»Bernard. Ja.«

»Was ist mit dieser Sienna Johnstone?«

Max zuckte gleichgültig mit den Achseln. »Eigentlich wollte ich, dass sie lebt. Miterlebt, wie ihre ganze Familie stirbt, damit sie weiß, was es bedeutet, wenn man den wichtigsten Menschen in seinem Leben verliert. Aber zu viele Dinge gingen schief. Also habe ich sie mir dann doch geschnappt. Vielleicht lebt sie noch. Ich weiß es nicht. Es ist auch egal.«

»Sind das alle?«, fragte Saskia tonlos. Ihr war übel, und sie hatte das Gefühl, sich jeden Moment übergeben zu müssen.

Max zögerte. »Ja … Ach nein. Es gab noch eine Augenzeugin. Die war nicht vorgesehen. Ich hatte sie in Georges Jagdhütte untergebracht … Sie sollte eigentlich überleben. Hatte ich versprochen … Ich wollte sie nur so lange außer Gefecht setzen, bis Ellens Tod als stinknormaler Selbstmord zu den Akten gelegt wurde. Aber dann musste die dumme Schlampe ja abhauen! Da hatte ich keine Wahl …«

Er redet wirr, dachte Saskia. Ja, ihr Bruder machte einen verwirrten, fast irren Eindruck auf sie. Er hatte also noch eine Frau umgebracht. Eine Augenzeugin. Er war zu allem in der Lage.

Nein, du bist nicht sicher vor ihm.

In dem Moment sah Max sie an, und Saskia glaubte, so etwas wie Angst in seinen Augen auszumachen. »Bitte, du musst mir helfen. Es ist nur eine Frage der Zeit, bis mich jemand auf dem Phantombild erkennt. Ich muss verschwinden. Und dafür brauche ich deine Hilfe.«

Saskia reagierte nicht. Sie konnte nicht reagieren, zu sehr war sie von den Neuigkeiten mitgenommen. Und ein Gedanke ließ sie einfach nicht los.

»Wieso könnte diese Sienna noch leben?«, fragte sie stattdessen irritiert. »Du musst doch wissen, ob du sie getötet hast oder nicht?« Es fiel ihr schwer, diesen Satz über die Lippen zu bringen.

»Ich habe sie an einen Ort gebracht, wo sie irgendwann unweigerlich in die Tiefe fallen wird.« Seine Mundwinkel zuckten, während er von seinem grausamen Plan erzählte.

»So wie Mum …« Saskia verstand. Deshalb hatte er auch Ellen und George in den Tod gestürzt. Er wollte, dass sie genauso umkamen wie Mum damals. »Max, das ist Wahnsinn …«

Aber ihr Bruder schien schon wieder an etwas anderes zu denken. Ängstlich, ja fast getrieben, sah er sie an.

»Du musst mir helfen, hier wegzukommen.« Seine Stimme zitterte. »Raus aus London, nach Dover und dann durch den Tunnel oder auf ein Schiff. Alleine schaffe ich es nicht, die werden Straßenkontrollen errichten, und sobald mein Name bekannt ist, wird es eine Großfahndung geben. Bitte, Saskia, du musst mir helfen!«

Saskia versuchte, sich zu beruhigen. Sie dachte an Dr. Stinner und daran, was sie tun sollte, wenn sich eine Panikattacke ankündigte. Tief einatmen, immer in den Bauch hinein, möglichst lange ausatmen, sodass sich der Puls beruhigen kann …

Mit einem Mal riss sie sich die silberne Kette vom Hals und warf den Anhänger in die Ecke.

»Max«, sagte sie dann ruhig. »Ich werde immer für dich da sein. Aber jetzt fahren wir zur Polizei.«

Er sah sie mit weit aufgerissenen Augen entsetzt an. »Was? Ich dachte … du hilfst mir!«

»Das tue ich auch. Aber du brauchst professionelle Hilfe, Max. Wir stehen das gemeinsam durch. Mein Wagen steht unten vor der Tür, ich begleite dich, ich bin bei dir. Versprochen. Ich lass dich nicht allein. Ich helfe dir.«

Mit flackernden Augen sah er sie an. Dann warf er wütend seine Zigarette auf den Parkettboden und trat sie aus, ohne den schwarzen Fleck zu bemerken, den die Glut auf dem Holz hinterließ. Langsam kam er auf sie zu.

Saskia merkte, wie ihr Herz immer heftiger pochte. Sie versuchte, ihre Atmung unter Kontrolle zu halten und so ruhig wie nur möglich zu bleiben.

Er wird dir nichts tun, ging es ihr verzweifelt durch den Kopf. Er ist dein geliebter großer Bruder, er wird dir nichts tun!

»Max, es ist das Beste. Glaub mir. Du brauchst Hilfe!«

Inzwischen stand er vor ihr, und sie konnte seinen nach Mentholtabak stinkenden Atem riechen.

»Ich geh nicht in den Knast«, stieß er hervor und holte aus.

Dann war alles dunkel.

Nervös stand Noemi vor dem zwanzigstöckigen Gebäude, in dem ihre Eltern wohnten und der ganze Albtraum seinen Anfang genommen hatte. Sie hatte sich auf eigenen Wunsch aus dem Krankenhaus entlassen, nachdem ihr Vater sie letzte Nacht darin bestärkt hatte, wieder nach Hause zu kommen. Er hatte ihr angeboten, sie direkt mitzunehmen, aber die Schwester hatte darauf bestanden, dass Noemi die Visite am Morgen noch abwarten sollte. Gegen Mittag hatte Dad sie abholen wollen, aber da es mit der Visite viel schneller gegangen war, als sie erwartet hatten, bestellte Noemi sich kurzerhand ein Taxi. Jetzt stand sie hier – aber sie hatte keine Ahnung, ob sie das Richtige tat.

Alle ihre Freunde hatten etwas mit Drogen zu tun. Wenn

sie clean bleiben wollte, musste sie sich von ihnen fernhalten.

Einen Moment überlegte Noemi, wann sie ihren Eltern das letzte Mal nüchtern und mit klarem Verstand gegenübergestanden hatte, besonders ihrer Mutter. Sie wusste es nicht. Es musste schon Jahre zurückliegen. Wie würden sie jetzt reagieren? Mum hatte ihr gesagt, dass sie clean jederzeit willkommen wäre. Doch würde ihre Mutter ihr auch glauben, dass sie mit den Drogen abgeschlossen hatte? Sie wusste ja selbst nicht, ob sie es glauben sollte.

Seufzend drückte sie auf den Klingelknopf. Kurz darauf erklang die Stimme ihrer Mutter in der Gegensprechanlage.

»Ich bin's, Mum. Kann ich hochkommen?«

Für eine ganze Weile war nur das Knacken der Gegensprechanlage zu hören. Dann summte die Eingangstür, und Noemi betrat erleichtert das Haus.

Es war komisch, wieder in dem Gebäude zu stehen, in das sie vor ein paar Jahren gezogen waren. Warum hatten sie das nette viktorianische Reihenhaus am Stadtrand damals eigentlich aufgegeben? Noemi konnte sich nicht mehr richtig an die Zeit erinnern, aber damals musste alles ganz schnell gehen. Innerhalb von wenigen Wochen hatten sie das Haus verkauft und waren in dieses anonyme Hochhaus gezogen. Vielleicht hatten ihre Eltern finanzielle Schwierigkeiten gehabt?, dachte Noemi, während sie auf den Aufzug wartete. Nein, die Wohnung in der City dürfte keinen Penny billiger sein als das Haus am Stadtrand. Außerdem war Dad ihrer Meinung nach nie arbeitslos gewesen, und Mum arbeitete schließlich auch. Noemi wusste schlichtweg nicht, warum die Familie damals umgezogen war.

Was einem so durch den Kopf geht, wenn man klar denken kann, dachte sie und stieg in den Fahrstuhl.

Mum stand mit verschränkten Armen in der Wohnungstür und blickte sie skeptisch an, während ihr Vater von hinten dazukam. Er lächelte.

»Noemi! Ich wollte dich doch holen! Na, egal. Schön, dass du da bist. Wie geht es dir?«

Er zog sie an ihrer Mutter vorbei in die Wohnung.

»Ich bin clean, Mum«, sagte sie, während sie ihren Vater umarmte.

»Ah ja?« Ihre Mutter klang skeptisch. »Und wie lange?«

»Ich bleibe clean. Versprochen.«

Mum stöhnte laut auf. »Weißt du, wie oft ich das schon gehört habe?«

»Diesmal ziehe ich es durch.«

Ihre Mutter zog eine Augenbraue hoch und ging dann kopfschüttelnd in die Küche. »Und was willst du hier?«, fragte sie dabei.

Noemi zögerte. Hatte Dad ihr nichts gesagt? Er hatte ihr schließlich angeboten, nach Hause zu kommen, ihr den Gedanken geradezu aufgedrängt. Sie warf ihrem Vater einen fragenden Blick zu, auf den er allerdings nicht reagierte. Vielleicht hatte er noch keine Gelegenheit gehabt, mit Mum zu sprechen? Blödsinn, dachte Noemi. Er hatte sich nicht getraut, weil er wusste, dass es nur Streit geben würde. So wie immer, wenn das Thema auf sie zu sprechen kam.

»Ich ... Ich wollte fragen, ob ich hier wieder wohnen kann ...«, sagte sie zögerlich.

»Auf gar keinen Fall!« Mum.

»Selbstverständlich!« Dad. Sie warf ihm einen dankbaren Blick zu. Wenigstens hielt er sich jetzt nicht aus der Diskussion raus.

»Jonathan!« Die Stimme ihrer Mutter klang streng. »Wir haben in der Vergangenheit mehrfach darüber gesprochen! Es bringt nichts, wenn wir Noemi dauernd helfen! Sie muss da alleine durch!«

»Aber du hast sie doch gehört, Darling. Sie ist runter von dem Zeug!« Ihr Vater sah sie stolz an. »Ich freue mich, Noemi.«

Ihre Mutter hingegen sah die Dinge anders. Wütend goss sie in der Küche Tee auf und schimpfte dabei die ganze Zeit auf ihren Mann, auf ihre Tochter und auf die verdammten Drogen.

»Wir müssen jetzt auch mal hart bleiben!«, wetterte sie. »Sonst hört das nie auf! Jetzt ist sie mal vierundzwanzig Stunden clean, aber was ist morgen? Was ist, wenn sie es sich wieder bei uns gemütlich gemacht hat, sich langweilt und dann überlegt, dass ein paar Drogen vielleicht ganz aufregend wären?«

Noemi hasste es, wenn ihre Mutter über sie sprach, anstatt sie direkt anzusprechen. Das hatte sie früher schon immer getan, als wäre Noemi gar nicht im Raum.

Zögerlich betrat sie die Küche. Mit klopfendem Herzen starrte sie auf das Küchenfenster, und für einen kurzen Moment glaubte sie, den blutigen Arm wieder gegen die Scheibe schlagen zu sehen.

»Es ... Es wäre nur für kurze Zeit, Mum«, sagte sie ruhig. »Bis ich selbst was gefunden habe.«

Abrupt drehte sich ihre Mutter zu ihr um. »Weißt du, wie oft wir diese Diskussion schon hatten? Zigmal hast du mir schon geschworen, dieses Teufelszeug nie wieder anzufassen, und dann hast du dich nur wieder von Neuem zugedröhnt! Nein, Noemi, so geht es nicht weiter! Du bleibst nicht hier, verstanden?«

»Natürlich kann sie hierbleiben!« Dad stand hinter ihr und legte ihr die Hände auf die Schulter. »Du bist viel zu hart mit ihr, Alice!«

Es dauerte nicht lange, und ihre Eltern waren in einen heftigen Streit verwickelt. Noemi seufzte. Das hatte sie nicht gewollt. Sie wusste, dass ihre Mutter sich in diversen Beratungsstellen schlau gemacht hatte, wie man mit einem süchtigen Kind am besten umgehen sollte. Und der gängige Ratschlag war immer: Sie können Ihrem Kind nur helfen, wenn Sie es fallen lassen. Keine Unterstützung, kein Geld, nichts. Nur wenn der Süchtige ganz unten in der Gosse angekommen ist, bekommt er die Einsicht, den Drogen abzuschwören.

Aber ich war doch schon ganz unten, dachte Noemi.

Sie überlegte, ihrer Mutter von der Entführung zu erzählen, entschied sich aber dagegen. Wenn sie wüsste, dass sie anschaffen gegangen war ... Nein, das würde ihre Mutter nicht überleben.

»Ich kann mir denken, dass es dir ganz recht ist, wenn sie wieder da ist!«, keifte ihre Mutter Dad an und sah ihn dabei giftig an.

»Halt die Klappe«, sagte ihr Vater nur, worauf Mum wütend nach ihrer Tasche griff und Türe knallend die Wohnung verließ.

Noemi seufzte. Ein handfester Ehekrach, und sie war schuld daran. Mal wieder.

Doch ihr Vater lächelte sie versöhnlich an und verdrehte gespielt theatralisch die Augen. »Deine Mutter ist etwas überspannt«, sagte er grinsend und legte den Arm um ihre Schulter. »Komm, wir trinken erst mal einen Tee und machen es uns dann gemütlich. Die beruhigt sich schon wieder.«

Als sie nebeneinander auf dem Sofa saßen, Tee tranken und selbst gebackene Scones aßen, hatte er immer noch den Arm um sie gelegt.

Noemi wusste nicht, warum sich wieder ein matter Schweißfilm auf ihrer Stirn bildete und sie sich plötzlich nicht mehr wohlfühlte. Aus dem Augenwinkel beobachtete sie ihren Vater, wie er vergnügt in einen Scone biss.

Und mit einem Mal überkam sie das ungute Gefühl, dass es an ihm lag.

19

Langsam kam Saskia wieder zu Bewusstsein. Ihr Kopf schmerzte, und sie konnte das rechte Auge nicht richtig öffnen. Vorsichtig befühlte sie die Schwellung, die sich über die ganze Gesichtshälfte zog. Schlagartig waren alle Erinnerungen wieder da.

Er hatte sie mit einem Faustschlag niedergestreckt.

Max.

Ihr Bruder, der mehrfache Mörder.

Sie konnte es immer noch nicht fassen.

Vorsichtig versuchte sie, aufzustehen und ihre Gedanken zu ordnen.

»Max?«, rief sie in die Stille. »Bist du da?«

Sie hatte keine Antwort erwartet. Wäre er noch in der Wohnung, hätte er sie wohl kaum niederschlagen müssen. Mit einem Blick auf die Uhr stellte sie fest, dass sie mehr als eine Stunde bewusstlos gewesen war. Was hatte Max in dieser Stunde gemacht? War er auf der Flucht und versuchte, sich ins Ausland abzusetzen? Oder war er womöglich zu dieser Frau gefahren? Wie hieß sie noch ... Sienna Johnstone? Er hatte gesagt, dass sie noch leben könnte. Aber wo war sie?

Saskia nahm ihr Handy und gab die Nummer ihres Bruders ein. Einen Augenblick später erfuhr sie von einer Computerstimme, dass Max nicht erreichbar war. Auch das überraschte sie nicht.

Du musst die Polizei anrufen!

Sie hatte die erste Ziffer des Notrufs bereites gewählt, als sie ihr Handy wieder ausdrückte. Was wäre, wenn Max auf seiner Flucht etwas passieren würde? Wenn die Polizei auf ihn schießen musste, ja, wenn sie ihn erschießen würde? Saskia wusste, dass sie das nicht aushalten würde. Egal, was Max getan hatte, sie wollte nicht, dass er starb.

Keine Toten mehr.

Unschlüssig sah sie sich um. Ihre Handtasche lag ausgeschüttet auf dem Boden, von ihren Wagenschlüsseln fehlte jede Spur. Max war also mit ihrem Auto unterwegs. Klar, nach dem würde ja auch keiner fahnden, dachte Saskia.

Wo könnte er diese Sienna Johnstone nur versteckt haben? Denk nach, Saskia, denk nach!

Irgendwo, wo sie in die Tiefe fallen konnte ... Ihr Blick fiel auf die Kletterausrüstung, die neben der Eingangstür hing. Frischer Lehm klebte an Seil und Haken, ein eindeutiger Hinweis, dass er sie vor nicht allzu langer Zeit benutzt hatte.

Die stillgelegten Minenschächte in der Nähe von Borehamwood, ging es Saskia durch den Kopf. Dort war ihr Bruder immer gerne klettern gegangen. Hatte er die Frau da versteckt?

Kurz darauf saß sie in dem roten Wagen ihres Bruders.

Mit überhöhter Geschwindigkeit raste sie los. Saskia wurde trotz ihrer Verzweiflung wütend. Max hatte drei Menschen das Leben genommen, aber die Chance gehabt, ein weiteres Opfer noch zu retten. Und was hatte ihr Bruder getan? Er hatte Saskia niedergeschlagen und damit billigend in Kauf genommen, dass diese Sienna Johnstone ebenfalls starb. Von den Verletzungen, die sie selbst durch den Schlag und den darauffolgenden Sturz bekommen hatte, ganz abgesehen.

Was war nur los mit ihm? Wer war der Mann, von dem sie glaubte, dass er ihr näher stand als jeder andere Mensch auf der

Welt? Saskia hatte das Gefühl, als würde sie gerade alles verlieren. Alles, woran sie geglaubt hatte, hatte sich in Luft aufgelöst. Ihre Ziehmutter und größte Vertrauensperson war eine Mörderin, ihr geliebter Bruder ein Mörder – Saskias Welt lag in Trümmern. Es kostete sie alle Kraft, sich zu konzentrieren und nicht in Tränen auszubrechen. Jetzt musste sie ein Menschenleben retten! Wenigstens dieses eine!

Sie versuchte, den Wagen so schnell wie möglich durch den morgendlichen Verkehr zu lenken. Begriff Max überhaupt, was er getan hatte? War ihm klar, dass er ein landesweit gesuchter Dreifachmörder war, der nie wieder einen Fuß in die Freiheit setzen könnte, wenn die Polizei ihn erwischte? Und dass alles noch schlimmer werden würde, wenn diese Sienna auch sterben musste?

Saskia musste schlucken, als sie daran dachte, was mit ihrer Familie, ja mit ihrem Leben, passiert war. Die beiden Menschen, denen sie am meisten vertraut hatte, waren zu Mördern geworden. Saskia hatte das Gefühl, dass es niemanden mehr gab, dem sie vertrauen konnte.

Doch. Eine Person gab es noch.

Sie griff nach ihrem Handy. Kurz darauf war sie mit Oliver Stinner verbunden. Mit brüchiger Stimme schilderte sie ihm, was in den letzten Stunden passiert war. Seine Fassungslosigkeit war nicht zu überhören.

»Wo sind Sie jetzt, Saskia?«

»Auf der M1. Ich glaube, ich weiß, wo er die Frau versteckt haben könnte.« Sie erzählte ihm von den alten Minenschächten in der Nähe von Borehamwood, in denen Max immer geklettert war. »Gott, ich kann nur hoffen, dass sie noch lebt ...«

»Ich werde sofort die Polizei benachrichtigen. Sie müssen da nicht alleine hinfahren, Saskia!« Er klang besorgt. »Vielleicht hatte Ihr Bruder Helfer, vielleicht sind da noch andere. Bringen Sie sich nicht unnötig in Gefahr!«

»Keine Sorge, ich passe auf.« Sie merkte selbst, wie ihre Stimme zitterte. »Max … wie konnte er das nur tun? Und Ellen! Sie hat meine Mutter getötet!«

Die ganzen Jahre, in denen sie Ellen als ihre engste Vertraute angesehen hatte, waren eine einzige Illusion gewesen. Sie hatte ihr den liebsten Menschen im Leben genommen aus Eifersucht, Hass und Habgier. Tante Ellen war ein schlechter Mensch gewesen. Sie verdiente es nicht, dass Saskia auch nur eine Sekunde länger um sie trauerte.

Und was war mit Max? Was hatte ihn nur zu diesen unfassbaren Taten getrieben? Hatte er vielleicht psychische Probleme? War er schizophren oder so etwas?

Sie schüttelte über sich selbst den Kopf. Nein, Max war immer ihr Fels in der Brandung gewesen. Sicher, als Teenager hatte er es nicht leicht gehabt, aber das war ja auch kein Wunder bei dem, was sie erlebt hatten. Und wahrscheinlich war es für Max noch viel schwieriger gewesen, das Erlebte zu verdrängen, als für sie. Je älter, desto schwieriger. Das wusste sie von Dr. Stinner.

»Hören Sie mir zu, Saskia. Ich setze mich jetzt ins Auto und fahre zu dieser Mine. Unternehmen Sie nichts, bevor die Polizei oder ich vor Ort sind, okay?« Seine Stimme klang eindringlich, und er ließ sich genau von ihr erklären, wo sich die Mine befand. »Okay. Das finde ich. Sobald ich aufgelegt habe, Saskia, informiere ich die Polizei. Warten Sie bei der Mine auf uns, versprechen Sie mir das?«

Sie zögerte. »Bis später, Dr. Stinner«, sagte sie nur und drückte ihr Handy aus.

Dann überholte sie den Wagen, der vor ihr fuhr, und beschleunigte das Tempo. Ihre Hände hielten das Lenkrad krampfhaft umklammert, sodass die Knöchel weiß hervortraten. Sie wollte keine Zeit verlieren, sie wollte so schnell wie möglich bei dieser Mine sein und die Frau da rausholen.

Die Frau, die gesehen hatte, wie Ellen Mum tötete, und die nichts unternommen hatte, um sie zu retten.

Hatte sie es überhaupt verdient, gerettet zu werden?

Schnell schüttelte Saskia diesen Gedanken ab. Niemand durfte über Leben oder Tod entscheiden, Ellen durfte es genauso wenig wie Max. Und wie sie selbst.

Inzwischen hatte sie eine ländliche Umgebung erreicht. Der Verkehr hatte nachgelassen, kaum ein Wagen war noch auf der Straße zu sehen. Mit einem Blick auf das Navi stellte sie fest, dass sie gleich da sein musste.

Saskia lenkte den Wagen von der Landstraße auf einen schmalen Weg. Links und rechts von ihr waren nur noch Felder, keine Menschenseele war zu sehen. Sie erinnerte sich, dass sie als Teenager häufiger mit Max hier war. Nachdem er seine Drogensucht überwunden hatte, hatte er mit dem Klettern angefangen und Saskia ihn häufiger begleitet. Die Gegend kam ihr an einigen Stellen bekannt vor.

Nach einer Weile brachte sie das Fahrzeug vor einem brachliegenden Feld zum Stehen, schaltete den Motor aus und starrte aus dem Fenster.

Hier musste es irgendwo sein. Sie wusste, dass die alte Mine tief unter den Feldern lag und eigentlich für niemanden mehr zugänglich war. Die Eingänge waren bereits vor Jahren zugeschüttet worden. Die alten Belüftungsschächte, in denen Max immer geklettert hatte, gab es noch. Eine große Linde hatte neben dem Schacht gestanden, daran erinnerte sie sich noch genau.

Aber wo Saskia auch hinschaute, sah sie nichts außer den weiten Feldern. Krampfhaft versuchte sie, einen Anhaltspunkt zu finden, der ihr einen Hinweis auf einen der Belüftungsschächte gab. Fieberhaft suchten ihre Augen die vor ihr liegende Landschaft ab.

Sienna hatte die Arme um ihre Beine geschlungen und sich an die Felswand gekauert, so weit entfernt vom Abgrund, wie es nur möglich war. Sie wusste nicht, wie lange sie schon in ihrem Gefängnis war, aber ihr war klar, dass ihre Aufmerksamkeit in den letzten Stunden deutlich nachgelassen hatte. Immer häufiger kam es vor, dass sie sich in Tagträumen verlor, in Fantasien und Erinnerungen, die es ihr schwer machten, die Wirklichkeit klar zu sehen. Vielleicht war ja alles nur ein Albtraum, und gleich würde sie aufwachen, geweckt vom duftenden Kaffee, den Christopher ihr ans Bett brachte. Die Kinder würden ins Schlafzimmer kommen und sich an das Fußende hocken, so wie sie es früher immer gemacht hatten, als sie noch klein waren. Und dann würden sie gemeinsam überlegen, was man an diesem herrlichen freien Tag unternehmen könnte.

Aber es war kein böser Traum.

Der unerträgliche Gestank, der aus der Tiefe emporstieg, erinnerte sie daran, dass ihre Gefangenschaft bittere Realität war. Verzweifelt versuchte sie, Hunger und Durst zu ignorieren, die sie unerbittlich plagten. Besonders das Durstgefühl war kaum noch auszuhalten. Längst hatte Sienna das kleine Rinnsal an der Wand entdeckt und versucht, dort das Wasser aufzulecken, in der Hoffnung, dadurch den Durst wenigstens ein bisschen zu lindern.

So wie es schon jemand vor ihr gemacht haben musste. Jemand, der irgendwann versucht hatte, sich verzweifelt in die Freiheit zu ziehen, bevor er …

Schnell verdrängte sie den Gedanken an den Menschen, der

womöglich vor ihr hier gefangen gehalten war. Sie ahnte, woher der süßlich-faule Gestank kam, der unerbittlich zu ihr aufstieg, aber sie zwang sich, nicht weiter darüber nachzudenken. Es konnte schließlich auch eine Katze sein. Oder eine alte Sickergrube.

Es hat nichts mit dir zu tun.

Aber wie lange sollte sie noch hier sitzen und warten? Worauf wartete sie überhaupt? Sie hatte geschrien und geklopft, keiner hatte sie gehört. Vorsichtig war sie den schmalen Holzstieg entlanggekrabbelt, wobei sie fast in die Tiefe gestürzt wäre, weil sie hoffte, dass es irgendwo eine Tür oder eine Luke geben würde.

Aber es gab keine.

Jetzt wusste sie immerhin, dass sie in einem runden Schacht gefangen war, einem Brunnen oder einem Luftschacht. Denn Luft zum Atmen hatte sie genug.

Worauf wartete sie also? Es gab offensichtlich keinen Ausgang, den sie erreichen konnte. Niemand schien sie zu hören, entweder weil sie so tief unter der Erde gefangen war oder weil ihr Gefängnis so einsam lag, dass keine Menschen in der Nähe waren.

Und sie wurde immer schwächer, bekam immer häufiger Halluzinationen, Hunger und Durst machten sie fast wahnsinnig.

Sollte sie also darauf warten, dass sie das Bewusstsein verlor und von alleine in die Tiefe fiel? Konnte sie diesen Albtraum dann nicht auch verkürzen?

»Du hast drei Kinder«, sagte sie laut zu sich.

Ja, sie hatte eine Familie. Und die brauchte sie noch. Natürlich waren die Kinder schon groß und benötigten ihre Mutter nicht mehr so, wie es vielleicht vor zehn Jahren der Fall gewesen war. Aber dennoch brauchten sie Sienna. Gerade die Mädchen, deren Start ins Erwachsenenleben kurz bevorstand. Nein, sich selbst zu töten war keine Option. Das war noch nie eine Option gewesen.

Du musst hier raus.

Doch im selben Moment wurde ihr bewusst, dass das unmöglich war. Sie hatte alles versucht, hatte alle Möglichkeiten abgewogen, jeden Stein abgetastet in der Hoffnung, irgendwo einen Ausgang zu finden.

Sienna umklammerte ihre Beine noch stärker. Wenn du dich fallen lässt, dachte sie, dann wäre es vorbei.

Alles wäre dann vorbei.

Wie viel Zeit blieb ihr noch? Wann würde ihr Kreislauf nicht mehr mitspielen und sie das Bewusstsein verlieren?

Nur ein winziger Schritt nach vorne, und alles wäre vorbei. Dann gäbe es keinen Durst mehr, keine Angst, keine Einsamkeit. Dann wäre Ruhe.

Sie spürte, wie ihre Atmung schneller ging.

Sollte sie es wirklich tun? Sollte sie einfach aufgeben?

Eine Stimme in ihr sagte ihr, dass sie weitermachen sollte, dass sie kämpfen musste, um vielleicht doch noch heil hier rauszukommen. Aber eine andere flüsterte immer nur dasselbe: Gleich geht es dir besser. Gleich ist Frieden. Für immer. Es ist ganz leicht.

Sie umklammerte ihre Beine so heftig, dass sich ihre Fingernägel in die Knie bohrten.

Einfach zur Seite fallen lassen. Ganz einfach.

Langsam lehnte sie ihren Oberkörper zur Seite. Aber plötzlich hielt sie inne.

Was war das? Waren das Stimmen? War da jemand?

In dem Moment, in dem sie mit ihrer restlichen verbliebenen Kraft laut schreien wollte, hörte sie über sich ein lautes Quietschen. Kurz darauf drang gleißendes Licht zu ihr herunter.

Sienna hielt sich die Hand vor Augen, überwältigt von der Helligkeit, die gute zehn Meter über ihr durch eine geöffnete Luke kam. Gleichzeitig zog ein Luftstrom von der Tiefe nach oben, der noch mehr Gestank mitbrachte.

Sie versuchte, durch ihre Finger hindurchzublinzeln. Wer war das? Kam ihr unheimlicher Entführer zurück? Oder nahte Rettung?

»Hallo? Sienna Johnstone? Geht es Ihnen gut?«

Eine unbekannte Frauenstimme. Sie klang besorgt, nicht wie jemand, der ihr Schaden zufügen wollte.

Danke, lieber Gott! Danke!

»Ich ... Ich bin hier ...« Sienna konnte nur krächzen. Ihr Mund war so trocken, dass sie kaum eine Silbe über die Lippen bekam. Langsam nahm sie die Hand von den Augen und hob den Blick. Aber es war so hell da oben, dass sie kaum etwas erkennen konnte.

Da oben, wo die Freiheit war.

»Ich lasse eine Leiter herunter, Mrs Johnstone. Ich hole Sie hier raus!«

Sienna nickte nur. Sie war nicht mehr in der Lage, zu antworten. Einerseits spürte sie eine große Erleichterung, dass man sie rausholen wollte, andererseits war da aber auch die Angst vor dem, was oben womöglich mit ihr passieren könnte.

Sie senkte den Blick, um ihre Augen nicht weiter der quälenden Helligkeit auszusetzen. Der Lichtkegel fiel direkt in die Tiefe, die neben Sienna begann, weiter und immer weiter. Ihr Herz schlug schneller, als sie nach unten schaute.

»Mein Gott ...«, flüsterte sie fassungslos, als sie ihn erkannte.

Dann schrie sie so laut sie nur konnte.

»Ich bin da, Mrs Johnstone, ich bin doch da!« Saskia griff nach der Leiter, die neben einem Baumstumpf im Gras lag. Die Frau in der Tiefe schrie immer noch aus Leibeskräften. Die schmale Leiter war offenbar ursprünglich im Inneren des Schachts angebracht gewesen, aber jemand musste sie abmontiert und neben die Luke gelegt haben. Sie konnte es immer noch kaum glauben, wie sie die Leiter schließlich in der Sonne hatte blitzen sehen und so die Mine gefunden hatte, deren Zugang neben der anscheinend inzwischen gefällten Linde lag.

Außerdem lag dort noch ein langes Seil, und Saskia vermutete, dass die Frau daran von jemand in die Tiefe gelassen worden war.

Nicht von irgendjemand. Von Max.

Ein gewaltiger Gestank war ihr entgegengeschlagen, als sie die Luke geöffnet hatte. Es stank nach Exkrementen und Verwesung, der übelste Gulli-Geruch, den Saskia sich nur vorstellen konnte.

Das Erste, was sie gesehen hatte, war diese arme Frau gewesen, die zusammengekauert auf einem Absatz hockte, vielleicht zehn Meter unter ihr. Aber der Schacht ging noch tiefer, und als Saskia jetzt erneut hineinschaute, wusste sie, warum die verängstige Frau so schrie.

Ein Körper lag am Boden des Schachts. Saskia konnte nicht erkennen, ob es eine Frau oder ein Mann war, dafür lag er viel zu weit in der Tiefe. Aber sie konnte eine dunkle, eingetrocknete Lache auf dem Boden sehen, rund um den Schädel, wie ein Heiligenschein, und es war keine Frage, dass der unangenehme Geruch von dem armen Geschöpf ausging, das dort tot am Boden lag.

»Mein Gott, Max, was hast du nur getan …«, flüsterte Saskia.

Auch wenn er ihr von seinen Taten erzählt hatte, war es doch etwas anderes, die Opfer ihres Bruders tatsächlich zu sehen. Wie konnte es sein, dass er zu so etwas Unmenschlichem in der Lage war? Saskia würde es nie verstehen.

Vorsichtig ließ sie die Leiter herunter. »Achten Sie darauf, dass sie fest auf dem Vorsprung steht!«, rief sie der Frau zu. »Haben Sie sie?«

»Ja.« Die Stimme von Sienna Johnstone klang leise und belegt, war kaum zu verstehen.

»Gut! Ich halte sie oben fest. Kommen Sie jetzt vorsichtig hoch! Ganz langsam!«

Saskia sah, wie die Frau mit zitternden Händen die Leiter umfasste und vorsichtig einen Schritt nach dem anderen nach oben kletterte.

Sie brauchte ihre ganze Kraft, um die Leiter weiter festhalten zu können. Sie dachte daran, dass Mum wahrscheinlich noch eine halbe Stunde gelebt hatte. Wenn Sienna Johnstone die Polizei gerufen hätte, dann wären sie und ihr Bruder vielleicht nicht ohne Mutter aufgewachsen. Dann hätten sie eine normale Kindheit gehabt und nicht eine, die ihren Bruder zu einem Mörder gemacht hatte.

Dann würde Mum noch leben.

Saskia starrte auf die Frau, die noch wenige Meter von ihr entfernt war. Ihre Hände schwitzten und wurden immer rutschiger. Ja, Sienna Johnstone trug eine schwere Schuld, das spürte Saskia sehr deutlich. Aber es war nicht ihre Aufgabe, diese Schuld zu vergelten. Und auch nicht Max'.

In dem Moment glitt die Leiter aus ihren Händen.

Sienna Johnstone schrie panisch auf. Saskia streckte reflexhaft die Arme aus und bekam die Leiter im letzten Augenblick wieder zu fassen.

»Halten Sie sich fest!«, brachte sie heraus. Entschlossen

packte Saskia fester zu, hielt die Leiter eisern in ihren rutschigen Händen.

Die Frau musste jetzt nur noch wenige Schritte machen. Hilfesuchend streckte sie die Hand aus, aber Saskia wagte es nicht, die Leiter loszulassen. »Kommen Sie! Sie haben es gleich geschafft!«

Endlich war Sienna Johnstone oben. Erschöpft ließ sie sich auf den Boden fallen. Dann vergrub sie das Gesicht in ihren Händen und schluchzte auf.

»Sind Sie okay?«, fragte Saskia besorgt. Während sie sich neben die Frau kniete, sah sie in der Ferne die Polizeiautos, sogar ein Hubschrauber näherte sich dem Feld. Ein Mann sprang aus einem Wagen und rannte auf sie zu, Saskia glaubte, dass es Oliver Stinner war.

»Jack ...«, schluchzte die Frau. »Da unten ... Da unten liegt Jack.«

Saskia nickte und strich ihr beruhigend über den Kopf. »Jetzt ist es vorbei. Jetzt wird alles gut.«

20

Sechs Wochen später

Saskia saß am Schreibtisch ihres großen Büros und reichte Anna das Dokument, das sie gerade unterschrieben hatte.

»Danke, Anna. Ist sonst noch was?«

»Die Möbelpacker sind eben gekommen. Sollen sie …«

»Ja. Sie sollen sofort anfangen«, sagte Saskia. »Die Möbel können im Keller gelagert werden. Wenn die Männer schnell sind, haben wir übermorgen vielleicht schon unseren neuen Konferenzraum.«

Anna nickte ihr zu und wandte sich zum Gehen, blieb dann aber doch stehen.

»Ja, Anna?«

»Ich … Ich hab mich gefragt, ob Sie etwas von den Sachen Ihres Bruders behalten wollen.«

»Er ist nicht tot, Anna. Ich brauche keine Erinnerungsstücke.«

Ihre Assistentin zögerte, und Saskia sah ihr an, dass sie überlegte, ob sie darauf antworten sollte.

»Aber Sie wissen nicht, ob Sie ihn jemals wiedersehen werden«, sagte sie dann vorsichtig. »Ich stelle mir das ungeheuer belastend vor.«

Saskia nickte. Ja, es war eine ungeheure Belastung. Die Schuld, die Max trug, lastete auch auf ihr. Dennoch war es für Saskia ein Trost, dass ihr Bruder nicht tot war.

»Er hat schwere Verbrechen begangen …«, sagte sie und wich Annas Blick aus. Sie konnte sich denken, wie andere über sie und ihre Familie dachten. Die Mörderfamilie. Womöglich gab es keine andere Familie im ganzen Königreich, in der so viel gemordet worden war. Für Saskia waren die letzten Wochen kaum zu ertragen gewesen. Ohne Olivers Hilfe hätte sie die Zeit nicht ausgehalten.

Saskia seufzte. »Diese schrecklichen Morde werden mich mein Leben lang begleiten«, sagte sie leise.

Anna Miller schien sich sichtlich unwohl in ihrer Haut zu fühlen. »Ich weiß. Entschuldigen Sie, ich wollte mich da auch nicht einmischen. Ich dachte nur …«

»Schon gut, Anna.«

Die Assistentin entschuldigte sich erneut und verließ dann das Büro. Gedankenverloren starrte Saskia auf das Foto, das vor ihr auf dem Schreibtisch stand. Es zeigte sie und Max als kleine Kinder, sie war höchstens vier auf dem Bild und Max sieben oder acht. Mum hatte es gemacht. Es stammte aus einer Zeit, als die Welt noch in Ordnung war.

Direkt daneben hatte sie das Foto von Ellen und Mum gestellt, wie sie als kleine Mädchen glücklich lachend über eine Wiese liefen. Sie hoffte, dass die Bilder sie immer daran erinnern würden, was passieren konnte, wenn Geschwister nicht mehr zusammenhielten, wenn sie zu Feinden wurden und sich gegenseitig bekämpften, ohne Rücksicht auf Verluste.

Wenn nur noch Gier und Hass ihr Leben bestimmten.

Wo Max jetzt steckte, wusste sie nicht. Das hatte sie auch den Polizisten gesagt, die nicht müde wurden, sie immer und immer wieder nach ihrem Bruder zu befragen.

»Ohne finanzielle Unterstützung wird er nicht untertauchen können«, hatte DI Silver zu ihr gesagt.

»Ich habe keinen Überblick über die Finanzen meines Bruders«, hatte sie entgegnet. »Die Firmenkreditkarte haben wir gesperrt, auf die Konten hat er also keinen Zugriff mehr.«

»Sagen Sie uns sofort Bescheid, sobald Sie eine Nachricht von ihm haben.«

»Selbstverständlich.« Saskia bemerkte den skeptischen Blick des Ermittlers. »Sie können sich darauf verlassen, David. Mein Bruder ist ein Schwerverbrecher, ein skrupelloser Mörder, der unserem Unternehmen zudem noch schweren Schaden zugefügt hat. Natürlich sage ich Ihnen Bescheid, falls er sich melden sollte.«

Im selben Moment hoffte Saskia, dass Max sie niemals um Geld bitten würde. Denn wenn sie ehrlich war, wusste sie nicht, was sie dann tun würde. Er war schließlich immer noch ihr Bruder.

Sie schüttelte den Kopf. Seine Taten waren für sie nur schwer zu fassen, da half es ihr auch nicht, dass die Polizei die Tatabläufe inzwischen ziemlich genau rekonstruieren konnte. In Georges Jagdhütte fehlten Waffen, vermutlich hatte Max sowohl Ellen als auch George damit gezwungen, ihm auf das Dach des Hochhauses und auf die Klippen zu folgen. In der Hütte fand man auch Hinweise darauf, dass eine Frau dort für eine gewisse Zeit gefangen gehalten worden war. Die Beamten prüften eine Verbindung zu einem anderen Verbrechen, bei dem das Opfer aber überlebt hatte. Saskia würde ihren Bruder zu gerne fragen, ob er tatsächlich auch etwas mit dieser Sache zu tun hatte, aber es gab keine Möglichkeit, mit ihm zu sprechen.

Im Moment jedenfalls nicht.

Denn bei allem, was Max getan hatte, hoffte Saskia doch, dass sie wenigstens noch einmal mir ihrem Bruder über alles reden konnte.

Irgendwann.

EPILOG

Noemi stand unschlüssig vor dem großen Firmengebäude. Sie hatte sich im Internet über die Besitzerin von *Frosty Bag* informiert und hatte nun das Gefühl, fast alles über sie und ihr Unternehmen zu wissen. Sie hätte diese Saskia Flynt zwar viel lieber privat aufgesucht, aber offensichtlich lebte die Frau sehr zurückgezogen. Jedenfalls hatte Noemi es nicht geschafft, die Privatadresse ausfindig zu machen.

Ein Jahr lag es jetzt zurück, dass Noemi ihrem Mörder im Wald entkommen war. Ein Jahr, in dem sie es geschafft hatte, die Finger von den Drogen zu lassen und clean zu bleiben.

Und ein Jahr, in dem sie unfassbare Dinge herausgefunden hatte. Jetzt wusste sie, warum Max Flynt sie nicht sofort getötet hatte, und sie ahnte, was er wirklich mit ihr vorgehabt hatte.

Noemi betrat den Eingangsbereich von *Frosty Bag* und meldete sich am Empfang an. Sie hatte sich unter einem Vorwand einen Termin bei Saskia Flynt geben lassen, hatte sich als Vertreterin für ein neues Sicherheitskonzept bei Kofferschlössern ausgegeben. Sie wusste selbst nicht, ob es der richtige Weg war, das Gespräch mit einer Lüge zu beginnen, aber sie hatte sich nicht getraut, der Assistentin am Telefon den wahren Grund für ihren Terminwunsch zu nennen.

Hätte sie ihr etwa sagen sollen, dass sie Max Flynt gesehen hatte?

Ein Schauer lief ihr den Rücken herunter, als sie daran dachte, wie er da gestanden hatte, wie er gestikuliert hatte, mit den Händen, die sie erwürgen wollten. Schlagartig waren alle Ängste, die sie damals im Wald durchlitten hatte, wieder da gewesen.

Zum Glück hatte Max Flynt sie nicht gesehen. Noemi befürchtete, dass sie ansonsten nicht hier stehen würde.

Sie folgte der Empfangsdame durch die langen Flure. Die dicken Teppiche schluckten ihre Schritte, und es war merkwürdig still in dem Gebäude.

Nachdem sie ihren Mörder gesehen und erkannt hatte, hatte sie tagelang gegrübelt, was sie jetzt tun sollte. Die Tatsache, dass dieser Max vor einer Woche mit ihrem Vater gesprochen hatte, hielt sie davon ab, zur Polizei zu gehen. Vor allen Dingen seit sie herausgefunden hatte, dass Dad es gewesen war, der ihm damals den Schlüssel gegeben hatte. Den Schlüssel, mit dem er auf das Dach des Hauses gekommen war, um die Frau in die Tiefe zu stürzen. Was immer ihr Vater damit auch zu tun hatte, sie wollte ihrer Mum nicht noch mehr Unglück zumuten, es reichte schon, was sie ihr mit der jahrelangen Drogensucht angetan hatte.

Also suchte sie alles über diesen Max Flynt heraus, was sie finden konnte, versuchte zu rekonstruieren, wo er nach seiner Flucht untergetaucht war und was er jetzt trieb.

Warum war er noch in London? Oder war er wieder hier? Was hatte er vor? Und was hatte Dad mit ihm zu tun?

Noemi atmete tief durch, als die Empfangsdame die Tür zu Saskia Flynts Büro öffnete. Sie hatte keine Ahnung, wie die Frau auf ihre Entdeckung reagieren würde.

Aber sie musste es ihr sagen.

Sonst war ihr Leben, das ihrer Mutter und vermutlich auch das von Saskia Flynt in größter Gefahr …